KB261603

스카이뷰의
불로그 속 세상 읽기

스카이뷰의
불로그 속 세상 읽기

글쓴이 · 박미정
고려대학교 신문방송학과 졸업.
스카이뷰 커뮤니케이션즈 대표 겸 월간 경제풍월 편집위원.
전 조선일보사 기자. 희망연대 운영위원 역임.
삼성전자 홍보팀 부장 역임(삼성전자 30년사사 편찬).
경기여고 동창회 영매상 수상.
저서『한국의 1/2을 만드는 여성들—
탤런트에서 장관까지 여성 100인 인터뷰』

스카이뷰의 블로그 속 세상 읽기
박미정 지음

·

초판 1쇄 발행일   2007년 10월 10일

·

지은이 · 박미정
펴낸이 · 김종해
펴낸곳 · 문학세계사

·

주소 · 서울시 마포구 신수동 345-5(121-110)
대표전화 · 702-1800, 팩시밀리 · 702-0084
mail@msp21.co.kr / www.msp21.co.kr
출판등록 · 제21-108호(1979.5.16)

값 9,800원
ISBN 978-89-7075-408-6   03810
ⓒ박미정, 2007

스카이뷰의
블로그 속 세상 읽기

박미정 지음

문학세계사

블로그는 내 삶의 비타민

유치원부터 대학까지 서울에서 다니며 성장했지만 함흥 출신의 선친 덕분에 북쪽 기상과 정서가 알게 모르게 몸에 배었습니다. '근면·근검·정직·성실·노력' —이런 '추억의 단어들' 이 생활의 기본 덕목으로 절실히 필요하다는 생각이 요즘 새삼스럽게 듭니다.

이젠 사회에 책임져야 할 기성세대여선지 어떤 특별한 사건이나 상황에 부닥치다 보면 어느새 저도 모르게 '나라 걱정' 을 하는 자신을 발견하고 웃곤 합니다. 저의 글쓰기는 이렇게 나라 걱정에서 시작했습니다. 그날 그날 매스컴에 오르내렸던 타인들의 삶과 제반 사회현상을 대상으로 그야말로 '21세기 대한민국을 스케치' 해보겠다는 거창한 생각 아래 관심 있는 분야를 중심으로 이슈를 정해 글을 써왔습니다.

제가 쓴 시사문화 에세이에 대해 지인들은 이구동성으로 '술술 읽힌다' '너무 재미있다' '어떤 주제도 맛깔스런 이야기 형식으로 풀어내는 게 참 독특하다' 이런 평들과 함께 꼭 책으로 엮어내야 한다는 말씀을 많이 해주셨습니다.

그런 지인들의 성원에 힘입어 이렇게 한 권의 시사문화 에세이집을 세상에 선보이게 되었습니다.

그동안 주로 정치비평 에세이를 많이 써왔습니다만 제가 좋아하는 글쓰기 대상은 주로 문화예술 분야에 '성공신화'를 이룬 예술인들과 축구 선수들이었습니다.

최근 '심형래 신드롬'에 관한 에세이부터 최고의 댄스가수인 아이비, 이젠 거의 전설적인 록 그룹이 된 크라잉 넛이나 신세대 가수 비의 이야기를 쓰면서 저 역시 '젊은 그들'이 주는 열정과 노력에 함께 신이나 '행복한 글쓰기'에 빠져들었습니다. 이렇게 글쓰기에 몰입하다보면 서상의 근심걱정은 다 사라지고 부러운 게 하나 없다는 철없는 생각마저 들었습니다.

일본의 유행가 중에 이런 가사가 있습니다. "이 세상 아무것도 무서운 기 없지. 오직 당신의 자상함만이 두려울 뿐이죠." 여기서 '당신'은 바로 '글쓰기'로 대입할 수 있습니다. 그만큼 글쓰기는 제게 든든한 버팀목이었습니다. 우울하다가도 글쓰기에 적합한 소재를 찾으면 금세 마음이 편해졌습니다.

'1300만 블로거 시대'라는 대한민국에서 저 역시 지난 1년 반 동안 200개가 넘는 시사문화 에세이를 블로그에 올려왔습니다. 수많은 네티즌들이 제 글에 공감해주셨습니다. 최근 6개월 동안엔 1백20만 명의 네티즌들이 방문하는 기록을 세웠습니다.

얼마 전엔 'Daum UCC 스타 블로그'에 선정되는 기쁨도 누렸습니다. 대한민국뿐 아니라 미국, 일본, 프랑스. 영국, 북경, 홍콩과 저 멀리 북아프리카 카사블랑카에 사시는 교민들까지 저의 글을 보고 과찬의 메일을 보내주셨습니다. 그동안 제게 끊임없는 성원의 박수를 보내주신 그 모든 분들께 깊은 감사의 말씀을 드립니다.

거의 글을 책으로 엮어주신 문학세계사 김종해 사장님, 김요안 실장님과 편집부 여러분께 감사의 마음을 전합니다.

매니저 조혜덕 기자도 여름 내내 수고했습니다.

새 글을 안 쓰면 걱정부터 해주던 다정한 친구들에게도 인사를 전합
니다. 그리고 늘 격려와 비판을 아끼지 않는 우리 가족에게도 감사합
니다.

서울 명동 느티나무가 내려다보이는 작은 방에서

2007년 9월   박미정

*차 례

1 아이 러브 블로그

2 스타가 있어 삶이 빛난다

3 세상의 중심은 바로 '나'

4 축구 이야기

5 영화 보기의 즐거움

1

아이 러브 블로그

'블로그'라는 이름의 명약名藥

나이가 들수록 감성이 여려지는 것 같다. 아무것도 아닌 듯한 모든 것에 하다못해 길거리에서 우연히 마주친 강아지의 눈망울 등 일상의 작은 것들에 왜 이렇게 시도 때도 없이 뭉클한 감정이 들고 눈물이 나는 건지 모르겠다.

뭐랄까, 생명과 결부된 진정성을 접하면 가슴이 시려온다고 할까. 그만큼 '생명'의 소중함이 절실하게 느껴진다. 그 대상이 하찮은 것일수록 더 애틋함이 간다.

나이가 들면 '감성'이나 '감정'은 무뎌져 목석 같아질 줄 알았는데 오히려 마음이 더 약해지고 섬세해져 가는 것 같다. 이유도 없이 가슴이 답답해지기도 하고 큰 소리로 울고 싶은 마음이 들 때도 있다.

툭하면 왠지 조바심이 나고 안절부절 못하는 감정의 기복에 곤혹스럽기도 하다. 나만 그러나 했더니 친구들도 이구동성으로 같은 이야기를 한다.

흔히들 겪는 '갱년기 증상'이라고 싸잡아 말하기엔 자존심이 허락하지 않아 좀더 차원 높은 '인간적인 고뇌'가 서려 있다고 '우아한 언어'도 말하고 싶기도 하다. 하지만 딱히 그런 것도 아니어서 혼자 머쓱해 할 때도 많다.

‘뭐 인생이 그런 거지’ 라고 초연한 척하려 해도 잘 되지 않는다. 요새 유행어로 ‘2% 부족한 그 무엇’ 이 가슴에 도사리고 있었다.

가만 따져 보면 그리 아쉬울 것 없는 ‘감사한 인생’ 이었던 것 같은데도 이런 증세가 나타나 당혹스러웠다.

스러져가는 젊음이 아쉬운 것도 아니고 무슨 원대한 꿈을 이루지 못해 안타까웠던 것도 아니다. 그저 평범한 소시민으로 ‘그 날이 그 날처럼’ 살아온 것만으로도 크게 감사해야 하는데 마음 한 구석은 늘 비어 있는 듯한 느낌이 사라지지 않았다. 무얼 해도 별로 즐겁지가 않았다고나 할까? 친구들도 역시 그렇다고들 했다.

그러던 어느 날, 운명처럼 ‘그것’ 과 조우했다. 요새 인터넷 세상을 장악하고 있다는 ‘블로그’ 와의 만남이 나를 거듭나게 해준 것이다.

요즘 인터넷이야 웬만한 사람들의 일상생활에 깊이 스며들어 있는 상황이어서 인터넷으로 인해 ‘인생’ 이 바뀌었다는 건 좀 넌센스가 아니냐고 반문할 사람도 있을 것이다.

나 역시 남들 하는 만큼만 인터넷에 접속하고 이런저런 정보를 알아내기도 했지만 이렇게 ‘블로그’ 라는 존재가 내 인생을 바꾸어놓을 줄은 꿈에도 생각하지 못했었다.

유행에 그리 민감한 스타일은 아니어서 웬만한 사람들은 다 개설했다는 싸이월드의 미니홈피도 갖고 있지 않았었다.

심드렁한 마음으로 컴퓨터 앞에 앉았던 어느 날 ‘블로그’ 와 만났다. 아주 다채롭고 화려한 ‘새로운 세계’ 가 펼쳐져 있었다. 그야말로 다재다능한 ‘강호제현’ 이 한 자리에 모여 저마다의 묘기로 ‘일합’ 을 겨루는 볼거리 넘치는 ‘도장’ 이었다. ‘요리에서 정치까지’ 없는 게 없었다. 그래도 처음엔 별로 대수롭지 않게 여겼다. 그냥 ‘재미있는 세상이로군’ 정도의 감상으로 타인들의 블로그 구경을 다녔다.

그러던 어느 날 불현듯 '나도 블로그가 하고 싶다' 는 작은 소망을 품게 되었다. 좀더 정확히 말하자면 '블로그에 글을 올리고 싶다' 는 생각이 들었다. 글솜씨는 없지만 직업상 칼럼을 쓰거나 인터뷰 기사를 쓰거나 하다못해 일기를 쓰고 난 후의 '시원해지는 기분' 이 제법 괜찮았던 기억이 떠오른 것이다. '카타르시스' 라고나 할까. 가슴 속에 담아 두었던 하고 싶은 '말' 들을 문자로 형상화해서 세상에 외칠 수 있다는 건 마치 가수가 노래를 부르거나 화가가 그림을 그리는 것과 비슷한 행위로 할 수 있다. 그렇게 세상과 '소통' 을 한다는 건 일종의 살아 있는 인간의 '본능' 인지도 모르겠다.

'솔충이는 솔잎을 먹고 살아야 한다' 는 말도 떠오른다. 예전엔 한 분야에서 수십 년 일해왔다는 사람들의 이야기를 보면 '답답하다' 는 기분이 들었는데 요즘은 결국 사람은 '하던 일을 죽을 때까지 하며 살아갈 수 있는 게 가장 행복하다' 는 생각마저 하고 있다.

어쨌거나 '블로그' 에 뜻을 세우고 나니 마음이 바빠졌다. 일단 다른 사람들의 블로그에 관심을 갖고 부지런히 구경 다니며 '견문' 을 넓혔다. 기가 죽었다. 그들은 너무도 화려했고 '블로그의 달인' 들은 세상에 넘쳐났다.

뒤늦게 뛰어든 내가 한없이 작게 여겨졌다. 이제까지 내세울 것은 없지만 별로 꿀릴 것도 없이 살아왔다고 자부해온 나를 주눅들게 만들었다. 우리같이 글줄이나 간신히 올릴 줄 아는 '올드 세대' 들에겐 그야말로 '그림의 떡' 같아서 좌절감이 앞섰다. 그러다 문득 '내용물' 로 승부를 보자는 '생뚱맞은(?) 야심' 이 들었고, 그 순간부터 나는 '블로그 마니아' 가 되고 말았다.

요즘 신세대들과 경쟁할 자신은 애초부터 없었다. 단지 웬만큼 인생을 살아온 '남들이 다 가진 평범한 저력' , 그러니까 '나이가 주는 힘'

으로 한번 해보자는 엉뚱한 배짱까지 생겨났다.

거의 '블로그 중독 증세' 까지 나타났다. 친구들과 수다를 떨다가도 블로그 걱정이 들어 얼른 컴퓨터 앞으로 복귀했고, 세상에 지나다니는 말 하나하나에서도 '블로그 감' 을 사냥하느라 늘 긴장을 늦추지 않았다. '늦바람이 더 무섭다' 고 내가 꼭 그런 꼴이었다. 그야말로 자나깨나 블로그 생각만 했다. 사람이 변변치 못하다 보니까 그렇게 하지 않고서는 하루에 한 건씩 '건수' 를 올린다는 게 생각보다 쉽지 않았다.

처음엔 한 20여 명 안팎의 방문객 수를 기록했다. 그나마도 신기했다. 그러다 어느 날 최초의 '정기구독자' 가 생겼을 때 그 기쁨이란!

방문객이 점점 늘어나고 정기구독자도 늘어났다.

미국 워싱턴과 뉴욕은 물론이고 도쿄, 호주, 태국, 스웨덴 등지에 사시는 교민들까지 정기구독자가 되었을 땐 정말로 뿌듯하고 든든한 마음이었다.

저혈압 기운 탓도 있었지만 예전엔 아침에 일어나면 기분이 저조한 날이 더 많았었다. 하지만 블로그에 '뜻' 을 세우고 매일매일 블로그 작업에 공을 들이다 보니까 생활의 활력이 생겨났다. '마음의 힘' 이 생겼다. 두려울 게 별로 없다는 생각마저 들었다.

나이 탓에 여러 가지로 움츠러들기만 했던 심드렁해진 일상에 '애인 같은 블로그' 가 나타나면서 '운명' 이 바뀐 기분이 들었다.

친구들과 가족들의 후원도 대단했다. '기삿거리' 를 제공해주는 것은 기본이고 그날 그날 올린 블로그에 '애정 어린 촌평' 을 아끼지 않았다. '고래도 칭찬에는 춤을 춘다' 는데 우리 같은 소시민이야 오죽하겠는가!

그야말로 블로그는 내 '생활의 중심' 이 되어버렸고, '너는 내 운명' 의 경지에 이르렀다. 지난 한 해는 블로그와 함께 울고 웃다 보니 그렇지 않아도 쏜살같이 날아가는 시간이 전광석화처럼 지나가버렸다.

블로그 테크닉이 전혀 없는 푼수라 그냥 우직하게 '오리지널 에세이' 만을 써서 올렸다. 영화나 소설 그리고 시사에 이르기까지 그날 그날 내가 쓰고 싶은 이슈를 정해서 '1인 편집회의' 를 거쳐 바로 글쓰기에 돌입한다! 좌고우면하지 않고 글쓰기에 몰입하다 보면 세상 시름은 다 사라져 버렸다.

그렇게 한 1년 지나고 보니 어느 새 200개가 훨씬 넘는 에세이들이 나의 블로그에 쌓이게 되었다.

어떤 보석이 있어 이 블로그만큼의 기쁨을 주겠는가 싶었다.

200번째 블로그를 올리던 날 '각계에서 온정(?)이 답지' 했다. 찬사일변도의 격려와 박수가 쏟아졌고, 어떤 지인은 '200' 이라는 숫자로 삼행시를 보내주기도 했다.

친구들은 바쁜 시간 틈틈이 격려성 모니터링으로 기운을 북돋워 주었다.

대학병원에서 환자를 진료하는 한 친구는 주말에 새 글이 뜨지 않으면 하루 종일 우울하다고 하소연해왔다. 그 친구를 위해 일부러 토요일엔 재밌는 소재의 새 글을 올리려고 애썼다.

제일 무서운 독자는 가족! 타인들은 해줄 수 없는 신랄한 비평을 '보약' 처럼 먹이려 들어 언쟁으로까지 번진 일이 한두 번이 아니었다.

이렇게 블로그는 내 생활의 중심을 차지한 채 나에게 마르지 않는 에너지의 근원 같은 역할을 하고 있다. 드디어 '2% 부족한 그 무엇' 을 채워주는 존재라고나 할까. 든든한 후원자로 자리매김했다.

지난 1년간 쓴 블로그 중에는 가슴 뭉클해진 사연도 꽤 있다.

5월의 어느 날 비 오는 종로거리에서 '생업' 이 걸린 문제로 슬픈 시위를 하던 시각장애인들의 시위현장을 목격하고 「비 내리는 서울, 슬픈 시위대」라는 글을 올렸었다.

다음 날 뜻밖에도 그 시위에 참가했던 시각장애인이 고맙다는 답글을 보내주었다. 누구의 도움으로 이 답글을 쓴다면서. 그걸 보는 순간 저절로 눈물이 나왔다. 힘없는 소외계층들을 위해 미력이나마 도울 수 있었다는 사실에 진실로 감사한 마음이 들었다.

‘푸른 말’ 같은 월드컵 국가대표팀의 조원희 선수를 호텔 로비에서 우연히 만난 뒤 그 길로 집에 오자마자 글을 올린 것을 비롯해, 일본의 노벨문학상 작가 오에 겐자부로 씨의 강연장에 ‘디카’를 들고 가서 그의 사진을 찍고, 친필 사인을 받아 우리 블로그에 ‘영상’을 처음 선보인 일!

추운 입춘날 교보 빌딩 앞에서 스크린 쿼터 반대 ‘1인 시위’를 하던 안성기와 장동건을 만났던 일, 인기 록밴드 그룹 ‘크라잉 넛’의 콘서트에 난생 처음 갔다 온 뒤 그 젊음의 열기를 블로그에 고스란히 올렸던 것 등은 모두 블로그 덕분에 맛볼 수 있었던 생명력 충만한 체험의 순간들이었다.

‘천생연분’이라고나 할까? 새로운 이슈를 놓고 자료도 찾고, 하고 싶은 말을 글로 옮기는 ‘다람쥐 쳇바퀴’ 같은 과정의 연속이었지만 이상하게 지루하거나 따분한 생각은 전혀 들지 않았다. 그야말로 일일신日日新으로 날마다 새롭고 재미나다. 그러다 보니 ‘마음의 공허’를 느낄 짬이 없어져 버렸고 단순하고 호기심 많은 어린아이가 된 기분이다.

없는 글솜씨나마 ‘1인 미디어의 사장’으로 스쳐 지나가는 생각이나, 시끄러운 정치문제, 일상의 소중한 순간들을 글로 엮어 가는 과정에서 ‘작은 성취감’을 맛볼 수 있었던 것이 무엇보다도 블로그의 가장 중요한 성과였다.

블로그로 인해서 좋은 사람들과의 만남도 시작됐고, 블로그 덕분에 자칫 처질 수밖에 없었던 중년기의 삶에 따스한 등불이 켜진 것 같다. 마음 둘 곳 없어 삭막해진 인생살이가 힘겹다고 느끼는 많은 갱년기 여성들에게 '블로그질' 을 하라고 권하고 싶다.

블로그에는 꼭 글만 올리는 게 아니다. 요리를 해서 그 사진을 찍어 올릴 수도 있고, 집안 인테리어나 정원 가꾸기의 노하우, 이러저러한 작고 따분한 일상의 이야기들도 그냥 두서없이 블로그에 적어나가다 보면 '몰아의 경지' 에 도달하게 되고 그 다음엔 어느 새 무언가를 이루었다는 성취감이 주는 행복감을 느낄 수 있을 것이다.

호르몬 치료도 좋고 친구들과 몰려다니며 수다를 떠는 것도 좋지만 '공허한 갱년기' 를 치유하는 최고의 명약名藥은 바로 '블로그' 라고 감히 달하고 싶다. 머뭇거리지 말고 지금 '블로그 씨' 에게 데이트를 신청하시라!

그는 언제라도 따스하게 당신의 손을 잡아줄 것이다.

나는 언제까지라도 '블로그 씨와의 데이트' 를 게을리하지 않을 것이다.

'한 번만 마음 주면 변치 않는 영원한 애인' 같은 블로그가 있어 마음 든든하다.

'세상을 바꾸는 힘 블로그' 와 더불어 우리 사회에 조금이라도 보탬이 되는 일을 하고 싶은 것이 나의 작은 소망이다.

된장녀 이야기

얼마 전 인터넷 포털사이트에 '된장녀' 라는 단어가 떠돌아다녔다.

처음엔 그걸 보자마자 왠지 불쾌한 이미지가 떠올라 무슨 소린지 알고 싶지도 않아 클릭조차 하지 않고 지나쳐 버렸다.

오늘 조간신문을 보니 나는 어느새 세태에 민감하지 못한 오갈 데 없는 구세대 대열에 들어선 꼴이 된 것 같았다. 세태에 둔감하다는 건 '늙었다' 는 소리에 다름 아니지 않는가. 세태를 잘 모르는 '어리버리한 구세대' 는 되고 싶지 않은데……

하기야 이 '된장녀' 논쟁은 대학생들 사이에 최대 이슈로 떠오른 것이라니 대학생이 아닌 내가 몰랐다 한들 대수로운 일은 아닌 것이다. 하지만 '트렌드 워처' 를 자임하고 있는 나로서는 한 방 얻어맞은 듯한 기분이 들었다. 신문에는 이 '된장녀' 에 대해 한 면 전체를 도배해 놓았다.

제목은 "허영부리는 된장녀 VS 궁상떠는 고추장남".

기사보다 우선 남녀 대학생의 모습을 캐리커처로 그려 놓은 삽화가 눈에 들어왔다. 여대생은 고급샴푸로 손질한 긴 머리에 '스타벅스' 테이크아웃 커피를 마시는 모습.

그녀는 명품 백을 들고 한 쪽 겨드랑이에는 가방에 들어가지 않는,

'펴본 적도 없는' 두터운 전공서적을 끼고 있다. 한 손에는 핸드폰을 꼭 쥐고 있다. 이에 비해 남학생은 '취업 압박을 강하게 느끼게 하는 각종 수험서'를 들고, 군대시절 버릇대로 커다란 배낭을 메고 있다. 츄리닝이나 우중충한 면바지 차림이다.

이것만 봐도 대강 '된장녀'와 '고추장남'의 정의를 어렴풋이 알 것도 같다. 주제넘게 사치하는 여학생이 '된장녀'라면 온갖 궁상 다 떠는 남학생이 '고추장남'이라는 얘기다.

요즘 인터넷 포털사이트의 최고 인기검색어는 바로 이 '된장녀'라는 것이다.

한 석 달 전쯤 익명의 남성 네티즌이 인터넷 게시판에 이 말을 사용한 이래로 불과 3개월 사이에 온라인을 점령하다 못해 드디어 오프라인에 입성한 된장녀!

인터넷 검색창에 쳐보니 검색어 1위답게 '된장녀'에 관한 것이 굉장히 많이 나와 있다. '된장녀의 하루'를 클릭해보니 그녀의 하루가 꽤 길게 묘사돼 있다. 물론 아주 시니컬한 시선으로, 거의 인신공격 수준으로 그녀의 하루를 그렸다.

"된장녀는 아침 7시 30분 휴대폰 알람소리에 기상한다. 구세대처럼 자명종에 깨는 것이 아니다. 전지현 같은 머릿결을 위해 싸구려 샴푸나 린스는 안쓴다. 엘라스틴이나 미장센 정도는 써줘야 한다. 난 소중한 존재니까.

화장은 청순한 내추럴 화장으로. 빈폴 원피스에 '알바 뛰어서 번 돈으로 질렀던' 레스포삭 토드백을 한 손에 들고, 전공서적 한 권을 겨드랑이에 꽂고 집을 나선다. 큰 가방에 넣는 것보다 이렇게 해야 여대생스러운 거다.

일반버스는 사양하고(난 소중하니까) 좌석버스를 탄다.

화장하느라 아침식사를 못한 그녀는 던킨 도너츠에 들른다.

다이어트를 위해 설탕이 가미되지 않은 아메리카노를 마시며 설탕과 잼이 범벅이 된 도너츠를 먹는다. 강의 시간 내내 졸거나 선배에게 문자 날린다. 점심시간엔 같은 된장녀끼리 모여 뭐 먹을까를 고민한다. 구내 식당이나 학생회관은 절대 사양! 왜냐하면 된장녀는 소중한 존재니까. 레스토랑으로 향하는 길에 복학생 선배가 눈에 띈다. 웬 호구! 선배님 밥 사주세요!라고 조른다. 된장녀 셋이 달라붙으면 누구라도 이겨낼 자 없 다. 복학생 1주일 밥값이 한 끼 식사에 날아가 버리지만 된장녀들은 전혀 배려하지 않는다.

된장녀들의 샤넬 넘버 파이브 향수로 강의실이 진동한다. 수업 후 롯 데백화점 명품관에서 아이쇼핑하는 것이 된장녀들의 가장 큰 즐거움!

'3000cc 이상의 그랜저를 몰고 다니는 키 크고 옷 잘 입고 유머 감각이 있는 의사' 정도면 신랑감으로 괜찮다고 된장녀들은 농담인 척 진담을 나눈다.

시내 나왔으니까 저녁은 패밀리 레스토랑에서 먹어야 한다.

빕스의 코스요리는 그녀들의 입맛에 딱이다. 밥 먹으면서 화제는 주로 어제 본 드라마나 남자 탤런트 이야기. 주지훈이나 강동원, 배용준을 환 장할 정도로 좋아한다.

뉴요커들의 일상을 살고 있다는 착각 속에 된장녀들의 칼로리는 축적 되고 있다. 집에 돌아오는 길, 지하철에서 아이팟 나노로 팝송을 듣는다. 팝송은 된장녀들에게 인격이고 교양이다."

좀 인용이 길었지만 요즘 최고 인기라는 '된장녀' 의 일상이 어떤 것 인지를 대충 알 수 있을 것 같다.

'된장녀' 들이 결혼해 '된장아줌마' 가 된 일상은 이렇다.

"아침 7시 20분 탁상시계 소리에 기상. 콘플레이크와 저지방 우유로 아침식사를 대강 한다. 된장아줌마는 황신혜 같은 몸매를 위해 일반 우유는 안 마신다. 설거지는 식기세척기로 돌리고 본격적인 메이크업.
기시족이므로 짙은 화장은 절대 사양. 그레이스하고 화사하게 마무리한다. 화장품은 랑콤 정도를 사용. 남편 카드로 장만한 루이비통 멀티 스피디 30으로 단장하고 시슬리 향수를 뿌린다. 지난 주에 구입한 마놀로 블라닉 구두(최하 50만 원 이상)를 신는다. 된장아줌마들과 백화점 명품관에서 우아하게 아이쇼핑한다. 된장아줌마 셋이 걸친 걸 합하면 웬만한 승용차 한 대 값!
음식도 최고급으로 먹고 성형외과 다녀와서는 단체사진을 찍는다."

그렇게 해서 '된장아줌마' 들은 자신들이 한 클래스라는 동류의식을 확인한다는 내용이다.
인터넷 포털 검색란에 나온 '된장녀' 를 종합 정리해 보면 '개념 없는 행동으로 선량한 다수에게 불쾌감을 주는 몰상식한 여성들' 쯤 되는 것 같다. 한 곳에선 이렇게 정의하고 있다. 극단적인 페미니즘을 가지고 있는 여자를 지칭하는 말. 실체 없는 극단적 페미니즘을 신봉하여 남성을 혐오하면서도 남자들에 붙어 이득을 챙기려는 이중적 행태를 보이는 여자들 혹은 그런 무리들.
'X인지 된장인지 구분하지 못한다' 는 속언에서 파생됐다는 '학설' 도 있다.
2천 원짜리 라면을 사먹으면서 흑식 커피는 4천 원이 넘는 스타벅스 커피를 '보란 듯이 테이크아웃' 으로 들고 다니며 먹는 철부지 족속들이라는 얘기도 떠돈다. 아무튼 이 '된장녀'는 내가 처음 받았던 '좋지 않은 이미지'로, 여대생 혹은 미시족 아줌마들을 비아냥거리는 말인 것이다.

물론 여기에 대한 반박도 만만치 않다. 대부분의 여대생들은 기가 막힌다는 입장이라고 한다. 극히 일부의 이야기를 마치 전체적인 트렌드인 양 몰아가고 있다는 주장이다. 하기야 요새 '결혼' 대신 '취직'을 우선적으로 생각하고 있는 의식 있는 여대생들에게 '된장녀'는 '굴욕적인 언사'일지도 모르겠다.

여성학 전공학자들도 이와 비슷한 이야기를 하고 있다. '된장녀' 부류가 캠퍼스에 존재하는 건 사실이지만 전체 여학생이 그러는 것처럼 일반화시켜 공격하는 건 문제라는 것이 '여성학자'들의 고견이다. 그런데 이런 이야기는 우리 같은 일반인들도 할 수 있는 하나마나한 소리가 아닌가 싶다.

어쩌면 이 '된장녀' 논쟁은 그 모습을 바꿔 오면서 유구하게 내려온 '여자 이야기'가 아니겠는가. 신데렐라 이야기도 그렇고. 동서고금을 막론하고 '여자의 속성'은 이렇게 '허영' 혹은 '환상' 혹은 '멋'에 죽고 사는 철부지 같은 존재로 묘사되어 오지 않았던가. 태양 아래 새것 없듯이 그저 껍데기만 바꿔서 내려온 '아주 오래된 이야기'가 바로 '된장녀' 이야기인 것 같다.

제목은 떠오르지 않지만 영국 작가 서머셋 모옴의 단편소설이 생각난다. 비싼 음식만 골라먹으면서 남자를 '등쳐먹기 좋아하는' 여성을 20년인가 후에 조우했더니 무지막지한 '뚱보 아줌마'로 변해 '잘크사니' 했다는 남성 이야기다.

뭐 이런 이야기뿐 아니라 시대를 불문하고 여자라는 존재에 대한 이야기는 "약한 자 그대 이름은 여자이니라" "여자의 마음은 흔들리는 갈대'"김중배의 다이아반지를 따라간 심순애"라는 범주를 벗어나지 못하고 조금씩 변형된 채 내려왔다고 해도 과언은 아니다.

1950년, 여대생들은 6·25 전쟁 중 피난 시절에도 '멋'에 죽고 살았다. 그 '멋'은 어쩌면 목숨 같은 '자존심'과 동일한 반열인 것일지도 모르겠다.

〈바람과 함께 사라지다〉의 여주인공 스칼렛 오하라가 커튼을 떼어서 드레스를 해 입고 남자 앞에 뽐내듯 나타나는 모습도 떠오른다. 그 '커튼 드레스'가 바로 그녀의 자존심이었다고 본다.

그런데 이런 현상이 비단 여자에 국한된 것이겠는가. 남자들에게도 역시 그런 허영으로 치장하고 싶어하는 심리가 엄연히 있다.

그러고 보면 '허영덩어리 된장녀 이야기'는 언제 어디서나 만날 수 있는 인간의 이면을 희화화한 것에 불과한 것인지도 모르겠다.

'내 눈의 들보는 보이지 않고 남의 눈의 티만 보인다'는 말처럼 이 더운 날 '된장녀' 논쟁은 어쩌면 '물신주의적 세태'를 풍자하고 싶은 할일 없는 사람들의 '의식 있는 저항'이라고나 할까.

만약 위에서 인용한 된장녀들이 실존한다면 그 또한 지구상의 수많은 라이프스타일의 하나일 뿐이라고도 할 수 있을 것이다. 내가 보기에 그녀들의 그런 몸짓은 바로 자존심의 한 변형인 것 같다. 물질만능 시대에 오염된 '비틀린 자존심'으로 지탄받을 수도 있겠지만.

우루과이의 언론인 겸 작가인 에두아르도 갈레아노는 이런 세태를 예견한 듯 이런 말을 했었다. "네가 얼마나 소비하는지 말해 주면, 너의 값어치가 얼마인지 말해 줄게."

그만큼 현대는 '물신'이 지배하고 있다는 얘기일 것이다. 그러니 '된장녀'들의 '최고'를 지향하는 소비행태는 그리 비난할 것만도 아닌 듯하다.

　제일 무더운 8월, 한국에서 '된장녀로 살아가기'도 쉬운 일은 아닌 것처럼 보인다. 살인적 무더위에 걸맞은 '소비패턴'을 지향하려면 그 것도 보통일은 아닐 것이다.

　사정이 이런데 누가 그녀들에게 돌을 던질 수 있겠는가.

　누구에게나 원체 인생은 어려운 것이다. Life is very difficult!

한 어린 천사와의 인터뷰
―명연기로 전액 장학금 받은 초등학교 4학년생

조금 전 한 천사와 인터뷰를 했습니다. '바쁜 천사' 와의 인터뷰는 쉽지 않아서 아침 일찍부터 천사의 행방을 추적한 끝에 방금 전인 오후 6시에야 전화선을 통해 간신히 인터뷰가 가능했습니다.

내일은 크리스마스 이브여서 우리 'skyview의 블로그' 를 방문하시는 분들에게 마음으로나마 '성탄 선물' 을 드리고 싶었습니다.

하도 세상이 시끄러운 시절인 탓에 아마 대부분의 어른들도 마음의 위로가 되는 성탄선물에 목말라하실 것 같다는 생각에서였습니다.

제 마음이 그랬거든요. 뭐 좀 따스하고 훈훈한 이야깃거리가 없을까 생각하다가 우연히 조간신문 한 구석에서 '천사의 이야기' 를 발견하고 쾌재를 불렀습니다. '바로 이거다!' 얼마나 반가웠는지 모릅니다.

이스라엘 속담에 "신이 집집마다 찾아가기 어려워서 대신 집집마다 어머니를 보냈다"라는 말을 어디선가 본 기억이 있는데요, 저는 이걸 패러디한 말을 오늘 지어냈답니다.

'천사들이 집집마다 찾아다니기 어려워서 대신 집집마다 어린이를 보냈다'' 라구요. 오늘 인터뷰한 천사는 경기도 가평군에 있는 마장초등학교 4학년 권오준(10) 군입니다.

다침신문에 실린 오준이에 대한 기사는 이런 제목으로 시작합니다.

"10살 시골소년, 도립극단 명예단원 됐네, 예술 멘토 프로그램에서 재능 발견" "경기 문화의 전당, 대학까지 지원"

오준이는 지난 12월 20일 경기도 문화의 전당으로부터 '경기 도립극단 명예단원으로 임명받았답니다.

문화의 전당은 권 군의 중·고교 학비는 물론 훗날 대학 연극영화 관련 학과 입학 때 학비 전액을 지원해 주고, 도립극단 공연에 아역으로 무대에 설 기회도 주기로 했다는 게 기사 내용입니다.

경기도 문화의 전당이 문화 소외지역 학교 등을 찾아가 연극, 무용, 음악 등을 가르쳐온 '예술 교육 멘토(Mentor, 신뢰할 수 있는 스승) 프로그램' 에서 오준이는 1년 동안 교육을 받았고, 도립극단 여배우인 장정선 씨가 오준이의 '재능' 을 발견해내 무대에 세운 것이 계기가 돼 오준이는 그렇게 큰 '성탄선물' 을 받는 행운을 안은 겁니다.

이 기사를 보는 순간 가슴이 뭉클해졌습니다. 몇 해 전에 봤던 영국 영화 〈빌리 엘리엇〉이 떠오르기도 했습니다. 왠지 그 영화의 주인공인 소년 빌리와 오준이가 닮은꼴처럼 여겨졌거든요.

빌리도 문화 소외지역인 탄광촌에 사는 소년으로 아빠 몰래 발레를 배우다 결국은 아빠의 후원으로 런던의 발레학교에 진학하고 발레리노로 성공한다는 스토리입니다.

이 영화 내용과 '현실 속' 의 오준이가 겹쳐지면서 이 어린이 이야기야말로 우리 어른들에게 힘이 될 것이라는 확신이 생겼습니다.

꼬마가 얼마나 '명연기' 를 펼쳤으면 중·고등학교와 대학교 장학금까지 거머쥘 수 있었을까요, 궁금하시죠? 저도 퍽 궁금했답니다.

오전부터 시도했던 오준이와의 전화통화는 오후 6시에야 겨우 이뤄졌습니다. 전화를 직접 받은 오준이의 목소리는 아주 또랑또랑했습니다. 오준이와의 통화는 거의 '성인 수준' 이었습니다. 우리 나이로는 열한 살짜리 어린아이였지만 대화하는 수준이나 지적 능력은 거의 중학생처럼 느껴졌습니다. 요즘 꼬마들의 현주소를 알 수 있을 것 같았습니다.

기사에 따르면 오준이는 연극 선생님과의 첫 만남에서 자신을 소개하는데 다른 어린이들과는 달리 '뮤지컬 형식'으로 했다고 합니다.

오준이에게 '재연'을 부탁했더니 처음에는 수줍은 목소리로 "에이, 쪽 팔리는데요"라고 사양했습니다.

어떤 멜로디를 사용했냐고 재차 물었더니 "그냥 대충 생각나는 대로 지어서 했어요" 합니다. 그러면서 오준이는 작은 목소리로 흥얼거리더군요. 멜로디가 꽤 자연스러웠습니다. 오준이는 '뮤지컬'로 자기소개를 했지만, 장래 희망은 '외환딜러'였다고 합니다. 오호 외환딜러라!

도서관에서 취직에 관련된 책을 빌려 봤는데 거기에 그 외환딜러가 소개된 것을 봤다면서 "명예도 있고 돈도 잘 버는 직업"이라고 내게 가르쳐주더군요.

1995년 7월 3일생인 오준이는 독서광입니다.

"세 살 때 작은어머니에게 맞아가면서 한글을 배웠다"는 오준이는 7세 때 1번, 8세 때 2번, 3학년때 3번 모두 7차례나 『삼국지』를 독파해 내용을 훤히 꿰뚫고 있답니다. 1권당 4백 페이지가 넘는 3권짜리 '어린이용 삼국지'이지만 대단한 독서량인 것 같습니다.

조조가 적벽대전에서 너무 자만하다 대패했다는 말을 술술 할 정도리니까요.

이번에 장학금을 받으면서 경기도 문화의 전당 홍사종 사장과 대화를 한 오준이는 "장학금을 받게 되었다고 조조처럼 자만해서는 안 되겠죠"라고 의젓하게 말을 해 주위의 어른들을 놀라게 했다는군요.

그 날 오준이는 홍 사장과 『삼국지』에 대해 이야기꽃을 피웠다고 합니다.

오준이에게 학교 공부를 잘하냐고 물었더니 22명 중 17등을 했다고 풀이 죽은 듯한 목소리로 대답합니다. 그러면서 덧붙이는 말이 걸작입니다.

"살다 보니까 시간이 없어서 공부를 전혀 못했어요."

그래 제가 좀 엄한 어조로 "학생은 무엇보다도 학과 공부를 제일 먼저 해야 하고 잘해야 한단다"라고 했더니, "예"라고 공손히 대답했습니다.

전액장학금을 받게 된 이번 연극에서 오준이가 한 역할이 너무 궁금했습니다. 연극 선생님이 오준이는 '단 세 대사로 관객을 사로잡았다'고 했거든요. 오준이는 그 연극에서 '술주정뱅이 아버지'의 역을 맡았답니다.

그대로 한번 해보라는 요청에 조금 머뭇거리더니 갑자기 '어른 흉내 목소리'로 재연을 하더군요.

오준이가 한 대사는 "복순이냐, 들어와라, 이거라도 먹어야지 어떻게 하겠니, 도장 저기 있다"였습니다. 전화선을 타고 들려오는 꼬마의 어른 흉내에 얼마나 웃었는지 모르겠습니다. 아주 오랜만에 힘차게 웃었습니다.

오준이 얘기로는 '연습은 별로 못했고, 역할 자체가 웃기는 거였다'지만 연극지도 선생님은 오준이가 "워낙 창의력이 있고, 끼와 재능이 있다"고 합니다.

오준이는 매주 수요일 5~6교시에 열렸던 이 '멘토 프로그램'이 너무나 기다려졌다고 합니다. "예쁜 선생님이 실감나게 가르쳐 주셔서" 연극의 매력에 흠뻑 빠지게 된 오준이는 그래서 외환딜러의 꿈을 접고 요즘은 연극 배우가 되기로 했답니다.

오준이에게 "너 얼굴은 받쳐주니?"라고 물었더니 "절대 안 돼죠, 괴물이게요"라고 말합니다.

"소문엔 꽤 잘생기게 나왔던데?"라고 하니까 "에이, 사진발이에요. 뽀샵 처리한 거겠죠"라고 말하는 품이 거의 중학교 3학년생 정도 되는 것 같더군요. '점심을 까먹을 정도'로 독서에 빠지곤 하는 이 어린이는 독서력만큼 조숙해져서 이런 말을 했습니다.

"인생은 진짜 어려운 것 같아요. 인생은 고독한 것 아닙니까?"

이런 말을 하는 오준이는 최근 '실연'을 당했다고 합니다.

'2년 연상의 여친'에게 귀고리까지 사주었고, "프러포즈까지 받았는데" 배신했다는 겁니다. 그래서 오준이는 독신으로 지낼 거라고 말하더군요. '독신' 소리가 너무 깜찍하면서도 뜻밖이어서 "어린이는 그런 말을 하면 안 된다"고 했더니 "예" 하면서도 못내 아쉬운 듯한 기운이 전화선을 타고 느껴졌습니다.

아마 할머니와 편부 슬하에서 자라고 있어서 외로움을 많이 타는 것 같았습니다.

아침 7시 50분쯤에 일어나는 오준이는 12시에 잠자리에 든다고 합니다. '그렇게 늦게까지 뭐하니?'라고 물었더니 혼자 바둑도 두고, 로봇 조립도 하고, 텔레비전도 본다고 합니다. 인터넷 게임도 많이 하는데 일반 프로그램은 '지겨워서' 안 하고 스스로 '게임을 만들고 업그레이드시켜서' 한다는군요. 그러면서 오준이는 "모방을 거쳐 창조를 한다는 얘기죠"라고 해석까지 덧붙여 말했습니다.

'컬' 음악을 좋아한다는 오준이는 가수로는 'MC몽' 형을 좋아하고 탤런트는 드라마 〈해신〉의 주인공이었던 최수종 씨를 좋아한다고 합니다

열 살짜리 어린이와 하는 대화치고는 상상 이상의 조숙한 단어가 튀

어나와 요즘 어린이들의 수준이 예전에 비해 상당히 높아진 것을 실감할 수 있었습니다.

그래도 이번 연극공연 하러 가면서 아빠에게 용돈 5천 원을 받아서는 전부 과자를 사먹었다는 대목에선 어린이다운 면모를 잃지 않고 있는 듯했습니다. 장학금을 받게 돼 아빠가 좋아하시지 않느냐고 물었더니 "별로이신 것 같아요"라고 말합니다. 아빠와 연결은 안 됐지만 아마 아빠도 굉장히 기뻐하시겠죠.

오준이와 아빠는 아직 조간신문에 실린 그 기사조차 못 봤다고 합니다. "있다가 인터넷에 들어가서 볼 거예요"라고 말하는 오준이를 보니까 요즘 아이들이 컴퓨터와 얼마나 친한지를 느낄 수 있었습니다.

오준이는 이번 역을 마치면서 "저 연기 잘했죠, 그렇다고 우리 아빠가 그러시는 건 아니랍니다"라고 말해 관객들의 폭소를 자아냈다고 하는데요, 어떻게 그런 말을 했느냐는 질문에 "에이, 대본대로 했어요"라고 대답해 또 한번 큰 소리로 웃었답니다.

'인생'에 대해 척척 정의를 내리는 열 살짜리 '천사'와의 대화는 뜻밖의 즐거움을 주었습니다.

이렇게 소외지역 어린이들의 문화적 재능을 발굴해주는 프로그램을 운용하는 점에서 경기도 문화의 전당의 역할은 돋보이는 것 같았습니다.

홍사종 사장은 이 프로그램이 '경기도의 블루 오션 상품'이라고 소개했습니다. 도의 지원을 받아 운영하고 있어서 이번 공연에 손학규 지사도 참석했다고 합니다.

도립극단의 250명 단원이 경기도 오지지역을 돌면서 소외된 어린이들에게 '문화체험'을 할 수 있도록 활동하고 있는 것에 대해 큰 자부심을 갖고 있는 듯했습니다.

그러나 이번 '전액 장학금'은 홍시종 사장이 자신의 '사비'를 털어 마련했다고 합니다.

홍 사장은 〈재미있는 연극 이야기〉라는 강연 프로그램을 통해 생기는 수입 전액을 적립해 이번처럼 장학금을 주기로 했다고 합니다. 보이지 않는 곳에서 '소리 없이' 애국하는 사람들이 적지 않다는 사실에 흐뭇했습니다.

금년 성탄선물로 이 정도의 이야기를 선물세트로 마련하는 것도 괜찮다는 느낌이 들었습니다. 메리 크리스마스!!

※PS : 그리고 2년의 세월이 흐른 금년 8월초 오준이는 저의 블로그를 방문해 메모를 남겼습니다. 어찌나 반갑던지요. 전 오준이가 중학교에 입학한 줄 알았는데 아직 초등학교 6학년생이더군요.

초등학교 6학년생 오준이는 저에게 데이트 신청을 했습니다. 여름방학이 끝나기 전에 꼭 만나고 싶다는군요. 아직 어린 오준이가 서울에 혼자 찾아올 수 있을지 좀 걱정이 됩니다. 하지만 이렇게 자기 혼자 스카이뷰의 블로그를 방문해 메모를 남길 정도로 명민한 어린이이니까 서울에 혼자 오는 것쯤은 식은죽먹기일 겁니다.

명동의 재발견

그제 명동 거리를 걷다가 너무 반가운 간판 하나를 우연히 발견하고 거의 울 뻔했습니다. 숨이 멈출 것 같은 기분이 들어 잠시 길 복판에 서서 그 간판을 가만히 응시하다가 서서히 간판이 안내하는 대로 지하계단을 내려갔습니다. 마치 이상한 나라의 앨리스가 된 그런 기분이라고나 할까요.

'아니 어떻게 이제야' 하는 만시지탄까지 순간적으로 교차하는 복잡한 감정의 회오리로 가슴이 두근두근거렸습니다.

무슨 간판이었냐구요? '샘터 책방' 이라는 작은 간판이었습니다.

몇 해 전, 명동 전체에 단 한 군데였던 '문예서림' 이라는 책방이 사라지면서 제겐 명동이 '불 꺼진 창' 같은 그런 썰렁한 이미지로 다가왔습니다.

문예서림이라는 '작은 동네 책방' 이 사라졌는데 명동 전체가 텅 빈 듯한 그런 느낌을 받았거든요. 마음이 쓸쓸해지거나 외로워질 땐 그냥 책방으로 달려가 '원기' 를 수혈받곤 하는 저의 독특한 생활습관 탓에 명동에 책방이 사라지면서 마음이 그렇게 허전할 수가 없었습니다.

물론 그 옆에 종로로 가면 영풍문고나 반디앤루니스 같은 대형 책방이 있고, 저의 '정신적 고향' 인 광화문 교보문고도 이사 가지 않고 늘 그곳이 있는 만큼 까짓 '동네 책방' 하나 사라졌다 해서 그렇게 기죽을 건 없었는데도 워낙 '상처받기 잘하는 못난 A형' 기질인 저로선 영 기운 빠질 일이었거든요.

그러니 돌연 눈앞에 들어온 '샘터 책방'의 작은 간판이 얼마나 반가웠을지는 여러분도 이해해 주실 거라고 봅니다.

전 일단 좁은 지하계단을 내려가 무거운 문을 어렵사리 열고 책방 안으로 들어갔습니다. 바로 문 앞에 카운터가 있었습니다. 가슴에 에이프런을 두른, 점원으로 보이는 아가씨에게 다짜고짜 물었습니다.

"이 책방 언제 문 열었어요?"라구요. 그랬더니 그 아가씨는 아주 이상한 사람을 봤다는 듯 뜨악한 표정을 잠시 짓더니만 "4월이면 만 2년이 됩니다."라고 말하는 겁니다.

그 얘길 듣는 순간 전 맥이 탁 풀어지는 기분이었습니다. 명동에 그렇게 자주 드나들었건만 이제야 발견한 책방 간판은 순전히 저의 불찰이었다는 반성이 들었던 겁니다.

여하튼 전 너무 반갑기도 하고 한편으로는 2년 가까이나 그 존재를 모르고 있었던 자신의 불찰에 화도 나고 해서 그 아가씨에게 다시 말했습니다.

"다니 왜 이렇게 간판이 작아요. 눈에 보이지 않네요."

그랬더니 그 아가씨는 "이 건물 주인이 크게 달지 말라고 해서요"라며 모기 소리만하게 대답을 하더군요.

아마도 제가 좀 이상한 사람으로 보였었나 봅니다. 그런데 그 아가씨는 이렇게 덧붙여 말하더군요. "그렇게 말씀하시는 손님들이 참 많아요. 간판이 눈에 보이지 않는다구요. 이 빌딩 사장님한테 건의 좀 해주세요."

저는 점원 아가씨의 이 한 마디에 갑자기 '사명감'을 느끼기 시작했습니다. 물론 이 큰 빌딩의 사장이 누군지 전혀 모르지만 빠른 시일 내에 사장을 찾아가 담판을 짓기로 그 자리에서 혼자 결심했지요. 책방 간판을 눈에 띄는 곳에 크게 달 수 있도록 해달라고 요청하기로요.

그래서 책방 입구의 사진도 찍었습니다. 바로 그 옆엔 신한은행 입간판이 엄청나게 큰 크기로 세워져 있어서 저의 결심을 굳히는 데 일조를 했습니다. 제가 보기에 신한은행은 입간판이 없어도 워낙 목 좋은 데 위치해 눈에 잘 띄거든요.

전 무슨 투사라도 되는 양 '샘터 책방 간판 바로 세우기 위원회 위원장'으로 즉석에서 혼자 취임하고 분주히 움직일 계획을 세웠답니다.

다른 사람은 어떨지 몰라도 제게 있어서 '명동'은 하나의 상징적인 이미지로 존재해왔습니다. 흔히들 '청춘의 거리'라고 알려져 있듯이 저도 명동에서 청춘을 보냈습니다.

이러면 좀 감이 이상한데요, 암튼 명동은 그냥 단순한 동네 이름이 아니라 늘 푸른 어떤 샘물 같은 이미지라고나 할까요, 기운이 없어질 때도 그곳에 가면 '수혈을 받은 듯' 원기를 회복하고 위로를 받곤 하는 그런 곳이었습니다. 어떤 시인은 그랬다죠, 명동은 "고독한 산보자의 마지막 귀환지"라고요.

저와 명동과의 인연은 아주 오래 전으로 거슬러 올라갑니다.

제가 '국민학생' 시절 아버지의 손을 잡고 명동의 좁디좁은 외서골목을 자주 가곤 했습니다. 아버지께서는 일본 월간 잡지나 일본 서적을 자주 구입하셨는데 그 때마다 저를 데려가시곤 했었지요.

지금은 그 골목이 없어졌습니다만 지금 롯데 영플라자 쪽에서 큰길 건너 마주보이는 쪽 바로 뒤가 일본책들을 판매하는 골목이었습니다. 아주 좁아서 두 사람이 걸으면 어깨가 닿을 정도였고, 늘 어두워서 항상 전구를 켜놓은 상태였죠.

그런데도 그 조붓한 책방 길을 걸을 때면 어린 게 뭘 안다고 그렇게 뿌듯하고 심지어는 우쭐한 기분이 들곤 했습니다. 책을 다 사시면 아버지는 저를 데리고 책방 골목이 끝나는 곳에 위치한 중국음식점에 데려가셨지요.

그 때 먹었던 물만두나 군만두, 탕수육, 자장면은 정말 기막히게 맛있었지요. 지금은 아무리 고급 호텔 중식당엘 가도 그 맛이 안 나서 저를 안타깝게 만듭니다.

아무튼 비교적 어린 시절에 '명동에 데뷔' 한 저는 그 후로 여학생이 되어선 혼자서 혹은 친구들과 자주 드나들었습니다.

조금 '불량기' 가 있는 같은 학교 학생들 중 몇몇은 명동에 가발을 쓰고 춤추러 다녔다는 얘기를 훗날 전해 들었습니다. 저야 그 때도 소심한 학생이어서 어른들 몰래 명동에 가긴 했지만 춤추러 다닐 정도의 배짱은 없었지요.

대학생이 되면서는 제법 멋을 내고 명동거리를 휘젓고 다니기도 했었지요. 그 때는 '송옥 양장점' 이나 '이원재 양장점' 같은 데서 옷을 맞춰 입을 정도면 소위 '상위 클래스' 로 쳐주기도 했습니다.

통금이 있던 시절이었지만 크리스마스에는 통금이 해제돼 수많은 '청춘' 들이 명동을 메웠다는 기사가 어김없이 다음날 신문에 등장하곤 했었죠.

서울의 멋쟁이들은 다 명동으로 모인다는 '전설' 마저 있었습니다. '강남' 이 생기기 전이니까요.

아무튼 '명동' 에 갈 때는 으레 복장부터 신경 쓸 정도로 명동은 그런 곳이었습니다. 인생이 뭔지 지금도 모르지만 그 시절에야 그야말로 '밤인지 낮인지 모르는' 시절이라 명동 생맥주집에 모여 담소하는 걸로 인생을 보내기도 했었지요. 통기타와 생맥주! 이게 청춘의 대명사처럼 군림하던 시절이었습니다.

몇 해 전인가 EBS에서 〈명동백작〉이라는 드라마를 했었지요. 5), 60년대 청춘들이 보낸 명동을 그린 드라마였는데 EBS 자체 제작 프로그램 중에 시청률이 1위였다는 보도가 기억나네요.

저도 그 드라마를 꽤 재미있게 봤거든요. 암튼 시대는 바뀌어도 명동은 '청춘들'에겐 '지존의 거리'라는 위상을 변함없이 지켜나가고 있다는군요. 아무리 화려한 강남이 있다지만.

그런 명동이어선지 저는 명동거리를 거닐면 요즘도 자신이 무슨 청춘이라고 왠지 가슴 한 구석이 뿌듯해지곤 합니다. 그런데다가 뜻하지 않게 횡재라도 한 듯 '샘터 책방'이라는 그야말로 '영혼의 샘터'까지 발견했으니 간판 크기가 작아 불이익을 받고 있는 그 책방을 도와주어야 하는 건 거의 저의 의무사항이 된 겁니다.

그 날 저는 샘터 책방에서 한참 머물면서 취재를 했습니다. '간판 바로 세우기 위원장'으로선 마땅히 그래야겠지요.

점원 아가씨 얘기론 하루 판매부수가 평균해서 고작 250부 정도랍니다. 오전 11시에 열어서 밤 10시 반에 문 닫을 때까지 그 정도만 팔아서야 곧 '문 닫는다'는 소리가 나올 것 같군요. 한 100여 평 남짓한 책방은 대형서점들과는 달리 조금은 소박한 분위기였는데요, 명동이라는 동네 특성상 주로 젊은 사람들이 찾는 것 같았습니다.

책방 한 쪽에는 팬시 문구류를 팔고, 한 쪽에는 아이스크림 가게가 있었는데 책방보다는 오히려 그 쪽이 문전성시 분위기였습니다.

샘터에서 나와서 어슬렁거리면서 명동을 산보했습니다. 제가 무슨 고독한 산보자는 아니었지만 벌써 봄의 기운이 느껴지는 명동거리에는 저 50, 60년대와 마찬가지로 청춘들이 넘쳐났습니다. 세대만 바뀌었을 뿐 거리의 본질적인 행태는 그대로인 셈이죠.

유네스코 앞쪽에 오니까 모범생 스타일의 남녀 학생들이 무슨 피켓을 들고 커다랗게 외치고 있었습니다. 뭔가 하고 자세히 보니까 그 학생들은 "유엔 안전보장이사회는 아프리카 수단에서 탄압받고 있는 사람들을 보호해주기 위해 UN평화유지군을 파견하라"는 제법 '거창한 주제'의 데모를 하고 있더군요.

아주 앳된 여중생과 그 옆에 여대생쯤으로 보이는 학생이 있어서 왜 이런 일을 하느냐고 물었더니 아무 죄 없이 핍박받고 있는 아프리카 수단의 다르푸르(Darfur) 시민들이 너무 가엾다는 거였습니다. 유엔평화유지군이 하루빨리 파견되어 이 불쌍한 사람들을 구해주어야 하니까 서명을 부탁한다고 말하더군요.

고군받고 있는 다르푸르 시민들의 사진이 붙여진 피켓을 들고 있는 숙명여대 정외과 학생 양윤영 양은 그야말로 '사명감'에 반짝이는 눈빛으로 그들을 도와주어야 한다고 서명을 부탁하며 호소하더군요.

그 옆에 함께 피켓을 들고 서 있는 자그마한 여중생 이정화 양을 향해 제가 "아이구, 요런 어린 학생이 뭘 알고 이러겠나"라고 짐짓 걱정하는 투로 말했더니 "어머, 애네들이 더 잘 안답니다. 누가 시켜서 이러는 게 아니라 애네들은 고통받는 아프리카 사람들이 너무 가엾어서 자발적으로 나온 거랍니다"라고 대학생 언니는 당당하게 말하더군요.

우리 때 같으면 꿈도 못 꾸었을 '아프리카 사람들의 인권을 위한 거리시위'를 하는 우리 어린 학생들을 보니까 마음이 뿌듯해졌습니다.

예전에 '명동성당'이 '민주화의 성지'로 독재정권에 항거하는 대학생들이나 민주투사들 이런 특별한 사람들이 모여서 시위를 하긴 했지만 머나먼 아프리카 사람들의 인권을 위해 겨울 거리에 피켓을 들고 서 있는 평범하게 보이는 그 학생들을 보니 우리나라가 많이 발전했다는 걸 느낄 수 있었습니다. 그들이 대견하다는 생각도 들었습니다.

그들을 잠시 격려해주고 다시 어슬렁거리며 산보를 시작했습니다. 이번엔 아주 맑은 표정의 앳된 여학생이 삐뚤빼뚤한 글씨로 요즘 대유행하는 "프리 허그, 무료로 꼬옥 안아드려요"라고 쓴 피켓을 들고 서 있었습니다. 총명하고 착해 보이는 그 여학생이 안쓰럽게 느껴져 왜 이런 걸 하느냐고 물었더니 "외로운 사람들을 위로해 드리고 싶어서요"라고 또박또박 말하더군요. 이제 중학교를 막 졸업했다는 그 여학생은 방학 동안에는 계속 나와서 프리 허그를 하겠다고 했습니다. 어린 여학생이 하도 대견스러워 얼른 안아주었습니다. 제가 프리 허그를 해준 건가요?

명동 입구 쪽에서도 프리 허그를 하는 여성을 볼 수 있었습니다. 빨간 코트를 입고 숏커트 머리에 하이힐을 신고 있는 그녀는 가까이 다가가 보니까 아주 순수하고 깨끗한 인상의 아가씨더군요. 멀리서 볼 땐 차림새로는 꼭 '업소 아가씨' 분위기였거든요. 더구나 웬 중년남자들과 계속 이야기를 주고받고 있어서 혹시 나이트클럽에서 손님끌기를 위해 파견한 여성인가라는 생각도 잠시 했었거든요.

경영학을 전공한다는 대학 3학년의 그녀는 '프리 허그'를 하면서 자신의 영혼이 맑아지는 걸 경험한다고 말했습니다.

하루 3시간 정도 한다기에 공부도 해야 하는데 시간이 아깝지 않느냐고 물었더니 그녀는 제 말이 끝나기도 전에 '전혀 안 아까워요'라고 웃으며 대답하더군요. 그녀의 그 웃음이 하도 맑고 깨끗해 보여 제 영혼마저 맑아지는 듯했습니다.

오늘 저는 명동을 어슬렁거리면서 명동의 새로운 모습들을 '재발견' 했습니다. 무엇보다도 '샘터 책방'의 존재를 비로소 알게 된 것 하나만으로도 '명동의 재발견'을 했다고 할 수 있겠네요.

거기에 고통받는 아프리카 난민들의 인권을 위해 시위와 서명운동을 벌이고 있는 여중생·여대생들, 외로운 영혼들을 위로해주기 위해 귀한 시간을 쓰면서 서 있는 여고생과 여대생들을 보면서 '명동의 재발견'을 또 한 번 한 셈입니다.

저 '청춘의 고향'인 명동은 여전히 활기 넘치는 새로운 청춘들의 순례지이자 고향으로 자리잡고 있는 것처럼 보였습니다. 물론 한층 업그레이드한 모습으로 성장해 저에게 '명동의 재발견'이라는 덤까지 선사하는 즐겁고 '밝은 동네'로서의 그 의연함을 잃지 않고 있는 듯했습니다.

브라보 마이 명동!!

민생이 어렵다네요

정치인도 아니면서 주제넘게 '민생'을 걱정하는 버릇이 있다. 특히 길모퉁이에 쪼그리고 앉아 콩깍지를 까서 팔고 있는 할머니들 앞은 그냥 지나칠 수가 없어 늘 한 보시기씩이나마 사드리곤 한다.

몇 달 전까지는 한 보시기에 3천 원이었는데 요새는 4천 원이 되었다. 퍼센트로 따진다면야 '엄청난 물가상승'인 셈이어서 슬쩍 '값이 올랐네요'라고 말하면 할머니들은 그래도 남는 게 없다며 수심에 꽉 찬 얼굴빛이다.

'날콩의 세계'에도 중국산이 쳐들어와, 국산 콩은 비싼 데다 물건이 없어 큰일이라는 말을 덧붙이신다. 하루 종일 팔아봤자 얼마나 남을까 싶다. 그야말로 '맨발의 닭발보다' 더 험하게 갈라터진 할머니 손등을 보면 '아이구, 이 겨울을 어떻게 넘기시려나' 걱정이 앞선다.

가끔 만삭의 아내와 서너 살짜리 꼬마를 데리고 아파트 단지 내 공원에 과일 노점을 차려온 아저씨는 산보 중인 나에게 '한 소쿠리만 사가세요'라고 외쳐댔다. 젊은 남자의 외침인데도 왜 그렇게 가슴을 저미듯 슬프게 들리는지 모르겠다. 뜨내기 일가의 풍경이 너무 애처로워 한 소쿠리 사면서 많이 팔았냐고 물으면 '통 장사가 안 돼요'라며 힘없이 웃곤 하더니 요샌 아예 나타나질 않는다. 아파트마다 주 1회씩 '장'

이 들어서고 대형마트들이 이곳저곳 있어서 그런 뜨내기 노점들은 발붙이기가 어려운 것이다.

그렇다면 이 추운 겨울 과일 몇 소쿠리에 생계를 걸고 있는 그 가족은 어떻게 살아나가야 하나. 남이지만 막막한 심정이 들어 진심으로 걱정이 된다.

더디 이들뿐인가. 다 팔아봤자 3만 원어치도 안 될 푸성귀를 좌판에 펼쳐놓고 앉아 있는 아주머니들도 그렇고 이 추운 겨울 그들에게 닥쳐올 신산한 삶의 무게를 생각하면 위정자들은 지금 뭘 하고 있는가 묻지 않을 수 없다.

며칠 전 서울 여의도에서 점심을 먹은 일이 있다. 그 쪽 식당 사정을 잘 알지 못해 웬 아주머니가 나눠주는 전단지를 보고 그 식당으로 향했다. 전단지에는 '미니 뷔페! 후식까지 합해 4900원!' 이라고 써 있었다. 그냥 뭐 그렇겠지 하고 들어갔는데 의외로 반찬 가짓수도 '뷔페 수준' 으로 많았고 맛도 꽤 괜찮았다. 함께 간 동료와 '오늘 점심 선택은 탁월했다' 며 웃었다.

커피 한 잔에만 5천 원도 더 받는데 점심 푸짐하게 먹고 커피까지 마시고 분위기도 거의 카페 수준으로 깨끗한 게, 다음에도 여기 또 와야지 하는 생각이 들었다. 그런데 이상하게 손님이 없었다. 썰렁했다.

찻값을 내면서 주인에게 왜 이렇게 손님이 없냐고 물었더니 여주인의 얼굴이 금세 어두워진다. 자기네는 이 정도로 차려내려면 정말 남는 게 없는 장사를 하고 있는 거라는 말부터 꺼냈다. 장사치고 '남는다' 고 하는 사람은 그리 많지 않지만 여주인의 표정이 너무 진지해 보였다.

몇 달 전부터 손님이 슬슬 줄더니 요새는 아무래도 '전업' 을 해야 할 것 같다고 말한다.

여주인 얘기로는 자기네만 안 되는 게 아니라 그 빌딩에 있는 다른 식당들도 전부 그렇다고 했다. 그 빌딩 지하 점포는 식당들이 차지하고 있는 이른바 식당가인데 집집마다 정말로 썰렁한 분위기였다.

돌아오는 길에 서울에서 한 번, 신도시 일산에서 한 번 택시를 탔다. 택시야말로 '민생의 바로미터'가 아닌가. 선거 때만 되면 각 정당에서 택시 기사로 구성된 민심동향 조사단을 가동시킬 정도로 택시 기사는 민생탐방의 최전선을 지키고 있는 사람들이라고 할 수 있다.

서울 택시 기사는 역시 대한민국 '수도' 서울의 기사답게 '수준 높은(?)' 정치성 발언을 많이 했다. 선글라스에 장발인 멋쟁이 기사는 내가 타자마자 '살기 어려워서 큰일이에요'라는 말을 던졌다.

"지금 열린우리당 얘네들은 이제 끝났어요, 얘들이 머리가 너므 나빠요. 운동하던 애들이라 그렇다면서요"라고 나의 동의를 구한다.

내가 웃기만 하자 그는 "이젠 이 정권이 정말 넌더리나요"라면서 신바람 나서 정치인들을 일일이 거명하며 '품평회'를 열었다.

그 기사의 주장은 '정치하는 애들'이 '너무 싸가지가 없다'는 거였다. 선거 때만 아는 체하고 찍어주면 '딴 짓'하는 인간들이라 이젠 정말 그들을 믿지 않겠다고 했다. 그러면서 그는 '먹고 살기가 너무 힘들다'는 하소연도 했다. 길지 않은 거리를 달려오면서 기사는 쉬지 않고 말을 했고 나는 그저 '예, 예' 하면서 맞장구만 쳤다.

신도시 일산의 택시 기사는 서울 택시 기사보다는 훨씬 나이들어 보였는데 이 기사도 '살기 정말 어렵습니다'고 말했다. 내가 뭐 살기 어렵죠? 라고 물어본 것도 아닌데.

이제 낼모레면 환갑이라는 일산 기사는 24시간 풀로 뛰고 하루 쉬고 하는 게 나이 탓인지 점점 힘들어진다면서 하루 사납금이 18만 원인데 그거 채우려면 '뼛골이 빠지는 것 같다'고 말했다.

"뼛골이 빠진다!"는 그의 표현에 갑자기 숙연해지는 기분이 들었다. 그 말이 그렇게 절실하게 다가올 수가 없었다. 18만 원 채우려면 단 한 시간도 소홀할 수 없다는 말도 했다.

좁은 일산 바닥에서 하루 18만 원을 번다는 것은 거의 기적처럼 어려울 텐데. 그래도 사납금 채우고 2,3만 원 남길 수 있어서 너무 고맙다는 것이다. 한 달 꼬박 사납금 채워주면 회사어서 50만 원을 준다고 했다. 그래서 간신히 입에 풀칠하며 산다는 것이다.

기사는 한 끼 4천 원하는 식비가 아까워서 밥때가 되면 얼른 집에 가서 먹고 온다고 말했다.

일산 기사는 서울 기사처럼 '정치 현안'에 대해서는 한 마디도 하지 않았지만 그의 '절절한 일상'이 가슴을 쳤다. 그래도 자기는 한 2년만 부지런히 뛰면 개인택시 면허를 받을 수 있어 그 '희망 하나!'로 버텨낸다는 말을 들었을 때는 자칫 눈물이 나올 뻔했다.

그 날 하루 나름대로의 '민생 투어'를 하면서 '과거사 청산작업'을 위해 앞으로 수년 간 '1천억 원' 이상을 투입할 것이라는 이 정부의 거창한 플랜이 얼마나 '죄스러운 일'인가 하는 느낌을 가졌다. 게다가 무슨 '행정도시 이전' 어쩌구 하는 데 드는 비용은 수십조 원에서 수백조 원기 들어갈 것이라는데 그 동안 이 '민생'들은 어떻게 해결하려는지 묻고 싶었다.

정치인도 아니고 정치 지망생도 아니고 그저 하루하루 살아가는 소시킨이지만 현 정권 실세들이나 앞으로 정권을 잡을 '새로운 세력'들이나 우선은 무엇보다도 '민생'을 보살피는 것을 제1목표로 삼아야 하지 않겠나 라는 생각을 해봤다. 물론 똑똑한 위정자들이 어련히 알아서 하겠지만 그런 '기우'를 해 본 하루였다.

비 내리는 서울, 슬픈 시위대

슬픈 시위대!

비 내리는 서울 종로 거리에서 우연히 마주친 그들의 모습에서 삶의 어두운 그림자를 보았다. 초점 잃은 눈에서 흐르는 눈물과 온몸을 의지하고 있는 하얀 지팡이를 허공을 향해 휘두르는 그들의 분노를 지켜보면서 '살아 있는 자의 슬픔' 을 고스란히 느낄 수 있었다. 5월의 어느 날 오후 4시쯤의 일이다.

'안마업業은 목숨!'

'우리는 볼 수 있으면 안마 같은 건 안 한다'

'우리도 인간답게 살고 싶다'

'정부는 우리의 생존권을 보장하라'

'우리의 생계를 앗아간 헌재의 판결을 규탄한다!'

그들은 삐뚤빼뚤한 글씨로 쓴 이런 피켓을 들고 비를 맞으며 종로 거리를 걸어가고 있었다. 시위대 중에는 아주 앳된 소년들도 적지 않아 보는 이들의 가슴에 애잔함을 불러일으켰다.

앞으로 '길고 긴 인생' 을 살아야 할 저 '소년 장님' 들에게 닥쳐올 '생계 문제!' 는 어떻게 해야 하나. 그들의 부모들이 언제까지나 보살펴 줄 수는 없을 터인데 이 험난한 세상에 저 소년들은 누구 손을 붙잡고 좇아가야 하나. 순간적으로 이런 생각이 스치자, 사람 많은 종로 거리인데도 불구하고 절로 눈물이 나왔다. 저 소년들에게 삶이 '견뎌나가야 하는 고통스런 과정'으로만 다가간다면 저들은 누구에게 눈물로 하소연해야 하나!

아주 오래 전 대학에서 특수교육을 전공한 친구가 서울 삼양동에 있는 흔·빛 맹학교라는 곳에서 교사로 일한 적이 있다. 취재 겸 그 친구를 찾아간 일이 있다.

그 친구는 '시각장애인 소년소녀들'의 감수성이 굉장히 예민하다고 말했다. 앞이 보이지 않는데도 친구가 새옷을 입고 가는 날이면 어김없이 아이들은 "선생님 예쁜 옷 입고 오셨죠? 멋있어요."라고 말해 친구를 놀래켰다고 한다. 그럴 때마다 친구는 '아, 이 아이들을 잘 키워야 할 텐데'라며 사명감이 깊어진다고 말했다.

지금도 그 학교가 있는지 잘 모르겠지만 어제 거리에서 마주친 어린 시각장애인들을 보면서 20여 년 전 일이 떠올랐다.

어린 장애인들에게 꼭 안마업 말고도 그들의 예리한 감수성을 살리면서도 생계의 방편으로 삼을 수 있는 다양한 직업 교육이 국가 차원에서 이루어져야 한다는 생각이 절실히 든다. 관련 부처가 학계와 논의하면 얼마든지 찾아낼 수 있을 것이라고 본다.

인간으로서 '볼 수 없다'는 가장 고통스러운 '천형天刑'을 안고 살아가야 할 시각장애인들에게 헌법재판소의 판결은 '청천 하늘의 날벼락' 같은 것이었다.

헌재는 '시각장애인만 안마사를 할 수 있게 한 법률이 위헌'이라는 판결을 내렸다. 이 결정 이후 시각장애인들은 서울 마포대교에서 투신하는 시위를 하고 있다. 여지껏 들어왔던 어떤 시위대의 소식보다도 충즈적이면서 그 절박함이 절실하게 느껴지는 그런 시위였다.

시각장애인들에게서 생업을 빼앗아간다는 건 극단적으로 말하자면 '살지 말라' 는 소리와 마찬가지일 것이다. 물론 헌재의 판결은 어디까지나 존중해야겠지만, '법에도 눈물' 이 있다는데 판결은 그렇게 나왔다 할지라도 정부에서는 저들의 절박한 삶에의 절규를 진지하고 심각하게 고려해야 하지 않을까?

시각장애인들이 '한강으로 뛰어들고 있다' 는 소식과 함께 며칠 전 신문에는 40대의 독신 시각장애인이 자신이 살고 있던 아파트 9층에서 투신, 목숨을 버렸다는 소식이 실렸다. 그는 14년 전 유전성 질환으로 시력을 잃고 방황하다 2001년 뒤늦게 맹아학교에 입학해 침술과 간마를 배웠고, 2003년에는 안마수련원에 들어가 작년에 안마사 자격증을 땄다고 한다.

새로운 삶에의 의지를 갖고 출장안마사로 일하면서 한 달에 번 수입은 고작 20여만 원. 13평짜리 아파트 월세를 내기에도 빠듯했지만 그런대로 버텨왔다. 그러다가 헌법재판소의 '시각장애인에게만 안마사 자격을 주는 것은 위헌' 이라는 결정 이후 주위 사람들에게 '이제 시각장애인은 다 죽게 생겼다' 는 하소연을 했다고 한다.

이쯤에서 우리는 대한민국 정부와 그 중에서도 유관부서인 보건복지부에선 이런 복지 사각지대에서 스스로 목숨을 버려야만 했던 장애인들에게 어떤 대책을 세웠는지를 묻지 않을 수 없다.

특히 이 정권 들어 쓸데없이 무슨 과거사 진상규명인지를 비롯해 우스꽝스럽지도 않은 온갖 위원회들을 만들어 국민혈세를 낭비하고 있다는 지적을 받고 있는 코미디 같은 정치현실엔 고소를 금할 수 없다. 그 돈으로 저들 장애인들의 생계를 도울 수 있는 장기적 대책을 마련한다면 얼마나 좋을까.

철없는 어린 학생들에게 양극화 타령이나 하면서 실업고교를 찾아

돌아다니던 정동영이나 김한길 같은 열린당 지도부들의 천박한 선동에 더해선 국민이 이미 준열한 한 표로 심판을 내렸다. 권력자들도 이제야 '국민 무서운 걸' 어렴풋이 알았으리라고 본다.

하지만 저렇게 생존권을 보장하라며 비 내리는 서울 거리에서 피어린 절규를 쏟아내고 있는 '슬픈 시의대들'에게 정부가 무슨 실질적인 대책을 내놓았다는 소식은 아직 나오지 않고 있는 실정인 것 같다.

미국, 영국, 이탈리아, 스페인, 그리스 등 외국에서는 시각장애인들에게 안마사 이외에도 다양한 직업교육과 사회적 혜택을 주어 그들의 생존권을 우선적으로 보장해 준다고 한다.

'평등 좋아하는' 좌파성향의 정권이라는 현 정권의 권력자들은 쓸데없는 '평등'을 찾아내려 하지 말고 제발 저렇게 '목숨 부지하기 어려운 처지'에 놓인 시각장애인을 비롯한 이 사회의 그늘에 살고 있는 국민들을 위해 진심으로 노력하는 자세를 브여주어야 할 것이다.

골프가 뭐길래!

한 5백 년쯤 전, 영국 시골에 사는 양몰이 목동이 있었다.

어느 날 이 목동은 발에 걸린 작은 돌을 양몰이 작대기의 구부러진 부분으로 멀리 쳐냈다. 그랬더니 공교롭게도 그 돌이 언덕 토끼굴에 쏙 들어갔다. 신기하게 생각한 그 목동은 친구 목동들과 함께 그 굴 속에 다시 돌을 쳐 넣으려고 했다.

이것이 요즘 매스컴을 장식하고 있는 골프라는 운동의 기원이다. 그러니까 맨 처음에는 시쳇말로 서민층 아니 하류층 스포츠였던 셈이다. "그 시작은 미미하나 나중은 창성하리라"는 말처럼 화려하게 성장한 것이 바로 오늘날의 '위풍당당한 골프'가 된 것이다.

요새야 골프는 '클래스 있는' '인품을 알 수 있는' '인생을 배우는' 아주 고귀한 스포츠에 속하는 것 같다. 게다가 아무나 칠 수 있는 거 아니라 '돈'이 받쳐줘야 할 수 있는 그야말로 '물심양면의 귀족스포츠'가 되고 만 것 같다. 다른 스포츠보다 더 '돈'과 밀접한 관계를 갖고 있어서 골프는 자본주의 사회에서 하나의 '권력'으로도 통한다고 할 수 있다.

아마도 신예 사회학자라면 골프와 계급에 관심을 가질 법도 하다. 좀 극단적인 표현이겠지만 현재 우리 사회는 '골프를 치는 계급과 치지 못하는 계급'으로 나뉘어진다고 볼 수도 있다. 그만큼 골프는 단순한 '취미'의 경지를 벗어나 한 인간을 가늠하는 '잣대' 역할마저 하고 있다고 해도 과언이 아니다. 그러기에 대한민국 국민처럼 '평등' 좋아하는 사람들이 보기에 '골프 치는, 있는 사람들' 꼴은 그냥 봐주기 좀 뭐한 것 같다는 심경도 이해가 간다. 더구나 '사회지도층' 행세를 하는 국회의원쯤 되는 사람들이 그 특권을 이용해 평일 골프를 즐겼다는 소식을 접하면 '국민 분노'는 유독 강하게 불타오르는 것 같다.

엊그제 한나라당 국회 국방위원인 김학송, 공성진, 송영선 등 3인의 의원나리들이 '국감 현장'인 경기도 소재 해병대 사령부 골프장에서 '시설 점검차 쳤던 골프'가 여론의 뭇매를 맞고 있다. 온갖 매스컴에서 난리다.

텔레비전 뉴스를 통해 그 위세 좋던 국회의원들이 혼비백산해 화장실로 '대피'하는 화면과, '딸 같은' 어린 여기자에게 구구하게 변명을 늘어놓던 공성진 의원의 '평소와는 다른 톤'의 목소리를 들으면서 참 딱하다는 느낌과 함께 '골프가 뭐길래!'라는 의문이 떠올랐다.

이들의 '골프 스캔들' 이전에도 한나라당 의원들은 두 달 전 지난 여름 수해 때 다른 곳도 아닌 바로 그 수해 현장의 골프장에서 유유자적 골드를 치다 들통나는 바람에 한바탕 난리가 났었다. 그 때도 나라가 떠나갈 듯이 매스컴에선 '골프 친 죄인'들을 단죄하고 나섰지만 그 이후 열린우리당 의원들은 외국 나가서 '쳤다'는 보도가 나오면서 정치인에 대한 불신만 더 깊어지는 꼴이 되고 말았다.

이런 사례는 사실 어제 오늘 일이 아니다. 이 정권 들어서도 이런 이야기는 끊이질 않았다. 더구나 언젠가는 젊은 대통령 내외가 새벽에 골프를 친 게 '들통' 나는 바람에 한동안 시끄러웠던 일도 있다.

대통령 부인 권양숙 여사는 '싱글 핸디'로 역대 영부인 중에 골프 솜씨가 최고라는 이야기도 들려왔다.

골프를 모르는 사람들은 '싱글 핸디'가 뭔 소린가 싶을지도 모르겠지만 쉽게 얘기해 '싱글 핸디'의 경지에 오르자면 골프장을 제 집 드나들듯 해야 한다는 것이다.

평범한 소시민인 나로선 동네에 있는 골프연습장 옆을 버스를 타고 가다 구경한 것이 골프에 대해 아는 전부여서 '골프가 뭔지' 논할 자격은 없다. 하지만 그동안 '정치인과 골프 스캔들'에 대해 하도 여러 번 지상을 통해 접한 터라 나름의 단상을 정리해 보고 싶었다.

그동안 지상을 오르내렸던 정치인과 골프에 얽힌 이야기는 99% 정치인들의 '몰상식한 골프행위'에 대한 여론의 지탄이 대부분이었다. 내가 알고 있는 '미담성 골프 이야기'는 딱 한 가지다.

몇 달쯤 전, 텔레비전 심야토론에 바로 요 며칠 '골프 스캔들의 주인공'이 된 공성진 의원이 출연해서, "고건 전 총리가 전남도지사 시절 골프 치러 가다가 가뭄으로 고생하고 있는 농민들을 보고 그 자리에서 골프채를 꺾었다"는 '미담'을 소개하는 것을 우연히 본 게 내가 아는 '골프 미담'의 전부다.

사실 여부를 알아보려고 자료를 찾아보니, 공 의원 말대로 고건 씨는 37세 때인 전남도지사 시절 '고생하는 농민들을 목격'하고는 그 이후로 지금까지 골프를 하지 않고 있다는 것이다. 그는 "죽은 공을 치는 골프는 재미없다"는 어록도 남겼다. 이에 대해 골프 애호가인 한 의원은 "하나만 알고 둘은 모르는 소리다. 골프는 죽은 공을 살리는 묘미가 그만이다"는 말도 했다고 한다.

아무튼 그 날 텔레비전에서 공 의원이 왜 그런 말을 했는지는 기억이 나질 않는다. 주말 심야에 텔레비전 채널을 이리저리 돌리다가 우연히 그 장면만을 봤을 뿐이다.

평소 토론 프로그램은 별로 즐겨 보는 편이 아니었기에 그날도 그 프로그램의 주제가 뭐였는지는 모른다. 더구나 왜 한나라당 의원이 고건 전 총리에 대해 '좋게' 이야기했는지도 모르겠다. 어쨌든 그 날 스쳐 지나가듯 들은 그 이야기에 아마도 적지 않은 시청자들이 고건 씨에 대해 '좋은 이미지'를 갖게 되었을 것 같다. 그런 '좋은 이야기'를 들려 주었던 공 의원 본인이 '스캔들성 골프 이야기'에 휘말렸다는 것은 좀 우습다.

그러니까 골프와 정치인에 얽힌 이야기는 이렇게 골프를 잘 쳐서가 아니라 골프를 끊어서 '칭송받는 경우'에 해당하는 걸 보면 아무래도 한국 정치인들은 정치로 대성하려면 골프는 멀리해야 할 것 같다.

그런데 이건 우리나라에만 국한되는 건 아닌 것 같다.

몇 해 전 미국 《뉴욕타임스》 기자가 펴낸 『골프장에서의 대통령, 백악관의 골프 이야기』라는 책에 따르면 미국인의 우상 케네디 대통령도 '국민들 몰래 골프를 쳤다'고 한다.

며칠 전 환갑잔치를 했다는 클린턴 대통령도 '골프장 구설수'가 끊이질 않았다. 그는 기자들에게 아예 대놓고 "골프장에서 살았으면 좋겠다"는 말을 할 정도로 골프 중독 증세가 심했다고 한다.

미셸 위나 박세리가 클린턴과 골프라운딩을 함께 했다는 얘기도 들려왔다. 매너 좋기로 소문난 클린턴이지만 골프 매너만큼은 별로라고 할 정도로 골프는 그 사람의 인격과는 별개로 '맹목적 골프 추수주의'를 요구하는 별난 스포츠인가 보다.

그래도 삼성의 이건희 회장은 "골프에서 인생을 배웠다. 골프는 필수과목"이라면서 삼성 임직원에게 골프를 거의 '강요'하고 있다는 소리도 들리고 보면 골프가 예사 운동은 아닌 것 같다. 듣기로 골프장은 우선 경관이 수려한 한적한 교외에 자리 잡고 있어서 접근성이 용이하지 않다고 한다.

물론 지금이야 우리 같은 서민도 '자가용은 굴리고 살지만', 그 차를 몰고 골프장까지는 아직 가보지 않은 형편이어서 골프장 주변 경관이 얼마나 아름다운지 모른다. 어쨌든 친구들 말로는 '그곳에 가면 스트레스가 확 풀릴 정도로 시원하다' 고 한다. 우선 공기가 좋고, 눈에 좋다는 녹색의 잔디가 한없이 펼쳐져 있으니 심리적으로도 안정감을 줄 것만은 가보지 않아도 알 수 있을 것 같다.

시중 우스갯말로 '한 번 발 잘못 들였다가 빠져나오기 어려운 3대 성인 오락' 중 하나가 바로 골프라고 한다. 나머지 두 가지로는 춤과 도박이라는데 우리같이 무미건조하게 그날 그날 힘겹게 살아가는 사람들은 행인지 불행인지 이 3대 오락과는 '연분' 이 전혀 닿지 않은 인생이라서 그런지 그 '신비의 세계' 가 자못 궁금하기도 하다.

오죽하면 신종도박 '바다이야기' 에 빠져 자살로 막을 내린 사람이 그렇게도 많겠는가. '춤바람' 이야 이젠 고전 오락이 됐지만 이것도 여성들이 빠져들 경우엔 가정도 버릴 정도라니 그 중독성은 가히 짐작할 만하다. 골프 중독은 도박이나 춤바람과는 조금 다른 차원에서 사람들의 판단력을 마비시키는 것 같다. 아무래도 골프에는 들어가는 기본경비가 주로 타인에게 '과시' 하기 위한 것이어서 그 중독성이 더 강한 것인지도 모르겠다.

골프장에 서기 위해선 장비와 의복, 차량까지 돈과 연결되지 않는 것이 하나도 없다. 게다가 한 번 필드에 나가면 최소 30만 원은 들어가야 하니까 평범한 월급쟁이나 구멍가게 주인이라면 언감생심 넘보기 어려운 운동이다. 그러니 그걸 누리는 사람들에 대해선 거의 적개심 수준의 질시가 따르는 것은 어찌 보면 자연스런 현상일지도 모르겠다.

이번에 구설수에 오른 한나라당 의원들은 박사에 대학교수에 전부

배울 만큼 배운 사람들이다. 왜 그런 그들이 '피감기관 점검'을 위해서라는 '기상천외한 변명'을 둘러대는지 도저히 이해하기 어렵다는 게 여론인 것 같다. 게다가 미국에서 박사학위를 받았다는 송영선 의원은 요즘 전시작전통제권 환수 반대의 최전선에 앞장서서 보수계층 노인들에게선 '송 다르크'라는 애칭으로 불릴 정도로 인기를 누려왔다고 한다.

그녀의 보좌관들은 "이번 사태에 대해 하실 말씀이 없으신 것 같다"고 말했다. 이런 식의 해명은 국회의원으로서의 '기본자세'가 되어 있지 않다는 비난을 자초할 것 같은데 그녀는 그걸 잘 모르고 있나 보다.

일부 신문에선 한나라당은 전시작전통제권에만 신경 쓰지 말고 '골프통제권'에 먼저 신경 쓰라는 비아냥 섞인 기사를 내보내고 있다.

며칠 전 우리 스카이뷰 블로그에 '한심한 한나라당'에 대한 글을 올렸었다. 전효숙 사태에 대해 갈팡질팡하는 한나라당이 과연 '수권정당'으로서 자질을 갖추었느냐는 의문을 제기했었다. 게다가 잘나간다는 대선주자 박근혜 의원 지지자들과 이명박 씨 지지자들간의 헤게모니 쟁탈전을 보면서 아무래도 자중지란으로 한나라당이 내년 대선 결과 '정권을 인수인계받는 행운을 누리기는 어려운 것 같다'는 내용도 덧붙였다.

지금 대한민국 국민들 중에는 정치지도자연하는 사람들의 갖가지 '추태'를 보면서 한나라당에 대한 기대는 접었다고 말하는 사람들이 많다. 그런 와중에 이번 '골프 사태'가 아예 불난 집에 기름을 들이붓는 꼴이 된 것 같다.

골프는 국민정서를 재는 바로미터라고 할 수 있다. 이상하게 우리 국민들은 골프에 대해서만큼은 용서가 안 된다는 정서를 가지고 있는 듯하다. 그런 국민정서를 외면할 정도로 골프에 빠져버린 한나라당 의원들을 보면서 골프에서 인생을 배운다는 말이 역설적으로 다가온다.

인생의 쓴맛을 아는 사람들이라면 두 번 실수는 하지 않는 법이다. 더구나 두 번씩이나 대권 획득에 실패한 정당의 의원들이 여전히 '환락'에 빠져 허우적거리는 걸 보니 아무래도 한나라당은 차기 국정을 넘겨받을 행운을 누릴 준비가 되어 있지 않은 것 같다.

이번 한나라당 의원들의 '골프 스캔들'은 그들의 정신 상태를 알려주는 바로미터라고 해도 과언이 아니다. 골프가 뭐길래!

유럽 카페 산책
─ 사교와 놀이 그리고 담론의 멋스러운 풍경

단돈 '1만 6천 원'으로 유럽 곳곳에 있는 카페를 행복하게 순례했다면 여러분은 믿지 않으시겠죠. 하지만 에누리 없는 진실이랍니다.

여러분도 제가 일러드리는 대로 하신다면 유럽 최고의 예술인들이 사랑방처럼 드나들었던 카페에 들러서 그들의 예술과 인생을 함께 나누며 모처럼 '순수한 영혼의 행복'을 누리실 수 있을 겁니다.

일단 서울 광화문에 있는 교보문고에서 '유럽 카페 산책'을 할 수 있는 '티켓' 값 1만6천 원을 지불하시면 됩니다.

그리고 '명문장가名文章家'로 유명한 인제대학 명예교수 이광주 선생님이 쓴 『유럽 카페 산책』을 일단 손에 넣으시면 그때부터 '신나고 행복하고 환상적인' 유럽 카페 산책을 하실 수 있게 됩니다.

물론 사람마다 글에 대한 취향이 다르기에 '100% 장담'은 못하지만 최소한 저는 이 유럽 카페 산책을 하는 동안 아주 오랜만에 '글 읽는 기쁨'에 빠져 지루한 일상을 아까워하면서 보냈답니다. '산책'이 끝나는 게 너무 아쉬워 일부러 아껴가면서 페이지를 천천히 넘길 정도였으니까요.

무슨 고3 수험생인 양 밑줄까지 그어가면서 저자인 이광주 선생님의 현란한 문장력에 존경과 탄식을 함께 보냈습니다. 어떻게 하면 이렇게

‘맛있게’ 또 ‘멋있게’ 그리고 낭만적이면서 아련한 슬픔마저 맛볼 정도로 ‘대단한 문장력’을 보여주는지 저자가 마냥 부러웠답니다.

세상 살아가면서 그냥 ‘글자를 읽을 줄 아는’ 것만으로도 이렇게 행복한 시간을 갖게 해준다는 건 이 책을 쓴 저자의 대단한 재주라고 말할 수 있겠지요.

저의 ‘유럽 카페 산책’은 우연히 이뤄졌습니다. 교보문고에 진열돼 있던 『유럽 카페 산책』을 우연히 발견했고, 책날개를 펼치는 순간 이런 시구와 맞닥뜨렸습니다.

“고민이 있으면 카페로 가자.

그녀가 이유도 없이 만나러 오지 않으면 카페로 가자.

장화가 찢어지면 카페로 가자.

월급이 400크로네인데 500크로네 쓰면 카페로 가자.

바르고 얌전하게 살고 있는 자신이 용서되지 않으면 카페로 가자.

좋은 사람을 찾지 못하면 카페로 가자.

언제나 자살하고 싶다고 생각하면 카페로 가자.

사람을 경멸하지만 사람이 없어 견디지 못하면 카페로 가자.

이제 어디서도 외상을 안 해주면 카페로 가자.”

이런 시 구절을 보니까 ‘젊은 날의 감수성’이 꽃처럼 피어나는 것 같더군요.

몇 페이지를 넘기니까 또 이런 구절들이 나왔습니다.

“나의 집과 카페의 관계는 결혼과 연애의 관계와 같다.”

“카페는 나의 집의 장점을 모두 갖추고 단점을 모두 치워낸 우리 집이다. 즐겨 찾아가서는 좀처럼 떠나기가 어렵다."

"카페는 무엇이든 거의 할 수 있고 아무것도 하지 않아도 좋은 자유의
터전이다."

"카페는 오스트리아 빈 사람들의 악덕이다. 집에는 도저히 초대할 수
없을 만큼 재미있는 사람들과 만나는 장소. 가정으로부터 도망치고 여자
로부터 피신하면서 여인을 찾아가는 곳이다."

"카페, 진정한 천국이라는 곳에 있는 기분."

이쯤되면 '유럽 카페 산책'을 거부할 이유가 전혀 없는 셈이지요.

목차를 보니까 파리·베네치아·로마·런던·빈·베를린·프라
하·부다페스트 순서로 유명 카페들이 다 나와 있었습니다.

화려하고 아름다운 현지 카페의 컬러 사진이 거의 매 페이지에 실려
있는데 그냥 이것만 봐도 유럽 카페에 다녀온 기분이 드는 것도 마음에
들더군요. 유럽 여행을 주마간산식으로 하긴 했지만 그때보다 더 '즐
거운 여행'을 할 수 있었습니다.

아무튼 '유럽 카페 산책'을 하는 동안 하찮은 자신의 존재는 선반 위
에 올려놓은 채 자기가 무슨 예술가라도 되는 듯한 행복한 착각에 빠질
수 있었던 것도 요 근래 느끼기 어려웠던 소중한 체험이었습니다.

이게 모두 저자인 이광주 선생님의 빼어난 글솜씨 덕분이었지요.

1686년 프랑스에서 최초로 등장한 카페 프로코프는 소르본느 대학
이 있는 지식인의 거리에 자리잡고 있었습니다. 그야말로 까마득한 옛
날이지요. 출입하는 손님들 대부분은 부르주아 출신의 지식인들이었
습니다. 우리가 서양사 시간에 들어봤던 저명한 시인·문인·철학자
들이 단골손님으로 등록했답니다.

루소·몽테스키외·디드로·라퐁텐·보마르셰 등등의 단골들이 북

적대던 1790년대 무렵을 상상해 보세요. 참 대단하죠. 그때 볼테르는 한 사나이를 평하면서 "그는 극장과 프로코프에 출입하는 것으로 자신을 상당한 인물이라고 여긴다"고 비꼬았다는군요.

'파리의 진정한 신문'으로 일컬어진 카페 프로코프는 유토피아와 모반의 터전이 되었다고 합니다. 우리가 프랑스 혁명사를 배우면서 들었던 적이 있는 마라·당통·로베스피에로·미라보 등이 밤이면 모여 앉아 정보를 교환하고 혁명작전을 모의했답니다.

21세기 한국에서도 '도청' 때문에 시끄럽지만 그때는 '기계적 도청'은 못했어도 스파이를 카페의 도처에 투입시켜, 지식인들을 감시했습니다. 지식인들은 그들을 '파리 떼'라고 부르며 경계해 주로 '은어'로 말을 주고받았습니다. 예를 들어 종교는 '말 많은 여자', 신神은 '존재자' 영혼은 '곰보' 혹은 '굴러먹은 여자'로 표현했다니 옛사람들의 유머감각도 대단하죠?

'프랑스 혁명의 맏아들'임을 자처하는 나폴레옹도 카페 프로코프의 단골이었습니다. 그는 자주 드나들어 찻값을 지불하지 못할 때는 군모를 두고 갔다고 합니다.

나폴레옹은 파리를 "지난날 존재하고 지금도 존재하는 가장 아름다운 도시일 뿐만 아니라 앞으로 존재할 수 있는 가장 아름다운 도시"가 되기를 소망했다니 역시 예사로운 사람은 아닌 것 같습니다.

카페 프로코프가 '혁명의 산실'에서 '문학의 산실'로 그 역할 교대를 하면서 스탕달을 비롯해 발자크·빅토르 위고·아나톨 프랑스·오스카 와일드·베를렌 등이 수시로 출입했습니다.

멋쟁이 파리지엔느들은 '삶의 즐거움을 집보다는 밖에서 찾는 본능' 탓에 카페를 제집 드나들듯 했답니다. 그들은 낮과 아침, 밤과 야밤도 가리지 않고 카페 출입을 했는데, "플로르에서 오전 0시에 간나

세"라는 약속을 아무렇지도 않게 할 정도로 카페를 좋아했다는군요.

그 유명한 스타들인 장 폴 벨 몽드, 알랭 들롱, 로만 폴란스키 감독 등과 유명 패션 디자이너들인 아르마니, 카르뎅, 라가펠드 등도 파리의 카페 플로르의 단골이었다지요.

여배우 시몬 시뇨레는 "오늘의 나는 1941년 3월의 어느 날 밤 파리 6구 생 제르망 거리의 카페 드 플로르에서 태어난 사람입니다"라고 말했답니다.

사르트르와 보부아르는 카페 플로르 2층을 아예 집필실로 삼고 오전 9시에 출근해 오전 내내 함께 집필하고, 점심 먹고 들어와 지인들과 한두 시간 수다 떨다가 오후 내내, 폐점 때까지 집필하는 생활을 했습니다. 그들의 방대한 저서들은 모두 '메이드 인 플로르'였다고 합니다. 재밌는 건 사르트르가 방대한 집필 틈틈이 보부아르의 눈치를 살펴가며 몇몇 여성들에게 하루 10통이 넘는 연서들을 몰래 써서 보냈다는 겁니다.

요새야 문자文字다, 메일이다, 핸드폰이다 해서 천천히 종이에 연서를 쓴다는 건 상상하기 좀 어려운 세상이지만 그때야 충분히 그럴 수 있는 낭만의 시대였지요.

이 플로르에는 『야간비행』의 작가 생텍쥐페리가 언제나 부인을 동반하고 나타났다고 합니다. 퍽 애처가였나 봅니다. 다른 문인이나 예술가들이 '부인을 피해' 카페에 모여든 것과는 대조적이죠.

이 카페에는 피카소, 헤밍웨이, 카뮈, 앙드레 말로, 롤랑 바르트도 끼어 있었습니다.

자! 이쯤에서 방문객 여러분의 오롯한 유럽 카페 산책을 방해하지 않기 위해 카페 소개는 마칠까 합니다.

유럽 카페 산책을 하시다 보면 베네치아의 카페 플로리안, 로마의 카페 그레코, 런던의 커피하우스와 클럽, 빈의 카페 첸트랄, 베를린의 로마니셰스 카페, 유럽에서 제일 아름다운 도시 프라하의 카페 우니온과 아르코, 슬라비아. 정념의 도시 부다페스트의 카페 뉴욕과 제르노 등 유럽에선 내로라하는 카페의 '단골 고객'이 되고 맙니다.

이런 카페들에 얽힌 보석처럼 빛나는 이야기들을 만나다 보면 여러분은 살아 있다는 것의 기쁨을 새삼 느낄 수 있을 겁니다.

문장 하나하나에 공을 들이고, 어느 문헌에서 길어 올렸는지 가슴 벅차오르는 명문들과 함께하다 보면 유럽 카페의 커피향이 온몸으로 피어오르는 진귀한 경험을 만끽하게 됩니다.

새순이 돋아나는 이 찬란한 봄날, '유럽 카페 산책' 한 번 해보세요. 시끄러운 조국 대한민국을 훌쩍 떠나 한 바퀴 돌다 오면 '그래도 인생은 살만한 것이야'라고 혼잣말을 하시게 될 걸요.

백화점 명품관의 진실 게임
— 신세계 본점 명품관의 2억짜리 버킨 핸드백을 둘러싼 진실 게임

며칠 전 우리 스카이뷰의 블로그에 실은 '이명희 신세계 회장과 2억 짜리 버킨 핸드백' 은 독자 여러분의 엄청난 호응을 받았습니다. 시카고오 워싱턴, 뉴욕, 도쿄 등지에 사시는 교민 여러분이 장문의 의견을 보내주시기도 했습니다.

'명품' 에 대한 관심이 그만큼 높다는 것이겠지요.

그 글의 말미에 말씀드렸듯이 저는 '2억짜리 핸드백의 후일담' 을 위해 엊그제 신세계 본점 에르메스 매장을 찾았습니다.

서울에 사시지 않는 분들을 위해 잠시 말씀드리자면 신세계 본점은 서울 충무로에 있습니다. 맞은편에 한국은행 본점이 있구요. 백화점 정문에서 일직선으로 한 5백 미터쯤 거리에 롯데 본점이 있습니다. 그 쪽이 그러니까 '본점 동네' 인 겁니다.

지하도만 건너면 명동이 바로 이어져 늘 사람들이 많이 다니는 곳입니다. 바로 뒤편에 남대문 시장이 있구요. 요샌 일본과 중국인 관광객들이 예전에 비해 굉장히 많아진 듯합니다.

예전엔 신세계 백화점이었는데 신관이 뒤편에 들어서면서 '본점-명품관' 으로 바뀐 겁니다. 듣기로는 이 건물을 철거하려 했지만 일제시대 때 지어진 이 건물이 워낙 튼튼해서 철거하는 데 드는 비용이 엄청

나 리모델링 쪽으로 가닥을 잡았다고 하더군요.

롯데 백화점 본점 바로 옆에는 '애비뉴엘'이라는 독특한 이름의 명품관이 이미 자리잡고 있어서 후발주자로서의 핸디캡을 극복하기 위해 신세계측은 엄청 신경을 썼다고 합니다.

지난번에도 말씀드렸지만 국내 최고 재벌인 삼성 창업자의 막내딸인 이명희 씨와 롯데 신격호 회장의 큰딸인 신영자 씨, 그리고 그녀들의 자녀들이 벌이는 '소리나지 않는 전쟁'인 이 백화점 사업 경쟁 덕택으로 우리네 일반인들은 '눈 호사'를 누리는 기회를 잡게 된 것입니다.

이명희 회장은 본관 인테리어에 얼마를 들여도 좋으니까 '작품'으로 만들어 달라는 주문을 해, 본관을 장식하기 위해 들여놓은 예술작품에만 2백억 원 이상을 투자했다고 합니다.

이 회장은 대학에서 생활미술을 전공한 실력을 발휘해 이번 본관 인테리어에 굉장히 신경을 썼다는데요. 명품관 매장의 상품들의 진열상태나 상품의 질을 꼼꼼히 체크했다고 합니다. 그 과정에서 6층 조각공원에 전시한 50억 원 상당의 조각품이 일부 훼손되는 바람에 이 회장이 꽤 안타까워했다는군요.

라이벌인 롯데에 많이 밀리고 있다는 신세계지만 이번 명품관만큼은 자존심을 걸었기에 곳곳에 롯데를 의식한 흔적이 많이 드러났다고들 합니다. 애비뉴엘이나 신세계 명품관에 들어서면 무슨 특급호텔에 들어선 듯해 조금 위축되는 듯한 심정이 되곤 하는 건 아무래도 제가 오갈 데 없는 서민이라서 그런가 봅니다. 아무래도 그런 '가게'에서 제가 구입할 수 있는 물건은 거의 없다고 해도 과언이 아니기에 지레 자격지심이 들어서 그런지도 모르겠습니다.

어쨌든 저는 '취재'를 위해 신세계 본점 1층에 있는 에르메스 매장에 갔습니다. 특이한 건 보통 백화점 각 매장엔 문 같은 건 없는 걸로 알고 있었는데 에르메스 매장 입구는 검은 격자무늬로 장식된 '웅장한 문'이 있더군요.

물론 고객이라면 누구라도 들어갈 수 있는 법이니까 속으로야 주눅이 들건말건 그냥 태연한 척 들어서도 되련만 그런 웅장한 문을 보니 왠지 제가 들어갈 구역은 아닌 듯한 느낌을 받았습니다. 아무래도 그 '2억짜리 버킨 핸드백'이 주는 선입관 탓에 그런 심정이 들었겠지요.

이런 '복잡한 심정'으로 매장 안에 들어선 순간 저는 직감적으로 그 '2억짜리 핸드백마마(!)'는 안 계실 것 같다는 예감이 들었습니다. 점쟁이는 아니지만 저는 어떤 장소나 순간에 맞닥뜨릴 때 순간적으로 스쳐지나가는 '감'을 잡아채곤 하는데요, 대체로 빗나가진 않았습니다. 이번에도 그 매장에 발을 딛는 순간 '2억님'은 안 계신다는 '계시'를 받았습니다.

획 둘러보니까 아무리 에르메스라지만 뭐 그만그만한 상품들이 진열되어 있었습니다. 여성 의류 몇 점, 넥타이, 스카프, 그리고 가방, 핸드백 등 흔히 있을 만한 물품들이 진열되어 있더군요. 하지만 '이거다!' 하고 맘에 드는 물건은 별로 없었습니다. 가진 건 별로 없지만 '눈' 하나는 높아서 그런가 봅니다. 아무튼 두리번거리고 있으려니까 까만색 복장을 한 점원이 다가오더군요. 아주 참해 보이는 아가씨였습니다. 물론 외모를 보고 채용한 인재겠지요. "뭐 특별히 찾으시는 게 있으십니까?"라고 그녀는 아주 상냥하게 물어보더군요. 저는 조금은 거만한 말투로 "버킨이 안 보이네요"라고 말했죠.

속으로야 어떤지 몰라도 그녀는 제가 '웬만한 버킨'은 구입할 능력이 있는 고객으로 판단했을지도 모릅니다. (가진 건 없는 사람이지만 때때로 있어 보인다는 얘기를 듣는 편이거든요.)

그녀는 제게 "주문을 하시면……"이라고 속삭이듯 말했습니다.

저는 좀 냉랭한 말투로 "됐구요, 그런데 여기 2억짜리 버킨이 있다던데 안 보이네요"라고 '본색' 을 드러냈습니다.

그제서야 그녀의 표정이 홱 바뀌더군요. '아, 이 사람은 고객이 아니로구나' 라는 얼굴빛이 완연했습니다. (저는 또 사람의 내심이 순간적으로 변하는 걸 캐치해내는 데도 다소 일가견이 있습니다.)

"그 백은 저희 매장엔 없습니다." 그녀의 목소리가 조금 전하고는 달리 다소 냉랭했습니다. "아니 여기 에르메스 매장에 있다고 분명히 들었는데, 신문에도 나왔고." 제가 슬그머니 말꼬리를 잘랐습니다. 내가 다 알고 왔는데 무슨 소리냐 이거죠. 그런데 그 아가씨는 한사코 그 핸드백은 자기네 매장에 진열된 일이 없었다는 겁니다.

그래서 제가 그랬죠. "아니 여기 분명 2억짜리 버킨이 진열됐고, 이 회장님이 그걸 팔에다 걸쳐 보셨다는데 무슨 소리야?"

그 아가씨의 대답이 다소 의외였습니다. 그게 아니라 그 날 이 회장님이 자신의 버킨 핸드백을 들고 오셨다는 얘깁니다.

몇 번을 물어봐도 같은 대답이어서 알았다고 하고 일단 그곳을 나왔습니다. 그런데 아무래도 좀 찜찜했습니다. 신문기사나 온라인 뉴스에서도 분명 이 회장이 2억짜리 버킨을 보고 '한 말씀' 하셨다는 내용이 나왔는데 왜 그럴까 싶어서 다시 들어갔습니다. 그 '한 말씀' 이 매체에 따라 다르게 나왔기에 저는 그 '진실게임' 을 확인하기 위해 '사건의 현장' 을 간 것이지요.

조금 전 그 아가씨를 찾았더니 점심식사를 갔다고 합니다. 제가 뭘 좀 취재하러 왔다고 하니까 '점장 신명희' 씨가 왔습니다. 그녀는 신문기사가 잘못 나가는 바람에 자신이 직장을 그만두어야 할 위기에까지 처했었다고 말하더군요.

그녀는 좀 화난 듯한 얼굴로 "신문기사가 틀렸습니다. 그 날 이 회장님과 기자들이 수십 명이 따라왔는데 어떻게 감히 회장님에게 우리 직원들이 핸드백을 사시라고 했겠어요"라고 말했습니다. 신문기사에는 매장 직원들이 이 회장에게 2억짜리 핸드백을 사라고 권했다고 나왔거든요.

그녀는 계속 '신문에 난 기사가 잘못된 것'이라고 일관되게 주장했습니다. 그 날 '2억짜리 버킨'이 있었던 건 사실 아니냐고 재차 물었더니 그녀는 "그 핸드백은 다른 매장에서 잠시 빌려온 것"이라는 의외의 말을 했습니다.

그러면서도 "고객님 두 분이 그 핸드백을 주문하셨습니다"라고 확인해주더군요. 이 회장이 "20만 달러나 하는 건데 사는 사람이 있냐"고 말한 것도 사실이라네요.

그러니까 점장의 얘기와 기사들에 실린 내용은 어느 정도는 비슷했습니다. 그런데도 그녀는 유독 '신문기사'에 적개심을 드러냈습니다. 그런 '이상한 기사'가 나오는 바람에 자신의 입장이 너무 난처해졌다는 겁니다.

그녀는 다른 코너에 있는 주얼리들은 2억짜리 버킨보다 훨씬 비싼데 왜 그런 건 말하지 않고 우리 것만 쓰는지 이해가 안 된다면서 계속 자기네 매장이 구설수에 오른 것이 너무 속상하다는 듯 거의 울상이 되었습니다. 심지어 그녀는 "더 이상은 안 떠들었으면 좋겠어요"라고 말하더군요.

그 날 이명희 회장과 그 딸인 정유경 조선호텔 상무가 들고 온 백도 바로 '버킨 백'이었다고 합니다. 물론 2억짜리는 아니었구요. 며칠 전에도 말씀드렸지만 '버킨'에도 '계급'이 있어서, 1천만 원대부터 4천만 원대까지 다채롭게 나와 있는데요, 그 날 '회장님 모녀'가 들고 온 게 얼마짜리였는지는 비밀이더군요.

하지만 현재 대한민국 여성 중 최고 갑부인 이명희 회장이야 2억짜리 정도의 '버킨'은 얼마든지 들 수 있는 거 아니겠습니까! (진심입니다.) 요는 에르메스 매장에 '그 날' 방문한 이명희 회장의 발언이 왜 그런 식으로 '와전'되었는지 그것이 궁금했던 건데, 매장 직원들은 자꾸 쉬쉬 하는 듯한 태도를 보이더군요.

하기야 신세계 백화점의 한 임원이 "에르메스를 유치한 직원들에 대한 격려 차원에서 회장님께서 그런 말을 한 것이지 실제 구입한 건 아닙니다"라는 해명까지 한 것을 보면 이 '2억짜리 버킨 핸드백'을 둘러싸고 신세계 내부에서 굉장한 진통을 겪었던 것 같습니다.

어쨌든 지금 신세계 본점 명품관의 에르메스 매장엔 2억짜리 버킨 핸드백은 '안 계십니다.' 그걸 주문했다는 두 분의 고객에겐 아마도 직접 자택으로 배달될 것 같습니다. 그러니까 당분간 2억짜리 버킨 핸드백은 신세계 본점엘 가도 구경할 수 없다는 것이 '진실 게임'의 진실입니다.

해병대 청룡부대 최전방 초소를 다녀와서

임진강이 보이는 해병대 최전방 허안초소를 다녀왔습니다.

엊그제 일입니다. 그 날 서울은 봄날처럼 따뜻했습니다만 서울에서 버스로 불과 두 시간 남짓 달려간 그곳은 칼바람 부는 강가여선지 매서운 겨울날씨였습니다.

태어나서 처음으로 군부대라는 곳, 그것도 북녘땅 개성이 한눈에 들어오는 그런 최전방 해안초소에 가봤습니다. 시력 나쁜 제 눈으로도 강 건너 북한땅이 마치 아파트 건너편 동을 보듯 시야에 들어오는 게 신기하기도 하고 조금은 무섭기도 했습니다. 무엇보다도 서울에서 불과 두 시간 달려온 곳에 북한이 있다는 사실에 새삼 놀랐습니다.

김포시 월곶면에 위치한 해병대 청룡부대 해안초소! 그곳에는 그야말로 꽃잎같이 앳되어 보이는 청년 병사들이 조국을 위해 그들의 피같이 귀한 시간을 바치고 있었습니다.

해병대라면 '귀신 잡는 해병'이나 '한 번 해병은 영원한 해병' 등등 대한민국 사나이들의 자존심이 서려 있는 곳이라는 조금은 터프한 이미지를 갖고 있지요. 하지만 그곳에서 만난 우리의 청청한 청년 병사들은 한결같이 '꽃미남'들이었습니다. 어쩌면 '인물 면접'을 보고 뽑았을지도 모른다는 생각을 할 정도로 그들은 아름답고 깨끗한 얼굴이었습니다.

그들의 해맑간 모습을 보는 순간 가슴이 찡해졌습니다. 며칠 전 대한민국 대통령이라는 분이 '군대 가서 썩는다'는 희한한 말을 했었지요. 그 '발언'이 떠오르면서 그 청년들에게 그렇게 미안한 마음이 들 수 없었습니다. 이건 전혀 가식적인 얘기가 아닙니다. 더구나 대통령을 일부러 힐난하려고 그러는 것도 아닙니다. 오로지 제 양심을 걸고 드리는 말씀입니다.

진심으로 그들의 밝고 깨끗한 얼굴을 마주하는 순간 가슴이 뭉클해지고 콧날이 시큰해지더군요.

이제 나이가 들어서인지 어떻게 해서든 젊은 세대를 위해 무엇이라도 잘 해주고 싶다는 마음이 간절해지곤 합니다. 그러니 이 추운 날씨에 북한이 육안으로 보이는 최전방에서 고생하는 우리의 '아들들'을 보고 눈시울이 더워질 수밖에요.

2006년 12월 21일인가요, 대통령은 그 날 아마도 그의 수많은 실언 중에 최고이자 최악의 '발언'을 했습니다. 어떻게 대한민국의 국군 최고 통수권자로서 '군대 가서 썩는다!'라는 말을 할 수 있었는지요. 그건 정말이지 도저히 이해가 안 되는 발언입니다. 그가 아무리 사과를 해도 선뜻 마음이 풀어지지 않는 발언이었건만 대통령은 그 후 '제대로 된 사과말씀'을 국민을 향해선 끝내 하지 않은 걸로 알고 있습니다.

저는 이 자리에서 더 이상 대통령을 비난하고 싶진 않습니다.

단지 칼바람 부는 최전방에서 불철주야로 조국을 위해 '성스런 국방 의무'를 다하고 있는 우리의 젊은 병사들을 보니 그렇게 미안하그 안쓰러워져 어떻게 해서든 그들을 달래주고 싶다는 생각이 들었을 뿐입니다.

준수한 용모의 젊은 병사들은 애로사항이 없느냐는 물음에 아주 씩

씩한 목소리로 "애로사항같이 그런 불필요한 것은 전혀 없습니다!"라고 으렁차게 대답해 우리를 웃게 만들었습니다. 우리 병사들의 그런 늠름한 모습을 보니 가슴이 뿌듯해졌습니다.

우리가 간 해병대 청룡부대 해안초소는 한강과 임진강이 만나는 곳이어선지 강폭이 바다처럼 넓었습니다. 강 건너에는 우리처럼 그쪽의 해안초소가 보였는데 병사들 얘기로는 그쪽 병사들 모습이 보인다는 겁니다.

칼바람 부는 칠흑 같은 겨울밤에도 보초를 서야 하는 우리의 병사들을 생각하니 다시 한 번 숙연해졌습니다.

저게 임진강은 꽤나 낭만적인 이미지로 남아 있는 강입니다.

아주 어린 시절에 읽었던 『임진강의 민들레』라는 강신재 님의 소설이 줄거리조차 거의 잊어버린 지금에도 가슴 한 구석에 남아 있어 '임진강' 하면 제겐 강이 주는 '최고의 이미지'로 다가오곤 했습니다.

더욱이 올 봄에 두 번이나 봤던 일본영화 〈박치기〉에서 슬프면서도 감미로운 멜로디의 〈임진강〉이라는 노래를 접하고 나서부터 임진강은 더욱더 '멋진 강'으로 다가왔습니다.

〈박치기〉에서는 일본 청년이 한국 처녀를 사모해 그 노래를 한국말로 익힌 뒤 어눌한 발음으로 그녀를 향해 이 〈임진강〉을 부르면서 청혼을 하는 장면이 나옵니다. 청년의 애절한 노래에 처녀의 마음도 움직여 두 청춘 남녀는 해피 엔드를 맞지요.

제겐 그런 낭만적 이미지의 '임진강'이지만 그 노랫말을 쓴 그 북한 사람에겐 가슴 찢어지는 망향의 강이었나 봅니다.

아무튼 임진강과 한강이 만나는 지점에 외롭게 세워진 콘크리트 초소의 망대에 서 있는 병사를 보니 다시 한 번 미안한 마음이 깊이 들었습니다. 공연히 저라도 그 병사들에게 '사과'를 하고 싶은 마음이 들었습니다.

이제 30시간 정도만 흐르면 2006년도 역사 속으로 사라지고 2007년 새해가 밝아옵니다. 아마 지금 이 순간에도 대한민국 최전방 곳곳에서는 우리의 아름다운 청년들이 조국을 위해 그들의 고귀한 시간을 바쳐 성스런 국방의무를 다하고 있을 겁니다.

병사들이여! 그대들이 지금 그렇게 조국을 위해 바치는 시간들은 결코 헛되이 보낸 시간이 아닙니다. 그대들이 있기에 우리들은 이렇게 편안한 세모를 보내고 있습니다. 감사합니다. 진심으로 감사드립니다!!!

난생 처음 최전방 군부대를 다녀오고 보니 그동안 '박약했던 애국심' 이 절로 튼튼해진 것 같습니다.

2007년은 대선의 해입니다. 대통령의 '군대 발언' 이후 청와대와 군 관계자들은 '획기적인 군 복무안' 을 마련한다고 말하고 있습니다.

우리 국민들은 말하고 싶습니다. 제발 얄팍한 수를 써가면서 '집권 연장' 에 연연해하지 말고, 국민에게 상처 주는 '꼼수' 는 부리지 마시라고요.

우리의 청년들이 그들의 고귀한 시간을 조국을 위해 바치는 성스러운 국방의무에 대해 더 이상 비하하지 마시기를 당부하고 싶습니다. 모병제를 하든 징병제를 하든 제발 청년들의 순수함을 훼손하지 말 것을 재차 부탁합니다. 무엇보다 조국을 위해 그들의 젊음을 바치는 것을 빈정대지 말라는 말입니다. 그리고 국토방위의 엄숙한 임무를 '정치적 흥정거리' 로 전락시키지 마시기를 신신당부합니다.

요즘 같은 연말, 그렇지 않아도 바쁜 미국 대통령 부시는 국내외의 군역봉사자들에게 감사의 메시지를 쓰느라 더 바삐 지낸다고 합니다. 그 병사들 덕분에 후방이 안전하다는 것을 국민에게 상기시키고 병사들데켄 신의 축복이 내리기를 기원한다는군요. 누구처럼 '군대 가서 썩는가' 는 말을 한다는 것은 대통령으로서 상상하기 어려운 말이라고 합니다.

임진강이 보이는 최전방 해안초소에서 근무하는 앳된 청년들을 만나고 오니 진정한 애국의 길이 어떤 것이라는 걸 새삼스럽게 깨달을 수 있었습니다.

즈국을 위해 국방의 의무를 수행하는 모든 국군장병 여러분 고맙습니다.

2

스타가 있어 삶이 빛난다

아이비—스타 탄생 뒷이야기들

"손발을 두 잇(Do it)! / 단 둘이 둘기 / 이 밤을 테이크 잇(Take it)! / 달빛을 켜서 / 네 맘을 비춰 / 자 내게 보여줘 / ~소 프리티 프리티(So Pretty Pretty)" 〈유혹의 소나타〉 중

요즘 제일 잘나가는 여가수인 아이비가 올 봄 2집 앨범 〈유혹의 소나타〉를 낼 때 그녀의 '훈련 조교' 들은 이런 지령을 내렸다.

"홀들린 듯 교태스럽게" "세상에서 가장 얄밉고 재수없게"

이런 훈련 컨셉에 맞춰 '악녀 이미지' 로 팬들에게 어필한 아이비는 요즘 최고로 잘나가는 섹시 댄스 여가수의 최선두에 있다.

아이비가 부르는 〈유혹의 소나타〉를 듣고 있으면 '70년대 디바' 김추자가 떠오른다. 올드 팬들 중에는 어딜 감히 김추자에 비교하냐고 역겨내시는 분들도 있겠지만 아이비를 텔레비전에서 처음 봤을 때 김추자가 떠올랐다. 김추자가 1970년대를 뒤흔들었다면 아이비는 꼭 한 세대 뒤 튀어나온 섹시 여가수라고 할 수 있을 것이다.

요즘 〈유혹의 소나타〉를 비롯한 아이비의 노래는 길가다가 혹은 버스 안에서도 수시로 들려온다. 그 노래는 처음엔 무슨 소린지 잘 못 알아들을 정도로 발음이 아주 특이하게 들렸다.

우연히 그 노래를 듣는 순간 '대박 예감' 이 들었다. 뭐랄까? 아주 강렬하게 어필하는 창법과 가사 하나하나를 힘주어 발음하는 그녀 특유의 발성법이 꽤나 섹시하게 들려왔다.

두 잇! 둘이 둘이! 테이크 잇! 하는 비슷한 모음의 반복은 더 강렬하게 귓가에 파고들었다.

오래 전부터 새로운 유행가가 대박인지 아닌지를 감으로 알아맞히는 버릇이 있었다. 아마도 흥행사적 기질이 좀 있었던 것 같다. 처음 딱 들었을 때 이상하게 귀에 착 감기는 노래들이 '대박' 을 내곤 했던 것 같다. 이번 아이비 노래도 마찬가지였다. 버스 안에서 처음 들었는데 나도 모르게 귀가 쫑긋거려지는 착각이 들 정도로 희한한 감각 체험을 했다.

더구나 〈유혹의 소나타〉의 멜로디는 그 유명한 베토벤의 〈엘리제를 위하여〉를 샘플링한 뉴 클래식 댄스곡이다 보니 처음 듣는데도 언젠가 많이 들었던 것같이 귀에 익숙했다.

몇 해 전 이현우의 〈헤어진 다음날〉을 처음 들었을 때도 비슷한 기분이었다. 우리에게 너무나 익숙한 비발디의 〈사계〉를 오프닝 멜로디로 썼으니 친숙한 멜로디로 다가온 것은 당연한 데다가 그 노랫말이 '실연 이후' 의 절절한 심정을 아주 쉽게 표현해 웬만한 사람들에겐 다 어필할 수 있는 그런 곡이었다.

'열린 음악회' 에 나와 〈헤어진 다음날〉을 부르는 이현우를 처음 보는 순간 그 노래가 크게 히트한다는 예감이 들었는데 아니나다를까 그 후 그 노래는 굉장한 히트곡이 되었다. 아마도 오늘날 인기가수 이현우의 대표곡은 바로 그 곡일 것이다.

아이비의 노래도 마찬가지다. 버스에서 처음 〈유혹의 소나타〉를 듣자마자 금세 '대박일 것이다' 하는 직감이 들었는데 그 직후 어딜 가나 그 멜로디만 들려올 정도로 빅 히트를 했다.

우스갯소리지만 혹 '홍행 감별사' 라는 직업이 있다면 그 쪽으로 새로 도전해보고 싶은 생각이 들곤 한다. 이상하게 유행가는 물론이고 영화를 비롯한 대중문화 장르의 홍행성을 점치는 데는 비교적 '일가견' 이 있어서 '홍행 감별사' 라는 직업을 독자적으로 개척해 나가고 싶다는 생각도 든다.

아무튼 조금 전 아이비의 노래를 우연히 뜨 들으면서 최정상급 섹시 여가수 아이비가 궁금해졌다.

얼마 전 한 여론 조사에서는 초·중·고생은 물론이고, 조사대상 학생들의 엄마들이 제일 좋아하는 여가수로 아이비가 꼽혔다. 특히 초등 6년생부터 여대생에 이르기까지 아이비는 '최고로 닮고 싶은 여자 연예인' 으로 추앙받고 있다. 가히 여학생들의 우상이라고 할 수 있다.

아이비는 '섹시 댄스 가수' 지만 무턱대고 '섹스 어필' 에만 신경 쓰는 그런 마케팅은 하지 않는 것 같다.

요즘 여가수들은 보기 민망해질 정도로 아슬아슬하게 벗어젖히고 나오는데 아이비는 오히려 그 정반대로 목까지 깃을 세운 블라우스에 승마복 같은 바지 차림으로 종종 나온다. 물론 그녀도 아찔한 초미니를 입고 나오거나 요새 여가수들의 트렌드인 골반을 드러내는 거의 세미 누드 차림으로 나올 때도 있긴 하다.

그러나 〈유혹의 소나타〉를 부를 땐 채찍까지 들고 냉혹한 조련사풍으로 등장해 남성들을 향해 그 채찍을 휘두르는 듯한 이미지로 다가오기도 한다. 오히려 이런 컨셉에서 남성 팬들은 성적性的 판타지를 느낄지도 모르겠다.

어쨌든 아이비는 최정상 여가수답게 올 한 해 예상 수입은 무려 1백억 원대라고 한다. 1백억 원! 우리 같은 평범한 사람들에겐 머나먼 달

나라 이야기 같지만 '아이비'라는 상품을 세상에 내놓은 기획사 측으로는 그 정도의 수입은 당연한 것인지도 모르겠다.

아이비에게 '투자'한 돈만 해도 4년간 15억 원 이상이었다니까 '본전'을 생각한다면 그 정도의 수입은 올려야 '여러 식구'가 먹고살 수 있겠지.

올해 25세인 아이비가 '스타'로 탄생하기까지는 말 그대로 '땀과 눈물의 노력'이 진주가 태어나는 '아픔'처럼 그녀를 괴롭혔다고 한다.

2005년 7월 신인가수 아이비로 탄생하기까지 그녀와 그녀를 둘러싼 '조련사'들의 각고의 노력은 연예인을 '딴따라'로 폄하했던 예전 인식을 보기 좋게 뒤엎고 있다. 막연히 가수를 꿈꾸던 평범한 20대 초반의 아가씨를 원석을 갈고 닦아 다이아몬드로 재탄생시키듯 '기업형'으로 철저히 계산된 계획 아래 하루 24시간이 모자랄 정도로 훈련에 훈련을 거듭 시킨 끝에 우리 앞에 '멋진 아이비'로 내놓은 것이다.

박은혜라는 평범한 본명 대신 붙여진 '아이비'라는 매력적인 예명은 요즘 '최고의 연예조련사'로 꼽히는 박진영이 지어주었다고 한다. 박진영은 얼마 전 미국 최고의 연예잡지의 표지광고에 등장할 정도로 유명해진 청년 엔터테이너이다. 그가 '만들어낸' 가수 '비'는 지금 저렇게 온세계를 돌아다니면서 '메이드 인 코리아'의 우수성을 알리고 있다.

아이비는 운이 좋은 아가씨다. 박진영 같은 좋은 스승을 만난 것도 그녀에겐 큰 행운이었다. 이 점에선 작고한 비디오 아티스트 백남준이 "예술가는 재수가 좋아야 대성한다"고 갈파한 어록이 새삼 떠오른다.

워낙 우리 한국 사람은 '재주'가 있는 민족이어서 그만그만한 '재주 있는 도토리'들 중에 성공하려면 결국 '재수 좋은 도토리'가 세상을 만나는 것이라고도 할 수 있을 것이다.

아무튼 아이비는 막연히 가수를 꿈꾸며 기획사 문을 두드렸다가 박진영을 만나면서 '대운'을 낚아챘다고도 할 수 있다. 처음에 아이비는 연습생 신분으로 연예기획사 '팬텀 엔터테인먼트'에 찾아가 가수가 되고 싶다고 했다.

그런 가수 지망생들은 그곳에 한 달이면 근 1천 명이 다녀간다고 한다. 그러니까 1년이면 1만 명이 넘는 지망생들이 '청운의 꿈'을 안고 기획사 오디션에 도전하지만 그 중 1, 2명 정도만 픽업된다. 1만 대 1의 '낙타가 바늘귀를 지나는' 천운의 기회를 잡는 셈이다.

그렇다고 다 뜨는 게 아니다. 1만 대 1의 경쟁률을 뚫는다 해도 성공하는 비율은 거기서 10% 정도, 그렇게 데뷔해도 90% 이상은 '반짝 스타'로 끝나거나 소리없이 사라져 가야 할 운명이다.

아이비는 2001년 3월 연습생으로 기획사의 관리대상이 된 이래로 그야말로 '지옥훈련 24시'에 시달리면서 4년을 꼬박 연습에 연습을 거듭했다.

그녀의 하루 일정표는 이렇다.

도전 6시 기상, 운동(10km 조깅하기, 줄넘기 1000회 이상 하기, 스트레칭 2시간)→오전 8시 30분~10시 집으로 이동 샤워 후 연습실 이동→10시~11시 발성 연습→11시~12시 30분 노래 연습→12시 30분~오후 1시 20분 식사→1시 20분~2시 안무실 이동→오후 2시~오후 3시 안무수업→3시~4시 30분 노래 연습→4시 30분~7시 안무연습→8시~10시 노래 연습, 피아노 연습→10시~11시 잡지 스크랩→11시~12시 노래연습→12시~오전 1시 가요 듣기 등이다.

그녀의 이런 '빼곡한 삶의 시간'은 데뷔 직전까지 무려 4년 동안 하루도 빠짐없이 계속되었다. 말이 쉬워 4년이지 어떤 확실한 비전도 없이 젊은 아가씨가 하루 온종일 '묶여 있는 삶'을 견뎌내야 하는 것은 보통일은 아닐 것 같다.

그녀의 이런 타이트한 훈련 일정표는 웬만한 대기업 신입사원의 '힘든 하루 업무' 보다 몇 배 더 힘겨운 것이다. 성공에의 집념 같은 것이 없다면 이렇게 고된 일정표를 견뎌낸다는 것은 거의 '초인의 경지' 라고나 할까.

그래도 아이비는 '그놈의 운' 이 따라 줬기에 박진영이라는 '1류 조련사' 를 만나는 행운을 잡았고, 그 이후 박진영을 따라 미국에 건너가 한 달 동안 마이클 잭슨의 안무가인 파티마 로빈슨의 특별지도를 받는 '특별한 행운' 을 또 잡았다. 요즘 브라운관에서 볼 수 있는 아이비의 특이하면서도 아름다운 율동은 세계적인 안무가로부터 전수받은 안무 덕분이라고도 할 수 있겠다.

어쨌든 그런 행운이 연속되었지만 그렇다고 그녀의 노래가 꼭 뜬다는 보장은 없었다. 여기에 '마지막 운' 과의 베팅이 있었을 것이다.

이쯤까지 오다보면 기획사측도 그녀에게 투자한 '본전' 생각 탓에 '배전의 노력' 을 다했을 것이다.

아이비를 키워낸 기획사 사장인 이도형 씨는 한 인터뷰에서 "연예인은 20~30% 정도는 본인의 노력, 나머지 70~80%는 기획사의 프로젝트에 의해 만들어진다"고 말했다. 말하자면 기획사들도 그들의 '사업' 이 융성하려면 그만큼 노력의 극대치를 뽑아낸다는 말일 것이다.

아이비는 드물게 이런 '운의 3박자' 가 맞아떨어져 데뷔하자마자 매스컴의 조명을 받는 행운을 또 탔다.

〈바본가봐〉라는 데뷔곡으로 온라인 수입 15억 원, 1집 전체 곡의 온라인 수입이 20억 원에 달했다고 한다. 여기에 CF출연료 10억 원……데뷔 이후 1년 6개월간 아이비가 벌어들인 돈은 30억 원! 기획사가 그녀에게 투자했던 '본전' 을 건지고도 곱절의 이익을 창출해낸 것이다.

아이비는 서울 강남 삼성동의 30평형대 아파트에서 여동생과 함께 생활한다. 그녀가 입고 나오는 의상 한 벌은 1천만 원이 넘는다. 성공한 연예인들이 주로 타고 다닌다는 외제 밴 '스타크래프트'를 타고 다닌다.

텔레비전의 토크 쇼에도 아이비가 나오면 시청률이 쑥쑥 올라간다고 한다.

여쁘장한 편이지만 이쁜 척을 하지 않고 제법 터프한 분위기를 보여주는 게 그녀의 장점으로 꼽힌다. 심야 토크쇼에서 본 아이비는 소문대로 '말괄량이 아가씨' 같은 소리를 잘도 했다. 소탈하다고나 할까. 그녀는 이웃집 처녀같이 소박하면서도 검소한 이야기를 하니까 그녀의 인기가 더 높아지는 것일지도 모르겠다.

텔레비전 연예프로에 나온 그녀는 자신이 이미 여고시절 밴드부를 결성해 그룹 활동을 했다고도 말했다. 밴드의 이름은 '청산가리'! 여고생들의 그룹사운드 이름치고는 분위기가 제법 살벌하다. 모든 사람을 깜빡 죽게 만들 정도의 솜씨를 보여주겠다는 야무진 포부 아래 활동했다는 얘기다.

그야말로 여가수 중엔 최고 정점에 올라가 있다. 최근 아이비는 우리나라에 온 프랑스 출신 유명 축구선수 앙리와 CF를 함께 찍으면서 다시 한 번 그녀가 현재 최고의 섹시 여가수라는 걸 보여주었다.

데뷔 2년이 다가오는 아이비는 그 어려운 훈련과정을 지나오면서 어떤 생각을 했을까. 똘똘한 인상의 아이비는 이렇게 말한다.

"성공하려면 모든 직업이 힘들잖아요. 저는 좋아하는 노래를 하면서 즐기는 것이기 때문에 이쯤의 고생은 참아야죠. 어려운 음악시장에서 하고 싶은 일을 하는 전, 축복받은 사람이에요. 주위에 좋은 분들이 계시니 인복도 있구요. 그러니 더 열심히 해야죠."

자신의 행운에 이렇게 감사할 줄 아는 아이비의 인기는 당분간 계속될 것 같다.

하지만 이런 '아이비의 행운'이 보편적인 행운은 아니라는 것을 연예인을 지망하는 많은 어린 학생들이 알고 있었으면 좋겠다.

1만 대 1의 경쟁률과 올지 안 올지 모를 행운을 바라면서 연예계를 꿈꾼다는 것은 어찌 보면 로또 당첨을 바라는 것보다 더 힘든 것인지도 모르겠다.

＊연예인을 꿈꾸는 청소년들은 '화려한 무대'만 생각하지 마시고 이렇게 '뼈를 깎는 훈련'을 할 각오와 기약 없는 행운을 기대하지 않겠다는 다짐을 하신 뒤에 연예계에 도전하세요! 학교 공부하는 것보다 한 1백 배쯤 어렵다고 생각하시면 됩니다. 연예인이 그렇게 화려하고 멋지기만 한 건 절대 아니거든요.

바보 심형래·천재 심형래

'바보 심형래' 가 대한민국을 평정했다.

심형래가 누군가! 그냥 보기만 해드 웃을 수밖에 없었던 80년대 코미디 천재, '바보 영구' 가 아닌가. 앞니가 빠진 채로 활짝 웃으면서 "영구 ~없다" 하고 실실 웃던 우리의 '바보 영구'!

사람들은 대체로 그런 바보 영구에게서 편안함을 느꼈고 위로를 받았었다. 왕년의 개그맨 심형래는 '국민 심기 안정제' 로 혹은 꼬마 악동들의 '우상' 으로 브라운관을 누볐었다. 심형래는 1989년 〈영구와 땡칠이〉라는 방학용 아동영화에 주연으로 데뷔해 당시 200만 명이라는 엄청난 관객동원을 기록했었다.

그 후 1993년 영화사 '영구 무비 아트' 를 설립하고 SF영화를 만들겠다고 선언했다. 그런 그를 보고 사람들은 비웃었다. '송충이는 솔잎을 먹어야지' 라며 코미디언의 '외도' 에 곱지 않은 시선을 보냈다.

그런 사람들의 백안시 탓인지 그가 연달아 만든 〈영구와 쮸쮸〉〈티라노의 발톱〉은 대참패를 기록했다. 그에게 남은 건 엄청난 빚더미. 그래도 바보 심형래는 '꿈' 을 버리지 않았다.

1999년에는 '신지식인 1호' 에 선정되는 영광도 잠시 누렸지만 의욕적으로 만들었던 〈용가리〉 역시 엄청난 실패를 기록하면서 그의 '꿈'

은 사라져버린 듯했다.

그러나 '바보 심형래'는 "못 해서 안 하는 게 아니라 안 해서 못 한다"라는 명언을 버팀목 삼아 칠전팔기의 자세로 또 다시 SF 대작에 도전하겠다고 선언했다. 그게 7년 전 일이다.

당시엔 그런 심형래를 누구도 거들떠보지 않았다. 가방 하나 들고 미국으로 떠난다면서 텔레비전 토크 쇼에 나왔던 심형래가 어렴풋이 기억난다. "영어가 달려서 어떻게 하냐"라는 진행자의 말에 그의 답이 걸작이었다. "답답한 건 미국애들이지 내가 아니죠."

이런 배짱과 라면으로 끼니를 때우면서도 버리지 않았던 SF영화에의 처절할 정도의 집념이 2007년 8월의 '심형래 신드롬' '심형래 쓰나미'를 일으켰던 것이다.

나는 강우석, 봉준호나 강제규, 이준익 등등 역대 '1천만 관객 동원 감독'들도 소중한 대한민국 자산이라고 생각하지만 특히 '바보 심형래 감독'의 우직한 자세와 집념어린 도전을 높이 사고 싶다.

지난 8월 1일 개봉한 〈디 워〉가 개봉 5일 만에 관객 3백만 명을 돌파하면서 여기저기서 심형래를 두고 난리다. 8월 말에 들어서면서는 1천만 돌파를 바라보고 있다고 한다.

대단한 열기다. 관객 동원 속도가 흥행 대박 여부를 결정하는데 〈디 워〉는 이 스피드에서 역대 '1천만 관객 동원 선배 영화들'인 〈괴물〉과 〈왕의 남자〉 〈태극기 휘날리며〉 〈실미도〉를 위협하고 있다.

경이로운 흥행 스피드에 충무로는 모두 '기립 경악' 중인 것 같다.

자연히 '사촌이 땅을 사면 배가 아픈' 우리네 정서가 발동이 안 되면 이상한 일일 것이다.

한 젊은 독립영화 감독이 아주 혹독한 악평의 포문을 열었다. 여기에 심형래와 〈디 워〉를 사랑하는 네티즌들이 손 놓고 가만 있지 않았다.

갑론을박 정도가 아니라 그야말로 '문자의 칼부림' 이라고나 할까! 각
종 포털 사이트는 피 튀기는 일대 '글자들의 전쟁' 이 벌어지고 있다.

급기야 심형래를 비판했던 그 감독은 자신의 사이트를 폐쇄해 버렸
다고 한다. 진중권이라는 '좌파 논객' 은 텔레비전 토론회에 출연해 심
형래와 그의 팬들을 싸잡아 비난했다가 당사자들로부터 호된 반격을
당하고 있다.

그만큼 지금 우리 사회는 '심형래 현상' 으로 몸살을 앓고 있다.

인터넷 각종 포털 사이트에서 '심형래' 만큼 인기를 끄는 사람도 없
다. 검색창에 '심ㅎ' 까지만 쳐도 심형래와 관련된 단어가 10가지 정도
떠오른다. 감독, 학력, 눈물, 상상플러스, 디워, 무릎팍도사, 고려대, 딸
등등. 어쩌면 '바보 심형래' 는 살다가 때 만났는지도 모르겠다.

지난 7월 26일 심형래는 KBS TV의 심야 프로그램인 단박 인터뷰에
나왔었다. 우연히 그 프로를 보는 순간 나는 이 〈디 워〉가 엄청난 성공
을 거둘 것이라는 확신적 예감이 강하게 들었다.

'어, 심형래, 이번에 대박이야!' 라는 말이 무심결에 나왔다.

그 인터뷰에서 심형래는 자신이 지난 7년간 겪어야 했던 고충을 털
어놓으면서 '울컥' 목이 메는 모습을 보여주었다. 바로 그거였다. '바
보 영구' 의 눈물!

우리 나이로 벌써 쉰줄에 들어선 심형래가 자신의 지난날을 말하려
는 순간 목이 메 말을 못하고 주름진 눈가에선 눈물이 맺힌 모습. 백 마
디의 말보다 저 순간의 눈물! 아마도 많은 시청자들은 그 모습에서 진
한 감동과 정서의 일체감을 느꼈을 것이다.

"그래 말 안 해도 안다! 바보 영구야!" 수백만 시청자들은 그렇게 우
직하게 노력해온 바보 심형래에게 박수를 보냈을 것이다. 그렇다고 그
들이 모두 〈디 워〉를 보러 영화관으로 달려갔다는 얘기는 아니다. 심

형래의 '인간적 진정성'이 상당히 점수를 땄다는 얘기다.

거기에 요즘 대중문화 시장의 '큰 손'이라는 '무서운 초딩 파워'의 강력한 지지를 업고 지금 〈디 워〉는 저렇게 요란법석을 떨고 있는 것이다. 하지만 신바람 나는 요란법석이어서 아무 상관없는 사람들에게까지 신나는 기운을 선사한다. 우리 어린 아이들에게 '하면 된다'는 정신도 덤으로 주는 것 같다.

좋지 아니한가! 이렇게 무덥고 짜증나고 공포스러운 인질사태로 온 국민이 심한 스트레스를 받고 있는 요즘 우리의 '바보 심형래'가 저렇게 극장으로 국민들을 끌어모으고 있다는 건 어쨌거나 신나는 일 아니겠는가!

그 인터뷰에서 심형래는 이렇게 말했다.

"심형래가 만든 영화라면 무조건 40% 평가절하하고 본다. 미국에 영화관 1500개 잡는 게 쉬운 일인 줄 아십니까? 〈디 워〉를 제임스 카메룬이나 스티븐 스필버그가 만들었다면 이렇게 했겠어요? 그래서 첨에 우리 〈디 워〉에 내 이름을 뺄까도 생각했어요. 차라리 스티븐 스필버거라고 대신 쓸까도 생각했어요." 스필버그가 아닌 스필버거! '바보 영구' 다운 재치가 엿보인다.

이날 인터뷰에서 심형래는 좋아하는 노래가 있냐는 물음에 즉각 조영남의 〈사랑 없인 못 살아〉를 좋아한다면서 그 노래를 불렀다.

"밤 깊으면 너무 조용해, 책 덮으면 너무 쓸쓸해, 불을 끄면 너무 외로워, 누가 내 곁에 있으면 좋겠네. 이 세상 사랑 없이 어이 살 수 있나요." 밤샘작업을 마치고 새벽에 혼자 차를 몰고 귀가하다가 라디오에서 흘러나오는 이 노래에 눈물을 흘렸다고 한다. 한 남자의 절절한 고독이 느껴진다.

며칠 전엔 KBS의 심야프로그램으로 내가 즐겨보곤 하는 '상상 플러스'라는 오락프로그램에 심형래가 나와 또 한바탕 나를 웃겼다. 아마 나뿐 아니라 그 프로를 본 사람들은 모두 배꼽을 잡았을 것이다. 그냥 보기만 해도 일단 우스운 그의 얼굴은 어쩌면 '바보 심형래'가 아니라 '천재 심형래' 같다는 생각이 든다.

그날 심형래는 〈디 워〉의 후속작으로 뭘 준비 중이냐는 후배 개그맨의 질문에 아주 심각한 표정, 그렇지만 보는 이에겐 아주 우스꽝스럽게 보이는 그런 표정으로 "라스트 갓 파더(Last God Father)라구, 대부 말론 브랜도가 한국에 숨겨 놓은 자식이 있대. 근데 그게 바로 영구래, 뭐 이런 줄거리로……"

이렇게 말하는데 뒤집어지지 않을 시청자가 어디 있겠나! 나도 모처럼 박장대소했다. 그냥 웃기는 거다. 유치하다고? 유치한 게 원래 재미있지 않나!

폼 잡고 무게 잡고 이래선 웃기지 못하지.

웃기는 얘기 하나 더! "형, 미국애들이 영화 찍을 때 형보고 뭐라 불러?"라고 동석한 후배 개그맨이 묻자 심형래는 예의 멍청한 듯한 표정으로 "으응 한국말로 감독님이라고 부르라고 했거든. 그랬더니 걔네들이 강도님이라잖아." 그러고는 기습적으로 쓰러지는 추억의 '슬랩스틱 코미디'로 그냥 시청자들을 웃겨버린다.

심형래는 이제 자만하지 말고, 신랄한 비판에 귀 기울일 필요가 있다고 본다. '온갖 강호제현'들이 무림 비책을 알려주는데 마다할 이유가 없지 않나. 그저 다 고마운 '보약'으로 받아들여 '공부'로 삼으면 되는 것이다. 어쨌거나 지금 우리 동네 백화점 안에 있는 멀티플렉스 극장에는 꼬맹이 초딩 손님들로 북적거린다.

'입소문'이 얼마나 대단하게 났던지 우리 동네 꼬마들은 다 〈디 워〉

를 보러 몰려가는 것 같다. 이게 단순히 우리 동네에만 국한되는 현상은 아닐 거고 거의 전국 동시 다발로 일어나고 있을 것이다. 이러니 아무래도 〈디 워〉의 대박흥행은 자연스런 현상이다.

그러나 이젠 이런 국내용 특수에 만족할 단계는 지났다고 본다.

9월 중순에 전 미국 1500개 극장에 동시에 걸린다는 〈디 워〉를 위해 아무래도 심형래 감독은 '자아도취' 하지 말고 겸허한 초심으로 돌아가 CG작업이나 기타 마무리 편집 작업에 공을 들여야 할 것이다. 물론 내가 이렇게 말하지 않아도 어련히 잘하겠지만!

'바보 심형래' 에서 이제는 '천재 심형래' 로, 이무기가 용이 되어 승천하듯 무궁한 발전이 있기를 바란다.

바보 영구 화이팅!

이주노동자에게 10년 간 무료진료해온 의사 안규리

2007년은 서울의대 내과 안규리 교수에겐 퍽 뜻깊은 해입니다.

꼭 10년 전인 1997년, 안 교수는 서울의대 가톨릭학생회 제자 12명을 데리고 낡은 궤짝 2개와 50만 원의 적은 돈으로 '이주노동자 무료진료' 를 시작했습니다. 그리고 꼭 '10년 세월' 이 흐른 것입니다.

10년 세월! 유한한 존재인 우리 인간에게 '10년 세월' 은 굉장한 것이지요. 흔히 10년!이란 세월은 우리가 시간의 덧없음을 말할 때 종종 들먹이는 아주 상투적인 개념의 시간 단위이기도 합니다.

"10년이면 강산도 변한다"라든지 "10년 공부 도로아미타불" 이라든지, 흐르는 강물처럼 한 번 가면 다시 오지 않는 세월의 무정함을 한탄하는 나약한 인간들이 흔히 쓰는 세월단위가 바로 이 '10년' 이지요.

10년이면 갓 태어난 아기들이 초등학생으로 틀을 잡아가고, 초등생들은 청년으로 변모하는 그런 세월입니다. 그래서 눈부신 세월이기도 합니다. 이런 10년 세월 동안 '라파엘 클리닉' 이 매주 한 차례도 쉬지 않고 물설고 낯설은, 아무 힘없고 '빽' 없어 서러울 수밖에 없는 외국인 이주노동자들에게 '무료 진료' 를 해왔다는 건 굉장한 일이지요.

라파엘 클리닉이 어떤 보상이나 어떤 바람이나 어떤 반대급부도 바라지 않고 10년 세월 동안 단 한 번의 의료사고도 내지 않고 '서울대병원 수준'의 의료를 공짜로 이주노동자에게 베풀었다는 건 가상하고 갸 륵한 일입니다.

북한에 '퍼주기'를 하도 많이 해 국민들로부터 비판을 받아온 대한민국 정부는 라파엘 클리닉을 주도해온 안규리 교수에게 훈장을 수여해도 부족할 정도로 그녀는 외교적 성과를 이룩했다고 봅니다.

그녀의 이 '무료진료 10년'은 상처 입은 이주노동자들의 육신만 치유한 것이 아니라 그들의 영혼도 따스하게 어루만져 주었습니다. 일부 악덕 기업주들에게 호되게 당해 어글리 코리안에게 한을 품었던 그 이방인들의 마음을 위로해주는 몫을 단단히 했습니다.

물론 안규리 교수 혼자 힘으로 '10년의 오늘'을 맞은 것은 아닙니다. 수많은 선배·동료·후배·제자 의료진들과 자원봉사자들이 그녀와 함께 해왔고 지금도 그녀와 함께 하고 있습니다. 그래서인지 안규리의 '라파엘 10년'을 맞는 감회는 남다른 겁니다. 그녀와 함께 라파엘을 지켜왔던 모든 스탭들 역시 한마음인 것 같습니다.

'안규리'라는 이름 석 자는 2005년 말 대한민국과 세계를 뒤흔들었던 '황우석 사건'으로 일반인에게 많이 알려졌습니다. 그 전까지 그녀는 실력 있는 서울의대 신장내과 교수이자 환자들에겐 자상하고 따스한 의사 선생님으로 바삐 살아왔습니다. 그녀의 일상은 진료와 연구와 강의가 전부였습니다. 그야말로 '의학 외길'을 걸어온 세상물정 모르는 여의사였지요. 그러다가 황우석 사태에 휘말려 들면서 마치 그녀도 잘못했던 것처럼 비추어지는 수모를 당해야 했습니다. 그녀로서는 도저히 견뎌내기 쉽지 않은 '횡액'을 당한 셈입니다. 그 엄청난 충격은 당사자가 아니고는 아무도 그 고통을 이해하기 어려울 겁니다.

학자에게 자신의 학문연구가 잘못됐다며 언론의 융단폭격을 당한다는 건 거의 '학문적 사형집행'이나 마찬가지거든요. 우리 속담에 "모난 놈 옆에 있다 정 맞는다"는 말이 있듯이 안규리도 그런 케이스가 된 겁니다. 그녀가 밤잠 설치며 바쳤던 연구시간과 실적은 그렇게 모욕당한 겁니다.

아마 우리네 일반인들은 그런 참담한 상황을 도저히 이해하기 어려울 겁니다. 단지 '망신살이 뻗쳤군' 하는 냉소적인 시선을 보내다 말 정도이지만 그 당사자가 당하는 고통은 아무리 헤아려준다 해도 1% 정도나 알 수 있을까요. 아무튼 그녀를 강타한 그 '황우석 후폭풍' 은 지금까지도 그녀를 괴롭히고 있습니다. 하지만 그녀는 그냥 주저앉지 않았습니다.

환자들에 대한 순수한 열정이 그녀를 다시 일으켜 세워준 것입니다. 더욱이 그녀가 세운 '라파엘 클리닉' 의 수많은 이주노동자들이 그녀의 든든한 원군이 되어 그녀를 지켜주고 있는 것처럼 보입니다.

10년 전 문을 연 라파엘 클리닉은 엄청난 규모로 발전했습니다. 사실 병원이 번창한다는 건 엄격히 말하자면 그리 좋은 현상은 아닙니다. 하지만 이주노동자들에게 완전한 무료진료를 베푸는 라파엘 클리닉의 특수성을 감안하면 '착한 마음들' 이 많이 모여 선행을 이루었다는 점에서 대단히 바람직하고 자랑스러운 일이라고 할 수 있겠지요.

라파엘 10년은 그야말로 '휴먼 대하드라마' 였습니다.

처음 시작할 땐 이렇게 17개 진료과목을 갖춘 준 종합병원으로 커질 줄은 상상도 못했다는군요. 그럴 줄 알았다면 시작도 못했을 거라고 그녀는 말합니다. 많은 사람들이 그녀에게 "당신이 마더 테레사입니까? 너무 시간을 많이 빼앗기고, 무모합니다. 얼마 안 가서 문 닫게 될 테니 그만두세요." 라고 만류했다는군요.

그러나 안규리 교수는 그냥 한국식으로 '밥상에 젓가락 한 벌 더 놓는 심정' 으로 편안하게 환자들을 보살폈다고 합니다. '의료' 라는 젓가락을 한 벌 더 놓는 심정으로 이렇게 엄청난 규모의 '무료 병원'을 세운 겁니다.

지난 10년간 라파엘엔 별의별 일이 다 있었습니다. 하기야 자본금 50만 원으로 시작한 사업이 2억 원이 넘는 규모로 커졌고, 10만 명의 외국인 이주노동자들이 라파엘에서 의료 신세를 졌습니다. 한국인에게서 받은 상처를 한국인이 치유해준 것입니다.

타국에서 병이 났는데 돈이 없어서 치료도 못 받는다면 여러분은 어떤 심정이 들까요? 정말 피눈물이 날 겁니다. 그런 이주노동자들에게 안규리라는 존재는 그야말로 치유의 천사인 '라파엘'이었습니다.

그녀는 라파엘 클리닉에 대해 이렇게 말합니다.

"라파엘 클리닉은 이제까지 단 한 번도 질 낮은 진료를 한 적이 없다고 말씀드리고 싶습니다. 장비가 어설퍼 보여도 지난 10년 간 각종 검사는 서울대 병원 수준에 부끄럽지 않게 했고 약도 최상급의 수준입니다. 고칠 수 있는데 못 고친 병은 없습니다. 10년 동안 암수술은 물론 방사선 치료, 심장수술도 했습니다. 우리가 해결하기 어려운 환자들은 협약을 맺은 2차 병원으로 보냅니다. 또한 10년 동안 의료사고가 단 한 번도 없었습니다. 인간의 힘으로는 안 되는 일입니다. 진실로 하나님이 라파엘 클리닉을 지켜주신다는 영감이 듭니다."

2006년 말 안규리 교수와 라파엘 관계자들은 필리핀 정부의 초청을 받고 수도 마닐라에 가서 아로요 대통령으로부터 훈장을 받았다고 합니다. 이 사실은 매스컴에 전혀 알려지지 않았지요. 뭐 훈장 받는 게 그리 대수냐고 치부해 버릴 수도 있지만, 필리핀 정부에서 자국민을 돌봐주는 데 대한 감사의 표시를 했다는 건 기록해 둘 만한 일입니다.

12명의 서울의대 제자들과 시작한 이 라파엘엔 이제는 전국의 의과대학 학생들이 자원봉사 대열에 합류하고 있다고 합니다. 라파엘이 뜻

있는 의대생들이 거쳐 가는 '순례지' 처럼 된 것 같습니다.

이제 라파엘은 세계를 향해 발돋움하고 있습니다. 지난해 연말 인도를 방문했던 안 교수는 우리나라의 1950년대 이전 수준의 의료상황인 그곳의 극빈지역을 둘러보고 큰 충격을 받았다고 합니다. 인도의 30개 주 가운데 29번째로 못 사는 오릿사 주라는 곳입니다.

눈물이 뚝뚝 떨어지는 침대에서 산모가 출산하고, 70%의 아기가 출산 중 사망하는 그곳 현실을 목격하고 여린 심성의 그녀는 어쩔 줄을 몰랐다고 합니다. 이제 국내의 라파엘은 어느 정도 궤도에 오른 상태이기에 그녀는 올해부터 인도를 비롯한 방글라데시와 몽골 그리고 북한에 이르기까지 의료상황이 열악한 곳을 찾아다니면서 의료봉사를 하기로 결심했다고 합니다.

'라파엘 인터내셔널' 이라는 간판도 세웠습니다. 그 간판 아래 올 9월부터 그녀는 몽골 현지에 진료소를 설치하고 본격적 의료봉사를 펼칠 계획입니다.

지난 3월말과 6월 인도와 몽골에 선발대로 보낸 의료진과 서포터 팀의 보고서를 기초로 그녀는 앞으로 '향후 10년 인터내셔널 라파엘' 의 원대한 구상을 다듬고 있습니다. 이제 머지않아 '국제 라파엘' 이 세계의 주목을 받을 날이 올 것 같습니다.

우리 주변에선 그동안 국회의원이나 되려고 '쇼처럼' 봉사활동 펼치는 사람들을 가끔 보아왔습니다. '아무 바라는 것 없이' 그냥 외국인 노동자들이 불쌍하다는 순수한 이유 하나만으로 휴일을 반납하고 제 돈 써가면서 진료활동을 하는 경우는 참 드물었던 것 같습니다.

그녀는 앞으로도 살아 있는 한, 힘이 다하는 한, 이 의료봉사 활동을 놓지 않겠다고 합니다. 이렇게 말하는 안규리의 모습은 문득 인도의 테레사 수녀님과 그 이미지가 상당히 비슷해 보였습니다. 그녀가 우리

보다 어려운 나라의 사람들을 위해 이런 일을 조용히 하는 동안 이주노
동자들과 그들의 모국 사람들이 오해했던 우리 대한민국의 이미지는
점차 회복될 것 같습니다.

안규리 교수는 요즘도 매주 일요일 오후 2시면 서울 혜화동 동성고
등학교에서 여는 라파엘 진료소에 기쁜 마음으로 달려갑니다.

환자가 있기에 자신이 존재한다는 게 그녀의 인생철학이라는군요.

느벨문학상 작가 오에 겐자부로와의 만남

며칠 전 저는 꽤 근사한 '문화적 체험'을 했습니다. 모두 우리 블로그 독자여러분 덕택입니다. 여러분이 밀어주시는 그 '힘'으로 강연회장까지 용감하게 뛰어갔거든요.

한 조간신문 문화면에 1994년 노벨문학상을 받은 일본의 작가 오에 겐자부로大江健三郎 씨가 고려대학에서 강연회를 가졌다는 소식과 함께 그날 오후 서울 광화문 교보빌딩에서 공개 좌담회를 갖는다는 기사가 실렸습니다. 그 순간 눈이 번쩍 뜨였다고나 할까요, 그렇잖아도 우리 스카이뷰 블로그의 '토요 스페셜'로 무얼 서비스할까 고민하고 있었거든요.

언제나 토요일엔 좀 재미있고 유익한 얘기를 독자여러분께 한상 가득 차려올리고 싶다는 생각만 했지, 실천에 옮기기가 쉽지 않아 은근히 고민을 많이 해왔습니다. 그러니 노벨문학상을 받은 일본작가와 한국의 대표적 지식인의 한 사람인 고려대 김우창 명예교수의 공개 대담 소식은 거의 '가뭄에 단비' 수준이었죠. 더구나 두 사람 모두 제겐 '좋은 이미지의 남자들'에 속하는 분들이니 아예 신바람이 났습니다.

'독자 서비스' 차원에서 거금을 주고 며칠 전 장만한 '디지털 카메라'를 갖고 '마음도 가볍게' 광화문 교보빌딩으로 향한 겁니다. 솜씨는 없지만 그래도 제 손으로 사진을 찍어 블로그에 올리는 일은 처음이어서 조금 떨리는 마음도 있었죠.

행사장에 30분쯤 전에 도착했는데도 꽤 많은 청중들이 자리하고 있더군요. 그만큼 노벨상 작가에 대한 관심들이 높다는 얘기겠죠. 사진을 찍기 위해서라도 맨 앞자리에 앉았습니다.

오후 3시 정각에 오에 겐자부로 작가와 김우창 교수가 연단 앞으로 등장했습니다. 언론사에서 온 듯한 덩치 큰 카메라맨들이 '성능 좋아 보이는 카메라'로 사진 찍는 모습을 보니까 손바닥만한 저의 디지털카메라가 갑자기 초라해 보이기까지 했지만, 그래도 기죽지 않고 저도 셔터를 눌렀답니다.

사회자가 두 연사의 약력을 소개하고 있는데 오에 씨는 다소 근심어린 표정으로 앉아 있었습니다. 조금 후에 밝혀졌지만 주최측의 '잠깐 실수'로 그에게 통역기가 지급되지 않아 노작가는 속으로 크게 걱정을 했노라고 말하더군요. 물론 부랴부랴 통역기가 작가의 귀에 부착되고 난 뒤의 얘깁니다.

'성실한 모범생' 타입의 노작가는 1935년생으로 우리 나이로 일흔두 살의 할아버지였지만 대담이 진행되면서 고이즈미를 비롯한 일본 정치인들을 예리하게 비판하는 모습을 보여주었습니다.

작가 정신이랄까, 굽히지 않는 지식인 정신을 지닌 그의 모습에서 '나라의 선생님' 같은 분위기가 느껴졌습니다. 그런 그도 일본 내에서는 "오에는 대중문화, 서브 컬처를 무시하고 자기만 잘난 체하지 않나"라는 비판을 받고 있다고 작가 스스로가 밝히더군요. 이해가 가는 대목이었습니다.

통역기를 받고 '활기를 되찾은' 작가는 자신의 어린 시절 체험을 털어놓으면서 청중들에게 웃음을 선사하기도 했습니다.

그는 일본의 시코쿠라는 산골마을 출신으로 10세 때 종전終戰을 맞았다고 합니다. 우리에겐 '해방'이었조. 마을에 미군들이 지프를 타고 나타났는데 통역을 데리고 올 예정이었다가 너무 작은 마을이어서 통역이 없었다는 겁니다.

오에 씨의 집안은 나무를 심고 재배해서 종이를 만드는 일을 가업으로 하고 있었답니다. 작가의 부친은 영어로 된 식물도감을 갖고 있었고, 오에 소년은 영어와 라틴어가 병기된 그 책에 나와 있는 나무이름을 열심히 외우면서 자신도 자라서 집안일을 이어받아 생계를 꾸려나갈 것이라는 생각도 했다고 합니다.

통역이 없어 당황하던 동네 어른들 중 한 사람이 "오에가 라틴어도 영어도 할 수 있다더라, 개한테 물어보면 통역이 가능할 것이다"라는 말을 해 졸지에 오에 소년은 '꼬마 통역사'로 어른들 앞에 불려 나왔다는군요. 아마도 굉장히 총명한 어린이였나 봅니다.

물론 통역은 불가능했지만 미군병사들이 망원경을 갖고 나무들을 가리키면서 '나무이름'을 물어보면 '꼬마 통역사'는 영어와 라틴어로 대답을 해줬답니다. 타임머신을 타고 60여 년 전 일본의 한 시골마을로 들어가 보면 아주 재미있는 풍경을 볼 수 있을 것 같군요.

열 살짜리 꼬마아이가 평소 익혔던 '외국어 솜씨'로 미군들 앞에서 나무이름을 영어로 종알거리는 광경을 상상해 보세요. 너무 귀엽지 않나요? 꼬마 통역사는 자신의 능력을 최대한 발휘했고, 미군은 소년에게 럭키스트라이크 담배 한 다스를 통역비로 지급했답니다. 소년은 이걸 자랑스레 엄마에게 드렸고, 엄마는 그걸 암시장에 내다팔아서 소년의 학생복을 사주셨다고 합니다. 종전 이후 어려웠던 일본의 생활상을 짐작케 해주는 대목이죠.

노조가는 60여 년 전 자신의 소년시절 이야기로 부드럽게 대담을 시작했습니다. 장내의 청중들 역시 즐겁게 웃을 수 있었습니다.

노작가는 곧 이어 '기조강연' 을 시작했습니다.

"저는 이제 노년에 접어들어, 앞으로 얼마나 더 문학활동을 계속할 수 있을지 불안하지만, 지금 자주 생각하는 것은 1910년 한국 합병조약으로부터 100년이 되는 것이 2010년, 일본인이 이러한 100년의 역사를 제대로 재인식해서 다음 시대를 맞이하기 위해서는 젊은 세대들을 중심으로 한국의 시민들과 자주 대화하는 기회를 가지는 것이 중요하다는 것입니다."

이런 내용의 강연과 함께 노작가는 당시 일본 총리인 고이즈미의 야스쿠니 신사 참배를 신랄하게 비판했습니다. 그는 고이즈미가 한국, 중국을 비롯한 아시아 여러 나라에 대해 올바른 역사인식을 보이고 있지 않다고 지적했습니다. 역사를 인식한다는 것은 과거에 대해서만 행해지는 것이 아니라 미래에 대한 전망을 포함해서 지금 현재를 바르게 응시하고, 책임 있는 행동을 취하는 것이라고 했습니다. 그러니까 고이즈미는 책임 있는 행동을 하지 않고 있다는 얘기겠지요.

작가는 동아시아 국가들이 편협한 민족주의를 극복해 나가지 않으면 동아시아의 미래는 없다면서 각국의 '시민의 소리' 가 합쳐져 새로운 방향을 제시해 나갈 수 있다고 말했습니다.

국가권력을 뛰어넘어 '시민들끼리의 연대' 를 통해 어떤 새로운 '힘' 을 창출해 평화와 질서를 유지해 나갈 수 있다는 게 자신의 '생각' 이자 '꿈' 이라고 말했습니다. 국가는 대립해도 인터넷 시대에 시민들끼리의 소통에서 새로운 세계를 만들어나갈 수 있다는 얘기입니다.

그러면서 그는 인생의 지혜로 가장 중요한 덕목을 '모럴' 로 꼽았고, 프루덴셜(prudential)한 방향으로 동아시아 시민들이 함께 나갈 것을 제안했습니다.

프루덴셜의 뜻에 대해 그는 "영어 사전에 보면 나와 타인을 위해 미래의 어려운 일에 부딪히지 않게 행등한다는 뜻"이라고 했습니다. "함께 살아가면서 내 자신과 이웃이 피해받지 않도록 하는 거"라고 덧붙였습니다. 영한사전에는 신중한, 조심성 있는, 세심한, 분별력 있는, 등의 뜻으로 나오더군요.

김우창 교수 역시 기조강연을 했습니다. 문학과 정치가 사회에 기여하는 '힘'에 대해 언급한 대목이 인상적이었습니다.

"정치는 우리의 삶을 규정하는 가장 강한 힘입니다. 그리하여 우리가 흔히 보는 현상은 인간의 모든 것이 정치에 종속되는 일입니다. 그러나 문학인이 발견하는 삶의 고유하고 진정한 모습—개인으로서, 집단의 일원으로서, 보편적 인간으로서의 진정한 모습은 그 나라의 정치에서도 중요한 역할을 담당할 수 있습니다. 이것은 우리의 국제적 정치에도 해당되는 것일 겁니다. 나라와 나라들이 보다 사람의 모든 것을 서로 인정하는 이웃이 되게 하는 데에 문학이 기여하는 바가 있을 것이라는 말입니다."

김 교수는 오에 씨가 제시한 '시민 아이덴티티'에 대해 "시민들이 횡적 연대를 통한 정체성을 형성하기 위해 노력하는 것은 그럴 만한 가치가 있다"고 말하면서 "더불어 살아나가는 공동체 성립"의 중요성에 대해 말했습니다. 그는 '독도문제'에 대해 "일본이 도덕적 반성을 충분히 하지 않았다"고 지적하면서 "야스쿠니 문제도 같은 연장선상에서 볼 수 있다"고 따끔하게 일본 정치인들의 행태를 비판했습니다. "일본인이 개인적으로는 정직 성실하나 국가적으로까지 확대되지는 않는 것 같다"고 덧붙여 말했습니다.

김 교수 역시 "민간차원의 교섭이 매우 중요하다. 자기 정부를 도덕적으로 행동하라고 비판한다고 하루아침에 도덕적 공동체가 되는 건 아니지만 이웃 국가와 관계를 올바르게 하고, 그것이 나 자신을 우하는 일임을 자각하고 그것을 확대해 나가는데는 문학인이나 지식인들의 역할이 중요하다"고 말했습니다.

독도문제에 대해 오에 겐자부로 씨 역시 상당히 조심스러우면서도 작가 특유의 비판 정신을 잃지 않고 말했습니다. 그는 "독도 혹은 다케시마에 대해 한국인들이 들으면 화날 일일지도 모르지만 일본인 중에서 독도가 영토 차원에서 큰 의미가 있다고 보는 사람들은 거의 없다"면서 고이즈미를 비롯한 일본의 소수 정치인들이 대다수 국민들을 선동하고 나라를 이끌어가는 수단으로 '민족주의' 적인 관점에서 이용하고 있다고 비판했습니다.

그러나 두 분 모두 워낙 점잖은 지식인들이어선지 그 자리에선 '독도가 우리땅이라는 직설화법' 은 쓰지 않더군요.

오에 씨는 '민족주의' 를 지하수같이 흘러가는 것이라고 정의하면서 이를 분출시키려는 정치인들의 선동은 결코 도움이 안 된다고 계속 고이즈미를 겨냥한 비판 발언을 했습니다.

애기가 너무 딱딱하게 흘러온 것 같군요. 아무튼 이 두 사람의 지식인이 주장하는 요점은 '국가권력이 정치인용用이고, 정권유지 차원에서 민족주의를 써먹기도 하지만 21세기 사회에서의 주체는 시민그룹이어야 하고 인터넷 등을 이용해, 시민들끼리 소통해 나가는 것' 이 바람직하다는 거였습니다. 물론 오에 씨는 여기에 '프루덴셜 정신' 을 도입해야 한다고 주장했구요, 김 교수는 '함께 살아가는 공동체 정신' 을 말했습니다. 결국 두 지식인의 지향점은 같은 곳이라고도 할 수 있겠네요.

정치인들이 각성해야 할 텐데 그들은 또 그들의 논리로 '생존해 가는 수밖에 없는 운명' 이고 보니 합일을 보기는 쉽지 않겠다는 생각이 들더군요.

두 시간 가까이 진행된 대담 도중 '무라카미 하루키' 이야기도 나왔습니다. 노작가는 후배 작가이기도 한 무라카미 하루키의 소설이 한국에서도 자신의 책보다 한 1백 배쯤 더 팔린다는 사실에 놀랐고 또 기쁘다고 말했습니다.

작가는 김 교수가 기조 발언 도중 '오에 선생의 작품을 그리 많이 읽어보지 않았다'고 말한 것에 은근히 신경이 쓰였는지, "여기 김 교수도 제 작품을 별로 안 읽었다고 하셨듯이"라는 말을 해 청중들의 웃음을 이끌어내기도 했습니다.

이에 김 교수는 자신이 "일본 교토에 머물던 시절 오에 선생이 노벨상을 타서 책방에 선생의 작품집을 사러 갔는데 한 종류밖에 없어서 그런 얘기를 한 것"이라고 '상황설명'을 했습니다. 그러면서 오에 씨의 소설이 '하이 컬처'에 속한다는 규정을 했습니다.

노작가는 무라카미 하루키의 작품을 한국의 중년 남성들도 많이 읽고 있다는 소식을 듣고 그의 작품세계가 '인간 자체'의 연애라든가 성애 혹은 여러 가지 '인생의 문제'를 다루고 있는 것이 어필하고 있는 것 같다는 의견을 피력했습니다.

대담이 거의 끝날 무렵, 시간관계상 청중의 질문을 한 가지만 서면으로 받아서 사회자가 오에 씨에게 대신 물었습니다.

"왜 대학에서 불문학을 전공했느냐"라는 질문이었습니다. 좀 생뚱맞죠? 나이 칠순이 넘은 노작가에게 대학전공에 대해 묻는다는 게. 아마도 질문자가 젊은 사람이었던 것 같습니다.

노작가의 대답이 히트였습니다. "어머니가 굉장히 엄하게 교육하셨다. 어머니가 외국어 중 가장 어려운 것을 하라고 하셔서 동경대 불문학과에 가게 된 것이다"라는 말에 청중 속에서 웃음이 터져 나왔습니다. 어린 시절 작가는 아마도 마마보이였나 봅니다.

작가는 자신의 인생에서 불행한 일 두 가지는 "아시아의 외국어를 공부하지 않았다는 것과 귀가 너무 크다"는 것이라고 말했습니다. 물론 다시 태어날 기회가 있다면 중국어나 한국어를 비롯한 '아시아의 외국어'를 공부하고 싶다면서 요새 '읽기'는 조금씩 공부하고 있다고 했습니다. 상당히 학구적인 할아버지인 것 같죠?

그런데 귀가 커서 불행하다고 느낀다는 것에 대해선 그 이유를 묻지 못했습니다. 글쎄요? 나중에 기회가 닿으면 꼭 한번 물어보고 싶은 대목입니다.

그밖에도 그의 작품세계에 큰 영향을 미쳤다는 그의 장애인 장남은 어떻게 지내고 있는지, 다음 작품은 어떤 걸 준비 중이시냐는 등, 궁금하고 물어보고 싶은 게 너무 많았지만 시간이 없어서 묻지 못한 게 좀 아쉽더군요.

좌담회를 마치고 전혀 예상을 못했었는데 사회자가 팬 사인회를 갖는다고 하더군요. 수십 명의 젊은 청중들이 각자 집에서 가져온 듯한 오에 씨의 번역본 혹은 원본 작품집들을 들고 순식간에 줄을 서기 시작했습니다.

저는 연단 위, 노작가의 테이블에 다가가서 제 명함을 꺼내들고 "선생님, 명함 있으십니까?"라고 일어로 물었습니다. 노작가는 순간 너무도 당황한 모습으로 "아, 저는 명함이 없는데요."라고 말하더군요.

그 표정이 어찌나 성실하고 착해 보이는지 이쪽이 오히려 미안할 지경이었습니다. 그의 명함이 뭐 필요하겠습니까마는 블로그 독자들을 위해 혹시 '노벨상 수상 작가는 어떤 명함을 갖고 다니는지' 호기심 차원에서 물었던 겁니다. 그는 제가 드린 명함을 자신의 양복 상의 주머니에 아주 조심스럽게 넣더군요. 거의 엄숙한 표정으로요. 그만큼 상대병을 '배려하는' 그의 '프루덴셜 정신'의 발로겠죠.

사인을 받는 청중들은 대부분이 학생 스타일의 젊은이들이었습니다. 저는 계속 그 모습을 지켜보고 있었습니다. 한 여학생이 『애매曖昧한 일본인』이라는 작가의 일본어 수필집을 들고 사인을 요청하자 그는 "일본인입니까?"라고 묻더군요. "한국인"이라는 답을 듣자 그는 "애매曖昧혼"을 한국어로 어떻게 발음하느냐고 다시 물었습니다. 이런 식으로 작가는 청중들과 조금이라도 교감을 하려고 노력하는 것처럼 보였습니다.

이제까지 태어나서 단 한 번도 유명인사의 사인이라는 걸 받아본 일이 없는 저도 드디어 저의 조그만 수첩을 작가 앞에 내놓고 사인을 부탁해봤습니다.

작가는 만년필로 자신의 大江健三郎이라는 이름을 한자로 쓰고 그 아래 도장을 꾹 눌렀습니다. 물론 조그만 인주통도 가져왔더군요. 참 특이하죠? 뭐랄까 노작가의 완벽주의 같은 걸 느껴볼 수 있는 대목이었다고나 할까요.

이렇게 해서 두 시간 가량의 좌담회는 아주 우호적인 분위기에서 끝났습니다.

옥의 티라면 YS때 문교부장관을 지냈던 여성이 청중 속에 앉아 있다가 대담이 끝나지 않았는데도 종료시간 30분 전쯤 두 분 앞을 지나쳐 나가는 것을 꼽을 수 있겠네요. 물론 바쁜 일이 있어서 그럴 수도 있겠지만 그래도 일국의 장관 정도 지내셨던 분이라면 그런 모습은 보이지 않는 게 더 낫지 않았겠느냐가 제 개인적인 생각입니다. 그분이 나가고 조금 있다가 제 바로 옆에 앉아 있던 제법 유명한 남자 '환경운동가'도 쏘옥 나갔습니다.

이 남자는 좌담회가 시작하기 전에 그 전직장관을 보더니 오똑이처럼 일어나 인사를 아주 정중하게 해 저를 웃게 만들었던 사람입니다. 뭐 인사하는 건 나쁘진 않죠. 하지만 왠지 그의 인사하는 모습에서 순수함이 느껴지지 않았다고나 할까요. 하기야 그 환경운동가 남성은 그 이후로도 요상한 정치발언을 자주 해 눈살을 찌푸리게 하더군요.

별걸 다 신경 쓴다고 하시는 분들도 있겠지만 전 그들이 그렇게 좌담이 끝나기도 전에 강연회장을 나가버린 것이 영 찜찜하더라구요. 그래도 사회적으로 이름깨나 알리고 산다는 사람들이 그런 식으로 행동한다는 건 사회적으로 유익한 일은 아니라는 게 저의 '보수적인' 생각이기도 합니다.

아무튼 강연이 끝나고 오랜만에 그 빌딩의 지하에 있는 교보문고에 내려와 책구경을 하는데 왜 그 뿌듯한 심정 있죠, 무언가 문화적으로 포식해 기분이 좋은 그런 포만감이 들어 간만에 '해피한 마음'이었답니다.

장하다 욘사마! 멋있다 배용준!

한류스타 배용준이 2006년분 세금으로 100억 원에 육박하는 세금을 냈다는 뉴스를 보자마자 순간적으로 기분이 굉장히 좋아졌습니다.

뭐랄까요, 그 순간의 감정을 설명하긴 쉽지 않지만 요즘 세대들 말로 하자면 '므훗하다'고나 할까요. 뿌듯하다고나 할까요, 아니면 와우! 멋있다 하는 그런 감정? 왜 그냥 순간적으로 아무 생각 없이 '좋다!'라는 순수한 느낌이 들었다는 겁니다. 솔직히 부럽기도 했구요. 세금 많이 냈다는 건 돈 많이 벌었다는 얘기 아닙니까!

어떤 자동차 광고를 보면 꼬마애가 멋진 승용차에 앉아 있는 아빠를 소개하면서 "친구들이 우리 아빠를 쳐다보면 기분이 좋습니다, 기분이 참 좋습니다."라고 말하며 흐뭇하게 웃는 그런 장면이 나오는데요, 바로 그 비슷한 감정이라고나 할까요.

그렇다고 배용준과 무슨 친척도 아니고 그야말로 아무런 사이도 아닙니다만 왜 그렇게 '근사한 기분'이 들었는지는 이 순간에도 잘 모르겠습니다.

배용준이 낸 세금액은 정확히 97억 5천만 원이라고 합니다. 굉장하죠! 얼마나 벌었길래 그렇게 많은 세금을 냈을까?

작년 그의 총수입은 무려 329억 원! 이 가운데 90% 이상이 일본으로부터 들어온 수입이랍니다. 아마도 제가 순간적으로 쾌재를 부른 데 일조를 한 요인은 아마도 '일본에서 번 돈이 90% 차지' 한다는 대목에 서였을 겁니다. 반일주의자도 아니고 오히려 친일파 쪽이라는 비판도 평소에 듣고 있는 처지이지만 왠지 배용준이 일본에서 300억 원 가까운 돈을 벌어들였다는 점이 그렇게 대견하고 자랑스럽게 여겨졌던 겁니다.

대단한 일이지요! 대한민국 건국 이후 일본에서 짬짬이 활동한 연예인들은 꽤 되겠지만 이렇게 배용준처럼 엄청난 돈을 척척 벌어들인 연예인은 아마도 아직까지는 배용준이 유일할 겁니다.

그렇다고 제가 무슨 배금주의자이거나 금전만능주의자는 아니라는 걸 우선 밝히고 싶습니다. 그저 대한민국 연예인이 일본의 팬들에게 어필해 그 결과로 그렇게 엄청난 수익을 올렸다는 거, 그거 하나로 기분이 좋아진 겁니다.

다 알다시피 2004년인가요, 드라마 〈겨울연가〉가 일본 NHK에서 방영되면서 배용준은 일본 여성들의 감성을 지진처럼 뒤흔들면서 '욘사마' 라는 대우를 받게 되었습니다. 특히 연령대가 높은 일본 아즈머님(오바 사마)들의 거의 광적인 성원에 힘입어 우리의 배용준은 '욘사마' 로 등극했다지요. 나이도 잊은 채 그녀들은 왜 그렇게 '욘사마' 를 외치며 흐느껴 울 정도로 매료당했나를 놓고 '한 · 일 심포지엄' 까지 열린 것으로 알고 있습니다.

일본의 욘사마 팬들은 거의 40대 이상부터 무려 일흔이 넘은 할머니들까지 한사코 욘사마를 위해선 무슨 일이라도 하겠다는 '광팬' 들이라고 합니다. 욘사마를 보기 위해 차로 몇 시간 걸리는 먼곳에서 왔다는 아주머니들이 부지기수라고 하네요.

이에 대해 '남 말하기 좋아하는' 비평가들은 오로지 일밖에 므르고 아내를 돌보지 않았던 '개발연대 일본 남편들' 탓이 크다는 분석도 내놓았었죠. 이 말을 뒤집어 보면 '일본 남편들이 밖에서 뼈빠지게 돈 버느라 애쓰는 동안 일본 아내들은 '사람 정'이 그리워 몸서리를 쳤었다'고 할 수도 있을 겁니다.

패전 이후 일본이 오늘날처럼 세계 경제대국 2위로 올라서기까지는 여러 국제 요인 특히 '한국전 특수'의 요인도 컸지만 무엇보다도 일본인 특유의 성실성이 담보되었다는 건 정설로 자리잡고 있습니다. 그렇게 남편들은 나라와 가정을 위해 '일벌레'로 전락하는 동안 아내들은 공허해진 마음자리를 채울 그 무엇을 그리워하면서 안으로 앙금이 쌓여왔던 겁니다. 그런 그녀들 앞에 어느 날 '소프트 아이스크림' 같은 '욘사마의 따스한 미소'가 등장하면서 그녀들은 한순간에 무너져 버렸다는 이야기겠지요.

저는 배용준 팬은 아닙니다만 일본 아주머니들이 욘사마에 열광하는 그 이유만은 충분히 이해하고도 남습니다.

배용준의 외모는 사실 그렇게 출중한 미남배우 계열에 속하지는 않습니다. 하지만 그의 '따스한 웃음'은 아마도 정상급에 속할 거라고 생각합니다. 그의 미소는 사람들, 특히 '외로운 여심'을 달래주는 데는 거의 '1백만 불짜리'라고 할 수도 있을 겁니다.

문득 마릴린 먼로가 떠오릅니다. 그녀의 그 솜사탕 같은 미소는 세계 남성들의 가슴을 파고들었다죠. 마냥 부드럽고 언제나 다정할 것 같고 특히 '침대에서' 한없이 파고들 것 같은 먼로의 그 웃음은 세계를 뒤흔든 '1백만 불짜리 미소'로 뽑히기도 했었지요.

욘사마의 미소는 먼로처럼 '섹스 어필'한 그런 매력은 별로 느껴지지 않지만 '이제는 돌아와 거울 앞에 선 내 누님' 같은 아주머니들에겐 섹스 어필보다는 그저 힘겹게 지나온 나날들을 한없이 어루만져주며 함께 울고 웃어줄 수 있을 것처럼 보이는 욘사마의 그 미소가 최고인 겁니다.

특히 착한 남동생 같은 욘사마의 외모는 일본 아주머니들이 원하는 '바로 그 사람' 이라죠. 그러니 그 연배의 아주머니들이 무언들 아깝겠습니까. 전 그런 그녀들을 하나도 비웃고 싶지 않습니다. 너무 이해가 되거든요. 아마 모르긴 몰라도 한국 아주머니들도 내면엔 모두들 그러한 '앙금' 들을 간직하고 있을 걸요. 한국 남편들도 일본 남편들보다 둘째가라면 서러워할 정도로 무뚝뚝하지 않습니까!

그러니 '한국판 욘사마' 의 출현도 머지않을 거라는 생각이 듭니다.

자, 이야기가 조금 옆으로 샌 것 같군요. 욘사마 배용준이 100억 원 가까운 세금을 나라에 바쳤다는 '가상한 사실' 에 제가 흥분되었었나 봅니다.

국내 연예인 중 납세 1위인 배용준의 수익명세서는 이렇게 나왔습니다. 우선 영화 〈외출〉과 CF출연료로 69억 원(주로 일본의 도요타 계열 자동차와 소니 전자제품, 코카콜라 계열 음료 광고).

일본의 '빠찡코 게임' 과 '클래식 DVD' 등에 초상권을 빌려준 로열티 수입 122억 원. 화보집과 캐릭터 상품의 수입이 138억 원.

배용준은 지난해에는 전혀 활동을 하지 않았지만 일본 경비회사 세콤과 롯데 껌 및 초콜릿 광고의 출연료와 초상권 로열티로 148억 원을 받았다고 합니다. 엄청나죠?

일본에서 〈겨울연가〉 열풍이 불기 시작한 2004년 이래 3년간 욘사마가 벌어들인 수입은 모두 658억 원! 웬만한 기업들도 부러워할 액수일 듯한데요, 이렇게 돈을 많이 벌고 최고액 납세 연예인이 된 배용준의 심정은 어떨지 굉장히 궁금합니다. 언제 기회가 되면 배용준을 인터뷰해서 우리 스카이뷰의 블로그 방문객 여러분에게 읽을거리로 선사할 계획입니다.

1972년생인 배용준을 제가 처음 본 것은 아마도 10여 년 전 최고의 시청률을 자랑했던 〈첫사랑〉이라는 드라마에서였을 겁니다. 가난한 가정의 수재로 고시공부를 하는 창백한 법대생 역할로 나왔었지요. 옆얼굴 선이 섬세한 신인이었죠.

그 때 그 드라마에서 아마 최지우도 처음 선을 보였을 겁니다. '이쁘다' 는 느낌을 받았던 기억이 납니다. 요샌 '지우 히메(공주님)' 라고 해서 최지우도 일본인이 좋아하는 최고의 한류스타라니 우리 젊은 연예인들 참 자랑스럽네요.

이 〈첫사랑〉 드라마는 아마도 지금까지 국내 최고의 시청률을 기록하는 것으로 알고 있는데요. 작가인 조소혜 씨는 2006년 49세의 나이에 간암으로 급작스레 세상을 떠나면서 "암보다 더 무서운 게 시청률이었다"는 말을 유언처럼 남겨, 듣는 사람들의 마음을 아프게 했었지요. 시청률이 뭐길래!

이 드라마에서 신고식을 치른 배용준은 조소혜 씨의 빈소에 맨 먼저 달려가 눈물의 조문을 했다는군요. 역시 미소만 따스한 욘사마가 아니라 실생활에서도 따스한 의리가 있는 남자인가 봅니다.

자! 이렇게 '돈 많이 버는 35세 남자- 배우' 는 어떤 고민을 할까요? 아직 욘사마를 직접 만나지 못해 그의 고민이 무엇인지는 모르겠지만 어느 인터뷰 기사에서 그는 이런 말을 했더군요.

"어느 날 몹시 피곤해 깊이 잠들었다가 깨보니 새벽 1시였습니다. 막막하더군요. 잠이 전혀 오질 않았습니다. 그 날부터 불면증으로 몹시 고생했습니다. 큰 병에 걸린 것 같아 병원에 가서 정밀 검사를 했는데요, 너무 긴장해 신경이 수축되질 않고 늘어나서 잠이 안 온 거라고 하더군요. 정신과 치료를 잠시 받고 이젠 괜찮습니다."

"언젠가는 세수를 하는데 갑자기 눈물이 나오더라구요. 그래서 계속 세수를 했습니다."

전 이 두 대목에서 '톱스타의 고독'에 깊이 공감했습니다.

깊은 잠에서 눈을 떴더니 겨우 새벽 1시, 그리고 막막했다!

그 상황이 너무 기막히지 않습니까. 아마 불면에 시달려본 분들이라면 아실 겁니다. 더구나 싱글인 욘사마니까 그 침실에는 욘사마 혼자 덩그마니 남겨져 있었겠지요.

그리고 언젠가는 눈물이 나오는데 그냥 계속 세수를 했다. 이 부분도 완전히 영화 같은 장면 아닙니까!

아마 배용준은 자신이 지금 '인기 최고점'에 도달해 있어 조만간 '내려갈 준비'를 해야 한다는 것도 잘 알고 있을 겁니다. 그러니 긴장해서 잠이 오질 않았겠지요. 연예계의 세계는 아무리 '정상의 스타'에게도 영원한 관용은 베풀지 않는 곳 아닙니까. 그래서 그는 더 불안했을 겁니다.

하지만 슬기로운 스타일의 배용준은 이런 위기를 잘 극복해 나갈 거라는 생각이 드는군요. 그 수많은 아주머니 팬들이 욘사마에게 보내는 열정이 욘사마에게 '인생이 어떤 것'인지 가르쳐주었을 겁니다.

〈겨울연가〉에서 배용준은 일본 아주머니들뿐 아니라 한국 여성들의 심금도 울렸던 것 같습니다. 애틋한 연인들의 만남 속에서 여성들은 감정이입을 경험하며 위로를 받기도 했을 겁니다.

눈 쌓인 남이섬에서 최지우와 벤치에 앉아 닿을락말락하는 수줍은 입맞춤을 하는 욘사마를 보면서 아마도 일본 아주머니들은 잃어버린 청춘을 돌이켜보며 탄식했을 겁니다. 모르긴 몰라도 아마 이 장면이야말로 욘사마를 욘사마답게 만드는 압권이라고 생각합니다.

언젠가 배용준이 일본에 갔을 때 공항에 6천~7천 명의 여성팬들이 그야말로 구름처럼 몰려왔다는 뉴스를 본 적이 있습니다. 그 다음날 그가 머문 뉴 오타니 호텔로 몰려든 여성팬들이 서로 욘사마를 보려다 가 수십 명이 다치는 불상사가 일어난 일이 있었지요. 그 때 배용준은 기자들 앞에서 눈물을 보이며 '우리 가족분들이 다치신 걸 너무 죄송스럽게 생각한다'고 말했습니다. 그 대 전 욘사마의 그 말에서 요즘 유행어인 '진정성'을 느꼈습니다.

그러니 일본 아주머니들이 한사코 '욘사마'를 외칠 만도 하지요.

그 결과 오늘날 욘사마는 100억 원에 가까운 세금을 국가에 납부하는 '기염'을 토한 거겠지요.

장하다 욘사마! 멋있다 배용준!

신세대 가수 비와 청년들의 눈물

이상하게 젊은 청년들이 눈물을 흘리거나 슬픔을 참으며 말하는 모습을 보면 여지없이 뭉클해지면서 함께 눈물짓는 버릇이 있다. 물론 사람들이 우는 모습은 누구라 할 것 없이 가슴을 아프게 하지만 특히 청년들이 눈물 흘리는 모습은 왜 그렇게 가슴을 에는지 모르겠다.

언젠가 시위대를 막는 전경들이 젖은 눈으로 "제발 쇠파이프로 때리지는 마세요"라고 절규하듯 외치는 장면을 뉴스로 보면서는 그야말로 나도 몰래 주먹을 꽉 쥐며 공분을 느꼈었다. 쇠파이프로 전경들을 후려치던 그 날 시위대들을 보며 "대한민국 아직 멀었구나"라는 한탄이 절로 나왔다. 자기 아들이나 동생뻘밖에 안 되는 어린 전경들이 무슨 죄가 있다고 저리도 폭력적이란 말인가! 사람들의 심성이 너무도 강퍅해지는 것 같아 나라의 앞날이 걱정스러워졌다.

"요샌 옛날처럼 최루탄을 쏘지도 않는데 오히려 전경들이 '얻어맞는 이상한 세상'이 되었다"며 시위대에게 크게 맞아 병원에 입원한 전경 아들의 어머니가 울며 말하는 모습을 보면서도 가슴이 찢어지는 것 같았다.

시위가 있는 날이면 가슴이 철렁 내려앉는다고 말하던 앳돼 보이는 청년의 얼굴이 아직도 눈에 가물거린다. 그래도 그 청년은 신입 전경들 앞에선 그런 자신의 심경을 내보이지 않으려고 무척 애쓴다는 말을 해 또 한번 울컥했었다.

지난 월드컵 때 독재자 같은 주심 탓에 스위스에 억울하게 지고 만 우리 월드컵 대표팀 선수들이 경기가 끝나자마자 녹색의 그라운드에 엎드려 어깨를 들썩이며 우는 모습을 보면서도 역시 눈물을 참을 수 없었다. 억울한 판정으로 경기에 진 것도 화가 났지만 저렇게 생때같은 우리 선수들이 눈물을 흘리는 모습에 감정이 북받쳐올랐다.

2002년 서해교전 때 갑판에서 쏟아지는 적의 총알에 대항하며 최후까지 조국을 지키려 애쓰며 쓰러져 간 어린 병사들의 생전의 모습을 보면서도 하염없이 눈물이 나왔다. 그들의 장례식장엔 당시 대통령이나 국방장관이 참석하지 않았다는 소리를 듣고 부르르 떨렸다. 천하 남인 나도 그랬는데 조국을 위해 스러져간 그 병사들의 부모님 심경이야 오죽했겠는가.

아무튼 이렇게 젊은 청년들의 비장한 모습을 보면 한없이 슬퍼진다.

며칠 전 심야에 텔레비전의 한 프로그램에 나온, 요즘 최고 인기라는 신세대가수 비의 얘기를 들으면서도 가슴이 아팠다. 신세대는 아니지만 젊은 연예인들이 나와 수다 떠는 심야 프로그램을 가끔 즐겨 본다. 그들의 얘기하는 모습에서 요즘 젊은이들의 트렌드를 알 수 있고 그들이 신인 시절 소위 '뜨기 위해 무진장 애썼던 고생담' 같은 것들을 말할 때는 의외로 인생에 대한 그들의 겸허한 자세와 진정성이 느껴져 세대를 초월해 공감하기도 한다.

살벌하고 거친 연예계에서 '살아남기 위해 몸부림치는' 그들 젊은 연예인들의 눈물겨운 분투기는 '이것이 인생이다' 라는 드라마를 보는 듯하다. 그들 대부분은 '어려운 가정을 일으켜 세우려는' 소년소녀 가장출신들이어서 더 눈물겹다.

그 날 본 프로그램은 '내가 해본 위험한 일탈' 이라는 제목으로 이러 저런 얘기들이 나왔다. 그날 나온 연예인 중에는 비가 가장 어렸지만 국제적으로도 그 위상이 엄청 높은 요즘 최고 인기가수인 탓에 얘기는 자연스럽게 비에게 초점이 맞춰지는 것 같았다.

씨름 선수 출신인 사회자 강호동도 비가 나타나자 '꼬리를 내리는 모습' 이었다며 너스레를 떠는 한 남성 출연자의 말에 모두 폭소를 터 뜨리는 장면도 재미있었다.

'일탈' 은 일반인들도 누구나 언제라도 꿈꾸는 '매력적인 주제' 아니 겠는가.

함께 출연한 엄정화는 술만 마시면 아무나 다 예뻐 보여서 뽀뽀를 해 주는 버릇이 있다는 '이상한 고백' 으로 좌중을 웃겼다. 제법 예쁘장했 던 그 여가수의 얼굴에도 이젠 '세월' 이 내려앉아 보기에 안쓰러웠다.

주제가 주제인 만큼 기상천외한 얘기들이 많이 쏟아져 나왔다.

그런데 지금 기억은 잘 안 나지만 갑자기 무슨 얘기 끝에 비가 "이런 얘긴 정말 하고 싶진 않았지만요"라고 운을 떼면서 얘기를 시작하면서 좌중은 숙연해졌다.

"예전에 무명시절에요, 엄마가 아프신데 병원 갈 돈이 없었어요. 아 무도 도와주는 사람도 없고…… 어린 동생하고 저하고 엄마를 지켜만 보고 있었죠. 결국 엄마는 병원비가 없어서 그냥 집에서 돌아가시고 말았어요."

그는 이 말을 하면서 목이 메는지 한참을 입술을 깨무는 모습이었는 데 눈가에는 어느새 눈물이 맺혀 있었다. 그런 그의 모습을 보면서 거 의 감전이라도 되는 것처럼 마음이 아파왔다.

'비' 라는 가수는 개인적으론 그렇게 '취향' 에 맞는 가수가 아니어서 그저 그런 가수가 있나보다 정도였다. 하지만 눈물을 흘리면서 더머니

를 그리워하는 그의 모습은 한없이 안쓰러우면서도 대견하고 아름다
워 브였다.

듣기로 '비' 는 일본에서 활동 중인 보아와 함께 제일 잘나가는 신세
대 가수라고 한다. 거의 '움직이는 1인 기업' 으로 억만금을 벌었다는
그가 무명시절 '돈이 없어 병원 한 번 못 가보고 세상 뜬 어머니' 를 그
리워하며 가슴 아파하는 모습에서 '참사람의 향기' 가 느껴지는 것 같
았다.

훤칠한 모습의 비는 지난 5월, 미국《타임》지가 선정한 "세계에서 가
장 영향력 있는 예술·연예 분야 100인" 에 선정됐었다.《타임》은 비를
"한국에서 온 마술의 발" 이라는 제목 아래 이렇게 소개하고 있다.

"일본에서 대형스타가 된 한국 팝의 왕으로서 베이징, 방콕 공연장을
가득 채웠다. 홍콩에서 그의 공연티켓은 10분 만에 매진됐고, 아시아권
팬들은 그가 나오는 드라마의 해적판 비디오를 소장하고 있다. 천사 같
은 걸굴, 경이로운 몸매로 아시아 전체의 팝 문화를 사로잡고 있다. 서울
의 간칸방에서 비를 일어나게 한 야망은 단지 지구상에 있는 가장 큰 대
륙을 점령하는 데만 안주하지 않게 했다."

아시아 특히 한국인에게 야박하다는《타임》지로서는 '엄청난 찬사'
를 바친 것 같다.

알려진 대로 비는 국내는 물론 도쿄며 베이징이며 대만·방콕·미
국 심지어 중앙아시아에까지 전세계적으로 수많은 소녀 팬들을 거느
리고 있다고 한다. 그야말로 '최고의 인기' 를 누리고 있는 정상의 가수
이지간 그는 '돌아가신 어머니' 를 그리워하며 하염없이 눈물짓는 효
자라는 점이 그를 더 돋보이게 하는 것 같다. 최소한 나에게는.

그 날 비는 자신의 '고질병'을 고백해 좌중을 웃기기도 했다. "이성에게 과도하게 친절한 것이 저의 고질병"이라는 것이다. 귀여운 청년이다.

그는 앞으로 소외된 이웃에게 사랑을 전하며 살아가는 것이 '꿈'이라고 한다. 아마도 불우했던 성장기를 거치면서 인간이 살아가야 할 길에 대해서 나름대로 많이 생각해 본 조숙한 청년 같기도 하다.

이제까지 '비'에 대해 전혀 아는 게 없어서 인터넷 검색창을 켜봤더니 역시나 비는 효자가 많이 나온다는 '게자리' 출생으로 이제 겨우 24세밖에 안 된 청년이었다. 이제부터는 '효자 가수' 비의 노래도 좀 들어봐야겠다.

록 그룹 크라잉 넛(Crying Nut)을 만나다

아주 특별한 인터뷰를 했습니다.

예전에 어떤 유행가 제목에 〈토요일은 밤이 좋아〉라는 게 있었지요. 어제 저의 토요일이 바로 그랬습니다.

느닷없이 꽤 유명한 젊은 록밴드 그룹 '크라잉 넛' 이라는 청년 아티스트들과 홍대 근처 뤼벡이라는 호프집에서 만나 예술과 인생에 대해 담소할 수 있는 시간을 가졌었거든요.

개인적으로 예술을 하는 사람들과 이야기하는 걸 워낙 좋아하고 그들과 대중들과의 가교를 마련해주고 싶다는 생각에서 아주 오래 전부터 '예술가들과의 만남' 을 종종 가져왔습니다. 섬세한 예술혼을 지닌 예술가들과 이야기를 나누다 보면 저의 영혼마저 맑아지는 그런 귀한 체험을 할 수 있는 좋은 기회이기도 하지요.

솔직히 말씀드리자면 그동안 저는 '크라잉 넛' 에 대해 잘 모르고 있었습니다. 나중에 자료를 찾아보니 그들은 홍대 근처에서 활동하는 수많은 무명의 인디밴드들 중 하나였다가 지난 1998년 〈말달리자〉를 작사, 작곡해 불러 크게 히트시키면서 일약 유명해졌다는군요.

현재 〈말달리자〉는 젊은 샐러리맨의 영원한 애창곡 1위, 국민가요, 최고의 응원가 · 20, 30대의 노래방 애창곡 1위 등등 수많은 '영광의 타이틀'을 유지하고 있다고 합니다.

그러고 보니 아주 오래 전 무슨 유행가 가사에 '닥쳐, 닥쳐'가 후렴처럼 반복되는 것을 듣고 참 희한한 노래도 다 있구나라고 느꼈었는데 그게 바로 그 유명한 〈말달리자〉였습니다.

사실 크라잉 넛과의 인터뷰는 토요일 오전까지는 전혀 계획하지 않았던 일이었습니다. 이야기가 조금 복잡해지는데요, 우선 크라잉 넛과 만나기까지의 과정을 차근차근 말씀드리고 싶군요.

며칠 전 차를 타고 가다가 라디오에서 우연히 〈명동 콜링〉이라는 노래를 들었습니다. 누가 부르는 건지 몰랐지만 제목도 특이했고, 흐느적거리는 레게 스타일로 시작하는 도입부의 멜로디가 아주 감각적이고 특이했습니다. 가사도 귀에 쏙쏙 들어왔습니다. 동승한 우리 가족도 그 노래가 좋다는 데 흔쾌히 동감하더군요.

그 후 얼마 있다가 또 라디오에서 그 노래를 들을 기회가 있었습니다. 크라잉 넛이라는 그룹이 부른다는 멘트를 들을 수 있었습니다. 집에 와서 인터넷에 들어가 '크라잉 넛'을 검색창에 치니까 그들에 대한 정보가 많이 나오더군요.

우선 곡이 하도 맘에 들어 〈명동 콜링〉을 듣고 또 들었습니다. 뭐랄까요, 이 노래는 그 리듬이 몸에 착착 감기는 듯하는 아주 감각적인 느낌을 주는 데다가 가사가 아주 멜랑콜리한 게 '슬픈 젊음'을 리얼하게 그린 것 같았습니다. 실연한 젊은 남자가 절규하는 듯 애절한 음색으로 부르는 것도 가슴에 와 닿았습니다.

가사를 잠시 소개하면 이렇습니다.

오 달링 떠나가나요 새벽 별빛
고운 흰 눈 위에 떨어져

칼자국만 남겨두고 떠나가나요

크리스마스 저녁 명동거리
수많은 연인들 누굴 약올리나
갑자기 추억들이 춤을 추네

보고 싶다 예쁜 그대 돌아오라
나의 궁전으로
바람 불면 어디론가 떠나가는 나의 조각배야
갑자기 추억들이 춤을 추네

쇼 윈도우 비친 내 모습
인간이 아냐 믿을 수 없어
밤하늘 보름달만 바라보네

생각해 보면 영화 같았지
관객도 없고 극장도 없는
언제나 우리들은 영화였지

"서쪽 별빛, 크리스마스 저녁 명동거리, 수많은 연인들, 언제나 우리들은 영화였지" 이런 가사는 평범하면서도 잃어버린 젊은 날들을 반추하는 데는 아주 제격인 것 같았습니다. 어쩌면 이 노래는 '젊은 그들'보다도 '누님' 들이 좋아할 그런 분위기의 노래 같더군요.

내친 김에 〈말달리자〉도 들어봤습니다. 도입부의 '북소리' 가 가슴을 두근거리게 했습니다. 문득 무라카미 하루키의 「먼 북소리」라는 에세이도 떠오르더군요. '둥둥 둥둥' 선명하게 울려 퍼지는 북소리는 어떤 선동가보다도 사람을 격하게 만드는 효과음이었습니다. 가사는 또 얼마나 멋진지요. 지난 1998년에 '세상을 휩쓸었다'는 소리가 허언이 아닌 듯했습니다.

뭐랄까요, 〈명동 콜링〉과 〈말달리자〉를 들으면서 저는 20대로 돌아간 기분이었습니다. 이 두 노래에 빠져, 듣고 또 듣다가 갑자기 제 자신이 좀 어처구니가 없다는 기분이 들었습니다.

'이게 뭐람! 이 나이에' 라는 생각 한켠으로 '좋은 건 좋은 것이다' 라는 생각이 슬며시 들었습니다. '그냥 모처럼의 그 감성을 즐겨라' 라는 속삭임도 들려왔습니다. 나이 드는 건 어쩔 수 없지만 '감성이 늙스는 건 참을 수 없다' 는 평소 저의 신조가 용기를 불러일으켰습니다.

문득 이 곡들을 만들어 불렀다는 가수들과 '전화 인터뷰' 를 캐야겠다는 생각이 들었습니다. 생각나면 바로 '실천 모드' 로 돌입하는 저의 평소 스타일대로 저는 이곳저곳을 뒤져 크라잉 넛의 기획사 사장이라는 분과 통화하는 데 성공했습니다. 그게 바로 어제 오전 11시쯤이었습니다.

크라잉 넛이 '아저씨' 라고 부른다는 사장님은 제가 '이차저차해서' 그들과 통화를 하고 싶다고 하니까 아주 들뜬 음성으로 "멤버 중의 한 명인 김인수가 지금 강남에서 결혼식을 올리니까 그리로 오시면 크라잉 넛의 공연도 보실 수 있다"고 하더군요.

마침 오전엔 스케줄이 있어서 오후라면 좋겠다고 했더니 흔쾌히 "오후 4시 이후에 홍대 정문 옆에 있는 뤼벡으로 오라"고 했습니다.

처음엔 그저 그들과 간략히 전화 인터뷰만을 하려 했다가 이렇게 일이 커지게(?) 된 겁니다. 마침 토요일이어서 우리 '스카이뷰의 블로그' 독자들에게도 좀 신선하고 재미있는 읽을거리를 대접해 드릴 수 있다는 티까지 생각이 미치자 엔돌핀이 마구 샘솟는 것 같았습니다.

어둑신한 실내에 들어서자 결혼피로연 뒤풀이 장소답게 젊은이들의 열기로 실내는 활기가 가득했습니다. 사장님의 안내로 자리에 앉고 나서 즈금 후에 크라잉 넛의 베이스를 맡고 있다는 한경록 씨와 드럼을 친다는 이상혁 씨가 다소곳한 모습으로 다가왔습니다.

1976, 1977년생이라는데 얼핏 보던 한 대학 2, 3년생들 같은 아주 앳된 모습들이었습니다. 다소 취기가 오른 듯해 보였지만 두 사람 모두 조금은 수줍어하는 기색을 보이는 여절바른 청년들이었습니다.

어리석게도 저는 그들에게 명함을 달라고 했다가 순간적으로 바보가 되었습니다. "그냥 노래 부르는 사람들이라서 그런 건 없어요"라고 말하더군요. 생맥주 3천cc와 마른안주가 나왔습니다.

수인사를 마치자마자 두 청년에게 저는 다짜고짜로 〈명동 콜링〉과 〈말달리자〉가 너무 맘에 들어요"라고 말했습니다.

그랬더니 한경록이 "〈명동 콜링〉은 제가 노랫말도 쓰고 곡도 만들어 불렀어요"라고 말하더군요. 그러자 옆에 앉았던 이상혁은 〈말달리자〉의 작사 작곡을 했다고 말했습니다.

"좋은 직장인들이 노래방에 가서 부르는 0순위 노래가 바로 〈말달리자〉라면서요?"라고 물었더니 "제 노래 부르면서 스트레스를 푸는 것에 대해 역사적 업적으로 생각하고 있습니다"라고 조금 취기가 오른 사람답게 거창한 답변이 나왔습니다.

그렇지만 '비호감' 의 분위기는 전혀 느껴지지 않더군요. 두 청년 모두 요즘 유행하는 말로 '호감' 이 가는 젊은이들이었습니다.

자신들의 '작품' 을 자랑스레 말하는 그들을 보면서 그 순간 저는 굉장히 반가운 기분이 들었습니다. 재능이 반짝이는 청년 아티스트들과 그렇게 대화를 나눌 수 있는 그 시공간이 그렇게 소중하게 느껴질 수 없었습니다.

아주 특별하고 귀한 만남의 자리가 '하늘에서 뚝 떨어진' 보물같이 여겨지더군요. 그러니까 '토요일은 밤이 좋아'가 제대로 들어맞은 '해피 새터데이 나이트'였던 셈이죠.

두 사람은 거의 친형제같이 닮은 모습이었습니다. 그들에게 둘이 꼭 닮았다고 했더니 이상혁의 대답이 걸작이었습니다. "아기 때부터 친구라서요. 그럴 수밖에 없겠지요. 근 30년 가까이 같은 거 먹고 우르르 몰려다니고, 같이 군대 갔다오고 했으니까요. 안 닮으면 이상하겠죠."

어릴 때부터 한 동네 살면서 몰려다니던 이들은 애인도 없이 '명동거리'를 배회하기도 했고, 어느 정도 인기가 올랐던 무렵 '단체로 시험을 봐서 군악대에 입대'하는 호기도 부린 '좋은 친구들'이었습니다.

모르긴 몰라도 아마 '군악대'는 이 4인방 악동들을 받아들이고 엄청 시끄러웠을 것 같군요.

"군악대는 군기가 엄청 세다고 하던데"라고 말하자마자 이 두 청년은 "걸 군기만 센 거죠"라면서 유쾌하게 웃었습니다. 그러면서도 "어떤 군대도 편한 군대는 없습니다"라고 뼈있는 말을 덧붙이더군요.

무슨 거창한 이론에 입각해 작품을 만든 것은 아니었지만 어쨌거나 90년대 한국 대중음악계에 '크라잉 넛'이라는 존재를 확실하게 각인시켰다는 점에서 그들은 '자부심'을 가질 만한 청년들이었습니다.

그런 그들에게 노래 만드는 데 얼마나 시간이 걸리냐는 우문을 했더니 단박에 현답이 날아왔습니다. 이상혁은 〈말달리자〉를 여자친구와 싸운 뒤 불과 5분! 만에 썼다고 하더군요.

〈말달리자〉는 IMF로 신음하던 우리 대한민국 국민들에게 한 줄기 시원한 '기운'을 선사했다고 해도 과언은 아닐 것 같습니다. 20대는 물론이고 30대 심지어는 40대들의 귀에도 이 〈말달리자〉가 파고들었다그 합니다.

거인적으론 〈명동 콜링〉이 실연을 하소연하는 '친구' 같은 느낌이 들어서 어떻게 이런 곡을 만들게 되었는지를 물어봤습니다. "명동이란 공간은 설레는 느낌을 주는 공간이죠. 부모님들의 감정이 저에게 이입된 듯한 그런 공간입니다."라는 답이 돌아왔습니다.

크라잉 넛은 한두 달 전쯤 제대 후 처음으로 이 〈명동 콜링〉이 실린 다섯 번째 음반을 발매했다고 합니다. CD표지에 웬 젖소 사진을 실은 이 음반은 그래도 1만 장 이상이 팔렸는데 옛날로 치자면 10만 장 정도 팔린 셈이어서 '안타' 이상은 기록한 셈이라고 하더군요.

오늘 낮에 저도 이 음반을 하나 구입했습니다. 인터넷으로 '공짜'로 듣는 건 그 젊은 아티스트들에 대한 도리가 아닌 것 같아서요.

음반에 실린 첫 곡은 〈OK목장의 젖소〉라는 특이한 제목이었습니다. 두 번째 곡 역시 〈룩셈부르크〉라는 독특한 제목의 노래였는데 이것도 모두 한경록이 노랫말을 붙였다고 합니다.

그의 가사를 유심히 본 사람은 알겠지만 노래마다 거의 '현대시' 같은 쿨한 솜씨를 고루 보여주고 있어 재능이 있는 아티스트로서의 진면목을 과시하는 듯했습니다. 그런 시적 재능을 인정받아선지 그는 '음유시인'이라는 별명도 있다고 하더군요.

아직 미소년 분위기가 남아 있는 이상혁은 두 살 난 딸을 둔 아기아빠라고 자신을 소개했습니다. 그는 모친의 권유로 대학에선 생명공학을 전공했다고 합니다. 나중에 자료를 보니 그의 쌍둥이형 이상면도 '크라잉 넛'의 멤버로 역시 작사 작곡에 한몫을 단단히 하고 있다고 합니다.

쌍둥이 형제가 함께 록 밴드로 뛰고 있는 일은 그리 흔한 일은 아니겠지요. 그들의 모친은 아들들에게 "야, 우리 때는 클리프 리처드가 왔

을 때 브래지어를 던지는 열성팬도 있었는데 니네는 그런 팬은 없니?'
라고 물을 정도로 쌍둥이 아들들의 활동에 큰 관심을 보이고 있다고 합
니다.

친구들과 결혼 피로연 자리를 갖다가 '벼락 인터뷰'에 응해준 이들
젊은 아티스트들에게 감사한 마음이 들어 서둘러 인터뷰를 마치려 하
니까 한경록은 이런 이야기를 나누는 걸 아주 좋아한다고 말하더군요.
상대를 배려할 줄 아는 사려 깊은 청년들 같았습니다.

그들에게 좋아하는 선배 음악인들이 누구냐는 상투적인 질문을 던
져봤습니다. 그들은 합창이라도 하듯 '비틀즈, 퀸, 섹스피스톨즈, 클래
시' 등을 꼽았습니다.

그들의 라이브 무대를 직접 본 일은 없지만 함께 간 젊은 친구의 말
에 의하면 그들의 공연은 '카리스마'가 넘치고 '피 끓는 청춘'이라는
말이 꼭 어울린다고 하더군요. 실제로 무대에서 막 날아다니고, 드럼
같은 건 거의 깨질 정도의 파워로 연주한다는 게 그 젊은 친구의 말이
었습니다.

요즘 텔레비전 예능 프로그램에 보면 젊은 남자가수들이 토크쇼 같
은 데 많이 나오던데 크라잉 넛은 잘 안 나오는 것 같더라는 말을 했더
니 그들은 "우린 음악으로만 승부하고 싶어요. 말도 잘 못하구요"하면
서 또 유쾌하게 웃었습니다.

이 젊은 아티스트들의 화법을 유심히 살펴보니까 그들에겐 어떤 그
늘 같은 것은 거의 없어 보였습니다. 비교적 순탄하게 구김살 없이 살
아온 청년들 같았습니다.

오늘 낮, 책방에 들러 크라잉 넛에 관한 책을 한 권 샀습니다. 4년 전
에 발간된 것인데 용케도 동네 책방에 한 권 남아 있었습니다. 크라잉
넛의 육성 대화록과 음악 평론가들, 소설가, 사회비평가 등이 그들을

다각도에서 분석해놓은 책이었습니다.

그들의 대화록을 보니 역시 '구김살 없는 발랄한 화법'이 기록되어 있었습니다. 한 음악평론가는 크라잉 넛이 1990년대 대중가요사에 '빠질 수 없는 존재'들이라고 평했습니다.

그는 "크라잉 넛의 성공은 절충주의에서 비롯되었다고 분석하면서 그들이 펑크음악으로 시작했지만 거기에 함몰되지 않고 음악적 '자유'를 발견하고 펑크를 넘어 레게와 스카뿐 아니라 폴카와 보사노바도 할 수 있었다는 것에 그 힘의 원천이 있다"고 지적했습니다.

그러니까 크라잉 넛은 '여러 장르를 아우르는 한국의 펑크'를 만드는 데 성공했기에 대중적 성공도 거둘 수 있었다는 얘기겠지요. 크라잉 넛의 절충주의는 형식에 구애됨이 없이 대중들이 절로 좋아하는 음악의 콘연으로 이끌었다는 평가입니다.

그들이 '비주류 출신'이기에 가장 요청되는 것은 '판'을 꾸릴 수 있는 '존제학'이었는데 이 점에 그들이 제대로 적응했다고나 할까요. 아무튼 대중적 성공을 거두었다는 것은 크라잉 넛의 음악세계가 대중적 보편성을 획득할 수 있는 재능을 갖추었다고 볼 수 있겠지요.

그 평론가의 말은 크라잉 넛이 "음악으로 말했고, 시대를 말했다. 음악성과 시대성이 사이좋게 동거한다. 90년대 음악을 개괄할 때 이제 그들을 서태지나 이수만 사장 옆에 세워도 아무런 문제나 어색함은 없다."는 칭찬을 하고 있습니다.

그러니까 그동안 저는 이 젊은 아티스트들에 대해 잘 모르고 있었지만 '다단한' 록밴드였나 봅니다.

비록 짧은 시간의 만남이었지만 저는 이 젊은 아티스트들을 만나면서 그들이 '유명한 연예인' 치고는 굉장히 겸손한 젊은이라는 점을 높이 사고 싶었습니다. 다 그런 건 아니지만 어떤 '유명 연예인'들은 만

나보면 같이 대화하기가 힘들 정도로 '교만한 기운' 을 느끼게 하는 경우가 있었는데 크라잉 넛은 전혀 그런 기미가 보이지 않아 안심이 되더군요.

아마도 그들이 감미로우면서도 조금은 애환이 서린 쌉싸래한 가사들을 쓸 수 있는 것도 그들이 삶에 대해 겸손하면서도 진지한 자세를 잃지 않고 있기에 가능한 것이리라는 생각을 해봤습니다. 삶의 '진정성' 을 어느 정도 아는 친구들이라고 봐도 괜찮겠지요.

그들과의 '행복한 토요 데이트' 는 제게 큰 활력소를 선사했습니다. 그들의 CD음반을 구입한 것도 그들이 저에게 선사한 활력에 대한 감사의 표시였다고 할까요. 앞으로 크라잉 넛은 40대 50대가 되어서도 '신선한 감각' 을 잃지 않는 '서정적이면서도 번개 같은' 음악을 우리들에게 선사할 것 같은 기분 좋은 예감이 들었습니다.

혈액형과 재벌 총수들

오래 전 신문 문화면에 작가 이청준 씨가 자신의 주식 투자 경험을 소설로 썼다는 기사가 크게 나온 일이 있다. 온유한 표정의 작가 사진이 아른 손바닥만큼의 크기로 함께 실린 이 기사를 보는 순간 나는 직감적으로 이청준 씨의 혈액형은 B형일 것이라고 느꼈다.

기사를 자세히 읽고 나니까 나의 그런 직감이 거의 맞을 것이라는 확신마저 들었다. 나는 무슨 내기라도 하는 것처럼 컴퓨터를 열고 인물 파일에 들어가 그의 이력을 훑어보았다. 아니나다를까 혈액형을 보니 역시 B형이었다.

내가 그 기사를 보고 그의 혈액형을 알아맞출 수 있었던 근거는 크게 두 가지다.

우선 내가 아는 '혈액형 상식'에 의하면 대체로 B형들이 이른바 '재테크'에 관심과 소질이 있다는 것이다. 그리고 두 번째로는 B형들은 대부분 온유한 인상의 소유자가 많다는 점이다. 이 두 항목에 그는 모두 해당되었던 것이다.

게다가 '경제'하면 합리적인 정신과 과학적인 마인드가 떠올라서 대체로 머리가 좋은 사람들로 분류되는 이 B형들이야말로 경제의 이미지와 맞아떨어진다는 것이 나의 평소 생각이다.

이런 얘기를 쓰면 아마 독자여러분 중에는 이런 반응을 보일 분도 많이 있을 것 같다. '원, 할 일도 꽤 없나보군' '나이가 몇인데 그런 시시한 일에 시간을 낭비하나' 혹은 '한심하군'이라고 일축하는 분들도 계실 것이다.

그러나 혈액형에 관련된 얘기들이 단순히 개인적 호사취미에 의한 것만은 아니라는 나의 생각은 이웃나라 일본의 혈액형 연구가들의 주장에서도 많이 나온다.

확실히 일본 사람들은 우리나라 사람들보다 혈액형에 대해 훨씬 관심이 높은 것 같다. 혈액형에 관련된 꽤 그럴 듯한 책들이 일본에서는 많이 출간되고 있다.

스즈키 요시마사를 비롯한 혈액형 연구가들의 책들은 일본에서는 이미 베스트셀러의 반열에 놓여 있는 실정이다. 그들은 혈액형은 곧 체질형이어서 인간의 성향을 알아볼 수 있는 과학적이고 합리적인 근거가 될 수 있다는 주장을 펴고 있다.

우리나라에서는 일본의 번역서가 나온 정도지 이제까지 혈액형만 연구해서 독자적으로 책을 낸 경우는 과문한 탓인지 아직 들어보지 못했다.

『혈액형 인간학』이라는 책을 쓴 일본인 노미 마사히코는 혈액형은 인간의 성격과 커다란 관계가 있으며, 최초로 발견된 인간성의 과학적 분류라고 당당히 주장한다.

그는 일본 사회의 각 전문 분야, 정치 문화 연예 스포츠 등에서 1만 명이 넘는 유명 인사들의 혈액형을 조사해 그들의 혈액형에 따른 행동 패턴을 분류해 놓기도 했다.

얼마 전 『5대 그룹 총수의 성격분석 보고서』라는 꽤 재미있는 제목의 책을 읽었다. 이 책에는 제목 그대로 우리나라 굴지의 재벌인 삼성,

현대, IG, SK 등 재벌 그룹 회장님들을 스위스의 정신분석학자 칼 구스타브 융이 고안한 심리 유형론과 마이어스 브릭스의 성격유형론에 의해 분투해 놓았다는데 읽어보니까 꽤 재미있었다.

예를 들자면 삼성 이건희 회장의 별명은 '마지막 십자군'이고 동일 성격 유형의 유명인물로는 미국의 유명한 성격파 배우 로버트 드 니로(그러고 보니 이 회장과 용모가 닮은 것 같다)와 김수환 추기경을 들었다. 전형적 직업으로는 정신과 의사나 인문사회분야 교수가 어울린다고 했다. 이 회장의 이미지는 '이상적인 세상을 만들어 가는 사람'. 삼성의 새로운 비전을 제시하고 다분히 철학교수 스타일인 이 회장에게 맞아떨어지는 분석인 것 같았다.

고 정주영 현대그룹 명예회장은 '닳지 않는 건전지'가 별명으로 동일성격유형의 유명인물은 미국 흑인여성들의 우상인 명사회자 오프라 윈프리와 우리나라 가수 조영남(인상이 비슷한 것 같다)이라고 나왔다. 어울리는 직업으로는 대중연예인, 연출가, 저널리스트였다. 팔순이 넘은 할아버지가 소 떼를 몰고 휴전선을 넘어 북으로 가는 장관을 연출했을 정도이니 그 누구보다도 정 명예회장은 엔터테이너로서의 자질도 충만했고, 연출가이자 저널리스트의 감각도 많아 보였다. 그의 이미지는 '풍부한 상상력과 열정으로 새로운 것에 도전하는 사람'.

책은 이런 식으로 삼성의 이병철 선대회장을 비롯 최종현 SK 전 회장, 구자경 LG 명예회장, 구본무 LG 회장의 얘기를 각종 잡지나 신문에 나온 인터뷰를 중심으로 소개하고 있다.

한 가지 아쉬운 것은 책의 어디에도 이분들에 대한 혈액형 얘기는 언급이 되지 않았다는 점이다.

그래서 나는 나의 평소 취미와 버릇을 동원해 이 책에 등장하는 회장들의 혈액형을 유추해 보고 일부러 관계자들에게 전화까지 걸어 확인하는 수고(?)를 아끼지 않았다.(나는 사람들과 얘기하면서 그들이 어떤 혈액형인지를 내심 알아맞춰보는 버릇이 있다. 십중팔구는 알아맞히곤 한다.) 아니나다를까, 이 책에 나온 재벌회장들의 성격은 나의 '감식안'에 의해 그대로 들어맞은 것이다.

몇 가지만 예로 들어 혈액형과 그들의 관계를 얘기해 보고 싶다.

우선 이건희 회장의 경우, 책에는 '다소 수줍어하는 경향이 있어서 낯선 상황이나 공식적인 자리에서 어색해하고 긴장을 느끼는 유형'이라고 나왔다. 그러면서 발상이나 표현법이 이론적이며 복잡하고 추상적이라고 설명했다. 대체로 AB형 사람들에게서는 이와 비슷한 기질을 쉽게 볼 수 있다. 또 눈에 띄지 않는 선행을 베푸는 것을 좋아하는 스타일이라고도 했다. 고교 시절 집안 형편이 어려운 친구들을 남몰래 도와준 이 회장이고 보면 여기서 그의 혈액형은 그대로 드러난다.

노미 마사히코에 의하면 AB형의 기질 중에는 '남의 일을 잘 들봐주고 남의 궂은일에 발벗고 나서서 도와 준다'라는 해설이 나와 있다.

'소 떼 몰고' 북한에 간 정주영 명예회장은 건설 사업에서 저돌성을 발휘한 그 기질 그대로 O형의 전형으로 분류할 수 있다. 물론 외모에서도 명예회장은 O형의 풍모가 엿보인다. 재미있는 것은 그의 차남인 정몽구 회장은 얼핏 봐서는 O형 같지만 '집안 대소사에서 차례와 제사를 지낼 때 제사상에 놓을 떡과 고기를 고르는 일뿐 아니라 제기를 닦고 살피는 일까지 손수 하는' 점에서 볼 때는 영락없는 A형이다. A형의 남성들은 대체로 이처럼 가정적인 면모가 특징이다. 좋게 말하면 자상하지만 아내들이 좀 피곤해지기 쉬운 남편감이다.

온유해 보이는 LG 구본무 회장은 '자유로움에 대한 욕구가 아주 강한 개방적 성격'에 '다양성과 자유로움을 제한하는 형식과 구조에 대해서 작은 반란을 일으킨다'는 얘기를 듣고 보니 B형이 느껴졌다. 그는 해외출장 때도 격식을 싫어해 공항 귀빈실을 이용하지 않는다는 얘기도 들린다. 이런 구 회장의 라이프스타일은 전형적인 B형에 속한다고 볼 수 있다. 어찌 보면 예측불허의 '모시기 어려운 상관'일 수도 있겠다.

일본의 대기업에선 B형 사원들을 뽑을 때는 좀더 신중한 자세를 보인다는 '속설'마저 있다. 대기업이라는 '조직'에서는 '언제 어디로 튈지 모르는 럭비공 같은 B형이 조심스런 존재'로 느껴질 수도 있을 것이다.

이 지상에 50억 명이 넘는 사람들을 고작 4가지 유형으로 분류한다는 것은 어불성설이라고 생각하는 사람들도 많겠지만 결국 사람들은 다 그만그만하다는 관점에서 볼 때 이 '혈액형 분류법'을 통해서 사람들을 관찰해 보는 것도 꽤 흥미를 끄는 일인 것 같다.

이건희 회장과 루이비통 귀마개

얼마 전 야후 뉴스를 클릭하다가 재미있는 기사를 하나 발견했다.

〈한 주간 네티즌 최다 클릭 Top 8〉이라는 제목 아래 8가지 뉴스 항목이 순위별로 적혀 있었다. 그 가운데 톱기사가 바로 '이건희 귀마개'였다.

삼성 이건희 회장이 강원도 평창에서 파란색 파커를 입고 귀마개를 하고 서 있는 사진도 곁들여 나왔다. 호기심에 한 번 클릭해 봤다.

기사는 '귀마개' 하면 춥고 배고프던 시절을 생각나게 하는 추억의 소품이어서 아무래도 패션과는 거리가 있다는 서두로 시작했다. 이런 서론에 뒤이어 "그러나 '회장님'의 귀마개는 달랐다. 최근 2014년 동계올림픽 평창 유치를 위해 누구보다 분주한 행보를 보인 삼성 이건희 회장의 '럭셔리 귀마개' 패션이 화제다. 이 회장이 평창에서 선보인 귀마개는 명품의 대명사 루이비통 제품. 이 귀마개는 루이비통 2006년도 F/W(가을/겨울) 남성 컬렉션 상품으로 국내 매장 가격 246만 원에 달한다."라고 소개하고 있다.

이 귀마개는 '완판된 상태로 매장 재고는 없다'고 한다. 그러니까 이런 귀마개를 사 간 사람이 이 회장 말고 더 있다는 얘기일 것이다.

이에 대해 삼성의 한 홍보담당 상무는 "어느 브랜드인지는 전혀 아는 바가 없다. 이건 어디까지나 개인 취향의 문제 아니겠느냐”고 말했다고 한다. 아무래도 이런 이야기들이 매스컴에 오르내려 행여 ‘회장님’의 이미지가 훼손될 걸 우려한 ‘홍보담당자’ 다운 발언 같다. 하지만 나같이 명품에 어두운 사람도 한눈에 루이비통인지 알겠는데 삼성의 홍보 상무가 어느 브랜드인지 모른다는 건 좀 문제가 있다.

이건희 회장과 개인적으로 수인사라도 나눈 사이는 아니지만 그에 대해서는 좋은 이미지를 갖고 있어서 이 기사를 몇 차례 더 읽어보고 500여 개의 댓글들도 대충 훑어보았다.

다른 나라 국민들에 비해 ‘평등주의’가 강한 편인 우리나라 사람들답게 ‘이건희 귀마개’에 대한 댓글들 중에는 비판적인 시각이 적지 않았다.

대체로 무슨 귀마개 하나에 246만 원이나 하는 걸 쓰고 다니느냐고 힐난하는 사람들이 많았다. 하지만 “대한민국 최고 재벌로서 그 정도도 못하냐, 네가 사준 것도 아닌데 웬 말이 많냐”라는 식의 댓글도 적지 않았다.

이 회장은 이제까지 ‘베일에 싸인 재벌회장’으로 일반에 알려져 왔다. 그래서인지 왠지 그는 ‘속물적인 부자’의 패턴과는 조금 거리가 있는 듯한 이미지로 다가왔다.

이 회장이 대한민국을 향해 가장 세게 말한 ‘어록’은 정확한 기억은 나지 않지만 아마도 10여 년 전인가 “대한민국은 다른 분야는 다 잘 돌아가는데 정치인들은 4류”라고 말했던 것이 아닌가 싶다. 그 이후 ‘괘씸죄’에 걸려 삼성이 조금 어려움을 겪었다는 얘기도 돌았던 것 같다.

어쨌거나 이 회장은 다른 재벌 회장들에 비해선 ‘좋은 이미지’로 일반인에게 어필해서인지 작년인가 대학생들을 상대로 한 여론조사에서 이미지 좋은 재벌회장 1위로 꼽혔던 일도 있다. 실제로 그의 이미지가 좋아서인지 아니면 삼성의 수많은 부하들이 '회장님의 이미지 선양' 을 위해 불철주야 뛰어서인지는 잘 모르겠으나 최소한 '좋은 이미지의 회장님' 이라는 입지를 굳힌 것만은 사실이다.

아무 상관없는 나마저도 이건희 회장하면 어쩐지 '정' 이 많고 어려운 이들을 위해 애쓸 줄 아는 부자일 것 같다는 이미지를 갖고 있을 정도이니 어쨌거나 이건희 회장은 나름대로 '이미지 관리' 를 잘 해온 '회장님' 이라고 할 수 있겠다. 게다가 때때로 그에게서는 신비한 카리스마가 느껴진다는 생각이 들 때도 있어서, 그만하면 국내 최고 재벌 총수로서 완벽한 이미지 연출에 성공했다고도 볼 수 있을 것이다.

전경련 회장단 모임에 그가 어쩌다 참석하면 빅뉴스가 되고 심지어는 대통령 초청의 청와대 행사에도 이건희 회장이 참석하면 언론에서 더 비중있게 다루는 것만 봐도 대한민국에서 '이건희' 의 존재가 어떤 위치를 차지하는지를 가늠해볼 수 있을 것 같다.

벌써 재작년이 되었나, 그의 막내딸이 26세라는 젊은 나이에 ㅁ 국에서 자살로 생을 마감했을 때 대한민국은 엄청난 충격에 휩싸였었다.

나도 그 때 엄청나게 놀랐다. 요새 젊은 여성 연예인들이 잇따라 자살한 것보다 더 큰 충격을 받았었다. 연예인들의 자살이야 그녀들의 역경을 감안해보면 어느 정도 이해할 수도 있다.

하지만 대한민국 최고 부자 아빠를 두었고 그녀 자신도 2천억 원이 넘는 상상도 잘 안 가는 자산가라는데 왜 자살을 했을까? 나 같은 평범한 소시민으로선 정말이지 아무리 아무리 생각을 해봐도 납득이 가질 않았다.

우울증이 그래서 무서운 거라는 얘기를 의사들의 '사후 약방문' 을 통해 듣긴 했지만 지금도 이 회장 막내따님의 자살은 미스터리하다는 느낌을 지우기 어렵다. 내가 이러니 그 부모의 심정이야 오죽하겠는

가. 아무튼 그런 엄청난 사건을 겪을 당시 이 회장은 암 치료차 딸이 숨진 미국땅에 함께 머물고 있었다고 한다. 그 사건 이후 이 회장의 건강이 아무래도 악화될 것 같다는 주변의 우려도 많았지만 그는 다행히 건강을 회복했다.

그 이후에도 삼성은 정부로부터 여러 가지 시달림을 받았고, 지난해인가는 8천억 원이라는 거금을 자의반 타의반으로 사회에 '쾌척' 한 일도 있었다. 이에 대해서도 수많은 말들이 퍼져나갔다. '삼성 죽이기'의 일환이라는 소리도 나왔다.

어쨌거나 이런저런 와중에서도 이건희 회장은 강원도 평창에 동계 올림픽을 유치하기 위해 실사단과 함께 평창까지 달려갔던 것이다.

그 날 그곳이 얼마나 추웠는지는 모르지만 이 회장이 왜 그렇게 커다란 귀마개, 그것도 세계적인 명품이라는 '루이비통' 귀마개를 했는지 모르겠다. 개인적으론 그가 246만 원짜리 거금 귀마개를 한 것에 대해 비난하고 싶은 생각은 추호도 없다. 루이비통 정도라면 굳이 이건희 회장 같은 최고 부자들이 아니어도 웬만한 중류 이상의 재력을 가진 사람들 아니 20대의 평범한 직장여성들도 돈을 모아서 살 수 있는 그런 등급이다.

그러니 대한민국 최고 부자로서 그 정도 가격의 귀마개를 못하란 법은 없는 것이다. 더구나 이 회장이야 아랫사람이 혹은 부인이 코디해 주는 대로 그냥 아무 생각 없이 그 귀마개를 착용했을 확률이 99%라고 본다 '이건희 귀마개' 라고 매스컴어 조명을 받을 정도는 아니라는 얘기다

우리 매스컴의 단골 메뉴 중에 하나는 부자들의 '사치 풍조' 를 공격하는 것인 듯하다. 잊을 만하면 심심찮게 호사를 누리는 이야기들을 '특집' 으로 다루곤 한다.

언젠가는 이건희 회장가의 식탁에 한 접시에 90만 원짜리 '히물파전'이 오르고 있다는 신문기사를 보고 씁쓸해한 적도 있다. 가격이 비싸서가 아니라 그런 걸 신문에 쓰는 사람들이 더 우스워서였다. 국내 최고 부자인데 그 정도의 소비를 할 수도 있는 거 아니겠는가. 그걸 범죄시하는 시선이 더 걱정스러운 것이다. 게다가 그 댁의 혼사에 안사돈 될 분에게 4천만 원짜리 무슨 핸드백을 예단으로 보냈다는 내용도 나왔었다. 그 후 얼마 있다가 텔레비전에 보니까 그냥 보통 사람들의 혼사인데도 사위가 판사인가 하는 집의 안사돈에게 1천2백만 원짜리 핸드백을 보냈다는 얘기가 나왔다.

개인적으로 볼 때 이건희 가에서 4천만 원짜리 핸드백 보낸 거야 별 흉은 아니지만 일개 판사 집의 모친에게 그렇게 비싼 핸드백 보낸 건 좋아 보이지 않았다. 아들이 판사라고 그 모친이 그런 분에 넘치는 핸드백을 예단으로 받는 건 오히려 누추한 느낌이 든다. 그 백을 들고 그 모친은 진정 기뻤을까?

이렇게 재벌들의 '호화 사치 풍조'에 대한 기사가 나오면 그럴 때마다 일반 독자, 특히 서민들은 분노하는 경향이 있다.

이제 이런 매스컴의 보도 태도는 지양해야 한다고 생각한다. 부자가 그 정도의 소비도 하지 않고 그냥 서민들처럼 바들거리며 살아간다는 건 더 이상 미덕이 아니지 않은가.

단지 이번 이 회장의 경우 특정상표의 로고가 뚜렷하게 박힌 제품을 사용해 '시선'을 모았다는 건 '아랫사람'들의 실수였다고 본다. 그런 부자들은 웬만해선 상표가 드러나는 명품을 선호하지 않는다는 얘기를 들은 일이 있다. 어느 제품인지도 모르는 '엄청난 명품'을 슬쩍 걸치고 사용하는 게 진짜 명품 마니아들의 취향이라는 얘기도 들었던 것 같다.

이건희 회장의 루이비통 귀마개는 그런 면에서 좀 껄끄러운 구석이 없지 않았다고 본다. 그렇지 않아도 네티즌들의 답글 가운데는 '이 회장 자신은 그 귀마개가 얼마짜리인지 알지도 못할 것이다' 라는 내용도 눈에 띄었다. 그 바쁜 '회장님' 이 까짓 귀마개 하나에 신경 쓰게 되었냐는 것이다. 일리 있는 얘기다. 더 웃기는 건 어느 네티즌이 '부자 노인네가 좀 비싼 귀마개 했기로서니 뭔 말들이 많냐? 니들보고 돈 내라 했냐? 이 바보들아!' 라고 쓴 답글이었다.

아직은 '청년기운' 이 있어 보이는 올해 66세의 이 회장은 아마도 이 '노인네' 라는 소리에 가장 큰 쇼크를 받았을 것 같다. 다른 건 참아도 아마 이 '노인네' 취급받는 건 회장님뿐 아니라 그 누구라도 견디기 어려운 '감정 태클' 일 것이다.

어구튼 이건희 회장은 본의 아니게 이번 주 야후 선정 '네티즌 최다 클릭 톱' 을 차지하면서 다시 한 번 그의 건재함을 과시했다.

회장님! '노인네' 소리 들었다고 너무 섭섭해하지 마세요.

이명희 신세계 회장과 2억짜리 버킨 핸드백

아주 '옛날 이야기' 하나 먼저 하겠습니다. 고 이병철 삼성 회장 생존시의 이야기입니다. 이 회장의 막내따님인 이명희 씨가 대학을 졸업하고 잠시 《중앙일보》에 다녔던 시절이랍니다. 거의 40여 년 전 스토리죠.

신문사에 갓 입사한 한 여사원이 거의 매일 화려한 옷차림으로 출근을 했었답니다. 지금이야 '세계 10대 부국'에 들어가는 대한민국이고, 출근하는 사람이라면 웬만해선 누구나 매일 옷을 갈아입는 건 '기본'인 세상이지만 60년대는 대한민국이 '세계 최빈국' 그룹에 속하던 시절이니 아마도 그런 이야기가 '설화'로 재탄생해 구전되었을지도 모르겠습니다.

그 여사원에게 선배인지 하는 사람이 그랬답니다. "야, 넌 이병철 딸이냐! 맨날 새옷으로 차려입고 다니게!" 그랬는데 바로 그 아가씨가 진짜 이병철 회장 따님이었다는 얘깁니다.

누가 지어낸 얘기는 아니구요, 당시 그 아가씨와 함께 일했다는 어떤 분에게서 직접 들은 얘기입니다. 거의 호랑이 담배 먹던 시절 얘기지요. 좀 재미있지 않습니까? 그러니까 그 아가씨의 '신분'을 모르고 그랬다는 건 거의 '영화' 같이 재밌는 이야기지요. 마치 오드리 헵번이 공주님으로 나오는 영화 〈로마의 휴일〉이 연상되는 이야기입니다.

저가 이 얘기를 들은 것도 어언 20여 년 전 일입니다. 그래서 기억을 더듬으려니까 가물가물합니다. 그렇다고 그 '회장님 따님'을 홍보하려고 그러는 건 아닙니다. 그 선배가 '이병철 딸이냐'라고 물었다는 건 바꿔 말하면 '이병철 따님'이라면 화려하게 차려입어도 봐주겠다는 말도 되겠지요.

요즘이야 직장 다니는 여성이라면 거의 99.9%가 어제 입은 옷을 오늘 입고 가지 않는 게 '불문율' 아닙니까! 저만 해도 그랬거든요. 그러니 '옷'에 대한 스트레스 참 엄청났었지요. 게다가 구두와 핸드백도 세트로 맞춰줘야 하죠. 최소한 '상의'는 철마다 6벌 이상 있어야 한다는 얘기지요.

메릴 스트립이 열연한 〈악마는 프라다를 입는다〉 영화에서도 메릴 스트립은 물론이고 비서나 다른 사원들의 옷차림을 보면 얼마나 '패션'거 신경을 쓰는지 아셨을 겁니다. 직장여성에게 '옷'이란 거의 '무기'나 마찬가지라고 생각합니다. 오죽하면 '옷이 날개'라는 말도 있지 않습니까.

미국에서 한국 여성으론 최고위 공무원으로 출세한 한 여성과 만난 적이 있습니다. 그 여성이 그러더군요. 미국 사회에선 어제 입은 옷은 절대 오늘 안 입고 출근한다구요. 그만큼 미국의 직장인들도 '일'과 '일터'에 대해 '경건한 생각'을 갖고 있다는 소리겠지요. 꼭 화려한 의상은 아니더라도 자신의 일터에 대한 애정과 경외감이 그런 깨끗한 의상으로 성의를 보이게 하는 것이겠지요.

엊그제 텔레비전 뉴스에 나온 이명희 회장의 세련된 옷차림을 보면서 옛날 이야기가 퍼뜩 떠올랐습니다. 하지만 오늘의 주제는 옷이 아니라 명품 핸드백입니다. 요 근래 들어본 중엔 최고로 비싼 엄청난 핸드백 이야기를 하려다 보니 서론이 길어졌습니다.

2007년 2월 28일 서울 신세계백화점 본점이 화려한 오픈을 했다고 합니다. 라이벌인 롯데백화점 명품관을 겨냥한 최고급 명품관으로서 신세계의 자존심을 걸었다는 보도가 나왔더군요. 이 자존심을 건다는 거, 좀 무시무시한 얘기 아닙니까! 게다가 두 백화점 모두 재벌회장들의 '따님들의 전쟁' 이라는 얘기도 나돕니다. 롯데도 신격호 회장의 큰딸인 신영자 씨가 진두지휘하고 있는데 이명희 씨와 이화여대 동창이라는 인연에 자녀도 남매를 두었고 비슷한 연령대라서 재계의 관심과 흥미를 모으고 있다는 얘기는 예전부터 들려왔었지요.

두 여성 모두 당시 꽤 좋은 명문여고 출신이라는 공통점도 있습니다. 두뇌싸움이 된다는 얘기지요. 이 회장은 이화여고, 신 회장은 경남여고일 겁니다.

아무튼 그 날 저녁 TV뉴스에서도 신세계 본점 오픈 테이프 커팅을 하는 이명희 신세계 회장과 그 아들인 정용진 부회장의 모습이 나왔습니다.

정 부회장은 1968년생 동갑이자 외사촌간인 이재용 삼성전무(이건희 회장 아들)보다 훨씬 더 외할아버지를 닮은 모습이었습니다. 외탁을 했나봅니다. 화려한 백화점 명품관 오픈인 만큼 전 부인인 고현정 같은 미모의 부인이 옆에서 함께 테이프 커팅을 했다면 더 보기 좋았을 것 같더군요.

이명희 회장은 65세라는 나이가 믿어지지 않을 정도로 젊고 세련된 차림이었습니다. 2년쯤 전에 한 신문에서 그녀와 단독 인터뷰를 한 적이 있습니다.

그 때 이 회장이 입은 연한 베이지색 상의가 무척 센스 있어 보이는 세련된 차림이었던 게 기억납니다.

그 기사에는 또 생전의 이병철 회장과 골프장에서 찍은 다정한 부녀의 사진도 실려 있었지요. 이명희 씨가 이병철 회장의 귀여움을 독차지했던 막내딸이었다는 내용도 나왔던 기억이 납니다.

저도 그 기사를 유심히 봤습니다만 기사 중에 이 회장이 하버드 대학 하워즈 가드너 교수가 쓴 『열정과 기질』이라는 책을 탐독하고 있다는 부분이 있었습니다. 호기심이 났습니다. 재벌그룹 여회장이 재미있게 보고 있다는 책이 과연 어떤 것인지 궁금해졌지요.

며칠 후 책방에 가서 그 제목을 말했더니 점원 아가씨가 그러더군요. "갑자기 주문이 몰려 별로 잘 팔리지 않았던 책인데 지금 재고가 없어서 출판사에 주문을 해 놓았습니다."

그러니까 이명희 회장의 '한 말씀'이 사회적으로 그렇게 '효험'이 있었다는 겁니다. 나중에 들은 얘기지만 그 출판사는 이 회장 덕분에 짭짤한 재미를 봤다고 합니다. 저도 그 책을 나중에 자세히 봤지만 사실 그렇게 잘 팔릴 성격의 책은 아니었거든요.

'오피니언 리더'로서의 이 회장의 진가가 유감없이 발휘된 사건이라고 할 수 있지요. '재벌가 회장의 순기능'으로도 평가받을 수 있는 일이었다고 생각합니다. 아무래도 사람들 마음은 거기서 거기인가 봅니다. 재벌가 여성 회장이 좋은 책이라고 소개하면 일단 궁금한 게 인지상정일 테니까요.

대학에서 '생활미술'을 전공한 이 회장은 유달리 인테리어나 디자인의 중요성을 강조하는 스타일이어서 이번 본점 오픈에도 그야말로 심혈을 기울였다고 하는군요.

저 같은 서민이야 '명품관'에서 무슨 물건을 살 일은 거의 없겠지만 어쨌거나 '아이 쇼핑'의 즐거움도 꽤 큰 것이어서 그런 명품관이 생겼다는 건 흥미있는 일입니다.

그런데 이번 신세계 본점 오픈 기사에서 가장 관심을 끌었던 대목은 에르메스 매장에 '계신다'는 2억 원짜리 '버킨 백'의 존재였습니다.

오픈 직전 마지막 점검을 위해 자녀들과 함께 매장을 둘러보던 이명희 회장은 악어가죽으로 만들고 다이아몬드를 장식해 1억9천6백만 원을 호가한다는 에르메스 버킨 백을 팔에 걸쳐 보았다고 합니다.

이 회장이 20만 달러나 하는데 누가 사겠냐고 직원에게 묻자 '센스 있는' 매장 직원은 "이미 예약한 고객이 2명이나 있습니다"라고 재빨리 대답했다는군요. 그러자 이 회장도 "그럼 나도 오더(주문)해도 되겠네"라고 말했답니다.

1억9천6백만 원이라면 최고급 승용차로 꼽히는 벤츠 S500과 맞먹는 가격이라네요. 대단하죠! 저는 순간 조금은 무서운 기분도 들었습니다. 워낙 서민이고 보니 백 하나에 2억 가까이 된다는 소리에 왠지 죄스런 마음이 들더군요. 매장 직원들은 회장님의 '나도 주문해도 되겠네'라는 말씀에 무척 고무된 분위기였다는 소문이 들립니다.

그런데 이 '2억짜리 핸드백'을 둘러싼 기사가 매체마다 다르게 나오면서 독자들을 헷갈리게 만들고 있습니다.

한 신문에선 그 핸드백 매장의 점원이 이 회장에게 적극적 자세로 구입을 권유하자 어색한 분위기가 되면서 '다음에 보자'라며 다른 매장으로 이동했다고 나왔습니다.

그러나 다른 매체에선 거의 '주문했다'는 분위기의 기사가 나왔습니다.

그날 낮에 오찬 모임에 나갔더니 이미 소문은 눈덩이처럼 불어나 "이명희 회장이 2억짜리 핸드백 들고 다닌답니다."라는 말이 돌고 있었습니다. 그야말로 발 없는 말이 천리를 간다더니 꼭 그 짝이 났더군요.

이런 소문이 신경 쓰였는지 신세계의 한 임원은 "이 회장님이 에르메스 유치 직원들에 대한 격려 차원에서 그런 말을 한 것이다. 실제로 구입하신 것은 아니다"라고 해명했다고 합니다. 에르메스는 롯데 명품관엔 없다는군요.

문제의 '에르메스 버킨 백'은 프랑스의 샹송 가수 버킨이 제안해 만들었다고 합니다. 처음엔 저도 버킨 백이 뭔지 궁금했습니다. 인터넷에 들어가보니까 아주 눈에 익은 백이었습니다.

몇 해 전 사회적으로 지위가 높은 한 친구가 연한 그린색 '짝퉁 백'을 저에게 선물한 적이 있습니다. 전 그때 그게 버킨인지 뭔지도 모르고, 또 짝퉁인지도 모르고 디자인도 좋고 내장도 쓸모 있고 친구의 성의가 그마워서 한동안 아주 열심히 들고 다녔던 적이 있습니다. 나중에 알고 보니 짝퉁도 버킨은 꽤 비싸다고 하더군요.

인터넷에 보니까 아주 상세하게 버킨 백에 대한 설명이 나와 있었습니다. 전세계 여성들이 '죽기 전에 꼭 한 번 갖고 싶어 하는 백'이라는 좀 과장스런 설명을 보고 웃음이 나왔습니다. 우린 그런 광고엔 눈 하나 끔적 하지 않는 거의 '무대뽀 기질'이 좀 있거든요.

할리우드 유명 스타들은 이 백을 색상별로 소장하는 게 유행이라네요. 색상은 화이트·블랙·스카이블루·블루 사파이어·레드·라이트그린·오렌지·진 베이지·초코 브라운 등이 있다고 합니다.

우리 나라에서는 황신혜, 고소영, 이승연, 김민 등 탤런트들과 일본에서 활동중인 보아가 2천만 원짜리를 갖고 있답니다.

SES의 이혜승이라는 아나운서는 3천만 원짜리 버킨을 소장하고 있다면서 그녀가 그 백을 들고 활짝 웃고 있는 사진도 나와 있더군요. 아나운서 월급이 얼만지 모르지만 월급 가지고 사진 않았을 것 같습니다. 우리 같은 사람은 누가 행여 3천만 원짜리 핸드백을 선물하더라도 도저히 들고 다닐 자신이 없지만요. 그러니 그렇게 활짝 웃는다는 건 좀 쑥스런 일 같네요. 하지만 워낙 십인십색이니 3천만 원짜리 핸드백을 들고 활짝 웃을 수도 있는 것 아니겠습니까!

그러니까 이 버킨 백은 1천만 원대짜리부터 2천, 3천, 4천만 원짜리가 비교적 '대중적 가격대'였는데 이번에 신세계 본점 매장에서 신세계의 자존심을 보여주려고 했는지 무려 '2억 원짜리' 버킨 백을 선보였다는 얘깁니다. 버킨 백의 '지존'이 탄생한 거죠.

이번 버킨 백이 저의 호기심을 자극한 건 2억 원이라는 가격대라는 점과 함께 이미 2명의 한국 고객이 예약을 했다는 대목이었습니다.

이명희 회장이야 충분히 들고 다닐 만한 재력과 사회적 위치가 있는 분이라고 생각합니다. 그런데 '베일'에 싸여 있는 나머지 두 명은 과연 누구일까요? 그녀들은 무슨 직업을 가지고 있을까? 그녀들은 그걸 들고 어디로 출근할까? 아니지 그 정도의 백을 들 재력이라면 구차스럽게 출근 같은 건 하지 않아도 되는 신분이겠지…… 뭐 이런 공상을 혼자 해봤습니다.

며칠 전 영국 《선데이타임스》에 루이비통이 새로 선보인 명품 핸드백이 무려 2만3천5백 파운드(4300만 원)로 벤츠 C180K보다 비싸다는 소식이 실려 저를 놀라게 했습니다. 그런데 이제 그보다 5배 비싼 2억 원짜리 핸드백이 '탄생'하셨다니 그저 어안이 벙벙해집니다.

사실 루이비통의 4천3백만 원짜리 백의 사진을 봤더니 좀 시시한 모습이어서 실망했습니다. 이 핸드백은 영국 전체를 통틀어 단 1개뿐이라는데요, 그냥 가죽 모피 데님 등 다양한 소재의 루이비통 핸드백 15개에서 잘라낸 조각을 이어붙인 디자인으로 어깨 끈은 가죽을 중심으로 양쪽에 황금 체인을 이어붙인 모양이었습니다.

글쎄요, 4천3백만 원씩이나 주고 사고 싶은 마음은 전혀 안 드는 그런 디자인이었습니다. 누가 선물로 준대도 일단 사양하고 차라리 '현금'으로 달라고 하고 싶은 그런 백이었습니다. 아마 2억짜리 버킨 백도 아즉 직접 보진 못했지만 기존의 버킨 스타일에 다이아몬드만 박은 거라니까 뭐 그리 대단한 모습은 아닐 것 같죠?

일본 여성작가 시오노 나나미 역시 핸드백에 일가견을 갖고 있는 멋쟁이죠. '핸드백은 여자의 마음 그리고 육체의 일부'라고 그녀는 주장하고 있습니다. 저는 여기에 덧붙이고 싶습니다. '핸드백은 여자의 이동 무기고'라구요.

핸드백 안엔 여자의 웬만한 살림살이가 다 들어 있질 않습니까! 무기창고 역할도 하고 있구요. 그래서 핸드백 없이 맨손으로 다니는 여자(거의 없지만)를 보면 좀 이상하게 보일 정도입니다.

시오노 나나미는 이렇게 말합니다. "드레스에 한 점 꽃을 다는 마음으로 핸드백을 고른다. 맘에 드는 핸드백을 우선 사고 난 후에 거기 맞는 옷을 사는 편이다. 그래서 핸드백이 구두보다 값이 더 나간다. 힘들여 고르고 골라서 산 다음 집의 선반에 올려 놓고 한참을 구경하기도 한다. 나의 인생에 대한 정열의 증거이니 선택에 열을 올리는 건 당연한 일이다."

'여성들의 멋의 완성은 머리와 구두와 핸드백에 있다'라는 말을 들어본 적이 있습니다. 저도 멋쟁이는 아니지만 헤어스타일에 엄청 신경쓴다. 저만 그러는 게 아니겠지요. 이제 겨우 16세라는 '피겨 스케이트 스타' 김연아 양도 "머리가 맘대로 안 되면 경기가 잘 안 돼요"라는 말을 하고 있으니까요.

핸드백이나 구두를 살 땐 옷을 살 때보다 더 신경을 쓸 때가 많아 이런 말에 전적으로 공감이 가는군요. 개인적으로는 여성의 경우 좀 과

장되게 말하자면 '핸드백'에서 그녀의 '품격'을 보여준다고 생각할
정도입니다.

그런 의미에서 미국의 국무장관 라이스는 참 특이한 여성이라는 생
각이 듭니다. 이제까지 텔레비전에 비쳐진 그녀는 단 한 번도 핸드백
을 들고 다닌 적이 없었습니다. 참 이상하다는 생각이 듭니다. 비서가
들어주는 것도 아닐 텐데 그녀는 왜 핸드백을 안 들고 다니는지.

혹시 자신이 여성이어서 나약하게 보일지도 모른다는 생각에서 여
성의 상징이랄 수도 있는 '핸드백'을 거부하는 건 아닌지…… 별별 생
각이 다 떠오릅니다. 나중에 기회가 닿으면 그녀에게 한번 물어봐야겠
네요……

시오노 나나미야 서울의 신세계 백화점 본점에 2억 원짜리 핸드백이
등장했다는 소식에 별로 놀라지 않을 것 같지만 라이스 장관은 아마도
깜짝 놀랄 것 같습니다. 하기야 라이스 역시 구두는 '명품'만 골라서
신는다는 뉴스를 어디서 본 기억이 납니다.

지난 대선 땐가요, 이회창 한나라당 후보 부인인 한인옥 여사가 2백
만 원짜리 구찌 핸드백을 국회의원 부인들에게 돌렸다가 구설수에 오
른 일이 생각납니다. 당시로선 2백만 원짜리라면 꽤 쎈 값이라고 생각
했는데요, 이렇게 2억 원짜리 버킨이 '지존'으로 등극하니까 2백만 원
짜리야 그냥 좀 시시해 보입니다.(간이 부었나봐요.··)

'명품'에 약한 건 비단 여성에게만 국한된 현상은 아니라고 봅니다.
어쩌면 인간의 본성 중 하나일지도 모른다는 생각도 듭니다. 좋은 게
좋은 거니까요. 행여 그 명품이 자신의 신분을 상승시켜줄 것만 같은
기분 좋은 환상에 빠질 수도 있겠지요.

저도 명품(?)을 딱 한 개 갖고 있습니다. 감장색 몽블랑 만년필인데
요, 요새야 만년필 쓸 일이 별로 없지만 가끔 쓸 때마다 왠지 기분이 흐

뭉뚱집니다. 이게 아마 '명품 효과' 이겠지요.

'ㅋ건희 귀마개'라는 글에서도 밝혔지만 저는 개인적으로 재벌이나 그 등급의 재력가들이 명품을 애용하는 것에 대해 전혀 비난하고 싶지 않습니다. 그들에겐 그들만의 세계가 있다는 걸 인정합니다.

단지 저는 그런 '2억 원짜리 버킨 핸드백'을 들고 그녀들이 과연 어디로 납실까 그것이 궁금합니다. 그리고 그녀들의 마음은 그 핸드백을 드는 순간 어떻게 변할지 그것도 궁금합니다. 과연 한없이 뿌듯하고 기쁠가요? 평범한 시민으로선 도저히 상상도 안 되는 그 '높은 경지'가 그냥 까마득하기만 하네요. 모르긴 몰라도 2억을 든 그녀들의 팔이 좀 무겁지 않을까요.

'사기꾼 백남준'의 상쾌한 어록들

설날 연휴 때 아메리카로부터 날아온 '백남준의 부음'은 마치 친족의 부고처럼 가슴을 에었습니다. '볼 수 없어도 그곳에 존재하는 것'만으로 위안을 주는 존재 하나가 이 지상을 떠났다는 사실에 인생의 비애를 느끼는 것이 바로 '살아 있는 자'가 느껴야 할 몫인 듯했습니다.

아무런 인척관계도 아니지만 가끔 매스컴을 통해 전달되는 그의 '천재성이 담긴 어록'들은 때때로 삶의 활력소가 되곤 했거든요.

살아 생전에 만난 일은 없었지만 아주 오래 전부터 지구 반대편에서 들려오는 '괴이한' 그의 행적들에 대한 기억이 아슴프레하게 떠오르면서 한 예술가의 삶과 예술이 일반인에게는 비타민처럼 존재할 수 있다는 걸 새삼 느꼈습니다.

기억에 남아 있는 예술가의 오래 전 모습은 주로 신문 사회면의 외신발사信發로 백 아무개가 특이한 행위예술을 하다가 경찰에 연행되었다는 종류의 뉴스였습니다. 아주 오래 전 이야기입니다.

지금 신문에 소개된 그의 지난 연보를 보니 그게 바로 무어맨이라는 여성 첼리스트와 반라半裸로 뉴욕의 멋쟁이 관객들 앞에서 퍼포먼스를 했다는 내용이더군요.

아무튼 백남준에 대한 기억의 시작은 그렇게 오래 전으로 거슬러 올라고 있습니다.

1984년이던가요, 서울과 뉴욕과 파리를 동시에 잇는 〈굿모닝 미스터 오웰〉이라는 그의 작품이 새해 벽두를 장식하면서 "예술은 사기야, 고등 사기"라고 외쳐대던 그의 모습이 지금도 눈에 선합니다. 아마 저를 포함한 대부분의 사람들이 '백남준이라는 사람'을 확실하게 알게 된 계기였던 것 같습니다.

그에 대한 인터뷰 기사들을 이것저것 읽어보니까 역시 '백남준은 천재 예술가'라는 확신이 들었습니다. 세상을 유랑하며 '영원한 이방인'의 삶을 살아내면서 그가 말한 인생에 대한 '어록'들을 보면 힘이 나기도 하고 웃음이 나기도 하지만 뭐랄까요, 인생의 쓸쓸함 같은 것을 어쩔 수 없이 느끼게 됩니다.

'예술이 사기'라고 외친 그는 예술가에 더해서도 "익은 밥 먹고 선소리 하는 존재"라고 정의합니다.

예술에 대해 '심드렁하게' 말하는 그를 보면 대가의 경지가 새삼스럽게 느껴집니다. 일반인들이 '어렵고 골치 아프게' 여기기 쉬운 예술과 예술가에 대해 그와 같이 간단명료하게 정의할 수 있다는 건 그만큼 '숙고熟慮 기간'을 거쳤다는 얘기이기도 할 겁니다.

그는 예술에 대해 이런 말도 했습니다.

"예술이라는 게 사실은 사고파는 문제와 다름이 없는데, 예술은 맹그는 놈은 4백만 명이 만들고 있는데, 그것을 사는 놈은 4명도 안 되거든. 그런데 텔레비는 4개 회사가 4백만 대를 만들고, 또 사는 놈도 몇백만이나 된다. 예술이라는 게 본래 생활이 필요로 하는 것이 아니다. 우리의 정신이 많이 진보되면 보통 오락으로는 성에 안 차니, 그 때부터 고도의 물건을 찾는 것이지. 취미의 고급이 예술 시장인 셈이야."

일찍이 이렇게 쉽고도 머리에 쏙 들어오는 말로 예술을 정의한 예술가는 없었던 것 같군요.

백남준은 어쩌면 예술에 대해 요즘 유행하는 말처럼 ‘경영 마인드’를 가지고 접근했는지도 모르겠습니다. 어떤 예술가든 예술로 ‘생활’을 해결해 나가야 하는 문제에 부닥치다 보면 그와 같은 결론에 도달할 수도 있을 것이라고 봅니다. ‘수요와 공급’의 역학관계에서 접근한 그의 예술론은 상쾌하면서도 간담이 서늘해지는 기분을 느끼게 합니다. 결국 예술도 ‘적자생존’ 아니겠느냐, 이거 아니겠습니까!

그는 뉴욕의 한 전시장에서 만난 한국인 젊은 화가에게 이런 말을 했다고 합니다.

“작품을 싸게 팔고 개막식 파티를 많이 찾아 다녀야 하며, 여행을 많이 다니되 작품과 함께 다니라.”

이 말은 ‘예술로 생활까지 해결해 나가야 하는’ 후배 예술가에게 자신이 터득한 ‘비법’을 전수해 준 것이라고도 볼 수 있겠죠. 특히 개막식 파티를 많이 찾아다니라는 대목이 의미심장하네요. 뭔가 건수를 잡으려면 ‘파티’ 즉 유력인사들이 많이 모이는 곳에 얼굴을 들이대라는 얘기겠죠.

예술로 인생을 살아가는 일이 험난하다는 걸 누구보다 잘 알았을 그는 젊은 예술가들에게 ‘한 마디’ 해달라는 부탁을 받자 이렇게 말했답니다. “재수가 좋아야 돼.” 대가의 말치고는 너무 뜻밖이죠? 하지만 인생이 원래 그런 건지도 모르겠다는 생각이 들기도 합니다. 인생에는 사람의 힘으로 안 되는 부분도 많으니까요. 그의 말을 듣다 보면 인생을 ‘흐르는 물’처럼 여기는 천재 예술가의 ‘탈속의 경지’를 감지할 수 있는 것 같습니다.

1996년 뇌졸중으로 쓰러져 휠체어 신세를 지면서도 그는 ‘지금 무엇이 제일 하고 싶냐’는 질문에 서슴없이 ‘연애’라고 답했다는군요. 예술가다운 발언이죠. 세상 사람들이 당신을 천재라고 한다는 말을 듣고 서는 "나 천재 아니야, 바보야 바보, 미친 놈"이라고 했답니다.

그는 입버릇처럼 '병'이 나으면 '연애'를 할 것이라고 말했고, 젊은 여자들이 보고 싶다는 말도 했답니다. 그가 말하는 연애란 단순히 남녀상열지사가 아니라 '생명의 기운'을 느끼게 만드는 정신의 원기 회복 같은 거였겠죠. 저 같은 일반인도 그가 '연애'를 그리워하는 심리를 백 번 이해할 것 같네요. 하지만 늘 곁에서 헌신적으로 병간호를 해오던 '뚱보 아내'가 들으면 너무 서운한 말들이겠죠.

따기야 같은 비디오 아티스트였지만 백남준의 그늘에 가려 빛을 못 본 그의 일본인 아내는 "그가 쓰러지고 나서야 진정한 허니문이 온 것 같아요"라고 말했을 정도로 그의 '연애 활동'은 왕성했다죠. 오죽하면 그의 부인이 '모든 통장을 압류할 정도'였지만 그는 연애를 통해 '예술적 영감'을 무한히 얻어낸다는 주장을 했답니다.

그들의 '결혼 이야기'도 꽤 사연이 있더군요. 동경대학 출신인 백남준이 '금의환향' 식으로 일본 동경에 공연하러 왔을 때 지금의 부인은 '백남준과 결혼할 결심'으로 의도적으로 접근했고, 그를 따라다닌 지 14년 만에 드디어 '웨딩마치'를 울린 집념의 여인이었답니다.

45세에 만혼을 한 백남준은 "시게코가 불쌍해서 결혼해줬다"고 말했다는군요.

그가 뇌졸중으로 쓰러지자 그의 아내는 "이제 내가 할 일은 어떻게 해서든 저 사람의 생명을 연장시키는 것"이라고 말할 정도로 헌신적으로 남편을 보살펴왔다고 합니다. 백남준으로서는 말년에 '처복'을 누린 셈이라고나 할까요.

서울 토박이인 그는 조국을 떠난 지 30여 년 만에 귀국했지만 '깍쟁이 같기도 하고 정겹게도 들리는' 서울 말씨를 하나도 잊어버리지 않아 화제가 되기도 했었죠.

그는 서울에서 보고 싶은 사람으로 작은누이를 꼽으면서 "백영득이 못 본 지 오래됐어. 다리가 아프대, 뼈다귀가 부러졌다고"라고 했답니다. 귀엽죠? 뼈다귀라는 말을 쓰는 천재 예술가의 언어법이.

생전에 그는 '영어로 자서전을 쓰겠다' 는 포부를 가지고 있었지만 결국 이루지는 못하고 말았습니다.

74세로 영면한 그는 생전에 '한 팔십까지는 살 수 있을 것 같다' 는 말을 했다는데요, 너무 일찍 우리 곁을 떠난 것 같습니다.

삼가 고인의 명복을 빕니다.

3
세상의 중심은 바로 '나'

대단한 할머니, 시오노 나나미

일본인 여성 시오노 나나미(鹽野七生)는 우리나라에서도 꽤 널리 알려진 베스트셀러 작가다. 그의 대표작 『로마인 이야기』는 일본에서 800만 부 가까이 팔렸고, 한국에서도 무려 200여만 부가 팔렸다.

유사 이래 최악의 불황이라는 국내 출판계에서 일본인이 쓴 책이 그렇게 같이 팔린 예는 무라카미 하루키 이외에는 시오노 나나미가 처음일 것이다. 그것도 하루키는 『상실의 시대』라는 장편 소설을 위시해 주로 소설류로 주가를 올렸지만 시오노 나나미의 경우는 역사 에세이라는 득보적인 장르로 그만큼 팔았으니 어찌 보면 하루키보다 한수 위인 것도 같다.

시오노 나나미는 1992년 『로마인 이야기 1』권을 출간하면서 앞으로 매년 1권씩 2006년까지 15권을 시리즈로 내겠다고 공언했다. 그녀는 약속한 대로 15권째의 『로마인 이야기』를 세상에 내놓았고, 한국인 기자들을 도쿄로 불러 모아 놓고 '15년치 인터뷰'를 당당히 했다.

아직 여성의 자태가 남아 있던 50대 중반에 시작한 그녀의 '글쓰기 작업'은 이제 그녀를 70세의 원숙한 노작가의 풍모로 변신시킨 채, 우리 앞에 한 인간의 '존엄한 업적'을 선보이고 있다.

'여성은 어느 나이에서나 아름다울 수 있다'는 속언도 있지만 방금

미용실에서 정성들여 드라이를 한 것같이 보이는 우아한 헤어스타일에 멋스러워 보이는 검은빛 뿔테 안경과 체크무늬의 회색 재킷을 입은 그녀는 여전히 세련되고 아름다워 보였다.

일흔 살의 여성도 저처럼 당당하고 우아하게 보일 수 있다는 게 멋있고 고마웠다. 그녀에게서 뿜어져 나오는 저 당당함은 아마도 그녀가 혼신의 힘을 바쳐 20년간의 자료준비 기간과 15년 간 휴가도 없이 매달려온 글쓰기라는 '생업' 이 그녀에게 그런 '아우라' 를 만들어 즌 것이라고 본다.

15년 동안 1년의 절반은 자료수집과 자료 정독으로, 나머지 반은 집필에 매달리느라 단 한 차례도 병원을 가지 않았다고 한다. 독한 '프로 근성' 으로 무장하고 죽기살기로 '로마인' 을 그려내기 위해 '건강검진' 조차 하지 않았다.

"건강검진을 했다가 뭐라도 나오면 일이 중단된다. 독자들은 기다려 주겠지만 나로선 한번 중단하면 다시 시작하기가 무척 어려웠을 거다. 지금 병원에 가면 큰 병이 발견돼 죽을지도 모른다."

그야말로 '죽기살기로' 글쓰기에 매달렸다는 이야기다.

이 정도의 '독기' 를 품지 않고서는 200자 원고지 2만 장 분량의 '역작' 을 그려내기는 어려웠을 것이다. '행여 병이 발견돼 집필을 중단한다' 는 건 어쩌면 그에겐 '정신적 죽음' 이었을지도 모르겠다.

그의 이런 작가로서의 '비장한 자세' 를 보니까 문득 『혼불』의 작가 최명희가 떠올랐다. 자신의 온힘을 쏟아낸 대하장편소설 『혼불』을 마무리하고 얼마 후 그녀는 50대 초반이라는 아까운 나이에 암으로 세상을 하직했다. 물론 '인명이야 재천' 이지만 그녀가 글 쓰는 시간을 조금만 줄이고 건강검진을 하거나 글 쓰는 일이 주는 엄청난 스트레스를 적당히 풀어나갔다면 '요절' 은 하지 않았을 것이라는 안타까운 생각을 해본다.

시오노 나나미 씨가 '병이 난 걸' 차라리 모르고 글을 쓰고 싶어한 그 심정은 나 같은 일반인도 어느 정도 이해할 수는 있을 것 같다. 한 사람이 자신의 '인생' 을 걸고 어떤 일에 몰입할 수 있다는 건 어찌 보면 그 사람 자신의 '운명' 이면서 '행운' 인지도 모르겠다. 자신의 온 힘을 바쳐 어떤 일을 이뤄낼 수 있다는 건 그가 이미 '범인凡人' 은 아니라는 것일 테고, '업적' 을 쌓았다는 점에서 그의 인생은 축복받았다고도 할 수 있을 것이다. 어쨌든 나이 칠십에 한국의 젊은 기자들을 불러 놓고 인터뷰를 했다는 '단순한 사실' 하나만으로도 그의 인생은 '대단했다' 는 평가를 받을 만하다.

시오노 나나미는 한국 기자들과의 인터뷰에서 '로마인의 역사' 를 쓴 저자의 통찰력이 묻어나오는 격언 같은 말들을 많이 했다.

"마키아벨리는 역량, 운, 시대와의 부합성을 리더의 3대 요건으로 꼽았다. 아무리 뛰어나도 시대에 맞지 않으면 리더가 되기 힘들다. 인간의 지능이란, 운명이란, 그런 거다. 역사에는 여러 사람이 등장하고 운 좋은 사람만 있는 게 아니다."

"밖에 적이 있는데 내부 싸움에 빠져 붕괴해 버린 아테네, 피렌체 같은 나라들이 그렇다. 작은 문제에 집착하면 큰 것을 놓친다. 일본에 나쁜 결과를 가져올 대표적인 예가 '좁은 의미의 내셔널리즘' 이다."

"정치가는 정치를 하면 된다. 자기들이 모르는 것은 말하지 않으면 된다. 정치가들이 말하는 것을 믿지 않는 게 좋다."

"리더는 조직을 생각하고 자기 배를 채우지 않는 인물이다. 로마에는 공공건물의 유적만 있다. 로마에는 베르사유 궁전 같은 개인적인 유적이 없다. 지도자가 업적을 남기고 싶을 때 대중에게 필요한 공공건물을 기증했다. 로마인들은 모든 사람이 살아생전에 이용할 수 있는 것들을 만들었다. 나는 이런 민족이 좋다.”

젊은 한국의 기자들에게 이런 말을 할 수 있는 일본의 여성작가 시오노 나나미에게서는 이미 일본인이라는 국적의 한계를 벗어던진 코스모폴리탄의 원숙한 멋이 느껴진다.

개인적으로는 그녀가 쓴 신변잡기 스타일의 에세이를 즐겨 읽곤 했다. 일본에서 제일 좋다는 ‘히비야 고교’ 출신으로 도쿄대학에 들어가려 했으나 실패하고 이듬해 학습원대학 철학과에 입학했다. 학습원대학은 일본의 황손들이나 왕족들이 주로 다니는 ‘귀족 대학’ 이라고 한다. 비틀스의 멤버 존 레논의 부인이었던 오노 요코와는 ‘아끼는 선후배’ 사이.

올해 74세인 오노 요코는 또 얼마나 대단한 일본 여성인가. 이젠 세계의 최대 갑부 여성 중 4위의 ‘재력가’ 로 꼽히고 있는 오노 요코나 시오노 나나미, 비디오 아티스트 백남준의 부인이었던 구보타 시게코 씨 등은 어쩌면 일본여성의 ‘세계화’ 를 보여준 걸물들인 것 같다.

오노 요코나 구보타 시게코는 세계 최고의 아티스트들과 국제결혼해 그들의 ‘명성과 후광 덕’ 으로 유명해졌고, 역시 이탈리아인과 결혼했던 시오노 나나미는 자신의 만년필 하나로 위업을 달성한 여성이니까 여성학자들이나 여성운동가들의 눈에는 ‘최고의 여성’ 으로 추앙받을 만하다.

시오노 나나미는 게자리 태생답게 ‘타의 추종을 불허하는 섬세함’ 을 그의 작품 곳곳에서 보여주고 있다. 요즘도 컴퓨터를 이용하지 않고 오로지 만년필로 글을 써내는 것만 봐도 그녀가 얼마나 스타일리쉬하고 예민한 성품인지를 가늠할 수 있을 것 같다.

부친을 따라 영화구경을 자주 했던 12세 때부터 미국 배우 게리 쿠퍼의 ‘왕 팬’ 이었다. 학습원 대학시절 게리 쿠퍼가 세상을 뜨자 학교를 쉴 정도였다. 그 때의 에피소드는 이렇다.

서양철학시간에 시오노 나나미가 보이지 않자, 담당 교수가 "시오노 군은 왜 안 나왔나?"라고 물었다. 동급생들은 "시오노는 상중喪中입니다"라고 답했다. "가족 중 누가 돌아가셨나?" "게리 쿠퍼가 세상을 떴답니다." 좋아하는 배우가 죽자 학교마저 결석할 정도의 '감수성'은 그저 놀라울 뿐이다.

그녀가 쓴 「내 마음의 사나이」라는 영화 에세이를 보면 게리 쿠퍼에 대한 '경배' 수준이 요즘 우리나라 소녀들 가운데 '동방신기'나 '비'의 팬들이 보여주는 극성보다 더하면 더했지 못하지는 않을 것 같다.

시오노 나나미는 여고생 시절 게리 쿠퍼의 브로마이드를 3장 구입했는데 그 사진들은 그녀가 '로마 생활'을 시작할 때도 그녀의 방을 장식할 정도였다. 오매불망 게리 쿠퍼만을 좋아한 것에 대해 자신의 에세이에서 이렇게 말한다. "나는 그가 죽은 후에도 '바람'을 피우지 않았다."

그녀가 게리 쿠퍼 후에 유일하게 꼽은 남자배우는 오마 샤리프인데 그것도 〈아라비아의 로렌스〉 한 작품에 한해서였다. 그 유명한 〈닥터 지바고〉에서의 오마 샤리프도 그녀의 마음을 휘어잡지 못했다고 고백한다.

그녀는 게리 쿠퍼의 영화는 그 어떤 이유를 불문하고 그가 출연한다는 이유 한 가지만으로도 보러 다녔다고 한다. 〈모로코〉에 나온 쿠퍼에 대해선 "신발 벗고 사막 끝까지 다라갈 만하다"고 말했다. 심지어 시오느 나나미는 게리 쿠퍼의 상대역으로 나오는 주연 여배우들에겐 맹렬한 '질투의 화살'을 날리기도 했다.

모나코의 왕비가 되었던 그레이스 켈리는 영화 〈하이 눈〉에서 쿠퍼의 연인이었다는 이유와 좀 '척' 하는 여배우라는 점에서 시오노 씨의 눈 밖에 났다.

"쿠퍼의 상대역으로 내가 용서할 수 있는 여배우는 마를렌 디트리히와 잉글리드 버그만뿐이다. 다른 여배우는 무시한다." 이쯤이면 그녀의 '쿠퍼 사랑' 은 수준급이라고 할 만하다.

그녀는 게리 쿠퍼의 매력을 이렇게 꼽고 있다. "우선 키가 크고 훌쩍한 몸집의 사나이다. 친절하고 마음이 따뜻한 남자일 것이다. 우직스러울 정도로 성실하고 정직하다. 여자를 배반한다는 건 상상하기 어려운 남자다. 역시 미남이다. 그러나 깎은 듯한 미남이란 느낌은 없다. 푸근한 몸가짐이 주위 사람에게 얼마나 안도감을 주는지."

시오노 나나미는 아주 예리한 작가적 시각만 갖추고 있는 것이 아니라 '사랑받고 싶어하는 여성' 으로서의 본심도 간간이 드러내고 있다.

그녀는 자신이 제일 좋아하는 여배우 마를렌 디트리히가 "나는 사랑받기를 원한다. 이것이 마를렌 디트리히이다.(I wish love. This is Marlene Dietrich.)"라고 한 말을 패러디해 이렇게 말하고 있다.

"나는 사랑받기를 원한다. 이것이 시오노 나나미이다.(I wish love. This is Nanami Shiono.)"

부친의 영향을 받은 탓인지 여배우는 오로지 마를렌 디트리히만을 좋아한다면서 마를렌이 나오는 영화라면 뭐든 비디오 테이프에 담아 두었다고 말했다. 시오노 나나미는 마를렌 디트리히가 30년 연하의 작곡가 겸 지휘자와 '나이의 장벽' 을 초월한 사랑을 나눈 사실도 몹시 부러워하는 것 같았다.

마를렌 디트리히라는 여배우에 대해선 "이 여자는 남에게 이해받는 것보다는 사랑받기를 원하는 사람이었던 것 같다"라고 평한다. 그러면서 시오노 나나미는 마를렌의 이런 '명쾌한 라이프 스타일' 에 찬사를 보내고 있다.

어쩌면 '만년필 한 자루'로 '일가'를 이뤄낸 작가의 눈에 '한 여배우의 삶에 대한 본능적 통찰력'이 눈부시게 다가왔을지도 모르겠다.

젊어서 상당한 '미모'였을 그녀는 이탈리아인 의사와 결혼했다가 이혼 후 아들 하나를 키우면서 40년 넘게 이탈리아 로마와 피렌체에서 '타국 생활'을 해오고 있다.

그녀는 한 에세이에서 첫 결혼 상대자와 '로마의 밤 문화'를 신물날 정도로 누렸다면서 그러나 『로마인 이야기』를 쓰지 않겠냐는 제안을 받고부터 '놀이'를 접고 공부를 시작했고, 그런저런 일들로 혼자가 되기까지의 '사연'을 고백하기도 했다.

언젠가 일본 잡지에서 본 그녀의 '로마 생활' 모습은 굉장히 우아하고 화려해 보였다. 화보로 나온 그녀가 살고 있는 저택의 거실은 마치 '로마인 귀족'들의 그것과 비슷해 보였다. 고급 레이스의 하얀 테이블보가 덮인 식탁 모습도 일반 가정보다는 귀족의 식탁 같았다. 어쩌면 그런 분위기 속에서 그녀는 실감나게 '로마인 이야기'를 썼는지도 모르겠다.

동양인 여성의 '이탈리아 살기'는 아마도 당시로서는 퍽 파격적인 경우였을 것이다. 그녀의 다채로운 삶의 반경에 대해 일일이 확인할 수는 없지만 이탈리아와 영국의 '지식인 계층'과 교류하면서 그녀는 자신의 안목을 국제화하는 데 성공한 듯하다.

남자들을 보는 '안목'도 여간 까다롭지 않아 그녀가 쓴 남자들에 관련된 에세이를 보다 보면 시오노 나나미라는 일본 여성의 '남성관'이 주는 예리한 안목에 기가 눌릴 정도다. 그녀의 재미난 '남자 이야기'는 다음 기회에 소개하기로 한다.

어쨌든 대학을 졸업하자마자 단신으로 이탈리아로 건너가 어떤 공식 교육기관에도 적을 두지 않고 '순수한 독학'으로 『로마인 이야기』

라는 방대한 저서를 세상에 내놓은 노작가는 아직도 '형형한 눈빛' 으로 세상을 향해 '인류평화' 에 대해 소리치고 있다.

시오노 나나미라는 이 원로급 여성 작가의 존재는 어쩌면 세계 2위 경제대국인 일본의 '문화적 위상' 도 그리 만만치 않다는 걸 보여주는 한 상징으로 자리잡고 있다고도 할 수 있을 것이다.

만화가 허영만과 초밥왕 테라사와의 대담

여러분은 '만화' 하면 무슨 생각이 맨 먼저 떠오릅니까?

저는 일단 '공상' 이라는 단어의 이미지가 떠오릅니다. 그 이미지는 하늘을 맘껏 날아다니는 공상의 나래와 연결됩니다.

그리고는 곧이어 책 표지가 딱딱한 『엄마 찾아 삼만리』와 『플란더스의 개』라는 만화책이 생각나면서 기분 좋은 추억에 빠져듭니다.

제가 유치원 시절 아버지께서 이 두 권의 만화책과 『백설 공주』 그림 동화책을 사주셨던 게 지금도 잊혀지지 않습니다. 물론 달랑 세 권의 책만 사주신 것은 아닙니다. 당시 저는 주로 일본 그림책을 많이 보는 아주 '지적인 어린이' 였었죠.

저희 집엔 어른들이 보는 책들도 즈로 일본책들이 많았지만 아이들이 브는 책들도 일본 '제품' 이 많았습니다. 그렇다고 뭐 제가 그 때 일본어를 깨친 건 아니구요. 어인 일인지 저의 부모님은 일본 그림책들을 닮기 사오셨습니다. 아마 당시만 해도 한국 그림책들은 별로 없었던 시절이어서 그랬을지도 모르겠습니다.

특히 『백설 공주』는 4 · 6배판 크기의 일본 책으로 연둣빛 하드커버의 책 표지 가득 하얀 피부의 공주님 얼굴이 그려져 있었지요.

핑크빛 볼에 쌍꺼풀진 큰 눈이 아주 예쁜 벅설 공주의 얼굴이 지금도 기억에 생생합니다. 앞머리가 이마를 가린 그 부분에 커다란 까만색 일본글자로 '시로 유키 히메' 라고 써 있던 것까지 기억납니다.

이 세 권의 책은 당시 저의 재산 목록 1호였지요.

지금이야 물자가 풍족해 두세 살 어린 아가들도 몬테소리니 뭐니 해서 한 질에 수십만 원 하는 그림책을 '소장' 하고 있지만 저희 때는 책이 아주 귀했던 시절이라 만화책이나 그렇게 화려한 컬러의 일본 그림책 같은 건 참 희귀한 것들이었습니다. 저는 그 만화책과 그림책만으로도 한껏 재면서 살았었죠.

그 책들은 제가 국민학교를 졸업할 때까지 저의 작은 '서고' 에 귀하게 자리잡고 있었습니다. 제 자랑이지만 '국민학교' 3학년 때 서울시 글짓기 대회에 나가 입상하면서 상품으로 받은 『이솝 동화책』은 아직도 우리 집 책꽂이에 꽂혀 있습니다.

분홍색 하드커버 표지에 이솝 우화의 한 장면이 삽화로 그려져 있는 정음사에서 나온 책입니다. 전 때때로 우울하거나 기운이 없을 때는 이 책을 펼쳐보면서 위로를 받습니다. 철없이 즐겁기만 했던 유년 시절로 돌아간 듯해 마음이 어느새 따스해지곤 합니다.

요새야 유치원생 열이면 열, 한글은 기본으로 깨치고 그것도 모자라 그 병아리 같은 입으로 '에이 비 씨 디' 노랠 부르며 간단한 영어회화는 물론, 토익까지 공부하는 세상이라 만화책 정도로 재면서 살았다는 게 좀 우습게 들리겠지만 그 시절엔 유치원생이 '책' 을 읽으면 '신동급 어린이' 로 대접받던 시절이었습니다. 행인지 불행인지 저는 네 살 때 한글을 깨쳐 '어머니의 자랑거리' 로 동네에선 거의 신동으로 소문날 정도였답니다.

아무튼 그러다 보니 '대외적 체면치레' 를 위해서도 우리집엔 자꾸자꾸 어린이 도서가 쌓이기 시작했고, 제가 국민학생이 되면서는 만화책뿐 아니라 동화책도 많이 있었는데 그래도 제 기억에 지금껏 가장 선명하게 남는 건 바로 이 두 권의 만화책입니다. 그만큼 만화의 영향력은 크다고 할 수 있겠지요.

그러나 저와 만화의 인연은 이 두 권에서 끝이 나게 됩니다. 저희 때는 '국민학생들' 도 '입시 지옥' 에 시달렸고, 학부모들은 자녀들이 초등 4년 정도만 되면 '입시 모드' 로 체제를 변환시키고는 '만화' 따위는 엄격하게 금지시키는 경우가 많았습니다. 만화는 일종의 '금서' 였던 겁니다.

그 때만 해도 비교적 '순종적인 어린이' 였던 저는 부모의 '학습 지침' 에 따라 '만화' 를 보는 건 아주 '나쁜 일' 이라고 세뇌당해, 결국 만화는 거의 보지 않게 되었습니다. 아마도 이러니까 '조기 교육' 이 중요하다는 얘기들을 하는가 봅니다.

그렇다고 아주 만화를 멀리한 것은 아니어서 『슬픈 옥이』의 엄희자, 『꺼벙이』의 길창덕, 김경환 이런 만화가들의 이름이 가물가물 떠오르긴 합니다.

외국 만화로는 일본의 그 유명한 '아톰' 의 귀여운 모습이 맘에 들었고, 헨리라는 미국만화의 꼬마주인공도 좋아했습니다.

하지만 워낙 부모의 강한 '교육' 덕분에 어린 저는 만화를 몰래 보는 날엔 이상한 죄책감에 시달렸고 결국은 그 재미나다는 만화를 자발적으로 멀리 하게 되었습니다.

세 살 버릇 여든 간다고 이렇게 되다 보니 자연적으로 성인이 되어서도 만화가 주는 즐거움은 잘 모르고 살아왔습니다.

명색이 '문화 예술에 관심 있는' 일을 하면서도 유명한 만화가들은 잘 모르고 지냈습니다. 이를테면 만화는 제게 '불모지대' 였습니다.

고작해야 고우영이나 강철수, 이현세 이런 분들의 이름을 바람결에 들어서 알았지 그분들의 '작품' 을 탐독하는 일은 없었습니다.

그러다가 일본에선 만화가 소설을 압도해 '만화천국' 이라는 정보를 접하게 되었죠.

예전에 좋아했던 소설가 요시모토 바나나가 만화가가 되려다 실패해 소설가가 되었다는 소릴 듣고 조금 놀라기도 했습니다. 그녀의 언니가 유명 만화가라는 사실도 그 때 처음 알았지요. 아무튼 만화 혹은 애니메이션의 분야가 그리 '만만히 볼 것' 이 아니라는 걸 서서히 알게 되면서 그 쪽 분야에도 조금 관심을 갖게 되었습니다.

'문화산업' 분야 중 이제는 만화와 애니메이션 등이 당당히 자리잡고 있다는 소식에 '트렌드 워처' 를 자임하는 저로선 자연히 이 분야에도 관심을 갖지 않을 수 없게 되었습니다.

엊그제 입춘 하루 전날, 일본국제교류기금 서울 문화센터의 주최로 '미스터 초밥왕 식객을 만나다' 라는 좌담회가 열렸습니다.

각 신문사와 방송사 기자들이 몰려든 것만 봐도 이 대담이 굉장히 주목받고 있다는 걸 알 수 있었습니다.

요즘 동아일보에 5년째 『식객』이라는 만화를 연재하고 있다는 허영만 씨와 일본에서 1천만 권이나 팔린 슈퍼 베스트셀러 『미스터 초밥왕』의 작가 테라사와 다이스케 씨가 '음식' 을 소재로 한 자신의 작품세계에 대해 의견을 주고받는 자리라고 해서 당연히 우리 스카이뷰의 블로그 독자 여러분들에게 '읽을거리' 를 선사하는 차원에서 기꺼이 '디카' 를 메고 출동했습니다.

지난해 노벨문학상 수상자인 오에 겐자부로 작가와 김우창 교수의 대담회를 취재한 이래 두 번째로 우리 블로그에 올리는 '한 · 일 문화 대담' 이 되었습니다.

더구나 요즘 젊은 세대들은 소설보다는 만화나 애니메이션, 그리고 게임에 몰두하고 있다니까 아무래도 오에 겐자부로 씨의 이야기보다는 더 큰 공감대를 형성할 수 있겠다는 생각도 들었습니다.

작가와 문학평론가의 대담이야 저의 '전문분야' 의 하나여서 별 부담이 없었지만 '만화가들의 대담' 은 잘 모르는 분야이기에 조금 긴장이 되기도 했습니다.

하지만 한·일 양국의 두 거장의 대담을 듣다 보니 '거장들의 이야기' 는 분야를 막론하고 재미있다는 걸 새삼 느꼈습니다. 그들의 치열한 작가정신을 공통적으로 느낄 수 있는 발언들을 들으면서 '대가大家는 하루아침에 이뤄지지 않는다' 는 격언을 만들어 봤습니다.(로마의 격언을 패러디한 거죠.)

그들은 음식이라는 쉬우면서도 어려운 일상의 소재를 놓고 나름대로 최고의 노력을 한 끝에 그런 베스트셀러를 내놓은 것 같습니다.

조금은 근엄한 수도승 타입의 허 화백은 문하생들에게 "칼의 세계를 그리려면 섬뜩한 느낌이 들도록 그려야 하고 음식을 만화로 그리려면 독자들이 그 그림을 보고 먹고 싶다는 생각이 들도록 그려야 한다"고 늘 강조해서 말한다고 합니다. 그는 잠자는 시간만 빼고 의식이 있는 한 하루 온종일 '만화' 에 대해서만 생각하며 살고 있다고 고백하기도 했습니다. 대단한 거죠!

스스로를 메모광이라고도 소개한 허영만 화백은 음식에 대한 정보 수집을 위해 모은 자료들을 다 쓰지 못하고 3분의 1정도만 쓴다는 말도 했습니다. 그만큼 자료조사가 광범위하게 이뤄진다는 얘기겠지요.

테라사와 씨도 『미스터 초밥왕』을 그릴 때 한 일식집을 400회 이상 드나들며 주방장에게 꼬치꼬치 캐물었다고 말했습니다. 생선의 종류에서부터 생선 뜨는 방법에 이르기까지 뭐든지 물어보면서 초밥의 '완성도' 에 대해 나름대로의 '노하우' 를 쌓게 되었다는 겁니다.

두 만화가는 한일 양국 요리에 대해 자신들이 느낀 점을 허심탄회하게 말했습니다.

우선 테라사와 씨는 "한국 음식하면 일단 맵다는 게 제일 먼저 떠오른다"고 말했습니다. 그는 낙지볶음을 먹었을 때 "뒤통수를 맞은 듯하고 머리에서 땀이 났다"며 제스추어까지 써가며 들려주었습니다. 그의 동생은 그 맵다는 인도 요리도 잘 먹었다면서 한국 식당 주인의 만류에도 불구하고 풋고추를 먹고 나서는 입안을 바늘로 찌르는 것 같다고 외치면서 식당 밖으로 뛰쳐나가 버렸다는 말로 좌중을 웃겼습니다.

그는 또 신라호텔에서 초밥을 대접받은 적이 있는데 '개불'이라는 해산물 초밥이 신기하게 생각돼 그 길로 야간열차까지 타고 부산에 내려가 개불을 봤는데 마치 SF 만화에나 나오는 것같이 기괴하게 생겼더라는 말도 했습니다.

허영만 씨는 일본 음식은 대체로 모양과 색을 중요시하는 것 같은데 전반적으로 달착지근한 것 같다고 말했습니다. 아무래도 별로 입에 맞지 않는다는 투였지만 그는 그래도 미국이나 유럽의 음식보다는 견딜 만하다고 말하더군요.

그와 함께 일본에 동행했던 후배는 일본 요리에 꼬박꼬박 곁들여 나오는 계란에 물려 한국에 가선 당분간 계란을 입에 대지 않겠다고 했답니다. 그러고 보니 일본에선 스키야키를 먹을 때도 날계란에 찍어 먹었던 기억이 납니다. 나토를 먹을 때도 계란을 날로 풀어서 먹기도 하지요.

두 만화가는 양국의 식사습관에 대해서도 이야기를 나눴습니다. 흔히 알려진 대로 한국 사람은 밥그릇을 손에 들고 먹지 않지만 일본인은 손에 밥공기를 들고 먹습니다.

이에 대해 테라사와 씨는 젓가락문화가 한국으로부터 들어왔는데 그 때 왜 숟가락은 안 들어왔는지 모르겠다는 우스갯소리도 했습니다.

테라사와 씨는 '초밥'에 대해 일본인에게 있어서 초밥은 '특별한 날에 먹는 행복한 음식'이고 축제 같은 느낌을 주는 음식이라고 소개했습니다. 초밥은 일본 사람들도 집에서 만들어 먹지 않고 주로 초밥요리 전문점에 가서 먹는다고 합니다. 아무래도 '프로'가 만드는 솜씨가 더 낫다는 얘기겠지요.

허 화백은 '음식'을 주제로 7년간 취재를 해왔고 5년째 신문연재를 하고 있는 사람답게 '먹을거리'에 대한 그의 철학을 들려주었습니다. 그는 현재 세계적으로 음식물이 25% 정도 과잉 생산되고 있지만 아프리카 같은 데서는 아직도 기아에 허덕이고 있는 점을 안타깝게 생각한다고 말했습니다.

그는 또 자신이 '전어'를 좋아하는데 예전엔 5천 원 정도만 주면 삽으로 퍼올 정도로 싸고 맛있는 생선이었는데 요즘은 1킬로그램에 3만 원이나 한다면서 음식 값의 고가화高價化를 안타깝게 여기는 듯했습니다. 그의 지적이 아니더라도 우리나라 음식값 정말이지 너무 비쌉니다. 일본이나 미국보다도 더 비싼 게 요즘 서울을 비롯한 대도시의 음식값이 아닌가 생각하거든요.

언젠가 어느 일간지의 '맛있는 식당' 기사에서 점심 1인분에 2만 원이 '저렴하다'고 소개를 해 제가 직접 신문사에 항의전화를 한 적도 있습니다.

물론 요리 가짓수가 얼마나 많이 나오는지는 모르겠지만 한 끼 식사에 2만 원이나 하는 걸 저렴하다고 쓴다면 그 기자의 인식에 문제가 있지 않습니까!

멀리 아프리카까지 갈 것 없이 북한에서도 수백만이 굶주림에 시달리고 있는 오늘날 우리 현실을 볼 때 허영만 화백의 지적에 상당한 공감이 느껴지더군요.

허 화백은 또 음식 맛은 '어머니의 숫자' 만큼 다양하다는 말을 하기도 했습니다. 그렇죠. 하느님이 각 가정에 일일이 갈 수 없어서 파견한 '어머니' 들이 그들의 온갖 정성어린 '솜씨' 로 '맛' 을 내니 그 숫자만큼 '맛' 이 다양하겠지요.

허영만 씨는 12년 연하의 테라사와 씨에게 '초밥' 이라는 한 주제로 그렇게 오랫동안 작품을 내왔다는 것에 대해 경의를 표한다고 말했습니다. 그는 자신도 '김치' 한 주제로 끌어가려고 했지만 요즘은 음료나 술 이야기도 곁들이고 있다는 말도 덧붙였습니다. 그만큼 '일상의 음식 한 가지' 를 주제로 몇 년씩 작품 활동을 한다는 건 어려운 일이라는 것이겠지요.

하지만 '자존심' 강한 예술가답게 그는 『미스터 초밥왕』이 처음부터 끝까지 대결구도로 가지만 자신의 작품세계는 가급적 경쟁구도를 피하고 주로 사람 사는 모습에 음식을 슬쩍 끼워 넣는 식으로 가져간다고 말했습니다. 그만큼 자신의 작품세계에 자부심을 느낀다는 얘기 일 겁니다.

그들은 작품 속의 주인공과 작가 자신이 닮았냐는 질문엔 같은 대답을 했습니다.

"『미스터 초밥왕』의 주인공 쇼타는 성실하고, 다른 작품의 주인공도 여유 있고 낙천적이지만 나는 그렇지 못하다."(테라사와)

"『식객』의 성찬이는 남의 얘기를 잘 들어주지만 나는 변덕이 심하고 성질이 급한 편이다."(허영만)

두 만화가의 이런 소리를 들으면서 저는 문득 그들이 자신의 작품 속 주인공들을 자신의 자식처럼 여긴다는 느낌을 받았습니다. 세상의 부모들은 대부분 자신의 자식들에 대해 '자랑' 을 아끼지 않습니다 물론 철없는 자식들이야 부모에게 불평불만을 쏟아놓는 것으로 자신들의 존재를 자랑하는 일들이 더 많지만요.

두 만화가들에겐 좀 미안한 얘기지만 그들이 어떤 사람들이고 그들의 작품이 얼마나 잘 팔렸는지는 대담이 끝난 뒤 인터넷 자료를 통해서야 비로소 알게 되었습니다.

두 사람 모두 그들의 작품이 드라마나 영화로 만들어져 만화만큼의 성공을 거두었다는 공통점을 갖고 있었습니다. 그러나 의외로 그들은 자신의 원작이 다른 장르에서 성공한 것에 대해 그리 탐탁지 않은 듯한 반응을 보였습니다.

우선 허영만 씨는 작년 가을 자신의 『타짜』가 영화로 대성공을 했지만 편집시사회에서 영화를 보면서 '허점'이 보였다고 지적하더군요.

하지만 20여 명의 스태프들 앞에서 젊은 감독에게 그런 '쓴 소리'를 할 수는 없었다고 말했습니다. 감독의 '자존심'도 살려줘야겠고, 자칫하면 '몰매' 맞을 분위기여서 삼갔다는 소리에 좌중에선 웃음이 터져 나왔습니다.

테르사와 씨도 처음엔 굉장히 기뻤지만 점점 불만이 많아지기 시작해 요새는 그저 한 명의 시청자의 입장에서 볼 뿐이라고 말했습니다. 그만큼 원작자의 의도를 감독들이 따라주질 못한다는 얘기일 겁니다.

두 만화가는 '음식'이라는 공통된 소재를 다뤄 크게 히트했지만 두 사람의 모습은 판이하게 달랐습니다.

허영만 화백은 얼핏 보기에 60세 정도는 되어 보였는데 나중에 인터넷 자료를 보니까 1947년생이더군요. 제 눈썰미가 거의 정확했다는 얘기겠죠. 게다가 그는 저와 생일이 같은 6월 25일생이었습니다! 나이는 다르지만 생일이 같다는 데 어쩐지 '정서적 공감대'가 느껴졌습니다.

『대지』라는 장편소설을 쓴 미국의 유명 여류작가 펄벅도 6월 26일생이라서 무명의 자연인에 불과한 저로선 잠시 우쭐한 기분이었습니다. 뭐랄까요, 지금 저야 별 볼일 없는 사람이지만 그래도 저와 같은 날 태어난 사람들이 '일가' 를 이룬 예술가들이라는 점이 괜히 기분 좋게 여겨지더군요. (이래서 제가 철없다는 소릴 듣나봅니다.)

허 화백은 진홍빛 스카프를 멋스럽게 목에 두르고 나와 굉장한 '멋쟁이 패션 감각' 을 보여주었습니다. 그 나이에 그런 빛깔의 스카프를 맨다는 건 그의 패션에 대한 '내공' 이 상당한 수준이라는 걸 말해준다고 봅니다. 실제로 그를 아는 대부분의 지인들이 그가 '멋쟁이' 라는 데 의견을 같이하고 있는 듯했습니다.

1959년생인 테라사와 씨는 볼살이 오동통한 얼굴이 마치 자신의 『미스터 초밥왕』의 주인공 쇼타가 어른이 된 모습이었습니다. 대부분의 만화가들이 주인공을 자신을 닮은 모습으로 그린다는 이야기가 떠올랐습니다. 더구나 테라사와 씨는 하얀 주방장 모자만 쓴다면 바로 일식집 주방의 수석 요리사 분위기가 날 것 같아 보이더군요. 아무래도 오랜 세월 자신의 작품세계에 몰두하다 보니까 그 '직업' 이 얼굴에 나타나게 되었나봅니다. 그래도 그는 이제까지 초밥을 직접 만들어 본 일은 없다고 말하더군요.

그는 한 사람의 사는 법과 가치관이 먹는 행위에 나타난다고 생각한다는 말을 했습니다. 그만큼 '먹는 행위' 가 곧 한 사람의 인격을 말해준다는 얘기겠지요.

두 만화가는 세계적 식량 위기를 함께 걱정했고, 먹는 사람을 배려하는 것의 중요함에 인식을 같이했습니다.

한 · 일 양국에서 최정상급 만화가로 활동하고 있는 이들 '그림의 고수' 들은 공교롭게도 모두 그림을 전공하지는 않았다고 합니다. '천부적 재능' 과 '각고의 노력' 이 그들을 오늘날의 위치에까지 오르게 한 것이겠지요.

의ㅈ이 있는 동안엔 늘 만화만 생각한다는 허영만 화백과 한 음식점에 4백 번 이상 드나들며 집요한 취재를 했다는 테라사와 씨.

이들이 자신들의 '일'에 쏟아붓는 열정이 있는 한 우리네 평범한 독자들은 편안하게 '만화 삼매경'에 빠질 수 있을 것 같군요.

조승희 누나 S씨에게 보내는 편지

착한 누나 S씨!

이 편지를 당신이 직접 볼 수 있게 될 날이 올 것이라고 믿고 몇 자 적습니다. 오늘(4월 20일) 아침 신문에 나온 승희 누나의 이름을 보고 처음엔 왜 이름을 밝혔는지 좀 화가 났었죠. 하지만 생각해보니 당신은 이번 사건에 아무 죄가 없고, 이름을 언제까지나 감출 이유가 없다는 생각이 들더군요. 오히려 그대의 소중한 존재를 크게 쓰실 하나님의 뜻이 계시기에 하루빨리 이 엄청난 상처를 딛고 일어서야 합니다.

그리고 그 이름 석자를 내걸고 세상의 힘든 사람들을 위해 좋은 일을 할 수 있는 계기가 이루어지기를 진심으로 기원합니다. 아마도 그 날은 생각보다 빨리 올 것이라고 생각합니다.

누구보다도 동생을 아끼고 늘 동생을 걱정했다는 착한 누나 S씨!

저는 이번 사건을 지켜보면서 누구보다도 상처받았을 누나에게 위로의 편지를 보내고 싶은 생각이 맘속 깊은 곳에서 우러나왔습니다. 이런 마음은 비단 저만 가지고 있는 게 아닐 겁니다. 아마도 대다수의 한국 사람들은 이역만리에서 훌륭히 성장한 누나가 받았을 상처에 함께 걱정하며 맘속으로 위로의 편지를 보냈을 겁니다.

어제 친구와 점심을 먹는 자리에서 저는 누구보다도 그 누나가 걱정이 된다고 말했습니다.

물론 누나나 부모님이 겪고 있을 슬픔과 충격에 경중을 가릴 수는 없을 겁니다. 자식이 엄청난 사건의 장본인이 되었고, 세상마저 떠났다면 그 이중의 고통과 슬픔은 뭐라 표현하기 어려운 일일 겁니다.

특히 어머니의 슬픔은 아마도 같은 슬픔을 겪은 사람들 이외에는 알기 어려울지도 모릅니다. 아버님이 겪으신 고통 역시 어머니보다 못하지 않을 겁니다.

언젠가 들은 얘깁니다만 국내의 한 유명한 지도층 인사가 자식을 잃었답니다. 아주 유복한 가정환경에 그 자신도 명문 학교를 다니고 있어서 아무런 근심도 없어 보였던 그 딸은 어느 날 갑자기 자살로 부모 곁을 떠났답니다.

자식의 장례에 부모는 참석하지 않는다는 관례대로 부모님은 그냥 가슴만 치고 있었다고 합니다. 어머니는 며칠을 대성통곡했지만 아버지는 한마디 말씀도 하지 않은 채 계셨답니다. 그러나 아버지는 딸의 장례가 끝난 지 1주일도 안 돼, 치아가 모두 흔들리고 백발이 되어 주변을 놀라게 했답니다. 그만큼 자식을 먼저 보낸 부모의 고통은 엄청난 것입니다.

우리말 속담에 '자식이 죽으면 가슴에 묻는다'는 말이 있습니다. 어쩌면 이 말은 이 세상의 모든 부모들에게 해당하는 말일지도 모르겠습니다. 그만큼 엄청난 고통이라는 얘기기겠지요.

지난 4월 16일 일어난 그 사건으로 아마 그대와 부모님은 이루 말할 수 없는 참담한 심경일 겁니다.

지금 이 시점에서 무슨 위로의 말이 필요하겠습니까?

어쩌면 당신이나 부모님이나 아마도 죽고 싶다는 생각밖에는 다른 생각은 없을지도 모르겠습니다. 아무런 말도 하고 싶지 않고 아무런 말도 듣고 싶지 않을 겁니다. 잠도 아마 못 이루고 있을 겁니다. 하루 세끼 식사를 해야 한다는 게 너무 구차스럽고 한심하게 여겨질지도 모르겠습니다.

하지만 부모님이야 인생을 어느 정도 살아오신 분들이고 이제 살아갈 날들이 살아온 날들보다는 많지 않은 60세 근처라고 알고 있습니다. 그분들의 비통한 심정은 아무리 아무리 말을 해도 모자라시겠지만 그래도 그분들은 이제 인생의 황혼 무렵에 들어서신 분들이기에 남은 나날들을 기도로 보내셔도 되겠지요.

그런데 S씨 당신은 이제 겨우 스물여섯! 한창 피어날 꽃다운 여가씨입니다.

더구나 언론 보도에 따르면 당신은 미국에서도 천하의 수재들이나 겨우 갈 수 있다는 최고의 명문 프린스턴 대학에서 경제학을 전공한 그야말로 앞길이 구만리 같은 재원입니다.

조금 전 나온 보도를 보니까 승희누나가 모교인 프린스턴 대학 기독교 모임을 이끌고 있는 한국계 데이비드 김 목사님께 전화연락을 해왔다고 하는군요.

당신은 목사님께 동생의 행동이 불러온 결과에 대해 죄책감을 느끼고 있고 그 일로 인해 프린스턴 대학 내 한국인들이 받았을 부정적인 영향에 대해 사과했다지요.

저는 이 기사를 본 순간 당신에게 위로의 편지를 보내야겠다는 생각을 하고 이렇게 바로 컴퓨터를 열었습니다.

아까 말씀드렸듯이 어제 저는 친구에게 당신 걱정을 많이 했습니다.

얼마나 기가 막히겠습니까. 하나밖에 없는 남동생이 그런 엄청난 사건을 저질렀고 본인도 자살로 생을 마감해버렸으니 그 비통한 심정이

야 말이 필요 없을 겁니다. 하지만 너무 자책하진 마세요. 물론 당분간
은 엄청난 죄책감과 수치심, 허무함 등 온갖 나쁜 감정들이 당신을 괴
롭힐 겁니다. 그 감정들은 어쩌면 마음만 괴롭히는 게 아니라 건강마
저 위협하고 있을 겁니다.

당사자가 아닌 제가 이런 말을 아무리 한들 지금이야 별 도움이 안
되겠지요. 하지만 그대보다 인생을 좀더 오래 살아온 사람으로서 저는
지금 당신에게 필요한 건 '자기 앞의 생'을 굳건히 유지해나가는 길이
라고 봅니다.

어쩌면 그대는 지금 만의 하나, 차라리 죽는 게 낫겠다는 생각마저
하고 있을지도 모르겠습니다. 동생에 의해 스러져간 32명의 고인과 그
들 가족들에게 말할 수 없는 죄책감을 느낀 나머지 '차라리 이 세상에
태어나지 말았을 것을' 하며 비탄에 빠져 있을지도 모르겠습니다.

그렇습니다. 성경에도 그런 구절들이 나오지요. 욥이 그랬던가요, 이
세상에 내가 왜 태어나서 이런 수모와 고통을 당해야 하나를 한탄하고
통탄했다지요.

우리 인생살이는 우리 의지로 이 세상에 태어나지 않았듯이 의지대
로 되지 않는 법이랍니다. 아직 어린 그대에게 이런 말을 한다는 건 가
혹한 일인지도 모르겠지만요, 어쩌면 우리가 겪고 있는 이 고통에도 무
슨 의미가 있는 것인지도 모릅니다.

오늘 조간신문에 보니 당신은 지금까지 '부모님의 자랑거리 딸'로
살아오셨더군요. 그렇잖아도 어제 텔레비전 뉴스에서도 어머니께서는
딸 자랑을 참 많이 했다고 어머니와 같이 일하시는 어떤 아주머니의 코
멘트를 방영하더군요.

왜 그러니겠어요. 신문에 나온 당신의 프린스턴 시절 활동 상황을 보니
까 저 같아도 하루 종일 '우리 딸 자랑'만 했을 것 같네요.

미국 ABC 방송은 "S씨는 누가 봐도 훌륭한 젊은이"라고 평가하며, 남동생의 범행이 부모와 누이에게 얼마나 큰 충격을 줬을지 짐작할 수 있다고 보도했다고 합니다.

당신은 미국 학생들도 상위 5% 이내라야 들어갈까 말까 한다는 그 어려운 프린스턴 대학에 당당히 입학했습니다. 게다가 사회과학 중엔 제일 어렵다는 경제학을 전공했다지요. 정말 대단한 수재입니다.

대학 시절에는 학교의 해외 인턴십 프로그램에 참가한 경험담을 교내 신문《프린스턴 위클리 불리틴》을 통해 전했다지요? 대학 3학년 때는 여름방학을 이용해 태국 방콕 주재 미 대사관 경제부처에서 인턴으로 일하면서 태국의 열악한 노동현장을 돌아보고 "미얀마 출신의 어린 소녀들이 조그만 손으로 옷이며 도자기를 만들고 있는 모습에 충격을 받았다"고 말했다지요? "태국에서의 인턴 경험이 내 인생에서 가장 경이로운 시간이었다"고 말한 그대를 보면서 참 의젓하고 든든하다는 느낌이 들었습니다. 또 대학시절 9·11 테러 공격으로 상처받은 젊은이들의 치유를 돕기 위해 발족된 프린스턴 기구(Princeton Organization)에 참가해 자원봉사 활동을 활발히 했던 것도 알고 있습니다.

자! 이렇게 당당하고 장한 그대입니다. 일면식도 없는 저이지만 당신 자랑을 하루 종일 하고 다니고 싶네요.

지금은 시련의 시절입니다. 이미 저질러진 일은 우리 인간의 힘으로는 어쩔 수 없습니다. 당분간은 굉장히 아플 겁니다. 영·육간이 몰려드는 그 고통으로 아마도 왜 살아 있어서 이 고통과 수모를 당해야 하나 비통한 심정만 들 겁니다. 이젠 어쩌면 눈물도 나오지 않을 겁니다.

그렇습니다. 지금은 그 누구도 그 어떤 위로의 말도 필요치 않을 겁니다.

제가 부질없는 줄 알면서도 그대에게 이렇게 편지를 쓰는 것은 조금 시간이 흐르고 나면 어쩌면 더 마음이 아파올지도 모를 것 같아서입니다. 아직은 사건의 한가운데 있다 보니 그 슬픔이나 비통함을 실감하지 못할지도 모릅니다.

하지만 조금씩 시간이 흘러 치유의 은사를 입게 되는 그 시점에서 어쩌면 더 말할 수 없는 고통이 쓰나미처럼 덮쳐올지도 모릅니다. 그런 시점에 대비해 미력하나마 힘이 되었으면 좋겠다는 마음에서 이렇게 몇 자 적고 있는 겁니다.

당신은 아주 훌륭한 젊은이로 성장해 왔습니다. 부모님의 자랑거리일 뿐 아니라 우리 대한민국의 인재로서 앞으로 미국은 물론이고 대한민국을 위해서도 해야 할 일이 많이 기다리고 있는 젊은이입니다.

지금은 악몽의 시간입니다. 그저 묵묵히 견뎌내야 합니다. 악령에 씌워 끔찍한 길을 가버린 동생도 사실은 불쌍한 영혼입니다. 하나님께 눈물로써 기도를 해야 할 것 같군요. 우리 인간의 힘으로는 어찌 해볼 도리가 없는 일이니까요.

그렇기에 우선은 기도와 묵상으로 동생에 의해 희생된 32명의 넋을 기리고, 아울러 죄책감이라는 천 길 낭떠러지 앞에서 떨고 있는 부모님을 위로해 드리세요. 그분들 지금 얼마나 외롭고 괴로우시겠어요.

어머님이 세탁소에서 하루 60벌의 바지를 다려야 했다는 뉴스를 들으면서 눈물이 나더군요. 이민자의 그 어려운 삶을 묵묵히 견디시면서 남매를 프린스턴 대학과 버지니아 공대에 보냈다는 사실 하나만으로도 부모님은 상을 받으셔야 합니다.

어떻게 하겠어요! 이미 엎질러진 물인 것을…… 그러니 너무 자책감에 빠지시지도 말구요, 우선은 참고 견뎌야 합니다. 그리고는 꿋꿋이 다시 세상을 향해 나가야 합니다.

당신처럼 똑똑하고 착한 여성이 '미얀마의 어린 소녀를 보고 느꼈던 그 사명감'으로 다시 일어서야 합니다. 그대의 재능을 이 세상의 어둡고 힘든 곳에 사는 사람들을 위해서 헌신하는 것이 하나님의 뜻일 거라는 생각이 듭니다.

절대 주저앉지 마세요! 아직 그대 앞에 기다리고 있을 삶은 길고, 살아가면서 해야 할 일들이 많이 있을 겁니다.

그렇게 해나가다 보면 당신의 재능이 미국인은 물론이고 이 세상의 고통받는 모든 이들에게 힘이 될 그 날이 꼭 오리라고 봅니다.

착한 누나 S씨 힘내세요!

당신이 앞으로 해야 할 소중한 일들을 위해 하나님께서 큰 시련을 주신 것이라 생각하시고 너무 자책하지 마세요. 아마도 대한민국 국민들은 물론 미국인들도 그대를 향해 따스한 손을 내밀 것입니다.

자, 그럼 건강에 유의하시고, 당분간은 아무 생각 마시고 그냥 기도와 묵상 속에 마음을 삭이세요…… 아무도 당신의 가족들을 비난하지 않습니다. 오히려 따스한 마음으로 당신과 부모님들께 위로의 손길을 뻗칠 겁니다.

오늘은 이만 적겠습니다. S씨 힘내세요!

무라카미 하루키, 요시모토 바나나 그리고 나

여러분은 마음이 외로워질 때 어떻게 하셔요?

십인십색이라고 아마도 굉장히 다채로운 '처방전'과 '치료법'이 나올 것 같군요. 어떤 사람은 '초콜릿을 먹는다'고 말하고, 어떤 사람은 '무지하게 매운 비빔냉면을 먹는다'고 하더군요. 신록新綠을 한없이 쳐다본다는 사람도 있습니다. 또 어떤 이는 무작정 영화관에 들어가서 영화를 본다는 답을 내놓았고, '아무 생각 없이 잠을 자버린다'는 얘기도 나왔습니다.

좀 특이한 대답으론 '물구나무서기'를 하며 명상을 시도해본다는 '선禪 연구자' 같은 응답도 들었습니다. 욕조에 더운 물을 가득 채워놓고 그 안에 들어가 유행가를 흥얼거린다는 사람도 있습니다.

도대체 '마음이 외로워진다는 건' 뭘까요? 고독이라든지 우울증이라든지 이런 일반적으로 정형화된 단계 이전의 뭐랄까 내밀한 '혼자만의 다음의 감기 증세'라고나 할까요.

아무튼 복잡한 세상을 살아가다가 어느 순간 불현듯 누군가로부터 혹은 무엇인가로부터 '위로받고 싶다'는 생각이 들면 그게 바로 '마음이 외로워진 증거'라고 제 나름대로 정의를 한번 내려 봅니다.

좋은 봄날에 웬 '외로움 타령'이냐구요? 화창한 봄날인 지난 주말 제가 갑자기 마음이 외로워졌었거든요.

요즘 몰두하고 있던 어떤 '주제'를 위해 관련 서적도 좀 읽고 그에 대해 글도 쓰고 하면서 나름대로 굉장히 바쁜 주말을 보내고 있는데 해 질 무렵 갑자기 그 '마음'이 외로워지더라구요.

그동안 이런 예기치 않은 순간들을 가끔 겪어오면서 저는 '마음에 바이러스'가 침투했다는 생각이 들곤 했습니다. 현대인은 '군중 속에서도 고독을 느낀다'는 사회심리학자의 주장을 굳이 들먹이지 않더라도 우리는 정말 이상한 순간에 마음이 외로워져서 쩔쩔맬 때가 있지 않나요?

처음 가보는 골목길에 행인은 아무도 없고 나 혼자 터벅터벅 걸어갈 때도 마음은 외로워지고, 친구들과 서너 시간 카페에서 아주 즐겁게 웃으면서 수다 떨고 헤어져 돌아오는 길에서도 갑자기 마음 한 켠이 서늘해지면서 그런 증세를 느끼곤 하지요.

이렇게 느닷없이 '외로워지는 마음'이라는 요물은 아무리 나이를 먹어도 길들여지지 않는 것 같습니다. 마치 감기를 영구히 안 걸리게 해주는 '약'이 아직 지구상에는 존재하지 않듯이 말입니다.

그래서 저는 그때 그때 제 나름의 '대증對症요법'을 쓰곤 합니다.

어제 제가 내린 처방전과 치료법을 들으시면 아마도 여러분들은 '유치하다'거나 '어이없다'고 느끼실지도 모르겠습니다만 그 '외로움'이 다행히 '빠른 시간' 안에 회복이 되었기에 소개해 드리고 싶군요

무슨 대단한 '비책'은 아니랍니다. 우선 예전에 재밌게 읽었던 소설책이나 에세이집 혹은 시집 등 몇 권을 들고 단골 카페로 갑니다 그곳에서 시원 쌉싸름한 자몽주스를 한 잔 시킵니다. 이 자몽주스는 다른 주스보다 좀 비싸서 그런지 '외로워진 마음'을 치유하는 '효능'이 있는 것 같습니다. 그리고는 밑줄까지 그어가며 여러 번 읽어서 오울 정

도가 된 좋아했던 문장을 찾아서 읽고, 그 다음 처음 페이지부터 천천히 읽어 내려갑니다.

이렇게 제가 카페에 가져가 '회복약'으로 복용한 책은(이러니까 무슨 책버러지 같네요) 요시모토 바나나의 소설집 『키친』과 무라카미 하루키의 수필집 『슬픈 외국어』 그리고 그 전날 책방에서 새로 구입한 핑크빛 표지의 『2006 젊은 시』였습니다.

요즘 책방에 가보면 어느 대형출판사에서 일본의 여성 소설가 요시모토 바나나의 소설집을 하드커버로 아주 멋있게 만들어 아예 '바나나 특설코너'를 준비해 팔고 있지만 제가 가지고 있는 『키친』은 1991년에 발행된 초판본으로 아주 오래되고 표지가 낡을 대로 낡은 책입니다.

하도 오래된 일이라 기억도 잘 나질 않지만 당시 대학 후배가 경영하는 출판사 편집실에 놀러갔다가 우연히 집어 들고 와서 단숨에 읽었던 기억이 이 책과 저의 첫 인연입니다. 그 때만 해도 국내에는 요시모토 바나나의 존재가 거의 알려지지 않았던 시절입니다.

1964년생인 요시모토 바나나는 『キ친』이라는 짤막한 소설로 일본의 권위 있다는 '카이엔 신인문학상'을 1988년 수상했고 그 이후 지금은 거의 '세계적인 작가'로 알려져 있지요.

바나나라는 필명에서부터 왠지 좀 당돌한 기운이 느껴지게 하는 그녀의 『키친』과 『만월』을 보면서 일본 신예들의 '반짝거리는 패기'를 느낄 수 있었고 읽는 동안 '행복하고 순수한 마음상태'가 되는 괜찮은 경험을 했었습니다.

누군가는 바나나의 문장들은 살아서 퍼덕이며 강을 오르는 한 마리 송어를 연상케 한다는 말을 하더군요. 아무튼 요시모토 바나나의 『키친』은 요즘 우리 젊은 작가들로부터는 어떤 평을 듣고 있는지 모르지만 저는 '바나나를 읽고 있으면 순수하고 착해지는', 그러니까 착한 동심으로 돌아가는 듯한 착각마저 들었습니다.

그래서 '마음이 외로워질 때'는 치료제로 종종 『키친』을 복용하곤 했답니다. 혹자는 『키친』이 너무 황당하고 만화스럽다는 혹평을 하기도 합니다만.

"내가 이 세상에서 제일 좋아하는 장소를 말한다면, 그곳은 브엌이다."로 시작해 "꿈의 부엌, 나는 몇 개나 그것을 가질 것이다. 마음속에서 혹은 실제로 여행길에서, 혼자서, 여럿이서, 둘이서, 내가 살아가는 모든 곳에서 틀림없이 나는 많은 부엌을 가질 것이다."로 끝나는 그 소설을 읽고 나면 늘 '깨끗한 기분'이 되고 외로워졌던 '바보 같은 마음'도 언제 그랬냐는 듯 다시 씩씩해지곤 합니다.

아마 그 '부엌'이 주는 이미지가 지친 도시인인 저에게 향수를 느끼게 해주는 것인지도 모르겠습니다. '부엌'에서는 많은 이미지가 생성되지요. '어머니' '요리' '힘' '꿈' 등등…… '꿈의 부엌'을 몇 개나 가지겠다는 건 그만큼 삶에의 애착과 의지를 나타내주는 것이라는 생각을 해봅니다.

아무튼 어느 정도 여유를 되찾은 마음은 이제 무라카미 하루키의 수필집 『슬픈 외국어』를 펼쳐들고 이미 밑줄이 그어져 있는 부분에 눈길을 보냅니다.

1949년생으로 이젠 영락없는 50대 후반의 아저씨가 된 무라카미 하루키는 누구나 그러하듯이 '마음만은 청춘'이어서 철없는 소리를 늘어놓고 있습니다.

「사내아이의 동심을 언제까지나 간직하고 싶다」는 제목의 그의 수필은 가슴을 뭉클하게 합니다.

'사내아이'라는 말에는 아직껏 이상하게 마음이 끌린다는 고백을 하면서 그는 '사내아이'의 정의를 이렇게 내리고 있습니다.

1) 운동화를 신고 다니고, 2) 한 달에 한 번 미장원이 아닌 이발소에 가며, 3) 일일이 변명하지 않는다.

그러니까 하루키의 '사내아이'는 아무리 나이를 먹어도 '세상'과 타협하지 않고 깨끗하고 당당하게 살아가는 작가의 인생법을 나타내는 이미지라고 할 수 있겠지요. 그는 언젠가 다른 수필에서도 '영원히 운동화 끈을 조여매고' 달리고 싶다는 고백을 했듯이 실제 생활에서도 1년에 320일은 운동화를 신고 다닌다고 합니다. (운동화 제조회사에서 굉장히 좋아하겠죠?)

'무라카미 하루키' 하면 우리 젊은 작가들에게 '절대적 영향력'을 미치는 몇 안 되는 일본 작가 중의 한 사람이라죠. 저도 그의 『상실의 시대』를 시차를 두고 두어 차례 읽었지만 읽을 때마다 새로운 느낌을 들게 하는 '매력적인 장편소설'인 것 같더군요. 어떤 근엄한 대학교수 한 분은 이 소설을 혹평하기도 했었지요. 뭐 삼류 연애소설이라고 했던가요. 어떤 작품이건 호ㆍ불호가 엇갈리게 마련이니까 그런 평도 전혀 이상할 건 없다고 봅니다. 제가 보기에도 과도한 '연애 장면'이 조금 거슬렸지만요. 뭐 그거야 순전히 작가 마음 아닐까요.

저는 그의 소설들보다 수필들이 더 마음에 듭니다. 웬만한 하루키의 수필집은 거의 사 봤는데 집에 지금 있는 것만 해도 대여섯 권은 넘는 것 같습니다. 한때는 '캔맥주를 마시면서 하루키의 수필을 보는 것'이 저의 최고의 여가 활용법인 적도 있었답니다.

'영원히 청년 정신'을 잃지 않으려는 그의 다짐에도 불구하고 '세월 앞엔 장사 없듯이' 이젠 그도 '초로의 신사'로 변해가고 있습니다.

하지만 그의 수필집은 아주 오래된 이야기라도 신선한 매력을 풍기는 탓에 '마음이 외로워질 때' 읽어보면 꽤 도움이 되는 것 같더군요. A형 남자 특유의 섬세하면서도 감상적인 시각이 저에게 공감을 불러

일으키는 것 같습니다.

그 다음 지난 토요일 책방에서 1만 원의 '현찰' 을 주고 구입한 『2006 젊은 시』라는 책을 열었습니다. 오! 그들 청년 시인들의 '푸른 감수성' 이라니! 최근 3년 사이에 한국시단에 이름을 올린 젊은 시인들의 '피 같은' 시들을 보면서 저도 오랜만에 '날선 감수성' 을 회복한 것 같은 기분이 들더군요.

'후생이 가외' 라는 옛말도 있지만 청년시인들이 공들여 쓴 '등단작' 을 한 편 한 편 읽어나가다 보니 마음이 뿌듯해져 오면서 '외로워진 마음' 은 흔적조차 없이 사라져버렸습니다.

비싼 자몽주스 효과도 있었겠지만 이 믿음직한 젊은 시인들과의 '조 우' 는 '외로워진 마음' 을 따뜻하게 어루만져 주는 것 같았습니다. 지 난 한 주 동안 쌓였던 세속의 먼지도 말끔하게 씻어준 가장 큰 '정서 적 선물' 인 셈이었답니다.

이렇게 해서 또 새로운 한 주를 활기차게 맞이한 겁니다. 시시한 이 야기를 너무 길게 늘어놓은 것 같군요.

현대인의 필수 조건이라는 '우울한 마인드' 를 오래 갖고 있으면 몸 에 좋지 않다고 합니다. 여러분도 행여 하시는 일이 잘 안 풀려 우울해 질 땐 거기에 그냥 함몰되시지 마시고 반나절 안에 풀어버리세요. 그 날의 피로는 그 날에 풀어버리자는 무슨 제약회사 광고도 있듯이, 이 우울이나 피로는 누적되면 건강에 적신호를 일으킨다지요.

지금 우울하신 분들은 일단 카페로 가세요. 그리고 자몽주스를 마시 고, 좋아하는 책을 보시든지 아니면 카페에 비치되어 있는 잡지라도 펴 세요. 활자의 세계로 일단 빠져드는 순간 당신은 새로운 세계에서 잠 시나마 걸림돌 같은 우울을 내칠 수 있게 될 겁니다. 여러분 화이팅!

사형당한 인혁당 당원 김용원 선생님

문과文科반 소녀들은 물리 시간을 좋아하지 않았다. 언제나 물리 시간에는 공부할 생각보다 '놀 생각'을 더 많이 하곤 했다. 어떻게 해서든 선생님께서 '물리' 외의 이야기를 해주시도록 온갖 꾀를 짜내곤 했다. 당시 명민하기로 소문났던 그 여학교 학생들은 선생님께 '골탕을 드시게' 끔 하는데도 고수들이었다.

아주 오래 전이어서 기억에도 가물가물하지만 물리 시간에 들어오신 선생님께서는 '명성'에 걸맞는 허름한 고동색 양복을 입고 고개는 한 15도 정도 숙이고 교실에 들어오시곤 했다. 선생님은 항상 하도 입어서 반질반질해진 양복만을 줄기차게 입고 다니셔서 학교 내에서 이미 정평이 나셨던 분이다.

선생님께서는 소녀들의 '반짝이는' 눈망울에 눈부셔 하시면서도 칠판에 '만학의 왕 물리학'이라고 거침없이 쓰셨던 기억이 난다.

경상도 사투리를 쓰시던 선생님께서는 물리에 별 취미가 없어하는 소녀들을 위해 될수록 쉬운 말로 설명을 해주시려고 애쓰곤 하셨다.

때로 선생님께서는 창밖의 운동장을 물끄러미 내다보시다가 느닷없이 '물리학은 말이야' 라고 큰 소리로 소녀들의 주위를 환기시키신 뒤 얼른 '교과서 몇 페이지를 열어봐라' 라곤 하셨다.

작고한 연극배우 '추송웅'과 비슷한 이미지의 선생님의 별명은 '옥떨메'이셨다. 장난꾸러기 소녀들이 얼굴형이 네모진 선생님께 '옥상에서 떨어진 메주' 라는 별칭을 줄여서 그렇게 불렀던 것이다.

소녀들은 선생님께서 칠판에 필기를 하실 때면 가끔 선생님의 허름한 양복 등 뒤에 그때 그때마다 다른 문구의 글을 써서 몰래 붙여놓는 장난을 하곤 했다.

지금 생각나는 것은 '선생님 시집詩集대학 보내주셔요' 라는 문구였다. 아마도 선생님께서 그 때 우리들에게 '너희가 시집가려면…… 뭐 그런 식의 농담을 가끔 하셨기 때문일 것이다.

아무튼 소녀들은 '물리는 싫어했지만 물리선생님은 좋아했던' 기억을 가지고 있다. 소녀들에게 '단벌신사'인 선생님은 어딘가 철학적인 분으로 보였고, 말씀을 하셔도 한 마디 한 마디를 천천히 하시면서 어린 소녀들에게는 조금 어려운 '사색적인 발언'을 하셨지만 사춘기 소녀들로서는 선생님의 그런 모습 하나하나를 '멋있는 선생님'으로 느꼈던 것 같다.

소녀들 사이에서는 선생님이 대학시절에 무슨 '학생운동'에 잠시 연루된 적이 있었다는 '전설 같은' 이야기가 은밀하게 떠돌았는데 그런 얘기마저 멋있게만 들렸던 것 같다. 이 '전설'이 훗날 선생님을 묶는 '올가미' 역할을 했다고 들었다.

소녀들이 졸업을 하고 한 2년쯤 뒤 '옥떨메' 선생님께서 어느 날 갑자기 수업도중에 '낯선 남자들'에게 끌려갔다는 소문이 들려왔다. 그 후 얼마 지나지 않아 선생님께서 사형을 선고받고 18시간 만에 '처형' 됐다는 소식을 접하고 숙녀가 된 소녀들은 함께 모여 울었고, 한 1주일 정도 검은 리본을 달고 다녔다.

선생님의 가족들이 너무도 어렵게 사신다는 얘기를 듣고 조금씩 성의를 표했지만 그 이후 달리 도와드릴 방법을 찾지 못해 소녀들은 마음만 아파했던 기억을 가지고 있다.

그 '옥떨메' 선생님이 바로 '인혁당 당원'이라는 혐의로 억울하게 사형들 집행당한 경기여고 물리 교사 김용원 선생님이다. 아마 그 때 선생님의 연세는 30대 후반쯤 되셨을 것이다. 아까운 나이이다.

30년 전에 일어났던, 상식적으로는 도저히 이해하기 어려운 사형 판결 18시간 만에 '전격 사형집행'으로 한 '젊은 남자'가 그렇게 이승을 떠났다. 사형이라는 엄청난 형벌로 인한 돌연한 죽음은 그에게서 물리를 배웠던 적지 않은 '소녀들'의 가슴에 큰 상처를 남겼다. 그 소녀들 중에는 당시 최고 권력자였던 박정희 대통령의 따님도 들어 있었다.

1995년이던가 이 '따님'과 어느 사석에서 '인혁당 사건'으로 억울하게 들아가신 '선생님' 이야기를 한 적이 있다. 그녀는 그때 그런 일이 있었는지조차 기억해내지 못한 채, 그 자리에 따라왔던 그녀의 늙은 비서(이 비서는 박대통령 시절, 그 따님의 경호원이었다)에게 "왜 그 때 아버지 좀 잘 모시지 그랬냐"며 호통을 쳐 좌중을 어색한 침묵에 빠뜨린 일이 있다. 요새 말로 하자면 분위기가 갑자기 '썰렁해졌었다'. 그게 벌써 10여 년 전 일이다.

30여 년의 세월이 흐른 엊그제 과거사 진상규명위원회는 '인혁당 사건'이 '중앙정보부가 권력자의 요구에 따라 미리 결정된 방향으로 수사했던 것'이라는 조사결과를 발표했다. 구체적이고 속시원한 조사 결과가 아니라는 지적을 받는 등 아직 미진한 구석이 너무 많이 남아 있는 사건이다.

이제 중년이 된 '그 때의 소녀들' 몇몇은 최근 열린 송년의 자리에서 '옥떨메 선생님'을 추억하며 앞다투어 기억 속에 파묻혀 있던 '지긋지

굿했던 물리 시간의 비사와 선생님에 얽힌 기억의 실타래들'을 풀어놓
았다.

　모두들 '가버린 세월'을 아쉬워했고, 너무도 일찍 세상을 뜬 선생님
의 '운명'을 슬퍼하며 고인을 기렸다. 김용원 선생님! 저 세상에서나
마 편히 쉬서요!

＊＊＊

　위의 글은 연전에 제가 우리 skyview의 블로그에 썼던 글입니다.

　당시 '과거사 진상규명위원회'가 발표한 조사결과를 보고 '옛 생각'
이 나서 올렸던 겁니다. 그 때는 '인혁당 사건'이 그렇게 주목받지 못
했습니다.

　그러다가 지난 1월 24일 법원이 '인혁당 사건'으로 1975년 사형당한
사형수 8명에 대해 '무죄'를 선고함으로써 세간에서 잊혀진 이 사건은
다시 주목을 받게 되었습니다.

　이 사건이 무죄 판결을 받음으로써 한나라당 대선 유력후보였던 박
근혜 의원 본인의 '소회'와 '정적들'이라고 할 수 있는 열린우리당 지
도부나 한나라당내 '경쟁자'들의 '비판적 태도'가 새삼 주목을 받았
습니다.

　저는 마침 '억울하게 사형당한 사형수' 김용원에게 2년간 물리를 배
웠기에 이번 법원의 무죄판결에 누구보다 관심을 가질 수밖에 없었습
니다. 아니나다를까요, 무죄판결이 나오자마자 박 의원의 경쟁자들이
나 정적들은 앞다퉈 그녀를 비난하기 시작하더군요.

　그들의 주장은 대충 이렇습니다.

　"이번 판결은 검찰에서도 항소를 포기한 역사적 판결이다. 이에 대

해선 겸허하게 받아들이는 것이 좋다." (손학규)

"그것이 어떻게 박 전 대표에 대한 정치적 공격인가, 한나라당 대표를 지내고 경선주자 중 한 분인 정치지도자가 이 정도의 역사적 인식을 갖고 있다면 국민과 역사에 부담이자 모독이다." (김근태)

"정치지도자라면 정치적 도의적 책임감을 느끼는 것이 도리다. 박 전 대표가 시기를 문제 삼으며 왜 날 탄압하느냐고 하는 것은 옳지 않다." (정동영)

"판사들의 실명 공개가 반드시 박 전 대표에 대한 정치적 공세라고 생각하지 않는다." (조순형)

"천륜의 관계에 있는 사람이라면 응당 머리를 풀고 무릎 꿇어 사죄부터 해야 올바를 것이다." (민노당 대변인)

이 같은 비난에 대해 박근혜 캠프의 이정현 특보는 "그러니 정치공세고 하는 것이다. 박근혜 대표는 정치인 아닌가. 본인이 알아서 할 것을 왜 입장을 밝히라느니 사과를 하라느니 하느냐"고 항변했답니다.

또, 친 박근혜 계열의 이혜훈 의원은 이렇게 말했습니다.

"대한민국이 연좌제를 하는 나라가 아니다. 부모의 어떠한 문제가 딸과 아무 상관없다고 얘기하긴 어렵지만 그렇다고 해서 부모의 모든 문제에 대해 딸이 책임을 져야 할 상황은 아니다."

박근혜 캠프의 한선교 대변인은 "박 의원이 이 문제에 대해 아무 말이 없었고, 현재로서는 입장을 표명할 계획이 없다"고 했습니다. 이게 지난 1월 24일의 일입니다.

지난 1월 31일 '드디어' 박근혜 의원이 입을 열었습니다. 박 의원은 여의도에 있는 그녀의 '캠프 사무실' 에서 기자간담회를 열고 이렇게 말했답니다.

"나에 대한 정치공세이고 한풀이 정치이다. 돌아가신 분들은 안타깝게 생각한다. 지난번에도 법에 따라 한 것이고 이번에도 법에 따라 한 것인데 그러면 법 중 하나가 잘못된 것 아니겠느냐.”

박 의원의 기자간담회 자리에 참석하지 않았기에 그녀의 정확한 발언은 알 수 없지만 인터넷에 올라온 기사들을 종합해 보고, 신문기사로 나온 그녀의 발언을 꼼꼼히 읽어봤습니다만, 그녀는 그날 그렇게 말한 것 같습니다.

박 의원의 이 같은 발언은 뜻밖이었습니다. 이제까지의 ‘박근혜 이미지’는 소외받고 억울한 처지에 있는 사람들을 찾아가 따스하게 안아주는 ‘모성의 정치지도자’로 알려져 있었기에 그녀의 그런 발언을 접하자마자 순간적으로 저는 허를 찔린 기분이었습니다.

그리고는 며칠 전 한 인사로부터 전해들은 ‘박근혜 캠프의 참모들이 직언을 하지 못하는 분위기’라는 이야기가 떠올랐습니다.

저는 박근혜 의원만한 여성정치인도 드물다고 우리 스카이뷰의 블로그에서도 여러 차례 쓴 적이 있습니다. 그녀는 늘 정직하고 의로운 이미지로 국민들에게 다가갔다고 봅니다. 하지만 이번 인혁당 사건 무죄판결에 대한 그녀의 ‘싸늘한 반응’은 너무도 뜻밖이었습니다.

무죄판결이 나던 날 텔레비전 화면에 비쳐진 유가족들의 통곡하는 모습은 ‘정치적 이해관계’가 없는 일반 시청자들에게도 상당히 안쓰럽게 비쳐졌을 겁니다. 30여 년 넘게 ‘빨갱이 가족’으로 낙인찍혀 사회생활을 제대로 할 수 없었던 것은 차치하고 그들이 겪은 ‘경제적 고통’이 유족들의 주름살 깊은 얼굴에서 그냥 느껴져, 별 상관없는 사람이 보더라도 ‘참 안됐다’라는 느낌을 갖게 만들었습니다.

특히나 ‘김용원 선생님’의 부인은 다른 분들보다 훨씬 고생한 티가 역력해 제 마음을 아프게 했습니다. 39세의 고교 교사였던 남편이 사형판결 받고 18시간 만에 처형당한 뒤, 아무 생계 능력 없는 그 ‘젊은 미망인' 과 자녀들이 어떻게 세파를 이겨내왔는지는 그 부인의 유난히 골 깊게 패인 주름 많은 얼굴이 말해주고 있었습니다. 게다가 그녀의 체념한 듯하면서도, 말할 수 없이 슬퍼 보이는 얼굴을 보는 순간 가슴이 너무 아팠습니다. 이런 기막힌 현실을 어떻게 받아들여야 할까요?

저는 정치적 이해관계를 떠나 이번 판결에 대해 박근혜 의원이 "나에 대한 정치적 공세다"라는 '인정 없는' 말을 할 게 아니라, 무조건 그 유족들에게 달려가 그들의 손을 잡고 함께 울었어야 옳다고 봅니다. 그렇게 하는 것이야말로 평소 박 의원의 '자애로운 이미지' 와도 맞는 것이구요.

1975년 대법원에서 사형판결이 난 지 고작 18시간 만에 사형수들을 처형한 것을 놓고 스위스의 국제법학자협회는 '사법사상 최고 암흑의 날' 이라는 성명서를 발표했다고 합니다.

굳이 법학자가 아니더라도 세상에, 사형 판결 18시간 만에 형을 집행하는 데가 어디 있습니까. 이건 '친박·반박' 을 떠나서 말이 안 되는 얘기거든요. 더구나 그 유족들 중에 '먹고사는 데 큰 지장 없었던' 가족도 있었겠지만 김용원 선생님 댁처럼 사모님이 파출부 등 온갖 막일로 그날 그날 생계를 간신히 꾸려나갈 수밖에 없었던 '한 맺힌' 유족들도 있었습니다. 남편이 그렇게 비명횡사로 억울한 죽음만 당하지 않았던들 김용원 선생님의 부인은 '사모님' 으로 곱게 나이 들어 가면서 다복하게 사셨을 분입니다. 그 세월을 무엇으로 보상받을 수 있을까요! 참 더 이상 말이 나오지 않는군요.

게다가 꼭 생계문제뿐 아니라 한 집안의 기둥인 가장이 '사형당했다' 는 불명예를 멍에처럼 안고 살아올 수밖에 없었던 유족들의 피멍든 가슴은 정말이지 어떤 위로로도 풀려질 수 없는 일이거든요.

그런 '가여운 사람들' 을 앞에 놓고 박 의원이 '정치공세' 운운한 것은 아무리 생각해도 '실수' 였던 것 같네요. 더구나 박 의원의 친여동생도 그 김용원 선생님에게 물리를 배웠지 않습니까!

개인적으로 박근혜 의원을 비난하거나 폄하할 의도는 전혀 없습니다. 단지 이번 사태에 대한 박 의원의 '입장 표명' 을 보면서 무언가 가슴이 답답해져 이 글을 올리게 된 겁니다.

엄밀히 말하자면 '인혁당 사건' 에 박 의원은 아무 죄가 없습니다. 30여 년 전, 부친인 박정희 대통령 시절에 있었던 일로 박 의원의 입장을 난처하게 만들려는 의도가 만에 하나 있다면 그건 국민들이 용서하지 않을 거라고 봅니다. 우리 국민들 그렇게 '멍청한 사람들' 이 아니거든요. 그러나 '무죄 판결' 여부를 떠나서 '사형 선고 후 18시간 만에 형을 집행' 한 건 누가 봐도 '사법 살인' 아니겠습니까? 게다가 당시의 국정최고 책임자가 박정희 대통령이었다면 지금 유력한 대통령 후보로 뛰고 있는 박근혜 의원으로서는 자신이야 아무 죄가 없지만 '정치인의 큰 도량' 을 보여주는 차원에서라도 그 유족들에게 그렇게 야박하게 말씀한다는 건 좀 곤란하다고 봅니다.

박근혜 의원은 지금이라도 늦지 않았으니 그 유가족들을 찾아가야 한다고 생각합니다. 가서 그들의 눈물을 닦아주는 모습을 보여주어야 합니다. 무슨 지지율을 올리거나 '정치 쇼' 를 하라는 말이 아닙니다.

어쨌거나 온갖 고생하며 지난 30여 년 피눈물을 흘리며 살아온 그들을 진정으로 따스하게 안아주는 박 의원의 모습을 보고 비난할 사람은 아무도 없을 겁니다. 이 문제는 박 의원이 대통령 후보가 되든 안 되든 언젠가는 그 매듭을 풀고 나가야 할 문제라고 봅니다.

동네 백화점에서 만난 소설가 황석영

며칠 전 소설가 황석영을 동네 백화점에서 만났습니다. 아니 우연히 보았습니다. 전혀 예상치 못한 '사건'이었죠. 그는 국내에서는 '최고의 필력'으로 꼽히는 작가의 한 사람으로 글 못지않게 기이한 '사건적인 행적'으로도 유명하죠.

그저께 한 신문에는 황석영 씨가 현재 "프랑스 파리의 미라보 다리 근방의 한 아파트에서 집필과 대외활동을 숨가쁘게 펼치고 있다"는 기사가 실렸더군요. 그런데 바로 하루 뒤인 어제 그를 제가 사는 동네의 백화점에서 딱 마주치는 '사건'이 벌어졌으니 놀라지 않을 수 없었죠.

원래 사람 얼굴을 잘 기억하지 못하는 저는 처음에는 '비슷한 사람'이겠지 생각했습니다. 5층 남성복 코너에서 우연히 마주쳤을 때는 '설마' 했었죠. '파리에서 집필에 몰두 중'이라는 사람이 우리 동네 백화점을 배회한다는 게 금방 연결이 잘 안 됐거든요.

흘칫는 60대 중반의 나이에도 운동선수 같은 머리 모양에 캐주얼한 복장을 입고 있었습니다. 그래도 나이 도망은 못한다는 옛말처럼 '노년의 티'까지는 감추지 못하는 것 같더군요.

아무튼 전혀 예상치 못한 상태에서 '유명 소설가'를 만나자 저는 또 '오 블로그' 하며 속으로 쾌재를 불렀습니다. 우리 'skyview의 블로

그'를 찾아주시는 방문객들을 위해서 '신선한 재료'를 발굴해 자미를 선사하고 싶다는 게 저의 작은 소망이거든요.

물론 그는 저를 전혀 기억하지 못할지도 모르겠지만 한 20여 년 전 신문사의 잡지 파트에서 일할 때 그가 쓰는 연재소설을 담당한 인연으로 그의 소설을 본의 아니게 열심히 읽어야 했습니다. 말하자면 '일'로 읽은 셈이죠. 교정을 보는 차원에서. 읽다보니 꽤 재능 있는 소설가라는 인상을 받았습니다. 하지만 황씨는 조금 '껄렁껄렁한 분위기'여서 비록 담당기자였지만 그렇게 '존경'하는 마음은 들지 않았었지요.

물론 당시에는 황석영이 월남전을 소재로 한 소설을 잡지에 연재한다는 사실 하나만으로도 '뉴스'가 되었습니다. 『무기의 그늘』이라는 그 소설은 연재를 시작하면서 대번에 화제를 모았던 기억이 납니다.

하도 오래 전 일이어서 자세한 기억은 거의 안 나지만 황씨가 '마감시간'을 너무 안 지켜서 매달 골탕을 먹었던 건 지금도 선명히 떠오릅니다. 마감 안 지키는 필자처럼 골치 아픈 존재는 많지 않을 겁니다. 그건 당해본 사람만 알 수 있습니다. 엄청 화가 나더라도 끝까지 참고 필자의 비위를 맞춰가면서 원고를 받아내야만 하니까 정말 속으론 부글부글 끓지요.

그 때 그는 전남 광주에서 살고 있었는데 매월 마감이 가까워지면 그의 첫 번째 부인이었던 홍 여사에게 전화를 걸어 제발 원고를 빨리 보내주시라고 독촉전화를 하곤 했습니다. 부인은 성격이 쾌활하고 친절해서 아주 재미있게 이 얘기 저 얘기를 나누곤 했습니다. 황씨와 이혼한 후 홍 여사는 소설로 문단에 정식으로 데뷔했던 것으로 기억합니다. '5·18 광주 시민항쟁'을 서정적인 문체로 그렸던 작품이었죠. '원고 독촉'으로 친해진 부인은 저보고 광주에 꼭 한 번 놀러오라는 얘기도 했습니다.

작가가 한 작품을 써낸다는 건 아마도 몹시 어려운 일일 거라는 데까지는 이해가 가는데 그렇게도 마감기일을 못 맞춰주는 게 당시로는 꽤 짜증나는 상황이었습니다.

기억에서 가물가물하지만 황씨는 그렇게 번번이 마감을 어기더니만 끝내 연재소설을 중단하는 '사태'를 빚고 말았습니다. 공신력 있는 잡지의 이미지에 '먹칠'을 한 셈이죠. '작가사정으로 중단합니다.'라고 사고(社告)는 내보냈지만 그 당시 황씨에 대해선 그리 썩 좋은 인상을 받지 못한 게 사실입니다.

어쨌거나 그 후 업무 파트가 달라져 더 이상은 황석영 씨와 마주할 일은 없었지만 1989년 그가 문익환 목사와 함께 방북해 김일성과 찍은 사진이 공개되면서 사회적으로 일대 센세이션을 일으켰죠.

지금이야 남북을 오고가는 게 쉬워졌지만 '공안정국'이었던 당시로서는 유명작가의 '방북'은 나라를 흔드는 대단한 사건이었습니다.

'방북사건'으로 황씨는 한동안 한국에 못 들어오고 베를린, 뉴욕 등을 떠돌았죠. 그 무렵 그의 두 번째 부인의 부친을 만난 적이 있었는데 유명한 조각가였던 그분은 '사위의 행적'에 대해 못마땅한 심정을 토로하더군요. 고전무용을 전공한 그 부인과도 결국은 헤어졌다는 소식이 들려왔습니다.

황석영 씨는 1993년인가 서울로 들어와 7년형을 선고받고 옥살이를 하다가 1998년 특사로 풀려났습니다. 그 후 그는 『오래된 정원』『손님』 등의 장편소설을 연달아 발표하며 지금까지 활발한 문학활동을 하고 있습니다.

지난해인가요, 황석영 씨가 20년 연하의 여성과 결혼한다는 기사가 여러 잡지들을 장식했습니다. 아무래도 예술가는 보통사람들과는 남다른 데가 있나봅니다. 말하자면 그들의 인생 자체가 '소설적'인 셈이죠.

개인적으로는 파란 많은 인생을 살아왔지만 어느 인터뷰에서 보니까 그는 스스로를 '운 좋은 사람' 이라고 말했더군요.

아무튼 우연히 마주친 황석영 씨를 보니 이런저런 옛 생각들이 떠올랐습니다. 20여 년 전 '담당 필자' 를 이렇게 동네 백화점에서 '조우' 하니 반갑기도 했습니다. 인사를 할까 말까를 망설이면서 그와 함께 에스컬레이터를 타고 아래층으로 내려갔습니다. 그러니까 5층에서 4층 3층 2층까지 제가 따라간 셈이죠. 그는 캐주얼에 관심이 있는지 2층에서 옷 구경을 하더군요.

저도 빈폴 매장에 들어가 이것저것 구경하면서 한편으로는 '유명작가' 쪽으로 신경을 계속 보내고 있었죠. 보통 누군가가 자신을 주시하면 금세 감지되는 법인데 그는 전혀 눈치를 못 채는 것 같았습니다.

그 때까지도 저는 '인사를 해, 말아?' 로 갈등을 일으켰습니다. '블로그' 를 위해서라면 당연히 아는 척하고 유명작가와 '미니 인터뷰' 를 하는 것이 마땅한 일이지만 왠지 선뜻 내키지 않았던 게 솔직한 심정이었습니다.

다행인지 불행인지 백화점 매장의 점원들과 손님들 가운데 소설가 황석영을 알아보는 사람은 단 한 명도 없었습니다. 만약 안성기나 하다못해 텔레비전의 단역배우였다면 어지간한 사람들은 알아볼 텐데, 아무래도 '동네 백화점' 이다 보니까 당대의 유명소설가를 알아보는 '눈' 이 없었나봅니다. 황씨에겐 조금 쓸쓸한 경험일지도 모르겠죠.

이런 생각을 하는 동안 1층까지 '함께' 내려왔습니다. 평일이어선지 사람들이 거의 없어서 저와 작가 두 사람만 에스컬레이터에 서 있었습니다.

그의 뒷모습을 보니까 좀 외롭고 쓸쓸해 보였습니다. 아무래도 늙어가는 남자의 뒷모습은 그렇게 조금은 초라해 보이는 것 같았습니다.

결국 백화점 밖으로 나가는 작가 황석영을 보면서 그냥 보내주기로 했습니다. '파리에서 집필 중' 이라는 그의 근황을 알았고, 또 여기 우리 동네에서 저렇게 쇼핑하는 걸 보니까 그냥 그것으로 '인터뷰' 는 다한 것처럼 느껴졌습니다.

소설이 잘 안 팔린다는 요즘 세태에서 그래도 60대 중반까지 작품 활동을 한다는 자체가 대견한 일이 아니겠습니까?

황석영 씨 본인은 20여 년 전 '담당 기자' 가 자신의 뒤를 스토커처럼 따라다녔다는 건 전혀 몰랐겠지요. 이런 사실 하나만으로도 블로그를 장식할 수 있다는 게 자못 유쾌한 일로 여겨졌습니다.

이제 며칠 있으면 일간신문 문학면에 '잠시 귀국한 황석영 인터뷰' 가 실리겠죠. 신문보다 먼저 이런 글을 올릴 수 있는 것도 '재수 좋은 일' 같군요.

*FS:이 에세이를 쓴 후 한 인터뷰에서 황씨는 김일성 주석을 이순신이나 세종대왕과 같은 반열의 위인이라고 말해 저를 놀라게 만들었습니다. 부모님이 이북출신인 저로선 김일성 주석을 그렇게 말하는 것에 대해 이해하기가 어려웠지요.

6·25전쟁을 일으켜 수많은 국민을 죽음으로 내몰았고, 지금 북한의 경제는 어떻습니까! 그것 하나만으로도 김일성을 위인 운운하는 건 저같은 평범한 사람들로선 이해하기 어려운 거죠. 그 이후로도 황씨는 문학의적으로 종종 요상한 발언을 골라 하는 '정치적으로 문제가 있는 사람' 으로 보도되곤 했죠. 작가는 작품만으로 말을 해야 한다고 저는 생각합니다. 일반인이 볼 때 받아들이기 어려운 생활이나 발언을 너무 자주 하게 되면 그 사람을 신뢰하기 어렵겠지요.

〈겨울연가〉 보고 눈물 흘린 고건 전 총리

얼마 전 고건 전 총리를 잠시 만났습니다. 서울 원남동에 있는 사무실은 '대통령 권한 대행'을 끝으로 공직생활을 마감한 그의 화려한 이력과는 다소 어울리지 않을 정도로 넓지 않았습니다.

한 10평 정도? 실례가 될 것 같아 몇 평이냐고 묻지 않았습니다만 1·3·2 소파세트와 별로 크지 않은 책상이 차지하는 공간을 제외하면 어른 두세 명이 서 있을 공간만 남으니까 그 정도 될 듯싶군요. 아무튼 그게 중요한 건 아니겠죠.

아마도 대한민국에서 고건 전 총리만큼 화려한 공직 경험자는 그리 많지 않을 것 같습니다. 37세 때 최연소 도지사로 출발해, 장관 세 번, 서울시장 두 번, 국무총리 두 번, 그리고 대통령 권한 대행, 기억나는 것만 꼽아 봐도 이 정도니 참 대단한 경력이죠.

남들은 한 번만 해도 '가문의 영광'으로 꼽는다는 '장관직'을 세 번씩이나 하다니. 장관직을 한 달, 아니 한 열흘 만에 물러났더라도 그 사람의 '평생직함'은 '장관'으로 통하는 것 하나만 봐도 그 자리가 얼마나 대단한 자리인지 알 수 있겠죠. 그런 장관보다 높은 '일인지하 만인지상'의 국무총리도 두 번씩이나 했으니 그 누가 고건 전 총리의 '관운'에 대해 '이의'를 달겠습니까? 그렇게 대단한 관직들을 거쳐 왔는데도 '박봉의 공무원' 출신이어선지 그의 사무실은 소박했습니다.

약속시간 2시에서 한 오 분쯤 지나 고건 전 총리가 사무실로 들어왔습니다. 다른 저명인사의 사무실 같으면 내방객은 일단 '대기실'에서 기다리다 만나는 게 일반적 순서인데 사무실 구조상 '대기실'이 따로 없어서 저는 주인 없는 방에서 혼자 기다리고 있었던 겁니다.

무슨 특별한 인터뷰를 위한 것이 아니라 '그냥 차나 한 잔 마시는' 수준의 만남이어서 부담은 없었지만 오히려 그게 또 사람을 부담스럽게 만들더군요. 마침 요 1주일 새 그의 정치적 행보에 대해 잇달아 보도가 나왔고, '가는 날이 장날'이라고 방문 하루 전날 밤 그가 민주당 한화갑 대표와 회동했다는 뉴스가 라디오와 TV에 계속 나왔길래 그 만남에 대한 얘기를 먼저 했습니다.

워낙 신중하고 점잖은 '영국신사풍'인 고 총리는 말도 느릿느릿하지만 말을 아끼는 편이어서 '시원한 모범답안'은 나오지 않았습니다.

개인적으로 혈액형에 꾸준히 관심을 가져온 저로서는 한 대표와 고 총리가 모두 B형이라는 점에 호기심을 느꼈습니다.

고 총리에게 "두 분이 모두 B형이시네요"라고 말했더니 "네, 정치하는 분들 가운데는 O형보다 오히려 B형이 많은 것 같죠"라는 답이 돌아왔습니다.

B형의 정치인 중 대표적 인물로는 박정희 전 대통령을 꼽을 수 있죠. 언젠가 박대통령의 차녀에게 직접 들은 얘기를 총리에게 전했습니다.

"박대통령은 예전에 텔레비전 드라마를 보시면서 종종 눈물을 흘리셨답니다. 혹시 총리님께서도 드라마 보시면서 눈물 흘리신 일은 없으셨는지요?"

그는 "작년에 재방송했던 그 드라마……"하며 운을 뗐습니다.

"다 〈겨울연가〉요?"

"네, 〈겨울연가〉 보고 좀 눈물이……"

그는 조금 더듬거리는 듯하면서도 분명하게 드라마 〈겨울연가〉를 보고 '눈물을 흘렸다' 는 얘기를 했습니다.

이건 이제까지 '고건 인터뷰' 를 다룬 어떤 매체에서도 본 일이 없는 'skyview 블로그의 명백한 특종!' 입니다.

'블로그를 위해선 어떤 취재라도 꼭 한다' 는 원칙을 세워놓든 철없는 저로서는 속으로 쾌재를 부를 수밖에요. 물론 '총리님' 앞에서는 전혀 내색을 하지 않았지만요.

그는 또 며칠 전 텔레비전 뉴스를 통해 강원도에서 발생했던 가정집 화재사건 때 일곱 살짜리 여자아이가 '살려달라' 고 전화했다는 소식을 듣고도 '눈물' 이 나왔다는 '고백' 도 했습니다. 눈물 많은 그의 새로운 면을 느낄 수 있었다고나 할까요. 얼핏 보기엔 근엄하고 경직된 듯해 보이는 그에게서 그런 여린 심성이 있다는 걸 알게 됐습니다.

다 그런 건 아니겠지만 B형들이 의외로 '눈물' 에 약하다는 '준설' 이 입증된 셈이죠. 일반적으로 B형들은 '마이 페이스' 식이어서 자기만 챙긴다는 통념도 있긴 하지만 이렇게 '눈물 많은 점' 도 특성이라고 할 수 있겠지요.

어쨌거나 감정표현에 매우 신중한 듯 보이는 '총리님' 이 드라마 〈겨울연가〉를 보고 눈물을 흘렸다는 대목이 계속 머릿속에서 떠나질 않았습니다.

그러고 보니 '박대통령이 드라마 보면서 눈물을 흘렸다' 는 이야기도 거의 매스컴을 타지 않은 '신선한 이야기' 인 것 같군요. 이 두 가지 이야기만으로도 '블로그 특종' 을 기록한 것 같아 뿌듯한 심정이었습니다.

최고 권력자인 대통령과 국무총리 같은 '고관대작' 들도 드라마를 보면서 눈물을 흘린다는 게 꽤 재미있지 않습니까? 사람 사는 건 대동소이하다는 얘기겠죠.

소학교만 나온 일본의 유명 총리 다나카 가쿠에이는 '어머니' 라는 단어만 봐도 눈물을 흘릴 정도였다는데 그 역시 B형이었답니다. 그렇다고 꼭 B형만 눈물이 많다는 얘긴 아닙니다. 심약한 A형도 곧잘 훌쩍이곤 하지요. 속으로 강단 있는 B형들은 좀 '엉뚱한 대목' 에서 잘 우는 경향이 있다는 얘기입니다.

이런 얘기들도 물론 사람에 따라 천차만별이니까 부질없는 소리일 수도 있습니다.

혈액형 이야기가 나온 김에 몇 마디 더 하겠습니다. B형들은 대체로 외모에서 점수를 따고 들어갑니다. 대부분 부드럽고 온유한 기운이 감도는 '순해 보이는 인상의 소유자' 들이 많거든요. 고건 총리도 B형다운 그런 분위기였습니다.

"젊어서는 굉장히 미남형이신 것 같았는데, 지금은 그 때와 많이 다르신 것 같습니다. 아마도 그동안 인내심을 많이 필요로 하는 관직생활을 오래 하셔서 그런가 봅니다."

이런 말은 상대방에게 '실례' 일 텐데도 엉겁결에 그냥 해버렸습니다.

"그 때나 지금이나 별 변한 건 없는데……' 라면서 그가 웃자 저도 멋쩍게 따라 웃고 말았지만 고위공직자로서 살아온 그의 인생이 쉽지는 않았을 거라는 생각이 들었습니다 .

얼마 전 한 잡지에는 고건 전 총리 내외를 인터뷰한 기사가 실렸습니다. 그 기사에 함께 실린 그의 부인은 복스럽고 품위 있는 인상이었습니다. 부인의 그 '좋은 얼굴' 이 남편의 '출세' 에 큰 내조를 했다고 할 수도 있겠죠.

안사람의 '받을 복'이 있어야 바깥사람이 성공한다는 속설도 있지 않습니까? '후덕한 안방마님' 스타일인 그의 부인은 '부창부수'라는 말처럼 최고의 엘리트 코스를 거친 수재이지만 '내조'를 위해 사회생활은 접었다고 합니다.

잡지에 실린 부인의 얼굴 표정은 상당히 평온하면서도 온유해 보였습니다. 부인 역시 B형이라더군요.

한나라당 박근혜 의원이나 이명박 전 서울시장, 이인제 의원, 정계를 은퇴한 JP와 권노갑 씨 등도 모두 B형들이죠. 고건 전 총리와 이러저러한 얘기를 하다 보니까 그가 전형적인 B형 스타일이라는 게 확연히 느껴졌습니다. 외유내강이라고나 할까요.

외모는 온유해 보이지만 '과단성과 적극성'이 뛰어나다는 B형의 특성을 감안해 보면 그가 조만간 어떤 결단을 내릴지도 모르겠다는 생각이 들었습니다.

이야기를 마치고 사무실을 나올 때 그는 문밖까지 나와 아주 정중하게 인사를 했습니다. 그의 이 '예의바른 인사법'은 이미 정평이 나 있었지만 막상 마주치니까 왠지 숙연한 기분이 들었습니다. 인내와 겸손이라는 단어와 함께 그의 관료로서의 '대성한 인생'의 한 단면이 느껴지더군요.

어쩌면 그는 지금 많이 외롭고, 인생의 '기로'에 서 있는지도 모릅니다. 중대한 결단을 내려야 할 때이니까요. 각종 매스컴에서는 그가 너무 '재고 있다'는 쓴소리도 하고 있습니다.

그동안 차기 대선후보 여론조사에서 '1위'를 줄곧 지켜왔지만 지지도가 조금 흔들린다는 소리도 나오고 있습니다. 그와 경합을 붙이고 있는 상대방의 '저돌성'이 돋보이는 세상이고 보니 그는 자신의 '신중한 스타일'에 회의를 느낄 수도 있을 겁니다.

하지만 지금 이렇게 온 나라가 들썩이면서 방향을 상실한 채 방황하고 있는 이런 시점에서는 누군가가 분명하게 '중심'을 잡아주는 역할을 하야 한다는 점에서 그가 쌓아온 '덕목'은 빛을 발할 수 있을 것이라는 생각이 들었습니다.

차 한 잔 마시는 길지 않은 시간이었지만 그와의 만남은 많은 걸 생각하게 했습니다.

*PS: 그 후 이러저러한 상황변화가 있었고, 결국 고건 총리는 2007년 1월 16일 불출마 선언과 함께 정치에는 선을 긋고 있는 입장이지요. 최근 우리 사회 원로 몇 분들을 만났더니 모두 고 총리의 낙마를 아쉬워하더군요. 그분들은 한결같이 고 총리가 고비를 넘겼다면 자신의 '능력'을 발휘할 수 있었을 것이라고 이구동성으로 말했습니다.

모든 건 하늘의 뜻이라는 생각이 듭니다.

혈액형과 한일 정치인들

일본의 동경도지사 이시하라 신타로라는 정치인은 일본의 극우 세력을 대표하는 강경론자로 한국을 비롯한 아시아 사람들의 비위를 거스르는 말들을 태연스럽게 잘하는 인물로 유명하다.

제3국인이 일본의 분위기를 흐려놓는다는 취지의 얘기를 아무렇지도 않게 내뱉는가 하면, 남미 페루에서 대통령으로 있다가 부패혐의로 쫓겨난 일본계 3세 출신 후지모리라는 사람이야말로 자기네가 코호해 주어야 할 일본이 배출한 영웅이라는 소리도 눈 하나 깜짝하지 않고 해대는 아주 배짱 좋은 사람으로 알려져 있다.

대체로 일본인들은 조심성이 많고 남의 비위를 거스르는 말든 좀처럼 하지 않는다는 얘기가 있긴 하지만 이 사람의 경우는 예외인 것 같다. 오죽하면 언젠가는 그의 차남인지 삼남인지가 자신의 아버지가 '너무도 이상해서 함께 다니기 괴로운 인간형' 이라는 요지의 '불효막심한 책' 까지 냈겠는가. 원래 부잣집 아들로 태어났고, 핸섬한 용모(본인이 그렇게 생각한다나)와 명문대 출신으로 아무 아쉬운 것 없이 살아온 '도련님과科의 남자' 이니 거침없이 살아왔을 것이다. 남의 눈치를 볼 일이 전혀 없었을 테니 어련하겠는가.

몇 해 전에는 일본에서 최고의 인기를 누리고 있다는 여성 정치인 다나카 마키코 전 외무부 장관을 직설적으로 나무라는 얘기도 서슴지 않고 했다는 소식도 들렸다.

그 꾸지람의 요지는 소학교 출신 학력으로 총리 자리에 오른 그녀의 아버지 다나카 전 총리는 사람을 다스리는 수완이 뛰어난 인물이었는데 그 따님은 아무래도 부친의 열성유전자를 이어받은 것 같다는 둥, 50대 후반의 그녀가 갱년기 중세를 앓고 있는 것 같다는 둥, 시정잡배들도 차마 대놓고는 하지 못할 얘기들을 마구 쏘아붙이는 것을 보면 대단한 독설가라는 인상을 지우기 어렵다.

다나카 전 외무장관도 독설로는 남부럽지 않은 전력을 자랑하는 여성인데 이시하라의 이런 독설에 어떤 반응을 보였는지에 대해서는 아직 외신이 전하지 않는 것으로 미루어 보면 그녀는 여전히 절치부심하면서 '복수 혈전'을 계획하고 있는 중인가 보다.

이시하라의 타의 추종을 불허하는 독설은 아무래도 그의 혈액형과 관련이 있지 않나 추측해 본다. 다 그런 것은 아니지만 정치인들 중에 독설에 유달리 소질(?)이 있는 사람들은 대체로 AB형인 경우가 많다.

한국에서는 퇴임 후 '거칠 것 없는 독설'로 심심찮게 신문 정치면의 가십란을 장식하고 있는 어떤 대통령이 이 혈액형인 것으로 알려져 있다.

그러니까 AB형의 정치인들은 '겁 없이' 자신의 '정견'을 꽉꽉 말해 버린다는 게 혈액형 연구가들의 일치된 견해다.

지금 이 자리에서 말하는 특정 혈액형과 인물의 연관성은 순전히 필자 개인의 추측에 의한 것에 불과하며 어떤 학문적 근거는 전혀 없다는 것을 미리 밝혀두고 싶다.

따라서 혹시 특정 혈액형의 단점에 관한 얘기도 어디까지나 개인적

의견에 불과하며 모든 사람에게 일률적으로 적용되는 게 아니라는 것을 거듭 강조하고 싶다.

전후 일본 총리들 중 최고의 인기를 누렸다는 고이즈미 총리를 화면으로 처음 봤을 때 그 사무라이풍의 샤프한 인상을 보고 한눈에 그가 A형일 것이라는 느낌이 들었다. 게다가 외신을 타고 들어오는 그의 소소한 언행들, 가령 일본 청소년들이 좋아하는 어느 그룹사운드의 노래를 텔레비전에 나와 열창하는가 하면 오페라에도 조예가 깊다는 소리 등에서 외면의 강인함과는 달리 다정다감한 A형의 기질을 엿볼 수 있었다. 더구나 미국 부시 대통령과 회담하는 장소에 그가 입고 나온 캐주얼한 복장에서도 A형다운 섬세한 의상 센스를 여지없이 발휘했고, '구국' 이나 '역사' 에 대한 발언을 자주 하는 것에서도 영락없는 A형이 느껴지는 것이다.

A형 정치인들은 대체로 누가 강요하는 것은 아니지만 자신이 조국을 위해 한없는 희생을 바친다는 자기암시를 암암리에 드러내는 일을 종종 목격할 수 있다.

중의원을 전격 해산하고 바람몰이로 선거에 압승한 것도 A형 특유의 사즉생死卽生 정치도박의 산물로 분석해 볼 수 있다. 평소에는 소심하다가도 막다른 골목에 다다르면 모든 걸 확 던져버릴 듯한 기세로 돌변하는 것도 A형들의 한 단면이기도 하다.

친·외조부가 모두 총리 출신이라는 아베 총리는 취임 초기에는 일본 여성들이 좋아한다는 핸섬보이 스타일이어서 인기를 많이 끌었다.

이시하라와 마찬가지로 '도련님과' 인 아베 총리를 보는 순간 B형이라는 필이 느껴졌다. 그의 부인이 어느 사적 모임에서 '편하고 남편감으로선 합격이다' 라고 말했다는 이야기를 듣고 B형이라는 느낌이 더 굳어졌다. 나중에 자료를 보니까 아베의 혈액형은 역시 B형이었다.

B형들은 워낙 '자기'에게 관심이 많은 스타일이어서 마누라에게 '잔소리'는 하지 않는 편이다. 그러니까 얼핏 보면 '착한 남편'이라는 소리가 나올 수도 있는 것이다. 그러나 한켠으론 가정을 등한시하는 스타일이어서 집안일엔 손가락 하나 까딱하지 않는 '방관자적인 남편'이라고도 할 수 있을 것이다. 하기야 일국의 총리가 '콩나물 값이 얼마 들었냐'로 아내에게 잔소리한다는건 좀 코믹한 일이라고 할 수도 있겠다.

하지만 A형 남편들은 지위가 아무리 높아도 집안 대소사에 시시콜콜 참견해 '마나님'들을 괴롭히는 경우도 적지 않게 있다는 것이다.

우리나라 정치인들 중에서도 대체로 이런 혈액형 이야기의 범주에 해당되는 사례들을 종종 접할 수 있어서 그야말로 '혈액형 도망은 어느 나라건 못 가는군'이라는 생각을 하면서 혼자 웃어 본다.

A형들은 외모에서는 약간 손해를 보기도 한다. 뭔가 인생의 무게를 견뎌내고 있는 듯한 비극미가 풍기기도 하고, 일견 강직하고 차가운 인상을 주는 사람들이 꽤 있다.

반면 B형들은 외모에서는 점수를 따고 들어가는 경향을 보인다. 부드럽고 온유한 기운이 감도는 외모는 B형에서 많이 볼 수 있다.

그러나 인정은 A형이 다소 많다는 설이 있다. 게다가 A형들은 너무나 남의 눈치를 많이 보는 경향이 있어서 일견 '가여운 혈액형'이라고도 할 수 있다. 참을성 많고, 남을 배려하는 특기가 남다른 A형들이 어쩌면 정치에는 더 소질이 있는지도 모르겠다.

B형들은 무슨 일이든 적극적으로 맞서는 도험가 스타일이 많아서 오히려 정치적인 과단성을 평가받을 수도 있을 것이다. 가뭄이 한창일 때도 꿋꿋이 건강관리를 위해 골프장을 찾는 바람에 구설수에 오르기도 했던 JP는 전형적인 B형으로 꼽을 수 있다. 물론 외모 역시 B형 스

타일.

지난 대선 때 한나라당을 탈당해, 논란을 불러일으키긴 했지만 5백만 표라는 '대박'을 터뜨린 이인제 의원 역시 그 과감한 결단력은 알아줄 만한 B형.

항상 심각하고 우울한 듯한 표정의 김대중 전 대통령은 A형의 대표적 정치인. 재미있는 것은 그 휘하의 이른바 '실세'로 알려졌던 권노갑 씨나 한화갑, 김옥두 전 의원들은 모두 B형들로 알려져 A형은 B형에 끌리는 경향이 있다는 '속설'을 입증해주고 있는 듯하다.

여성 대권후보로 한창 주가를 올렸던 박근혜 의원도 외견상으로는 부드럽고 단아한 B형 스타일. 외고집을 보이는 것도 B형에게서 흔히 볼 수 있는 한 특성이다. 그녀는 문제발언을 종종 해 경질해야 한다는 주변의 권고에도 불구하고 대변인이었던 전 모 씨를 끝까지 감싸기도 했다. 결국 다 알다시피 그 여성이 라이벌 이명박 캠프로 가버려 두 여인의 관계는 '파국'을 맞았다.

박정희 전 대통령도 전형적인 B형 스타일.

이명박 전 시장이나 행정의 달인으로 불리는 고건 전 총리도 B형.

B형의 전성시대가 정치판에 도래하려나……

다시 청와대를 생각한다

그 날, 서울의 하늘은 더없이 맑고 푸르렀습니다. 코끝이 시릴 정도로 제법 쌀쌀한 초겨울 날씨였지만 전날 조금 내린 비 덕분인지 오랜만에 공기도 꽤나 맑아졌습니다.

가을 하늘이 좋다지만 저는 이렇게 조금은 추우면서도 맑고 푸르른 겨울 하늘이 더 좋습니다. 눈이 시릴 정도로 푸르고 높은 겨울 하늘에선 어떤 푸른 기백 같은 게 느껴지고, 왠지 살아 있다는 것에 대해 감사하는 마음을 들게 하는 것 같습니다. 뭐랄까요, 푸른 겨울 하늘에선 한없이 맑고 투명한 블루의 세계가 주는 고품격의 이미지가 내려오는 것 같다고나 할까요.

지친 도시인의 영혼을 깨끗하게 하주는 듯한 초겨울 푸른 하늘을 보며 너무나 시끄러운 요즘 정국이 제발 저 하늘처럼 청명해지면 얼마나 좋을까라는 생각을 했습니다.

하늘 좋고 공기 맑은 초겨울 아침이었지만 조간신문을 보면서 저의 취미이자 습관인 '정국 걱정'이 깊어졌습니다. '이래도 되는 걸까' 싶을 정도로 한심한 내용의 기사들만 실려 있었으니 '우국의 심정'이 들 수밖에요.

동아일보의 4면과 5면에는 청와대 홍보수석의 '부동산' 문제, 거기에 한수 더 떠 '사표 내도 봉급 주는 친절한 청와대' 에 대한 기사가 한 가득 실려 있었습니다.

현재 청와대에서 일하는 '손 큰' 청와대 사람들은 동료가 청와대를 떠나게 되면 마음이 너무 아파, 사표를 받고 나서도 한 석 달 정도는 그냥 '월급' 을 주는 '푸짐한 인심' 을 보여 주었다네요. 물론 그 '돈줄' 이야 착한 대한민국 국민들의 얄팍한 호주머니죠. 하루하루 살아가기 힘든 국민들에게서 '혈세' 를 받아 사표 내고 출근도 하지 않는 '전직동료' 들을 먹여 살렸다고 합니다. 인정 넘치는 '무노동 유임금' 인 셈이지요. 국민 어려운 줄 알면 이럴 수는 없는 건데……

청와대 홍보수석이라는 사람이 '지금 집 사면 낭패 본다' 는 북덕방 영감 같은 글을 썼다는 것과, 바로 그 사람의 신통한 '부동산 축재기' 도 독자의 눈길을 끌었습니다.

저는 지금 이 자리에서 청와대의 누구를 비웃거나 빈정대고 싶지 않습니다. 단지 차제에 무언가를 좀 진지하게 생각해 보고, 평범한 보통 국민이지만 '위기의 대한민국' 을 위해 작은 지혜나마 보탬이 될 수 있으면 좋겠다는 생각이 들어 몇 자 적어보고 있는 것입니다.

예전엔 '청와대!' 하면 권력의 최고 정상부로 대한민국에서 최고의 엘리트들만이 근무하는 곳으로 알았습니다. 텔레비전에 나오는 청와대 대변인들도 거의 대부분 반듯한 인상의 엘리트형들이 대부분이었던 걸로 기억합니다. 심지어는 현 정권에서 일하는 사람들이 그렇게도 미워하는 '군부 독재 시절' 에도 청와대에서 일하는 사람들은 거의 대부분 '최고의 엘리트 코스' 를 거친 '나라의 인재' 들이었던 걸로 알고 있습니다.

얼마 전 「청와대 희롱한 브로커 윤상림」이라는 에세이에도 섰지만 제가 어린 시절엔 청와대에서 일한다면 거의 '우러러보는 경지' 로 여길 정도로 청와대는 '대단한 직장' 이었습니다.

현 정권에서 일하는 사람들은 이런 소리에 당장 권위주의나 독재의 잔재라고 '코웃음' 칠지도 모르겠지만 그만큼 국민들이 청와대에 거는 기대가 대단했던 것으로 봐야 할 겁니다.

대한민국을 잘 살게 이끌어 달라는 온국민의 간절한 염원들이 모여 있는 곳이 바로 '청와대' 이니까요. 아무리 요새 우리나라에선 엘리트들을 경원한다지만 멍청한 사람들이 일하는 것보다는 제대로 교육받은 '초엘리트' 들이 일하는 게 아무래도 더 낫지 않겠습니까?

왜 이건희 삼성 회장 같은 분도 천재 한 명이 만 명을 먹여 살린다는 '금언' 을 했겠습니까. 천재가 다는 아니지만 나랏일을 맡아 하는 정부기관에는 그래도 좀 똑똑한 인재들이 있어야 하는 거 아닙니까. 사법고시나 행정고시가 왜 어렵겠습니까!

우달리 평등정신이 강렬한 대한민국 국민들과 정부당국이 교육평준화다 뭐다 해서 지금 '나라의 엘리트' 들을 배출하는 것을 꺼려하고 있지만 이건희 회장뿐 아니라 적지 않은 사람들이 이런 우리나라의 현 풍토에 심각한 걱정들을 하고 있습니다. 국력을 키우고 세계의 수많은 강국들과 겨루기 위해선 '엘리트 양성' 을 게을리하면 안 된다는 생각에 전적으로 동의합니다.

그러니 나라를 이끌어나가는 최고 권력자의 집무실인 청와대에는 대한민국 최고의 엘리트들이 모여야 당연한 거 아닙니까? 이건 아마 우리나라뿐만 아니라 다른 나라에서도 마찬가지일 겁니다. 오죽하면 미국의 엘리트들도 자신이 일하던 대기업보다 급여는 십분의 일 수준이지만 그래도 한사코 '백악관 근무' 를 선호하는 게 다 그런 이유에서가 아닐까요. 나라를 위해 일한다는 거! 그건 아무나 할 수 있는 것도 아니고, 아무나 해서도 안 되는 거지요.

그런데 좀 미안한 얘기지만 일부 청와대 근무자들 가운데는 청와대를 자신의 입신양명과 치부의 수단으로 여기는 사람들도 꽤 있었던 것 같습니다. 그래서 일어난 부작용이 한두 건이 아니지요.

최근까지 청와대에는 우리가 보기에 '급이 안 되는' 일부 사람들이 자리를 차지하고서 대통령의 '혜안'을 어지럽혔던 일도 있었다고 봅니다. 우리처럼 평범한 사람들은 생각지도 못할 온갖 아부발언으로 현 대통령의 '환심'을 샀던 사람들도 더러 있었지요.

얼마 전 아내 살인죄로 '13년의 형'이 확정된 청와대 홍보실 행정관 출신은 또 어떻구요. '청와대 현직 고위 공직자의 살인사건'이라는 '전대미문'의 사건의 주인공을 배출하고도 대통령 비서실장이라는 사람은 사과 한 마디 없었지요. 그 살인범은 한번 청와대에 사표를 제출했다가 다시 청와대에 '재취업'한 저력의 소유자였다는군요. 불미스런 일로 사표까지 낸 사람을 다시 또 채용했다는 건 거의 '기적' 같은 일이라고나 할까요. 아무튼 예전 같으면 도저히 상상하기도 어려운 일들이 최고 권부인 '청와대'에서 마구 터져나오고 있는 요즘 현실에 대해 '다시' 청와대를 생각하지 않을 수 없습니다.

조금 다른 얘깁니다만 내년 1월 미국의 첫 여성 하원의장에 취임하는 낸시 펠로시 민주당 하원의원 이야기를 소개하고 싶습니다.

2000년 미국 대통령선거 때 당시 부시 후보는 낸시 펠로시 의원에게 자신을 도와줄 수 있느냐고 정중히 요청했었다고 합니다. 그녀는 민주당 앨 고어 후보를 돕기 위해 열성을 다하고 있다면서 정중하게 거절했다고 합니다.

부시가 대통령이 된 다음 백악관에 취재하러 온 낸시 의원의 딸에게 부시 대통령은 "당신은 어머니를 자랑스러워해야 한다"고 말했답니다. 이번 중간 선거를 앞두고 부시 대통령이 낸시 의원을 처음으로 비난한 것에 대해 그녀의 딸은 시사주간지 《타임》에 이런 글을 기고했습니다.

"미국 대통령이 당신을 비웃을 때 당신은 유명해진다. 그리고 대통령이 당신을 공개적으로 조롱할 때 돈더미가 굴러들어온다." "국민은 구경꾼이 돼서 TV화면으로만 정치를 접해서는 안 된다. 부시 대통령과 펠로시 대표 역시 사람들의 말을 귀담아들어야 한다. 그들에게는 이끌어 가야 할 국가가 있다."

'대통령이 비웃을 때 유명해지고 대통령에게 공개적으로 조롱당하면 돈더미가 굴러온다!'는 대목을 보면서 미국인들의 수준을 헤아릴 수 있었습니다. 고도의 자본주의 사회인 미국 국민들의 '철저한 자본주의 정신'이 느껴지기도 합니다.

백악관과 청와대는 대통령의 집무실과 주거 시설이 있는 곳이라는 공통점이 있습니다. 두 나라 최고 엘리트들이 모여서 일하는 곳이기도 합니다. 그러나 청와대와 백악관은 스타일이 조금 다른 것 같습니다. 대체로 청와대 분위기가 다소 경직돼 있다는 지적도 있습니다. 요즘은 청와대가 많이 민주화되었다지만 청와대라는 곳은 예사 직장이 아닙니다. 그곳은 '엄숙하면서도 단정한 분위기 속'에 자나깨나 '나랏일'을 걱정하는 그런 곳이어야 할 겁니다.

이 나라 최고의 엘리트들이 모여 서로 북돋아가면서 오로지 대한민국의 발전과 번영을 위해 최대한의 노력을 쏟아 부어야 하는 곳입니다. 그래서 일반 국민은 '청와대!'에서 근무한다면 그 사람을 다시 보는 그런 곳이어야 합니다.

＊사족: 이제 청와대는 몇 달 후면 주인이 바뀝니다. 새로운 주인과 새로운 일꾼들이 이사 오겠지요. 새 정권의 새 대통령은 '선배 정권들'의 청와대 '비하인드 스토리' 들을 반면교사 삼아 진정으로 국민을 위해 일할 수 있는 유능하면서도 정직하고 성실한 일꾼들을 불러들여야 할 겁니다.

부시 대통령의 치밀한 홍보 전략

얼마 전, 천신만고 끝에 대통령에 당선된 미국의 부시 대통령은 배짱도 좋아서 취임 첫해 여름휴가를 무려 한 달이나 쓰는 바람에 그의 대담한 휴가 생활(?)이 우리나라 신문에까지 대서특필되기도 했다.

아무리 자유로운 미국이지만 그래도 한 달 휴가라는 게 국민들 보기에 좀 안됐던지 며칠 있다가 백악관의 대변인인가 하는 사람이 나서서 한 달이 아니고 28일이라는 둥, 노는 휴가가 아니라 일종의 재택근무 비슷한 '일하면서 지내는 휴가'라는 식으로 좀 속 들여다보이는 변명을 늘어놓기까지 했다.

어쨌든 초선의 대통령치고는 화끈한 여름휴가를 보내고 온 부시 대통령의 당당함이 오히려 멋있게 보인다는 생각이 들 정도였다. 그런 생각의 기저에는 아마도 휴가를 떠날 때와 돌아올 때 애견(퍼스트 도그)을 무슨 신주단지 모시듯 소중하게 안고 있는 대통령의 모습이 실린 사진에서 인간적인 따스한 성품이 느껴졌기 때문인지도 모르겠다.

물론 이런 사진이야말로 대통령 참모들이 장기 휴가를 떠나는 대통령을 위해 치밀하게 연출한 사진이라지만 아무튼 세계 최강대국 대통령의 이미지가 제3국의 소시민인 나에게 그런대로 괜찮은 인간형(?)으로 비쳐졌다는 점에서 참모들의 홍보 전략은 일단 성공했다고 할 수 있을 것이다.

미국의 대선전이 시작되기 몇 달 전 우연히 본 미 시사주간지《뉴스
위크》에 실렸던 부시 당시 텍사스 주지사에 관한 특집기사를 보면서
나는 이 사람이 대통령이 될 것이라는 확신을 가졌었다.

남들이 들으면 코웃음을 칠 일이지만 나는 아주 사소한 부분에서 부
시와 그 참모들의 치밀한 홍보 전략의 한 자락을 탐지해냈고 단지 그
한 자락으로 그의 당선을 확신했던 것이다. 하나를 알면 열을 알 수 있
으니까.

그 기사에 의하면 부시 주지사는 부친에 대한 효성이 너무도 지극한
나머지 대통령직 재선에 실패한 그의 부친이 현직에서 밀려난 이후 마
땅한 '점심 친구'가 없는 신세가 되자 그 '착한 아들'은 거의 매일 점
심시간에 아버지를 자신의 주지사 관저로 모셔다가 직접 앞치마를 두
르고 요리를 해서 부자지간에 아주 긴밀하고 다정한 '런치 타임'을 갖
는 게 일상의 주요 행사였다는 내용이었다. 참고로 부시 현 대통령의
별자리는 게자리인데 이 게자리 남성들의 효심은 동서양을 막론하고
별자리가 보증하는 유별난 데가 있긴 하다.

물론 가족애라든지 부모에 대한 효도라든지 하는 것은 동방예의지
국인 우리나라가 한수 위이긴 하지만 이런 관념은 어쩌면 범인류적인
것이기도 해서 감동에 약한 미국인의 심경을 울리고도 남았을 것이라
는 게 내 생각이다. 그러니까 매일 '실직한 아버지'를 위해 요리를 해
바치는 이런 착하고 성실한 아들의 이미지는 그의 참모들이 그렇게나
내세우려 했던 '따스하고 올바른 품성의 남자' 미스터 부시를 어필시
키는데 상당한 효험을 봤을 것이라는 얘기다.

실제로 대선전이 막바지에 달했을 때 벌어진 텔레비전 토론에서는
지적知的으로나 연설 능력으로나 훨씬 윗길이어서 압승을 할 것이라는

당시 고어 후보를 이 어눌한 부시 후브가 특유의 '따스한 인간미'로 이겨냈다는 보도가 나온 것만 봐도 부시와 그 참모들의 '인간적인 전략'은 성공을 거둔 것이라고 볼 수도 있을 것이다. 물론 수많은 승리요인이 있었겠지만.

투표권도 행사할 수 없는 남의 나라 얘기에 이렇게 열을 올리는 것은 아무래도 너무도 소란스럽기만 했지 어떤 인간적인 미덕이 별로 느껴지지 않는 요즘 우리 정치 현실이 딱해 보여서다. 타산지석이라는 말도 있듯이 선진국의 정치인들과 그 참모들로부터 이런 단수 높은 정치학(?)을 전수받는다면 '누이 좋고 매부 좋은' 결과가 나오지 말라는 법은 없지 않겠는가.

정치인, 특히 차기 대권(이 말은 너무도 진부해 별로 쓰고 싶지 않지만)을 향해 출사표를 던질 채비를 하고 있는 이른바 몇 용龍들의 얘기는 이제 단행본으로까지 나와서 그들이 일종의 '문화상품'이 된 듯한 분위기마저 감돌고 있다.

게다가 간간이 정치면 가십에 나오는 그 용들과 그 부인들의 얘기는 어떨 때는 정말이지 민망한 기분이 들 정도로 한심한 내용이어서 아직 우리나라 멀었네라는 한탄마저 나온다는 것이 주변 사람들의 한결같은 여기다.

언젠가 어떤 모임에 갔더니 멀쩡한 지식인 중의 한 사람이 이런 얘기를 했다. 아무개를 지지하는데 그 부인이 영 맘에 안 들어서 아무래도 그들을 일단 이혼이라도 시켜야 하지 않겠는가, 뭐 이런 식의 얘기였다. 물론 반쯤은 농담을 섞은 얘기지만 언중유골이어선지 그 소리를 듣고 있던 몇몇의 참석자들도 그 황당한 음도(?)에 선뜻 동의를 나타내는 것이었다.

당사자들이 들으면 기가 막힐 노릇이지만 말에 세금 붙지 않는다고 그냥 자유롭게 정견들을 발언하는 것이 일반 유권자들의 심리인 것 같기도 하다.

또 어떤 한 사람은(물론 멀쩡한 지식인이다) 아무개 후보의 부인은 안방정치가 지금부터 대단하다며 마치 자신이 목격한 것처럼 야기를 했다. 직접 겪은 일이냐고 물었더니 오다가다 들었다는 것이다.

이런 것이 바로 세상에 돌아다니는 '발 없는 말들' 의 진실인 것 같다. 그러니까 부시 진영의 치밀한 홍보 전략이 새삼 돋보인다는 생각이 든 것이다.

4

축구 이야기

승부차기 영광 재현한 거미손 이운재

조금 전 끝난 우리 국가대표팀 경기를 응원하느라 손바닥이 벌겋게 되도록 박수를 쳐댔습니다. 오랜만에 신나게 쳐본 박수였습니다. 박수치기가 몸에 그렇게 좋다지요? 그러니 오늘밤 손바닥 아프게 박수치신 분들은 일석이조의 효과를 거두셨네요. 박수 덕에 몸도 좋고, 기분 좋아 정신도 맑아지고……

대한민국 집집마다에서 힘껏 친 박수소리의 '나비효과' 가 말레이시아 콸라룸푸르 국립축구경기장에 무사히 도착했나 봅니다.

이겼습니다. 우리 국가대표 축구팀이 '호각지세' 라는 이란팀을 승부차기 끝에 4 대 2로 시원하게 이겼습니다. 사실 축구승부 묘미의 극대치는 아마도 이 '승부차기' 가 아닐는지요?

양 팀 모두 120분에 걸친 힘겨운 육탄전 끝에 육신이 너덜너덜해진 상태로 고도의 정신적 집중력을 발휘해야 하는 두뇌 플레이가 바로 승부차기거든요. '러시안 룰렛' 에 비견되기도 하지요. 육연발 권총에 실탄을 장전하고 서로 돌아가며 자신의 머리에 대고 방아쇠를 당기는 그 아찔한 전율! 러시아의 귀족들이 즐기던, 호사의 극치를 달리는 게임이었죠.

아주 오래 전에 본 영화 〈디어 헌터〉에서 이 러시안 룰렛 장면이 나왔던 걸로 기억합니다. 월남전에 참전했던 미국의 젊은이들이 그 정신적 상처를 치유하지 못한 채 방황하는 스토리의 영화였지요. 세세한 스토리는 거의 잊었지만 유독 이 러시안 룰렛 장면만은 지금도 생각나는 걸 보면 어지간히 충격적인 영상이었나 봅니다.

오늘 축구팬이 아닌 분을 제외한 수많은 국민들이 주먹을 꼭 쥐고 지켜보는 가운데 열린 이 승부차기의 승전보는 오랜만에 우리 국민들에게 활력을 선사했다고 봅니다. 월요일 전국 각 직장에선 활기가 넘칠 것 같군요.

엊그제 아프가니스탄으로 선교봉사 활동을 떠났던 젊은이들이 아직 풀려나지 않아 온 국민의 마음이 착잡한 상태였기에 태극전사들의 승부차기 승리는 더욱 빛났습니다.

특히 거미손 이운재가 두 번째로 '선방' 한 뒤 씨익 웃어 보이던 그 매력적인 미소는 '한일 월드컵의 추억' 을 떠올리게 해 두 배의 기쁨을 선사했지요.

이운재 선수는 오늘의 '수훈갑' 으로 당당히 이름을 올렸고, 지난해 8월 부상 이후 대표팀에서 제외되었던 설움을 '한 방' 에 날려버렸지요. 요새 이 '한 방' 은 정치권에서 '네거티브 용어' 로 쓰는 바람에 쿨한 느낌을 주진 못하지만 그래도 이럴 땐 그 '한 방' 이란 말이 가장 쓰임새가 높은 것 같습니다.

사실 이번 아시안컵 대회에서 우리 국대팀은 첫 상대로 한 번도 이겨본 일이 없어 '무패 징크스의 호적수' 라는 사우디아라비아와 비기는 바람에 영 시원찮은 출발을 했습니다. 그 날도 우리가 선취점을 넣고 한참 기세등등하다가 동점 골을 어이없이 허용하는 바람에 김이 새버렸었지요. 게다가 엎친 데 덮친다고 상대가 안 된다고 생각했던 바레인이라는 '복병' 에게 1 대 2로 역전패당하는 수모마저 겪은 터여서 우리 선수들이나 저의 감정이나 그리 쾌청한 컨디션은 아니었지요.

바레인 같은 '도시국가' 분위기의 즈그만 나라에 세계 경제규모 11위권인 우리 대한민국이 진다는 게 말이 됩니까! 그것도 역전패라니요……

그날 전 어찌나 화가 났는지 당분간 우리 국대팀 경기는 안 보기로 다짐을 해버렸습니다.

그래도 하루 지나니까 그 미운 맘이 슬그머니 사라지더군요. 아마 국대팀에 대한 중독이 중증인가 봅니다.

얼마 전에도 우리 블로그에서 고백한 적이 있지만 대한민국 국가대표팀의 경기를 지켜보는 것이 매우 큰 즐거움이고 보니 아무리 미워하려 해도 그 미움이 오래 가질 않네요…….

아마 젊은 연인들의 마음이 이렇지 않을까요? 다신 안 본다고 몇 번을 다짐하지만 그래도 또 '미워도 다시 한 번' 이라면서 보게 되지요.

인도네시아팀과의 경기도 바로 그런 마음에서 지켜봤습니다. 그날 경기도 뭐 그리 신통치 않았습니다. 아마 1 대 0으로 우리가 간신히 이겼지요.

그날 인도네시아 관중들의 열렬한 응원모습을 보니까 조금 무서운 느낌마저 들었습니다. 예전에 인도네시아에 여행갔을 때 가이드가 '인도네시아 사람들은 가난하지만 자존심 하나는 세계 최고다' 라고 말한 게 떠올랐습니다.

거의 축구응원에 목숨 건 듯한 그들을 보면서 우리가 이긴 게 좀 미안해질 정도였습니다. 그러나 승부의 세계는 냉정한 거 아닙니까! 인정사정 볼 것 없는 게 바로 이 승부의 세계니 어쩔 수 없죠, 어쨌거나 이긴 건 잘한 거지요.

솔직히 월드컵 4강 출신인 우리가 지금 이렇게 아시아에서마저 기신

기신한다는 건 너무 자존심 상하는 일 아닙니까!

그래도 현실을 직시해야 인생이 편해지듯 우리 국대팀의 현주소가 나도 모르는 사이에 피파 랭킹 51위로 주저앉아 있는 형편이고 브니 어쩝니까!

아시아에서부터라도 다시 패권을 다져 나가야지요. 8강 진출도 솔직히 좀 구차스럽게 올라갔었지요. 우리가 인도네시아를 간신히 이기고 사우디아라비아가 바레인을 이겨줘서 그 덕분에 8강행 티켓을 거머쥔 거니까 그리 잘난 척할 주제는 아니었습니다.

게다가 오늘 만난 이 이란팀! 정말 서로 만나지 말았어야 할 팀이죠. 피차가 서로 안 보는 게 좋은 팀이었는데…… 역대 전적이 '8승 4무 8패' 랍니다. 희한하게 '승패의 사이클' 이라는 징크스도 조성된, 좀 심하게 말하면 '악연의 적' 이라고나 할까요.

이번 징크스에는 오히려 이란팀이 찜찜해 하는 상황이었답니다. 이란의 스포츠 기자들 사이에선 경기 전부터 '이번엔 한국에 패할지도 모르는 몇 가지 징크스가 있다' 는 말이 공공연히 떠돌았다네요.

우선은 징검다리 승부 징크스를 꼽았답니다. 한국과는 아시안컵에서 5차례 맞붙었는데 1972년엔 한국이 1 대 2로 패했고 그 이후 밑도 핑퐁식으로 승패를 나눠 가졌답니다. 그렇게 '이기고 지고' 를 반복하는 '운명의 악순환' 의 사이클에서 이번엔 이란팀이 '지는 차례' 였답니다.

저는 개인적으론 '애국가 징크스' 로 시합의 승패를 가늠하는 버릇이 있습니다.

지난번에도 우리 스카이뷰의 블로그에 소개한 적이 있었지만 조영남이 애국가를 이상하게 부른 날도 우리가 간신히 이겼었죠. 그 이전엔 바리톤 김동규가 도입부를 '동, 동' 하고 더듬는 바람에 결국 우리가 졌었지요.

물론 그때야 네덜란드라는 워낙 막강팀을 만났으니 불가항력이라고 치더라도, 아무튼 이 애국가를 '훌륭히 불러 모셔야' 한다는 게 저의 개인적 징크스입니다.

오늘! 저 머나먼 말레이시아 국립경기장에 우리 애국가가 솔로 없이 그냥 깨끗하게 오케스트라 연주로만 울려 퍼지는 순간 저는 콧날이 시큰해지면서 우리가 이길 것이라는 '예감' 을 확신했습니다.

우리 선수들의 표정도 한결같이 엄숙하고 결의에 찬 표정이었습니다. 특히 주장 이운재 선수를 비롯해 그렇잖아도 강건한 인상인 이천수와 최성국, 이동국, 조재진, 김상식, 김정우, 김진규, 오범석 등등 모두도두 다부지면서도 승리의 확신을 얼굴에 가득 가진 좋은 표정들이었습니다.

언게 봐도 패기에 넘치는 '젊은 그들' 의 늠름한 모습에서 승리의 여신도 점수를 준 것 같습니다.

사실 이번 이란전에선 '호각지세' 라는 말이 좀 안 좋은 쪽으로 맞은 듯했습니다. '서로 비슷비슷한 위세' 라는 뜻의 이 단어가 한편으론 맞았고, 한편으론 안 맞았다고 봅니다. '호각졸세' 라는 말은 사전엔 없었지만 양 팀 모두 오늘 경기에서 그렇게 시원한 모습을 보여주진 못했거든요. 잔디밭 컨디션도 안 좋은 데다가 장대비까지 쏟아지니 볼은 제멋대로 이리저리 날아다니는 꼴이었습니다.

제야 전문적 축구 전술전략은 잘 알지도 못하지만 수십 년 지켜봐 온 축구팬의 입장에서 볼 때, 이번 경기에서 우리 팀에겐 전술적으로 좀 아쉬운 장면이 여러 번 연출되었다고 봅니다.

중원에서의 싸움은 그런대로 '호각지세' 였지만 축구의 하이라이트인 '골' 장면에선 왜 그렇게 빈 공간이 많이 보이는지요. '저쪽에 한 선수 정도는 있어줘야 하는데' 라고 한탄한 게 한두 번이 아니었거든요.

더구나 최성국을 비롯한 노련한 선수들을 왜 전반부에 배치하지 않았는지 그것도 궁금합니다.

우리에겐 '행운' 이었지만 이란에겐 '불운' 이었던 장면이 더 많아 가슴이 철렁철렁 내려앉은 적이 많았던 것도 오늘 경기의 아쉬운 걸으로 꼽고 싶군요. 어쨌거나 전후반 90분과 연장전 30분 사이 한 점도 골이 안 나왔다는 건 양팀 모두에게 해피한 일은 아니었지요.

자! 결국은 그 몸서리치게 짜릿한 축구계의 러시안 룰렛! 승부차기와 마주섰으니 보는 사람은 차치하고 저 젊은 선수들은 오죽 긴장했겠습니까!

그래도 이럴 때 골키퍼 경력 15년의 든든한 맏형 이운재 선수가 노란 주장 완장을 팔에 두른 채 예의 그 여유만만한 미소를 씨익 지어브이니 그렇게 위로가 될 수 없었습니다. '저 오빠' 가 오늘 일 내지 싶은 예감이 팍 들더군요.

올해 나이 서른다섯의 애기아빠 이운재 선수는 지난 2002년 한일 월드컵 8강전 스페인과의 격전 끝 승부차기에서도 우리에게 승리를 선사한 노련한 '아트 사커' 이지요.

이란과 승부차기에서의 하이라이트인 양측 주장끼리의 기세싸움에서 '운재형' 이 상대 주장 마다비키아를 보기 좋게 꺾었죠. 그가 찬 강한 볼을 슬라이딩해 양 손으로 밀쳐 버리는 장면은 정말 너무 아름다웠습니다. 물론 이란팀에서야 '죽음' 이었겠지만요. 그야말로 '너의 불행은 나의 행운' 이라는 속된 표현이 딱 맞는 순간이었습니다.

그 후 김두현이 실축해 잠시 탄식을 자아냈지만 이란의 네 번째 키커 하타비가 정면으로 깔아 찬 볼을 이운재가 손이 아닌 발로 막아내는 멋진 모습에선 손바닥이 아플 정도로 무한정 박수를 쳐댔습니다.

아하! 이렇게 해서 승리의 여신은 우리 손을 들어주었습니다.

5년 전 우리가 월드컵 8강전에서 승리하던 그날과 오늘이 교차 편집되면서 기쁨의 폭죽은 하늘 위로 마구마구 퍼져 올라갔습니다.

비록 아시안컵이지만 승부는 승부 아닙니까! 요즘같이 날씨 덥고, 시끄러운 일만 연거푸 일어나고 있는 우리나라 형편을 잠시 잊게 해주는 아주 멋진 한판 '진검승부' 였습니다.

베어백 감독은 좀 무겁겠지만 거미손 이운재 골키퍼를 업어줘야 할 것 같네요. 베 감독은 이란전에 지면 '물러나겠다' 는 배수의 진을 쳐놓은 상태였거든요. (결국 베 감독은 자진 사퇴 형식으로 감독직을 사임했죠.

누가 봐도 오늘 수훈갑은 '어게인(Again) 승부차기 승勝' 을 만들어 낸 거미손 이운재 선수였습니다. 이운재&국대팀 파이팅!

졌지만 잘했다! 우리 국가대표팀!

기다리고 기다렸던 복수혈전(?)은 안타깝게 졌지만 그래도 잘했다, 우리 국가대표팀!

좀 아쉽다면 여전히 2% 부족한 골 결정력! 0 대 2로 졌지만 심정적으론 0 대 1로 졌다고 말하고 싶다. 하나는 페널티로 내준 거니까.

조금 전 상암벌에서 끝난 대한민국과 네덜란드의 국가대표팀 평가전은 아쉬움을 남긴 경기였다. 그래도 90분 동안 땀 흘리며 그라운드를 누빈 우리 대표팀 선수들에게 큰 박수를 보낸다.

경기 시작 직전 텔레비전 화면에 뜬 '관전 포인트' 의 맨 첫 번째는 '9년 전 0 대 5로 진 설욕전' 이라는 것이었다.

좀 우스웠다. 물론 9년 전 쓰라린 패배가 있었지만 그 사이 우린 온 나라가 들썩거리면서 월드컵 4강전에도 진출했고, 작년 독일 월드컵에서도 '원정 첫 승' 을 거둔 만만치 않은 팀으로 성장하지 않았는가. 그런데 웬 '9년 전 불쾌했던 과거' 를 관전 포인트 상석上席에 배치했는지 이해하기 어려웠다.

어쨌든 네덜란드라는 팀은 현재 FIFA 6위! 대한민국은 FIFA 51위! 라는 대목이 걸렸다. 그래도 길고 짧은 건 대봐야 아는 법 아닌가!

축구감독들의 사관학교라는 네덜란드팀과의 경기가 벌어진 상암경기준을 넘실거리는 청춘들의 함성으로 경기 시작 전부터 뜨겁게 달아 오르고 있었다. 비록 텔레비전 화면으로 지켜보는 것이지만 그 '청춘의 열기' 가 고스란히 전해져 왔다.

이번 경기에는 박지성·이영표·설기현 등 해외파 '빅 3' 가 모두 결장해 서운했지만 그래도 주장 김남일의 투지력 넘치는 표정을 보니 기운이 솟았다.

오랜 슬럼프에 시달렸던 골키퍼 이운재는 몰라볼 정도로 날씬해진 모습으로 후배들을 독려하는 모습이 믿음직하다.

6위와 51위의 싸움이니 우리로선 별 잃을 것도 없다. 밑져야 본전이니까 그냥 들이대보는 거다!

우리 같은 '안방 거사' 들이야 텔레비전 화면에 잠시 스쳐지나가는 우리 선수들의 표정 하나하나, 그라운드에 가득 찬 열기 하나하나를 놓칠세라 화면에 시각을 고정시키면서 오랜만에 '기도' 의 약발도 기대해보는 처지다.(급할 때만 하나님 찾으니……)

아무튼 이렇게 일개 시청자의 입장이지만 대한민국 축구 국가대표팀의 '명예 감독' 이자 '명예 선수' 그리고 '명예 치어리더' 격인 우리 안방응원팀은 온 촉각을 곤두세우고 경기가 시작되기를 기다렸다.

양국 국가가 나오는 순간 지극히 짧은 시간이지만 왠지 불길한 예감이 스쳐 지나갔다. 네덜란드 국가를 부르는 미모의 소프라노 가수는 분명 한국 여성인데도 아주 여유 있는 표정으로 멋지게 네덜란드 국가를 잘도 불렀다. 그런데 콧수염을 자랑하는 바리톤인지 하는 한국인 남자 성악가 김동규는 우리 애국가를 부르는데 첫 음정을 잘못 잡아 '동' '동해물과' 라고 스타트를 더듬는다.

축구 경기를 많이 봤지만 저렇게 애국가를 더듬거리며 시작하는 건 처음 봤다. 그 순간 우리 대한민국팀이 꼭 질 것만 같고, 진다면 그건 실력차가 아니라 저 남자가수가 애국가를 더듬은 탓이라는 좀 설뚱맞은 생각마저 스쳐 지나갔다.

어쨌거나 예정된 시간대로 경기는 시작됐다.

자, 이제부터는 단 한 장면이라도 놓칠 수 없는 거다.

대한민국 국가대표 축구팀의 경기를 관전하는 것은 내가 가장 즐기는 오락시간이다. 그 시간만큼은 누구에게도 양보할 수 없다!

녹색의 그라운드 위에서 우리의 장한 국대팀 선수들이 푸른 달갈기 휘날리며 야생마처럼 뛰어다니는 모습에서 나는 장엄함과 비장함에서 비롯되는 순수한 아름다움을 느낀다.

오늘도 그랬다. 우리 선수들 모두 다부진 표정이다. 특히 인디언 추장처럼 가는 헤어밴드를 질끈 동여매고 나온 이천수 선수의 표정에는 '결기'가 서려 있다. 어느 선수보다 아름다운 프리킥을 우리에게 보여 왔던 이천수는 그동안 이러저러한 시련을 겪어선지 다소 앳된 청년티는 모두 벗어버린 듯한 얼굴이다.

'왕王'자 복근을 자랑하며 CF도 찍었다던 조재진 선수의 표정에도 야무진 각오가 묻어 있다. 여가수와 연애한다는 소문은 아마 헛소문일 것이다.

선수들 하나하나가 모두 약속이라도 한 듯 결의에 차 있는 모습이다.

상대팀인 네덜란드 선수들은 다소 여유가 있어 보인다. 소년 합창단원 같아 보이는 미소년풍의 선수들도 여럿 눈에 들어온다. 저렇게 여려 보이는 선수들이지만 정작 녹색 잔디 그라운드에선 돌변하는 모습이— 비록 적군이지만— 멋있어 보였다.

이렇게 젊은 전사들 하나하나를 속으로 품평하면서 오늘의 전적은 제발 1 대 0으로 우리 대한민국이 승리했으면 하는 바람을 가지고 있었는데 저 바리톤이 애국가 서두를 저렇게 더듬었으니 어찌할꼬!

경기 시작 1분이 지났을 때 네덜란드의 신예 흑인 선수 슬로리가 이름과는 다르게 매우 민첩한 슛으로 간담을 서늘하게 만들었다. 불행 중 다행으로! 노 골이었으니 망정이지 정말 '소름끼치는 슛' 이었다.

그 대부터 조마조마한 장면이 속출했다. 그렇다고 우리가 밀린 건 아니었다. 우리 선수들은 그야말로 이를 악물고 뛰는 모습이다. 너무 그러니가 좀 가여운 느낌마저 든다.

젊은 민완 첩보원 스타일인 판 바스턴 네덜란드 감독은 독수리 눈매로 시종 선수들에게 무언의 사인을 보냈다. 그가 후반전, 거의 대세가 확정될 무렵 선수 교체로 들어오는 흑인 선수 멜히옷에게 찡긋하며 윙크를 보내는 장면은 한 편의 영화를 보는 듯했다. 왜 이렇게 축구 감독들은 한결같이 미남형에 연기력도 뛰어난지…… 표정 변화가 전혀 없는 포커페이스 바스턴 감독의 그 윙크는 축구의 마력이 무엇인지를 웅변하는 듯했다.

그에 비해 우리 국대팀 감독인 핌 베어백은 자신의 조국인 네덜란드와 맞서서 이겨야 하는 '기구한 운명'의 자신의 직업 탓인지 영 표정이 어둡다.

경기 시작 전 양국 국가가 울려 퍼지는 동안 두 번 경례를 하는 그의 모습에서 모국 선수들을 상대로 경기를 이겨야 하는 감독의 고뇌를 읽을 수 있었다. 그 탓은 아니었지만 결과적으로 우리는 졌다.

전반 초반부에 인디언 추장 같은 이천수가 황금의 프리킥 기회를 잡았지만 네덜란드 골키퍼가 워낙 잘하는 선수인지 영 맥을 못췄다. 이렇게 안타까운 '노 골' 장면은 경기가 종료될 때까지 여러 번 되풀이되어 탄식이 절로 나왔다.

아무래도 오늘은 '골 운'이 따르지 않나 보다. 제아무리 기량이 뛰어나도 운이 안 따라주면 어쩔 수 없는 거 세상 이치이니 어쩌겠는가!

오늘 보조해설위원 자리에 앉은 이영표는 회색 정장을 차려입고 중계석에 앉아 있었다. 마침 그 자신이 네덜란드팀에서 활약했던 경험이 있어서 아주 재미있고 생동감 있는 해설을 들려줬다.

평소에도 '똘똘한 이미지'의 이영표는 해설을 하면서도 그 이미지를 그대로 살려 네덜란드 선수들 하나하나에 대해 상세한 설명을 덧붙여 경기 보는 재미를 더했다.

전반 30분쯤 지나서, 우리에게 재앙이 덮쳤다. 문제의 흑인 선수 슬로리와 우리의 김진규 선수가 맞붙었는데 경기 내내 우리에게 불리한 판정을 내린 듯한 '그라운드의 독재자' 주심이 페널티를 선언하는 게 아닌가!

내가 볼 땐 '천부당만부당'이지만 어쩌겠나, 선수 이외엔 유일하게 그라운드를 누비는 '저 독재자'의 휘슬을 무슨 수로 막는단 말인가!

이렇게 해서 우린 '재수 없게' 한 골을 먹고 만 것이다. (사실 페널티로 한 점 잃은 건 뭐 그리 대수는 아니다.)

페널티 슛을 성공시킨 반데 바르트라는 미소년풍의 선수는 알고 보니 이영표와 둘도 없는 파트너 사이였단다. 이영표 얘기로는 한솥밥 먹으면서, 경기마다 패스를 가장 많이 주고받았다고 한다. 더구나 반데 바르트는 이미 10세 때부터 그 '명성'이 온 네덜란드에 자자했던 '축구 천재'라는 해설을 듣는 순간 가슴이 미어진다.

아무래도 저 녀석 때문에 우리가 펀치 못하겠구나 생각하니 은근히 얄미워진다. 하지만 어쩌겠는가. 그 재능이야 그 쪽에서는 사랑스러움 그 자체인 것을……

결국 나를 덮쳤던 '불길한 예감' 대로 그 '축구 천재'가 후반 27분경 '춤추듯' 쉽게 밀어 넣은 슛으로 그들은 승리했고 우리는 패배한 것이다. 가만 보면 세계적으로 명성을 떨치는 축구 천재들은 골을 아주 쉽게 넣는다. 무슨 천신만고 끝에 극적으로 들이미는 것이 아니라 그냥 밥 먹듯 한다. 아니 그냥 춤추듯 슬쩍슬쩍 발만 갖다대는데 어느새 골망이 출렁이는 것이다.

하지만 오늘 우리팀도 만만치 않았다. 전반전 끝날 무렵, 송종국이 어시스턴트 해줘서 김정우가 시도했던 슛은 비록 골로 연결되진 못했지만 너무도 멋있었다. 이영표 얘기론 송종국이 게임 끝나고 "형 봤지?"라고 으스댈 것이란다. 그 얘기어 슬며시 웃음이 나왔다.

오늘 경기에서 아마추어 관전평론가인 내가 보기에 수훈갑은 이천수와 송종국을 꼽을 수 있겠다. 물론 전반 끝나기 직전 대퇴부 부상으로 들것에 실려나가는 '비운'을 겪은 조재진도 나름 훌륭하게 한몫을 해냈다.

후반에도 지치지 않고 날아다니는 이천수의 모습은 멋있었다. 결정적으로 골로 연결이 안 돼 아쉬웠지만 그의 분투하는 모습은 눈이 부실 정도로 아름다웠다. 이 선수에게 프리킥의 찬스는 또 찾아왔지만 그놈의 '운'이 뭔지 영 야멸차게 따라주지 않으니 천하의 이천수라도 도리가 없었다.

막판 1분인가를 남겨놓고 22세의 김진규가 빨랫줄같이 쪽 곧은 아주 위력적인 슛을 날렸으나 그것도 '운'의 도움을 못 받고 살짝 빗겨나가 땅을 치게 만들었다.

더군다나 맨 마지막으로 최성국이 시도한 슛도 역시 골망을 흔들지 못했다. 이런 걸 아마 사람들은 '골 결정력이 없다'고 말하겠지만 나는 운이 안 따라줘서 그런 것이라고 변명해 주고 싶다.

결극 경기는 0 대 2로 우리가 양보하고 말았다. 그래도 우리 선수들 끝까지 최선을 다하는 모습을 보니 오랜만어 스트레스가 쫙 풀려나가는 듯했다.

우리 대표팀이 비록 졌지만 경기 자체는 아주 멋졌다. 그리고 우리에겐 희망이 있다는 메시지를 보여주는 경기였다.

마지막에 이영표의 해설이 여운을 남겼다. "2 대 0이 한국과 너 덜란드의 거리다. 패배를 인정하고 더 노력하겠다."

FIFA 6위와 51위의 경기였는데도 거의 비슷한 수준으로 박진감 넘치는 경기를 선물한 우리 국가대표팀에게 마음의 꽃다발을 보낸다.

국대팀 화이팅!

'킬러 본능' 한동원과 아브라모프 감독

— 우즈베키스탄전을 보고

스타 탄생!

조금 전 우즈베키스탄에게 2 대 0으로 이긴 '2008 베이징올림픽 아시아 예선전'에서 혼자 두 골을 성공시킨 한동원을 보면서 떠오른 이미지입니다.

어떤 기사에는 한동원의 별명을 '킬러 본능'이라고 붙였더군요. 좀 블랙 코미디를 연상시키는 별명이지만 일단 그럴싸한 느낌이 드네요.

경기가 끝나자마자 검색창에 '한동원'을 쳤습니다. "1986년 4월 6일생, 178cm, 70kg, A형"의 기본 신체조건이 나왔고, 학력은 남수원 중학교까지만 나왔더군요.

한동원은 비록 스물한 살이지만 K-리그 6년차인 베테랑이자 한국 프로축구 최연소 출전 기록(16년 1개월)을 보유한 주인공이라고 합니다.

그리고는 지난 3월 15일 아랍에미리트 원정경기에서 '출장정지'를 먹은 박주영 대신 뛰었는데 두 골을 성공시켜 한국팀이 승리하는 데 결정적 기여를 했다는 내용이 떴습니다.

불과 13일 전 두 골을 골인시킨데 이어 또 두 골을 성공시켜 한국팀을 승리로 이끈 건 제 기억으론 우리 축구역사상 거의 전무한 일인 것 같습니다.

'골이면 다냐' 라고 비판하실 분들도 계시겠지만 어쨌든 축구의 하이라이트는 '골' 에 있다는 게 무지한 저의 소견이거든요.

대단했어요! 한동원!

오늘은 이 한동원 선수와 우즈베키스탄 아브라모프 바딤 감독을 '주제어' 로 이런저런 이야기를 하겠습니다. 물론 축구 전문가가 아니니까 '정식 관전평' 을 할 깜냥은 아니라는 걸 미리 밝힙니다.

이번 경기는 22세라는 나이제한을 둔 올림픽 대표팀이어서 국가대표팀 선수들보다는 한참 어려보이고 낯선 선수들이었지만 그들이 뿜어대는 신선미는 '국대 선수' 들의 노련미 못지않더군요. 선수들의 기존 이미지의 매력 면에서야 '국대팀' 이 한 수 위지만 신인이 주는 매력은 '올대팀' 이 위였죠.

엊그제 우루과이전을 보고 우리 '스카이뷰의 블로그' 에 올린「우루과이가 축구 잘하는 진짜 이유」에는 하루 동안 7만 명 가까운 방문객이 운집해 저를 놀라게 했습니다. 그만큼 네티즌들의 축구 사랑이 대단하다는 거겠죠.

그날 저는 글의 서두에서 축구 경기의 기본 지식조차 없는 '아마추어 관객' 으로 '전문적인 관전평' 은 못하고, 그저 제가 느낀 이런저런 것을 이야기하겠다고 밝혔습니다만 오늘도 다시한번 같은 말씀을 먼저 드리고 싶군요.

저는 원톱이니 투톱이니 해트 트릭이니 하는 용어의 정확한 뜻도 모르는 '축구 맹' 수준입니다만 그저 단순한 저의 감성이 느끼는 대로 경기에서 받은 인상기를 적는 것으로 제 '임무' 를 다한 듯 '성취감' 마저 느끼는 극히 '낮은 단계' 의 축구팬입니다.

하지만 사랑도 '맹목' 일 때가 무섭듯이 저의 축구 사랑은 그런 '유식' 과는 거리가 멀어도 한참 멀지만 나름대로 보고 즐기는 '맹돌적 차원' 이선 그 누구에게도 뒤지지 않는다는 바보 같은 자부심마저 가지고 있답니다.

그래서 단순히 '중원을 장악했다!' 이 한 마디에 가슴 설레는 정말 무지몽매한 관객이기도 합니다. 비록 무지하나 단순한 것이 복잡한 것을 이긴다는 그런 속설처럼 저도 무식하지만 즐거워할 줄 아는 거의 '본능적' 인 축구 관전평을 쓰고 싶은 것입니다.

지난번 말씀드렸던 우루과이 언론인 에두아르도 갈레아노는 그의 축구 에세이집 서문에서 자신의 책을 길에서 우연히 마주쳤던 적이 있는 꼬마 축구선수들에게 바친다고 쓰고 있습니다.

그 꼬마 축구선수들은 축구를 하고 돌아오는 길에 이런 노래를 불렀다는군요. 그 노랫말을 소개한 글을 보고 가슴이 뭉클해졌습니다.

"우리는 이겼다. 우리는 졌다. 그러나 우리 모두 즐겁다."

저의 축구에 관한 이미지는 바로 이런 것입니다. 이기기도 하고 지기도 하는 '각본 없는 시나리오' 속에서 '12번째 선수' 로서 자긍심을 갖고 그 젊은이들과 호흡을 맞추며 90분 동안 녹색의 그라운드를 누비고 나던 그야말로 '맨발의 청춘' 이 된 양 제법 우쭐해지곤 합니다.

이번 우즈베키스탄전에서 우린 아주 시원하게 쿨하게 이겼습니다.

'킬러 본능' 이라는 '한동원' 이 전·후반에 각각 한 골씩을 성공시키는 강견한 장면을 보면서 거실에서 폴짝폴짝 뛰었습니다. 나이도 잊은 채!

전반 33분에 성공한 헤딩 슛! 이나 후반 39분에 우즈베키스탄 수비수가 걷어낸 볼을 아크 오른쪽 지역에서 오른발 논스톱 발리슛!으로 성공시키는 순간 저는 '영양 주사 두 대' 를 맞은 것 같은 신체적 효과를 즉석에서 느꼈답니다. 그야말로 엔돌핀이 팍팍 솟는 것 같더군요.

두 번째 슛을 성공시키고 한동원이 펼치는 '하트 세리모니' 를 보면서 수줍은더벅머리 앳된 총각의 '순정' 이 느껴졌습니다.

야생마처럼 질주하면서 '킬러 본능' 으로 달려들지만 '골이라는 이름의 사랑' 앞에서는 정작 한없이 순한 양이 되는 그런 모습이라고나 할까요. A형 선수다운 골 세리모니였습니다.

해설자는 한동원이 겸손한 성품이라고 극구 칭찬하더군요. 겸손! 이거 쉽지 않거든요. 더구나 한동원처럼 어린 나이에 저렇게 중요한 경기를 한 게임도 아니고 두 게임 연속 두 골을 성공시키고 나면 우쭐해질 수도 있어서 아닌게아니라 그 점이 조금 걱정되었거든요.

모든 분야에서 재능 있는 천재들을 망치는 첫 번째 독소 조항이 바로 오만과 자만 아니겠습니까! 얼마나 많은 천재들이 자만이라는 ス충수 속에 사라져갔습니까. 그런데 한동원 같은 재간둥이 슛쟁이가 겸손하기까지 하다니 더 든든해집니다. 그리고 보니 한동원이 슛을 성공시키고 난 뒤 수줍게 웃는 겸손한 표정이 아주 보기 좋더군요. 게다가 하트 세리모니 하는 모습도 귀여웠구요.

'세리모니' 하니까 그동안 수없이 많이 봐온 각국 축구 선수들의 기기묘묘한 골 세리모니가 주마등처럼 스쳐 지나갑니다. 우리 선수들도 인상적인 세리모니를 펼치곤 했었지요.

특히 2002년 월드컵 때인가요, 안정환이 이탈리아전에서 결정적 슛을 성공시키고는 반지에 키스하며 질주하던 장면이 선명하게 떠오릅니다.

테리우스라는 별명까지 있는 안정환은 섬세한 옆얼굴이 모델처럼 아름다워 실제로 화장품 모델로까지 선발되기도 했었지요. 그 키스 세리모니는 사랑하는 아내에게 바치는 '전리품' 이었다고 봅니다.

골키퍼를 제외한 모든 축구선수에게는 아마도 이 '골 세리모니' 순간이야말로 그들의 '존재이유' 일 거라고 말한다면 너무나 '실적주의'

라고 비난하실 분도 계실 것 같습니다. 하지만 저 같은 무지몽매한 관중들은 그저 골!만이 '지상 최대의 과제'라고 맹신하는 '골인 교도教徒'라는 것을 고백하고 싶군요.

이야기가 잠깐 옆으로 샜는데요, 자 다시 우즈베키스탄전으로 들어갑니다. 우리 올림픽 대표팀 정말 잘 했습니다. 골! 장면 외에 가장 인상적이었던 선수는 최철순입니다. 수비를 위해 악착같이 전속력으로 질주하다가 그 가속도를 스스로 제어하지 못해 경기장 밖의 펜스를 뛰어넘어갔다가 다시 들어오는 그 모습!

해설자는 그 선수가 "최근성이라는 별명이 있는 지독한 선수인데 오늘은 초투지라는 별명을 하나 더 붙여드리고 싶네요"라고 칭찬하더군요. 줌달 그 장면도 이제까지는 볼 수 없었던 진기한 것이었는데 아무래도 힘이 펄펄 나는 22세 미만 청년들의 경기니까 볼 수 있는 장면일 겁니다.

지금 그 장면을 돌이켜보신 분들은 아마 저절로 빙그레 웃으셨겠지요. 거의 '만화적 수준'의 장면이지요. 마구 달리다가 장애물을 발견하자 그 위로 점프하는 광경은 어쩌면 영화 〈ET〉의 라스트 신에서 자전거를 타고 달아나다가 붕 하고 하늘로 날아가 버리는 ET와 꼬마들 생각도 나게 하는군요. 어렴풋이 떠오르는 그 장면은 지금 생각해도 가슴이 뭉클해집니다.

우즈의 푸른 말 같은 젊은 선수들이 혼신의 힘을 다해 90분을 뛰는 모습에서 3월의 봄날이 주는 향기 같은 것이 느껴졌습니다.

이렇게 중요한 국제경기에서 제일 먼저 저의 눈길을 끄는 사람은 바로 감독!입니다.

경기 시작 직전 양국 국가가 울려 퍼질 때 우즈베키스탄 감독이 텔레비전 화면에 꽤 길게 비쳐졌습니다. 아브라모프 바딤 감독!

제가 엊그제도 말씀드렸지만 축구감독들은 왜 그렇게 미남들이 많은지요!

이 바딤 감독이 화면에 비쳐지는 순간 저는 무슨 영화배우가 격려차 벤치를 찾았나라고 생각할 정도였습니다.

영화 〈닥터 지바고〉의 타이틀 롤을 맡았던 저 유명한 오마 샤리프와 〈소피의 선택〉에서 메릴 스트립과 열연한 캘빈 클라인을 섞어놓은 듯한 얼굴을 상상하시면 됩니다.

콧수염을 길러서 더 그렇게 보였겠지요. 게다가 긴 목도리를 멋스럽게 걸쳤는데요, 축구감독이 목도리 두른 채 벤치에 서 있는 모습도 거의 처음 보는 듯했습니다. 패션 감각이 뛰어난 감독인 것 같더군요.

저는 그 감독을 보는 순간 우리 가족에게 "저 감독 좀 봐, 아이고 배우네, 배우야!"라고 소리쳤습니다. 가족도 순순히 인정하더군요.

감독들이 저렇게 '미남과科'가 많은 이유는 아무래도 축구선수 출신인 그들의 '야성미'에다가 '브레인'이 있어야만 할 수 있는 감독직의 직업적 특성에서 생겨나는 '지성미'가 합쳐져 그렇게 '매력적인 미남'들이 탄생하는 게 아닐까요.

다 아시겠지만 그냥 단순하게 예쁜 여자들은 '백치미'가 있다고 하듯이 미남도 단순히 얼굴만 잘 생겼다면 '매력'을 느끼기는 어렵지요.

그런데 이 축구감독들은 녹색 그라운드의 '제왕' 다운 풍모로 길러지는 것 같다는 게 저의 '소박한 미남론'이라고나 할까요. 아무튼 우즈베키스탄 감독은 지난번 우루과이 감독보다 더 멋있게 생겨서 그 '미남계'에 혹시 우리가 지는 게 아닌가 걱정을 할 정도였습니다. 물론 다행히 기우에 그쳤지만요.

'패장은 말이 없다'지만 바딤 감독은 경기가 끝나고 이런 말을 해서 저를 감동시켰습니다.

"우리 선수들이 제 기량을 다 발휘하지 못해 유감입니다. 다음번 홈 경기에선 우리가 이길 것을 확신합니다. 안산에서 일하고 있는 많은 우즈베키스탄 노동자들에게 지는 모습 보여서 미안합니다."

그 마지막 이 말에서 미남 감독의 따스한 휴머니즘이 느껴져 그가 더 멋있게 보이더군요.

우리 대한민국은 이제 세계 경제대국 10위권 안에 드는 명실상부한 '부자 나라'여서 저렇게 외국인 이주노동자들이 들어와서 일하는 나라가 될 것이라는 자부심도 느껴졌지만요, 요즘 경제가 하도 안 좋다니까 언제 또 주저앉을지 모른다는 불안감도 동시에 느꼈습니다.

우즈베키스탄에는 '고려인'이 20만 명 정도 살고 있다고 합니다. 정확한 기억은 나지 않지만 1930년대 스탈린이 우리 조선족 출신들을 허허벌판으로 강제 이주시킨 곳이 바로 이 우즈베키스탄이라고 하지요. 그 '고려인'들이나 조국의 선수들이 왔다고 지금 저렇게 안산 경기장에 구경나온 '우즈베키스탄 노동자'들이나 신세는 마찬가지겠지요.

축구를 보면서 향수를 달랠 동포들에게 좋은 선물을 못 드려 미안하다는 바딤 감독의 소감이 인간적으로 느껴졌습니다.

벌써 재작년인가요, 우리팀이 우즈베키스탄에 원정경기 갔을 때 그 영세한 모습의 경기장이 떠올랐습니다.

바딤 감독은 또 "이렇게 좋은 경기장에서 승리한 경기를 했으면 좋았을 텐데……"라고 혼잣말을 했다는군요. 어쩜 그렇게 '배우 같은 감독'은 대사도 '영화처럼' 하는지 모르겠습니다.(너무 미남계에 빠진 거 아니냐구요? 글쎄요, 그래봤자 그림의 떡이겠지요.)

어쨌거나 이번 경기에서 시원하게, 신나게 이겨준 우리 올림픽 대표팀 화이팅!!! 그대들 덕분에 한 일주일은 아무 스트레스 없이 생업에 종사할 수 있게 되었어요. 고마워요! 나의 비타민들!

우루과이가 축구를 잘하는 진짜 이유
—— 대한민국과 우루과이 축구전을 보고

조금 전 서울 상암 월드컵 경기장에서 열린 우리나라와 우루과이와의 축구경기는 우리가 아쉽게도 0 대 2로 졌습니다. 그냥 친선경기니까 뭐 그렇게 승패에 연연해하진 않았습니다만 그래도 시합이니까 일단 이기고 보는 게 좋은데 하는 아쉬운 마음은 좀 들더군요.

오늘 밤 8시부터 열린 우루과이와의 경기에 대해선 축구 전문가가 아니니까 정확한 관전평을 내릴 수는 없습니다. 단지 이 경기를 둘러싼 사적인 이야기를 잠시 하겠습니다.

KBS 아침 뉴스를 통해 우루과이와 시합이 있다는 걸 알았는데요, 어느 방송에서 중계한다는 안내는 하질 않았습니다. 제일 중요한 정보를 전하지 않는 걸 보고 KBS가 아닌 MBC나 SBS에서 할 것이라는 걸 눈치 챘습니다. 좀 야박스럽다는 느낌도 들었지요. 물론 KBS는 자기 방송사에서 중계하지 않고 타 방송사에서 한다면 그것까지 방송해줄 필요야 없다고 생각했겠지요. 그래도 자기네 방송사의 뉴스를 보는 시청자들을 위해 '팬 서비스 차원'에서 좀 알려주면 좋지 않겠나 싶은 생각이 들었습니다. 어쨌든 알음알음으로 MBC에서 90분 경기를 아주 재미있게 지켜봤습니다.

비록 평가전이지만 영국에서 맹활약 중인 박지성, 이영표, 설기 현 등

이름만 들어도 든든한 우리의 '3총사'가 뛴다는 것도 저를 아주 신나게 만들었습니다. 매력적인 선수 김남일이 부상으로 결장하는 게 조금 아쉽지만 3명의 해외파를 오랜만에 볼 수 있다는 것 하나만으로도 가슴이 설레더군요.

우루과이와 시합이 있다는 소식을 듣자마자 굉장히 반가운 마음이 들면서도 한편으론 좀 불길한 예감도 있었습니다. '남미의 강호'라는 수식어가 꼭 붙어 다니는 우루과이에 우리는 그동안 단 한 번도 이긴 적이 없었다는 게 좀 마음에 걸리더군요. 결과적으로 이 징크스는 깨지지 않아 이번 전적을 보태 4전 4패를 했습니다.

우루과이 최고의 언론인이자 작가로 활약하고 있는 에두아르도 갈레아노 선생의 축구 에세이가 떠오르면서 주눅까지 들 정도였습니다.

에두아르도 갈레아노는 1940년 우루과이의 수도 몬테비데오에서 출생했는데요, 라틴 아메리카의 대표적 지식인이자 탁월한 문장가입니다. 그가 쓴 축구에 관련한 에세이집을 읽고 '세상에 이렇게나 글을 잘 쓰는 사람이 있단 말인가!'라는 탄식어린 감탄을 한 적이 있습니다.

그의 외모는 또 얼마나 당당하고 멋있는지요. 세계적으로 적지 않은 좌파 지식인 지도자들은 꽤 멋진 외모를 갖고 있는 공통점이 있습니다. 이 갈레아노 선생도 예외는 아니었습니다. 그 당당한 눈빛과 청교도적인 분위기가 감도는 얼굴은 '잘 늙어가는 작가'로서 어디에 가든 대접받을 수 있는 그런 풍모입니다. 게다가 그 도도하고 탁월한 문장력은 명색이 글 쓰는 일을 업으로 살아온 저를 한없이 초라하게 만들었습니다. 그의 뛰어난 글솜씨에 주눅이 들어 저는 한때 글 쓰는 일을 포기해야겠다는 생각을 했을 정도였습니다.

제가 이런 심정을 벗에게 진지하게 얘기하자 그 친구는 저를 위로하면서 한다는 소리가 이랬습니다. "난 네 글을 보면서 스트레스를 푸는

데 그럼 난 어떡하니"라구요…… 좀 유치한 제 자랑 같지요?

하지만 그때 저는 진심으로 이 갈레아노 선생의 글에 주눅이 들어 자신의 미욱한 필력에 한없이 자책을 했었답니다.

갈레아노의 열혈팬이 되어 그가 쓴 책을 골라가면서 읽었습니다.

『거꾸로 된 세상의 학교』를 읽고 세계정세의 실상을 배웠습니다. 날카로우면서도 정의로운 그의 필봉을 한없이 부러워하면서 저도 제발 그처럼 글을 잘 쓸 수 있으면 얼마나 좋을까라는 염원을 절절히 가졌습니다.

그의 책은 한번 읽고 치우는 게 아니라 그야말로 밑줄 그어가면서 읽고 또 읽었습니다. 소설보다 더 재미있었지요. 그가 쓴 『불의 기억』은 아직 다 읽진 않았지만 책장에 꽂혀 있는 3권의 그 책들을 보는 것만으로도 영혼이 행복해질 정도랍니다.

갈레아노 선생이 쓴 축구 에세이도 지금껏 제가 읽은 에세이집 중에 제일 수작인 것 같습니다. 작년 월드컵 때는 그 책을 무슨 바이블이라도 되는 양 소중하게 들고 다니면서 지하철이고 식당이고 어디고 간에 시간만 나면 밑줄을 그어가면서 읽었습니다. 그 책에 보면 월드컵과 축구에 대한 별별 에피소드가 숱하게 나옵니다.

그 중에 제일 우스운 이야기는 이런 겁니다.

"우루과이 아기들은 골! 골!이라고 외치며 태어난다. 그래서 우루과이의 분만실에선 늘 그렇게 한바탕 야단법석이 일어나는 것이다."

갈레아노 선생도 어린 시절에는 다른 모든 우루과이의 어린이들이 그렇듯 축구선수가 되는 걸 열렬히 소망했답니다. 하지만 밤에 잠자는 동안엔 그렇게 슛이 정확한데 낮의 그라운드에선 번번이 어긋나는 바람에 '발'로 하는 축구는 포기하고 '손'으로 하는 축구에 공을 들이기 시작했다고 고백합니다.

이게 바로 저를 주눅들게 한 탁월하고 상쾌하고 코믹하면서도 감동적인 축구 에세이입니다.

갈레아노는 이렇게 말합니다.

"현재 우루과이 축구는 과거의 모습과는 거리가 멀다. 축구를 하는 아이들도 또한 매년 줄고 있다. 그럼에도 불구하고 우루과이 사람치고 축구의 전술과 전략에 박사 아닌 사람이 없다. 축구의 역사에 관해서도 석학이 아닌 사람이 없다. 우루과이인들의 축구에 대한 열정은 옛날부터 내려온 것이다. 유구한 역사의 뿌리는 아직도 살아 있다. 국가 대표팀 경기가 있을 때면 상대가 누구이든 상관없이 전국의 숨소리가 멈춰지고 정치가, 가수, 박람회 잡담꾼들의 입이 조용해진다. 애인들의 사랑도 정지되고, 파리들도 비행을 멈춘다."

자, 이렇게 광적인 '축구 사랑'의 나라이니 제가 걱정을 한 것도 무리는 아니겠지요? 하지만 한편으론 제가 존경하는 갈레아노 선생도 오늘 밤 축구시합을 지켜볼 것이라는 생각에 이상하게 마음이 따스해지더군요. 물론 그분이야 대한민국 한 구석에 자신을 존경하는 '광팬'이 있다는 건 전혀 모르겠지만요.

어쨌거나 2007년 3월 24일 토요일 밤 8시 정각에 시합은 시작됐습니다. 경기 직전 울려 퍼지는 양국 국가를 들으면서 저는 좀 놀랐습니다. 처음 들어본 우루과이 국가가 하도 희한해서였습니다. 우루과이 국가는 무슨 클래식 음악 같더군요. 마치 베토벤이나 브람스 같은 유명한 음악가가 만들었을 것 같은 웅장한 교향악풍의 국가였습니다. 문득 갈레아노 같은 당당한 문인이 필력을 뽐내며 살고 있는 것이 마치 저런 예술적 분위기의 국가 덕분인 것 같다는 생각마저 들더군요. 따라 부르기는 좀 어려운 곡이었지만 한 편의 교향곡을 듣는 기분이 들었습니다. 우루과이 선수들과 감독, 운영진들이 입술을 달싹거리면서 국가를 부르는 모습이 신기하게 여겨졌습니다. 워낙 곡이 클래식풍이어서 가사를 붙이기 어려워보였거든요.

어쨌든 경기 시작의 휘슬이 울리자마자 녹색 그라운드에는 푸른 말갈기를 휘날리며 대한민국과 우루과이 선수들이 뛰어다니기 시작했습니다.

더벅머리 박지성은 어느새 멋지게 펴머를 했더군요. 이천수는 노란색 염색을 풀고 자연스런 검은 장발이었습니다.

초장에 이천수의 활약은 대단했습니다. 좀 드세 보이는 인상이지만 나름 귀여워 보이는 이천수는 몇 차례나 슈팅을 했지만 골 운은 따르지 않았죠.

전반 20분과 37분에 우루과이의 부에노라는 선수가 2골을 잽싸게 성공시켰지요. 확실히 우루과이가 강호는 강호 같았습니다.

축구 해설위원의 말이 재밌더군요. 우루과이 축구는 브라질과 아르헨티나의 틈바구니에서 살아남기 위해 안간힘을 써왔기 때문에 어떻게 보면 가장 껄끄러운 상대라고 했습니다. 더구나 월드컵 초대 우승 국가라니 그 전통이 받쳐주는 힘도 무시 못 하겠지요.

우루과이팀의 주장은 현재 세계 최고 축구 클럽 중의 하나인 이탈리아의 인터밀란에서 10년째 펄펄 날아다니고 있다는군요. 그 선수 얼굴을 보니 꽤 똘똘해 보이는 미남형이었습니다. 앞으로 유능한 감독을 할 수 있는 그런 얼굴로 보였습니다.

지금껏 적지 않은 세계적인 축구 감독의 얼굴들을 봐왔습니다만 그들은 왜 그렇게 한결같이 미남인지 모르겠습니다. 가깝게는 2006년 월드컵 때와 2002년 월드컵 때 우리네 안방까지 소개되었던 축구 감독들을 유심히 봤습니다만 한결같이 '총명한 미고'를 자랑하는 듯하는 매력 있는 사나이들이었지요.

대한민국 축구팬들의 사랑을 한몸에 받았던 히딩크도 빠지지 않는 외도의 소유자였죠.

이번 우루과이 감독도 나이는 좀 들어보였지만 제법 분위기 있는 그런 남자로 보였습니다.

전반전에 두 골이나 먹은 우리팀 선수들은 상당히 위축돼 우왕좌왕하는 모습이었습니다.

우루과이 선수들이 워낙 수비가 짱짱하다 보니 후반전엔 변변한 슛 한 번 날리지 못하더군요. 저뿐 아니라 많은 축구팬들이 우리의 어수룩한 수비와 한발 늦는 공격에 한탄을 했을 겁니다. 그렇다고 우리 선수들이 못했다는 얘기는 아닙니다. 상대가 의낙 상대이다 보니 선수들이 역량을 미처 발휘하지 못한 게 아쉽다는 거죠.

막판에 1분인가를 남겨 놓고 설기현이 찬 강한 왼발 슛은 비록 크로스바를 맞고 튕겨져 나왔지만 그건 골로 봐주기로 했습니다. 너무 아쉬웠지만 그래도 마지막까지 투혼을 발휘하는 설기현이 대견해 보였습니다. 보기 시원한 파워슈팅이었지요.

시합이 끝나고 베어백 감독은 우루과이팀에게서 많은 교훈을 얻었다고 말하더군요. 우루과이 선수들이 성숙하고 지능적인 플레이를 보여준 것에 점수를 많이 준 것 같습니다. 우루과이 감독은 한국팀이 자신들에게 공간을 많이 내주었다고 말했습니다. 그만큼 수비가 신통치 않았다는 얘기겠지요.

어쨌거나 그나마 '남미 징크스'가 있는 강호 우루과이에 2 대 0으로 진 거 다행이었다는 좀 쪼잔한 생각마저 들었습니다.

지구 반대편의 나라 우루과이의 한 응접실에서 혹은 카페에서 갈레아노 선생도 이 경기를 지켜봤겠죠? 그는 뭐라고 관전평을 했을까요? 그것이 알고 싶군요.

　나중에 검색창에 들어가 보니 우루과이의 전체 인구는 3백만이 좀 넘더군요.

　오! 대단한 우루과이입니다.

박지성의 '절묘한 골' 예언한 김영광

어제 새벽 대한민국은 나라 전체가 뒤집어졌었죠! '행복한 전복顚覆'
이라고나 할까요. 온 동네마다 박수소리 함성소리가 진동했고, 서울시
청광장이니 상암 월드컵경기장이니 요소요소에 차려진 '정신적 경기
장'에선 12번째 태극전사들이 자신들이 세운 '전과戰果'에 행복하게
뒤집어졌습니다.

'늙은 수탉들'인 프랑스 선수들에게 전반 9분 선제골을 내준 뒤, 무
려 72분간이나 우리는 그들에게 수모를 당하며 시달렸죠. 그 새벽에!

철컹철컹 가슴 내려앉는 순간이 몇 번이나 되풀이되며 거의 '낙심'
하고 있던 후반 36분! 설기현의 박력 넘치는 크로스를 기다린 듯 헤딩
으로 어시스트한 조재진과 언제 뛰어들어왔는지 우리의 박지성이 오
른발을 허공에 날리며 '살짝' 밀어 넣은 볼이 네트를 갈랐을 때!

대한민국은 그 순간 하나가 되었습니다. 아마 그 순간 텔레비전을 지
켜본 사람치고 '얌전히' 앉아 있던 사람은 한 명도 없었을 겁니다. 아
무리 점잖은 어르신들이라도 그 순간만은 함성과 박수를 아끼지 않았
을 겁니다.

박지성의 그 결정적인 골은 그야말로 '아트 사커'의 한 전범으로 길
이 남을 것 같습니다. 프랑스의 앙리 선수는 화가 나선지 '멍청한 골'

에 우리가 당했다고 한탄했다죠. 그것이 바로 축구라는 걸 '뛰어난 선수' 인 앙리가 모를 리 없을 텐데, 그렇게라도 말해야 분이 풀리겠지요.

축구에 대한 이론적 지식은 거의 전무한 문외한의 입장이지만 멀리서 쏘는 '중거리 슛' 보다 어제 우리 박지성이 넣은 그런 골이야말로 '쉬워 보이면서도 어려운' 그야말로 '인생 같은' 골이 아닐까 싶군요.

'앤데스 굿 알레스 굿' 이라는 제가 유일하게 기억하고 있는 독일 속담이 있습니다. '끝이 좋아야 다 좋다' 라는 뜻이죠. 박지성을 필두로 한 태극전사 3인의 세트플레이로 그렇게 '환상적인 골' 을 성공시키고 무승부지만 엄청 큰 점수차로 이긴 것 같은 행복한 착각 속에 빠져 있다가 경기 종료 휘슬이 들리자 바로 이 말이 떠올랐습니다.

은근히 우리를 얕잡아보던 프랑스 매스컴들은 첨엔 우리팀을 비하하는 멘트를 계속 날리다가 종료 휘슬과 함께 일제히 자국 선수들에게 신랄한 비판의 화살을 날렸다지요.

이번 경기에서 뭐니뭐니해도 '거미손 골키퍼' 이운재의 '신기' 에 가까운 선방도 '수훈갑' 으로 꼽을 수 있겠지요. 그가 아니었다면 우리 아마 한 4 대 1정도로 대파당했을 겁니다. 그동안 '살이 쪘다' 는 이유로 축구팬들로부터 따가운 시선을 감수해야 했던 이운재인만큼 자신의 '명예회복' 에 내심 기뻤을 겁니다.

아무튼 2006년 6월 19일 새벽 4시에 함께 일어나 '대망' 의 한·불전을 치러내기 위해 대한민국 국민들은 일요일 하루를 바삐 지냈을 것 같습니다.

그 중대한 '한·불전' 이 하필 월요일 새벽이어서 일요일 내내 '컨디션 조절하느라' 애쓴 분들 많으셨을 겁니다.

우리 집도 그랬거든요. 우선 일요일 '꿀맛 같은 늦잠' 을 불허했습니다. 일요일 늦잠은 '습관' 이지만, 월요일 '새벽 장정' 을 위해서는 어쩔 수 없었습니다.

일요일에 일찍 일어나서 하루 종일 '고되게' 보내야 일찍 잘 수 있고, 그래야 월요일 새벽 4시 경기를 '뛸 수' 있으니까요.

이렇게 만반의 '준비'를 하고 자명종을 두 개씩이나 맞춰 놓는 법석을 부른 다음에 맞은 월요일 새벽 4시! 운명의 시간이 다가오자 순간적으로 숙연한 기분마저 들었습니다. 그리고 그 후 90분! 지금 이 시간에도 머릿속으로 어제 새벽을 리와인드하면서 오랜만에 설레는 심장 박동을 또다시 느낍니다.

오늘 아침 신문들은 '속보성'에서 TV에 한참 밀린다는 걸 계산했는지 '한불전' 특집을 '읽을거리' 위주로 대대적으로 다루고 있습니다.

신문을 펼쳐들고 스포츠면 한 구석에 있는 기사를 보고 한참을 '푸하하하' 유쾌하게 소리 내어 웃었습니다. 활자개체에서만 맛볼 수 있는 아기자기한 재미가 느껴지는 그 기사를 읽고 웃음을 참기 어려웠지요.

'족겁게 김영광 도사'라는 제목 아래 '예비 골키퍼' 김영광 선수가 팔짱을 낀 채 진짜 '도사'처럼 무표정한 모습으로 앉아 있는 기사였습니다.

기사에 따르면 벤치에 앉아 있던 김영광은 '살 떨리는 전율을 느꼈다'고 합니다.

한·불전을 앞두고 그는 단체 인터뷰에서 "이번 경기에서 지성이 형이 한 골 넣을 것 같다. 한국이 지지 않는 경기를 할 것 같다"고 예언했답니다.

지난번 토고전에선 경기 시작 직전에 김영광이 이천수에게 "이번에 천수 형이 프리킥 골을 넣을 거야. 골 세레모니 한 뒤 꼭 나에게 달려와야 해. 알았지, 파이팅!"이라고 했고, 이천수는 "고맙다, 꼭 그렇게"라고 응답했다죠.

그 후 '예언대로' 이천수는 프리킥으로 동점골을 만들자마자 김영
광에게 달려가 뜨겁게 얼싸안았다고 합니다.

자! 이 정도면 돗자리 깔고 나앉아도 되겠지요?

유쾌한 예언자 김영광 선수는 제가 '주목해온' 골키퍼입니다. '글로
리' 라는 귀여운 뉘앙스의 영어 이름도 갖고 있는 이 83년생 어린 키퍼
는 나이는 어리지만 '투혼' 만큼은 세계적입니다. 공식 10경기 연속 무
실점을 기록해 세계 신기록도 보유하고 있고, 이운재의 뒤를 이을 믿음
직한 대한민국 수문장이라고 봅니다. 김영광이 눈에 들어온 것은 언젠
가 시합이 끝나고 그라운드에 엎드려 기도하는 그의 모습을 보고서였
습니다. 그 폼이 어찌나 신실해 보이던지요.

나중에 알고 보니 김영광은 아주 독실한 크리스천이라더군요. 그의
이름 '영광, 글로리' 에서도 언뜻 신앙의 이미지가 느껴지지 않습니까?
이런 '예수쟁이' 김영광 선수가 '족집게 예언' 을 내놓고 적중률 거의
100%를 자랑한다는 소릴 듣고 문득 이런 생각이 들었습니다.

김영광은 감수성이 예민한 '게자리 태생' 입니다. 그런 타고난 그의
감수성에 독실한 신앙심이 결합하다 보니 그에게 '주님의 음성' 이 들
리는 건 아닐까요? 잘 모르지만 기독교인들 사이에서는 '선지자의 능
력' 이 기도로부터 나온다는 설도 있다는 걸 들었습니다.

그는 아직 '스위스전' 에 대해선 아무런 말을 하지 않고 있답니다. 아
마 기도 중이겠지요. 내성적인 듯해 보이는 김영광 선수가 또 어떤 '예
언' 을 내놓을 지 궁금해지네요.

태극전사 파이팅!

5
영화 보기의 즐거움

행복한 전도연·행복한 고민

오늘 아침 알랭 들롱으로부터 손등에 키스를 받고 있는 전도연의 모습은 사랑스럽고도 아름다웠다. 그리고 언감생심 부러웠다.

왕년의 꽃미남 알랭 들롱은 1960년 〈태양은 가득히〉로 전세계 여성들의 가슴을 설레게 만들었고 칠순이 넘은 오늘도 장발의 멋진 은빛 머리카락 휘날리며 칸 영화제 여우주연상 여배우에게 상을 주러 나온 것이다.

랄드 로렌에서 특별히 칸 영화제 여우주연상을 받는 여배우를 위해 만들었다는 실버에 골드 빛이 감도는 우아한 홀터 넥 드레스를 입고 나온 전도연도 눈부시게 아름다웠지만, 그녀에게 '시상하게 되어서 영광입니다' 라는 멘트와 함께 동양의 앙증맞아 보이는 젊고 아름다운 여배우의 손등에 키스하는 알랭 들롱의 기품 있는 모습도 내겐 꽤 감동적이었다.

그 사진을 온라인 뉴스로 보는 순간 '어머! 전도연, 어머 알랭 들롱!' 이라는 탄식이 절로 나왔다.

세계 정상에 우뚝 선 우리 여배우 전도연! 그리고 황혼의 중후한 노배우가 연출하는 그 한 장의 사진은 오늘 아침 나를 행복하게 했다. 곧이어 텔레비전 아침 뉴스시간, 칸의 뤼미에르 극장 무대에서 "전도연"

을 호명하는 풍채 좋은 사회자와 자신의 이름을 들으며 어쩔 줄 몰라 하는 전도연의 표정은 그녀를 배우이기 전 수줍음 가득한 새색시로 만들어 보기에 좋았다.

오늘 하루는 그렇게 전도연으로 시작해 전도연으로 저물어 갔다.

온라인 뉴스에서도 온통 전도연 기사로 가득했다. 물론 다른 뉴스들도 있었지만 눈길은 아무래도 익숙한 이름, 보고 또 봤는데도 다시 보게 되는 전도연의 칸 여우주연상 수상 관련 기사였다. 물론 영화팬들에 한한 이야기지만……

칸 영화제가 60주년을 맞아 유난히 공을 들였다는 여우주연상 선정에 대한민국의 여배우 전도연이 뽑힌 것은 대한민국 국민이라면 거의 누구나가 기뻐하고 흐뭇해할 뉴스인 것 같다. 오죽하면 대통령마저 '축전'을 띄워 그녀와 그 일행을 격려했겠는가.

작년 2월 입춘이 조금 지난 무렵, 서울 광화문 교보빌딩 앞에서는 영화배우들과 감독들이 스크린 쿼터제 폐지 반대 시위를 한 적이 있다. 그 때 하루 한 명씩, 안성기·박중훈·장동건 등 건장한 남자 배우들에 뒤이어 전도연이 홀로 피켓을 들고 나선 것을 취재한 일이 있다.

그날따라 유난히 추운 날씨여서 자그마한 전도연의 코끝은 루돌프 사슴 코처럼 빨갛게 변했다. 화려한 여배우답지 않게 '쌩얼'에 투박한 검정색 누빔 코트를 입은 그녀는 눈물마저 그렁그렁 맺힌 눈으로 스크린 쿼터 폐지 반대 시위피켓을 맨손으로 들고 있었다. 가까이서 본 그녀는 대단한 미모라고 하기는 좀 그랬지만 착하고 맑은 눈빛에 지혜로워 보이는 톡 튀어나온 동글한 이마가 매력적으로 보였다.

그녀가 시위하기 하루 전날 장동건이 나섰을 때는 2천 명 가까운 인파가 몰려 결국 장동건은 시위장소를 여의도로 옮겨 기습시위를 해야 했지만 전도연 때는 조금은 썰렁하다 싶을 정도로 '관객'은 한산했다.

그래도 그녀의 표정은 사뭇 결연해 보였다. 그때 여배우로선 당차보이는 그녀의 태도를 보면서 '반짝 스타' 로 그칠 것 같지는 않다는 만만찮은 느낌을 받았다.

1973년 2월생인 전도연은 1997년 영화 〈접속〉으로 데뷔한 이래 꼭 10년 간에 60회 칸 영화제에서 〈밀양〉으로 일약 세계의 내로라하는 여배우들을 누르고 여왕으로 등극했다.

옛날식으로 말하자면 전도연은 '청' 이 좋은 여배우다. 그녀의 낭랑하면서도 명랑한 목소리는 아주 독특하다. 목소리 전문가는 아니지만 나는 그녀의 청아한 목소리에서 그녀의 '행운' 을 감지하기도 했다.

일반적으로 여배우나 여가수들은 '허스키 보이스' 가 흔한 편인데 전도연은 천진난만한 여학생 같은 밝은 음색이어서 인상에 남았다. 똘똘한 듯하다고나 할까. 정신이 번쩍 나게 하는 힘이 있는 목소리다.

현재 활동 중이거나 그동안 활약했던 한국 여배우들이 출연한 영화 중 전도연이 나온 영화를 제일 많이 본 것 같다. 그녀의 열혈팬은 아니지만 보다 보니까 그렇게 된 것인데 볼 때마다 대체로 무난했던 느낌이 들었다.

얼른 떠오르는 영화만 해도 〈접속〉 〈내 마음의 풍금〉 〈약속〉 〈해피 엔드〉 〈스캔들〉 〈너는 내 운명〉 등 다섯 편이나 된다.

조폭두목 박신양과 비련에 빠지는 여의사 역을 맡았던 〈약속〉을 보면서는 눈물까지 흘렸었다. 〈내 마음의 풍금〉도 빛바랜 가족사진으로 처리되는 마지막 신에서 뭉클한 감정이 들었고 그 영화에 후한 점수를 주었다.

불륜 끝에 파멸을 맞는 〈해피 엔드〉에선 전도연이 대성할 것 같은 느낌이 들었다. 특히 애인과의 정사 중 '좋아' 라고 말하는 그녀의 목소리는 평소 모범적인 음색과는 전혀 관계없이 아주 섹시하게 다가왔다.

아마도 남성 팬들의 청각에 굉장히 어필했을 것 같다.

에이즈에 걸린 다방 여종업원으로 나온 〈너는 내 운명〉을 볼 때도 꽤 울었던 기억이 난다.

아무튼 국내 여배우들 중에 전도연 영화를 제일 많이 봤다는 것은 그녀의 연기가 그만큼 설득력 있다는 이야기일 것이다.

그런 그녀를 다시 본 것은 그녀의 일상이 소개된 텔레비전 프로그램과 기사를 통해서였다. 한 방송사에서 스타에게 '대리모' 역할을 맡기고 몇 주 동안 아기를 키우는 미션을 주는 프로그램에서 그녀는 돌이 채 안 된 아기를 몇 주 동안 지극정성으로 돌봤다. 마치 아기의 친엄마인 양.

그리곤 그 아기가 양부모를 찾아 떠나는 날, 공항에서 아기를 부여안고 엉엉 우는데 그 모습에서 '인간 전도연'의 고운 심성이 무척이나 따스하게 비쳐졌다. 덩달아 나까지 울고 만 기억이 있다.

두 달 전쯤 그녀는 비공개로 신라호텔에서 결혼식을 치렀다.

결혼하기 며칠 전 한 온라인 기사를 보면서 '풋' 하며 웃고 말았다. 신랑 될 사람이 전도연이 애지중지하는 쿠퍼 승용차를 빌려 탄 두 부주의로 차체에 작은 흠집을 낸 것을 보고 그녀는 "이게 얼마짜린 줄 알고 이렇게 함부로 몰고 다니냐"며 면박을 주었다는 것이다.

일명 '미니'라고도 불리는, 마치 티코처럼 작은 그녀의 차는 수입차 중엔 가격이 비교적 저렴하지만 모양이 앙증맞고 튼튼해 여성들에게 인기가 높은 차다. 물론 그녀의 예비신랑은 '재력가'로 그녀에게 미니 쿠퍼 정도는 쉽게 사주고도 남을 부자이지만 그녀가 부들부들 떨며 아끼는 모습에 매력을 느꼈다는 것이다. 여배우 전도연이 사랑스럽게 느껴지는 대목이다.

연예계에선 이름난 '짠순이'라는 전도연은 "왜 헬스클럽 같은 곳에 비싼 돈 내고 다녀야 하는지 모르겠다. 그냥 저녁 먹고 한 두어 시간 우리 동네 아파트 한 바퀴 돌면 저절로 운동이 되는 것 아니냐"라는 말도 했다고 한다. '은막의 스타' '꿈을 먹고 사는 여배우' 이런 이미지와는 상반되게 '다부진 생활인'의 모습을 보여준 이런 전도연이 그래서 마음에 든다.

지금 그녀는 어쩌면 인생의 최고 절정기를 맞았는지도 모르겠다.

물론 여배우로서는 무한한 연기 가능성이 있는 거지만 저렇게 칸 영화제에서 여우주연상을 거머쥔 그 자체로 그녀는 자신의 배우인생에서 일단 '정점'에 올랐다고 할 수 있을 것이다. 게다가 그녀 표현대로라면 똑똑하고 능력있고 옷 잘 입는 신랑'을 만나 백년가약까지 맺었으니 한 여성으로서도 최고의 정점에 오른 것이다.

예전 고교시절, 국민윤리 선생님께서 칠판에 산을 하나 그리시고는 맨 꼭대기에 점을 하나 찍으셨다. 그리고 선생님께서는 그 점 위에 '결혼結婚'이라고 쓰셨다. 아주 오랜 세월이 지났지만 그 수업시간만은 우리 동창생들 99%가 기억하고 있다.

그렇듯이 '결혼'은 중요한 것인데 여배우로서 그런 중요한 지점을 막 통과한 데다가, 아무리 세계적으로 뛰어난 여배우라도 일생에 한 번 받을까 말까 한 칸영화제 여우주연상을 탔으니 이제 전도연에겐 역설적으로 바짝 긴장할 일만 남은 것 같다. 예전부터 '겹경사엔 정신 차려라'라는 말도 있지 않은가. '짠순이'에 '또순이' 이미지까지 갖고 있는 전도연이니만큼 아마도 누구보다도 지금 자신에게 '쌍으로' 달려와 안긴 결혼과 최고여배우 수상이라는 상파를 안으면서 더 똑똑한 목소리로 말할 것 같다. "앞으로 더 열심히 할거요"라고.

개인적으로는 아직 〈밀양〉이라는 영화는 예고편박에 보질 못했다. 이 영화가 CJ에서 배급하는 것이어서 CGV극장에선 어김없이 〈밀양〉

의 예고편을 해주고 있다. 예고편만 세 번이나 본 덕분에 대충 어떤 분위기의 영화라는 '감'은 잡고 있다.

신들린 듯한 전도연의 모습만 봐도 가슴이 아려올 정도다. 줄거리 또한 내가 제일 싫어하는 스토리다. 어린 자식이 유괴살해당하고 어쩌고 저쩌고 하는 것이다. 정말 이창동 씨는 혹시 무슨 개인적으로 깊은 상처가 있는 사람이 아닌지 모르겠다. 그렇지 않고서야 내놓는 작품마다 왜 그렇게 평범하지 못하고 사람 괴롭히는 소재와 주제를 단골로 그리는지 도저히 이해가 안 간다.

물론 이 바보야! 예술이라는 게 그렇게 평범한 데서는 나오는 게 아니야 라고 말하면 할 말이 없지만 그래도 좀 자연스럽게 흘러가는 스토리 속에서 작품을 만들면 좀 좋겠나! 꼭 그렇게 비틀린 인생들을 인생의 전부인 양 이래도 심각해지지 않을래 하는 듯 이상하게 배배 꽈서 영화를 만드는 것처럼 보인다.

그래서 이창동 씨가 감독했다는 소리를 듣고는 별로 보고 싶지 않다는 기분이 든 것이다. 그가 만든 〈초록물고기〉나 〈박하사탕〉〈오아시스〉를 본 뒤 이제 이씨의 영화는 보지 말아야겠다는 생각을 해왔다. 사람에 따라 기호와 취향이 다르겠지만 이창동의 영화는 왜 그렇게 한결같이 관객을 불편하게 만드는지 모르겠다.

이런 소리 하면 영화의 '영' 자도 모르는 무식한 인간 취급을 받겠지만 어쨌거나 그의 영화는 나의 기호에는 전혀 맞지 않다는 건 숨길 수 없는 사실이다. 제일 싫어하는 종류의 얘기를 돈 내고 들어가 두 시간이나 본다는 건 정말 괴로운 일이 아닐 수 없다.

솔직히 나 같은 평범한 사람에게 영화는 즐거우려고 보고, 위로받기 위해 보는 것인데 끔찍한 이야기를 주제로 만든 영화를 두 시간이나 봐 줘야 한다는 건 거의 '생지옥'이다.

다루는 작품마다 밑바닥 스토리에, 끔찍한 비극에 암튼 '정상적인 것'과는 거리가 먼 이야기만 다루고 있지만 이창동 개인은 노무현 정권에서 문화관광부 장관까지 지내며 '부귀영화'를 누린 것은 어찌 보면 참 아이러니한 일인 듯하다.

더구나 장관 재직시 그가 했던 이러저러한 언행은 지금 생각해도 그리 유쾌하지 않은 기억으로 남아 있다.

전도연이 그렇게 세계적인 상을 탄 영화니만큼 그녀에 대한 예의상 한번 봐줘야 하는 건 아닐까라고 오늘 하루 수십 번이나 볼까 말까 하면서 '행복한 고민'에 빠졌었다.

그런데 나의 이런 고민을 일거에 해소해준 '단비' 같은 기사를 본 것이다. 미국의 권위 있는 영화전문지 《버라이어티》가 전도연의 연기는 극찬했으나 〈밀양〉에 대해서는 혹평을 했다는 것이다.

《버라이어티》는 영화평론가 데렉 엘리의 리뷰에서 전도연을 가리켜 "사실상 영화를 혼자 이끌었다"면서 "한국의 어느 다른 여배우도 해낼 수 있을 것 같지 않은 변신 과정을 보여줬다"고 극찬했다. 엘리는 "전도연의 연기는 카멜레온같이 영화 속에 녹아든다"라고까지 말했다. 그러나 〈밀양〉 자체에 대해서는 "너무나 긴 종반부로 인해 궁극적으로 실패한 작품"이라며 "전도연의 빼어난 연기로도 진정한 긴장감과 드라마를 끌어낼 수 없었다. 초반부와 중반부까지는 훌륭하지만 지나치게 긴 후반부가 전도연의 곤경에 관객이 진정으로 공감하지 못하게 한다. 20분 정도 잘라내 압축한다면 그나마 해외시장 진출의 여지가 있을 것"이라고 혹평했다.

남의 잔치에 재 뿌릴 생각은 전혀 없지만, '행복한 전도연'을 봐서는 봐주어야 할 영화 같지만 평소 이창동 스타일에 전혀 공감하지 않는 나로서는 〈밀양〉을 볼까 말까로 '행복한 고민'을 했는데 권위 있는 영화

잡지의 기자가 평한 걸 보고 '결단'을 내린 것이다. 〈밀양〉은 보지 않
겠다고.

단 요즘 유행어인 '급 호감'으로 바뀐 우리의 '행복한 전도연'과는
행운이 따른다면 가까운 시일 안에 인터뷰를 한 번 하고 싶다. 이것이
나의 '행복한 고민'이 되었다.

왜? 그녀는 이제 쉽게 만날 수 있는 시중의 여배우가 아니니까.

어쨌든 축하해요, 전도연 씨!

◆ 한국 영화
　〈라디오 스타〉

　안성기·박중훈이라는 두 남자배우가 나온다는 소리만 듣고 오늘 무작정 한국영화 〈라디오 스타〉를 보러 갔습니다.

　물른 올해 초 대박을 터뜨렸던 〈왕의 남자〉를 만든 이준익 감독이 만들었다는 것도 알았지만 솔직히 '감독' 의 우인요소보다는 주연남자 배우들을 믿고 갔다는 게 더 정확한 이유일 겁니다. 두 남자는 한국영화계의 '장남·차남' 으로 든든한 버팀목 역할을 하고 있지요.

　안성기는 52년생이니까 만 55세죠. 얼마 전 '영화 인생 50년' 을 맞았다고 해서 대종상 영화제에서 '공로상' 을 받는 진귀한 장면을 연출했었지요. 다섯 살 때 아역배우로 영화계에 데뷔해 아직도 '정정한' 현역으로 뛰고 있는 '기네스북' 에 오를 만한 '관록의 배우' 입니다.

　50년이라…… 굉장한 세월이죠.

　2007년 현재 대한민국 영화계에서 '안성기' 라는 배우의 존재만큼 그 존재감이 강렬한 배우도 드물 겁니다. 흔히들 '국민배우' 라는 칭호를 그에게 붙여주지만 그런 '북한스러운' 칭호보다는 그냥 '배우 안성기' 로 불려도 충분히 자기 위상을 확고히 보여주는, 그 나이로는 몇 안 되는 이니 유일한 남자배우입니다.

　지난해 입춘날인가요, 스크린 쿼터 폐지 반대 시위의 첫 테이프를 끊었던 그를 만나기 위해 광화문 교보빌딩 앞으로 갔던 일이 떠오릅니다. 절기상으론 봄이었지만 '꽃샘추위'로 코끝이 맵싸하게 여겨지는 그런 추운 날씨에 장갑도 끼지 않은 채 안성기는 피켓을 들고 혼자 서 있었습니다. 그와 이런 저런 이야기 끝에 "요샌 영화 안 하세요?"라고 물었더니 조금 전까지 힘없어 보이던 그가 금세 생기를 되찾은 눈빛으로 "왜요, 하고 있습니다. 한반도라고." 하면서 '현역배우'로서의 위상을 보여주던 모습이 지금도 눈에 선합니다.

'맏형'으로서의 듬직한 분위기를 풍기는 안성기에 대해서는 수많은 찬사가 뒤따르고 있습니다. 그 중에서도 '믿을 수 있는 배우'라는 평이 아마도 그를 가장 돋보이게 하는 말일 것 같습니다.

'누가 나오면 볼 만은 할 거야'라는 기본적 신뢰를 획득하고 있다는 건 보통일은 아니지 않습니까. 이런 말은 비단 배우에만 국한되는 얘긴 아니겠지요. 우리들의 일상생활에서도 '누가 하니까 괜찮을 거야'라는 소리를 들을 수 있는 사람이라면 그는 '근사한' 사람인 거죠. 제가 오늘 이 영화를 보기로 한 것도 바로 그런 '이유'에서였으니까요.

10여 년 전인가요, 〈투캅스 1〉에서 안성기 박중훈이 공동 주연을 맡아 당시 '최고의 흥행 기록'을 세웠었지요. 거기서 제 기억에 남는 장면이 하나 있습니다. 오늘 제가 〈라디오 스타〉를 보려 한 건 바로 그 장면이 떠올라서였습니다.

노점상에게서까지 '삥땅'을 서슴지 않는 치사한 '부패 경찰'로 나오는 안성기가 주일날 교회에 가서 "오! 주님"을 찾으며 기도를 하던 그 얼굴 표정은 수많은 한국 영화 중 최고의 표정연기로 꼽고 싶습니다.

그야말로 '압권'이란 단어는 그럴 때 쓰는 표현일 겁니다.

아무튼 가끔가다 뜬금없이 그 장면이 떠오를 땐 혼자 길을 가다가도 웃곤 했으니까요.

박중훈에겐 좀 미안하지만 그가 출연했던 영화들보다는 꽤 오래 전 그가 '랄랄라' 하면서 몸을 흔들어대던 어느 맥주회사의 광고 장면이 두고두고 저를 웃게 했습니다.

한 사람을 사심 없이 유쾌하게 웃을 수 있게 한다는 건 그 장르가 무엇이든지간에 일단은 대단한 일이라고 봅니다. 불과 몇 초의 짧은 CF를 보면서 박장대소하게 만들고, 세월이 많이 흘렀는데도 그 장면을 기억하게 한다는 것은 흔한 일이 아니거든요.

그 광고는 '박중훈' 이 아니면 그렇게 웃기기도 어려웠을 겁니다. 그런 면에서 그는 코믹한 연기에 발군의 실력을 갖고 있는 배우입니다. 사람을 울리는 것보다 웃기는 일이 더 어려우니까요.

그 후 박중훈은 동아일보엔가 몇 달 동안 영화계에 관련된 짧은 에세이를 쓴 적이 있습니다. 그 때 아주 뛰어난 글솜씨를 보여줘 그를 다시 보게 한 적이 있었습니다. 다른 사람들도 '글 잘 쓰는 박중훈' 이라는 걸 알았는지 어떤 사람은 그에게 "당신이 직접 쓰는 거냐, 누가 써주는 거냐"라는 실례의 질문을 했다고 하더군요.

아무튼 두 남자는 제게 '좋은 이미지' 를 준 배우들이자 우리 영화계의 신뢰도를 높여주는 그런 배우들이어서 '거금' 을 들여 동네 영화관엘 갔던 것입니다.

서른이 너무 길었지요? 결론부터 말씀드리겠습니다. 〈라디오 스타〉는 역시 '그들' 이 나와서 빛난 영화였습니다. 물론 감독의 솜씨도 좋았습니다 하지만 '그들' 이 나온 만큼 성공을 거둔 영화라고 할 수 있습니다.

특히 안성기를 위한 영화였습니다. 물론 '왕년의 록 스타' 가수 최곤 역을 맡은 박중훈과 공동 주연의 배역이었지만 안성기의 이미지와 영화 속 배역 이미지가 꼭 맞아떨어져 빛을 본 영화였습니다.

알려진 대로 영화 〈라디오 스타〉는 왕년의 인기에 연연해 그 늪에서 빠져나오지 못하는 영락한 인기가수와 그를 헌신적으로 수발하는 매니저의 이야기를 그리고 있습니다. 무슨 대단한 사건도 없고 '영락한 톱 가수'의 시지구레한 일상을 그린 영화지만 감독은 "따스한 시선"으로 그들을 그려냅니다.

1988년에 '가수왕'을 차지했던 철없는 록 가수 최곤은 2006년 현재 '불륜 카페'에서 라이브로 기타를 치면서 살아갑니다. 그러나 여전히 '날선 자존심' 하나는 변치 않아 일상이 고달플 수밖에 없는 인생입니다. 어느 인생이든 '자존심'이 세면 행복하기 어려운 게 세상 이치 아니겠습니까.

그가 잘나가던 시절의 매니저였던 박민수는 지금도 최곤을 '개지중지' 보살펴줍니다. 그는 매니저 없이는 일상을 꾸려나갈 수 없는 '생활 무능력자'입니다. '형 담배! 형 불!' 형만 부르면 뭐든 무소불위로 해결해주는 '영원한 해결사' 매니저 형에게 '어리광'을 부리면서 살아가는 인생인 겁니다.

속 깊은 매니저 박민수는 "최곤을 20년 데리고 다녔다"며 호기를 부리지만 그 역시 아마도 '오갈 데 없는 신세'인가 봅니다.

그 둘의 '인간적 의리'와 '변치 않는 우정'은 부러울 정도입니다. 지금 이 시대에 저런 '인간관계'가 존재하기가 어렵다는 걸 잘 아는 올드 세대들은 어쩌면 '동화 같은' 그 둘 사이의 '이야기'가 마냥 부럽게 여겨질 것 같습니다.

자신의 자존심을 건드린 '날라리 팬'에게 주먹을 날리는 버릇이 있는 최곤은 또 사고를 치고 '친형' 같기도 하고 '아버지' 같기도 한 매니저는 '합의금' 마련하느라 정신없이 뛰어다니다가 최곤이 지방 방송국 분소에 라디오 DJ로 가겠다는 조건으로 '사고'를 수습합니다. 이렇게 히서 그 두 남자는 강원도 영월이라는 '더나먼 곳'에 내려가 새로운 인성을 살아갑니다. 자세한 줄거리는 영화를 보실 분들을 위해 여기까지만 말하겠습니다.

이 영화는 〈선셋 대로〉라는 아주 오래된 할리우드 영화를 떠오르게 합니다.

왕년에 최고의 인기를 누렸던 여배우가 세월과 함께 '뒷방 마님' 신세로 건락하면서도 '그놈의 자존심'이 뭔지 '환상 속'에서 헤매는 그런 영화이죠. 그녀의 충직한 '몸종'은 알고 보니 잘나가던 시절 그의 매니저이자 남편이었죠. 기억에 가물가물하지만 아마 그 여배우는 자살로 인생을 마감할 겁니다. 자신을 여왕처럼 떠받들어 주던 '인기'라는 마약이 사라지자 그걸 못 견뎌하는 여배우! 마치 〈라디오 스타〉의 최곤과 흡사합니다. '충직한 몸종' 매니저 박민수의 존재도 여배우의 시종과 비슷하지요.

할리우드 영화는 비극으로 끝났지만 〈라디오 스타〉는 해피엔딩으로 막을 내립니다. 아무래도 추석명절이고, 지금 우리 사회엔 하도 슬픈 얘기들이 만연해 있다 보니까 그나마 해피엔딩으로 마무리를 지어준 게 아닌가 싶네요.

최근 영화로는 재작년인가 극장에서 개봉했던 영국영화 〈러브 액추얼리〉과도 상당히 닮았습니다. 옴니버스 스타일인 그 영화에서 퇴물 가수와 매니저의 이야기가 〈라디오 스타〉와 비슷합니다만 제가 받은 이미지로는 아무래도 〈선셋 대로〉와 객이 더 많이 닿아 있다는 느낌입니다.

아무튼 〈라디오 스타〉에선 의외로 '누선'을 자극하는 장면이 많습니다. 아무렇지도 않은 장면인데도 눈물이 납니다. 웃고 있어도 눈물이 난다는 유행가 가사처럼 말입니다.

자신의 몰락한 처지를 받아들이지 못하는 '가수왕'이 매니저에게 "우리 이쯤에서 헤어지죠"라고 맘에도 없는 소릴 하자 속 깊은 매니저는 비장한 표정으로 이렇게 말합니다. "내가 앞으로 더 열심히 할게"라구요.

그 때 안성기의 '결기어린' 표정이라니…… 아마 인생을 좀 아시는 분들이라면 그 표정에 '눈물 난다'라는 감정을 속이기 어려울 겁니다.

〈라디오 스타〉는 지금 갈 곳 없어 방황하는 '7080세대'를 위로해주는 동화같은 이야기입니다. 요새 세상에 그런 식의 '재기再起'는 거의 일어나기 어렵거든요. 세상이 너무 많이 변했지요. 창업은 쉬울지도 모르지만 '재기'는 참 어려워진 세상입니다. 게다가 그렇게 한없이 다정하고 따스하고 자애로운 매니저 또한 쉽지 않을 걸요. 툭하면 지상을 장식하는 인기 연예인과 매니저와의 소송 기사만을 봐 온 우리들에게 이런 '천사표' 매니저 스토리는 거의 '환상'이라고나 할까요.

그래도 어쨌거나 이 영화는 오랜만에 우리들의 마음에 따스한 등불을 켜 줍니다. 여기서 나오는 스토리는 비단 '매니저와 가수'만의 스토리는 아닐 테니까요. 우리는 늘 이런 '관계'에 목말라하면서 살아가고 있지 않습니까.

'돈' 땜에 이합집산하는 그런 인간관계가 하도 많다 보니, '한 번만 마음 주면 변치 않는 그런 사람'이 그리워지는 거지요. 거기에 '인생'이라는 한없이 싸늘한 생물에게 우리는 또 얼마나 매정하게 당하면서 살아갑니까.

인생 한고비를 살아온 분들이라면 아마도 이 영화를 보시면서 흘러내리는 눈물에 다소 겸연쩍어질 것 같습니다. 그래도 오랜만에 마음이 훈훈해지는 흔치 않은 경험을 할 수 있는 그런 영화라서 추천해드리고 싶군요.

팍팍한 우리네 인생을 살아가면서 이렇게 '변치 않는' 사람들이 곁에 있어 준다는 건 누구에게나 커다란 '축복'인 것 같습니다.

흘러간 가수의 뒤치다꺼리나 하는 인생이지만 그래도 그 '일'을 아주 소중하고 진지하게 해내는 매니저 박민수의 인생 자세는 관객을 숙연하게 만듭니다. 우리 인생에 필요한 건 바로 그런 게 아닐까요.

아무리 시시하고 하찮게 보이는 일이라도 자신에게 주어진 일인 이상 목숨 바칠 각오로 끝까지 성실하게 해내는 거, 그런 자세야말로 인생을 살아내는데 무엇보다도 절실한 덕목이 아닌가 싶습니다.

그러니까 이 세상을 살아간다는 것! 그 자체만으로도 인생은 귀하고 소중하다는 얘기겠지요. 어떤 역경이 닥치더라도 "이렇게 살아 있잖아" 하는 그런 자세 말입니다.

아참! 잠깐 잊을 뻔했네요. 이 영화에서 처음 보는 것 같은 최정윤이라는 여배우의 연기도 깜찍한 게 볼 만했습니다. 라디오 PD역을 맡은 그녀는 앞으로 지켜볼 만한 젊은 여배우인 듯합니다.

◆ 일본 영화
〈내일의 기억〉

중년기의 사람들에겐 남의 일 같지 않을 영화 〈내일의 기억〉을 봤습니다. 개인적으로 병을 소재로 한 영화는 그다지 좋아하지 않습니다만 그렇고 그런 일상생활을 소재로 정서적 공감대를 만들어내는 일본영화가 주는 매력에 끌려 본 영화입니다.

영화는 역시 저의 기대를 저버리지 않았습니다.

일본영화도 한때는 그 나라 관객들에게 외면당한 쓸쓸한 역사가 있습니다. 지금도 일부 일본의 지식인층에선 자국 영화는 외면하는 풍조가 있다지만 그동안 제가 본 몇 편의 일본영화들은 그네들의 영화수준이 어느 정도인지를 가늠하게 해주었습니다.

일본의 영화수준을 한마디로 말하긴 어렵지만 제가 보기에 그들은 우선 '감독층'이 두텁고, 특히 '원로급 감독'들이 우리에 비해 많다는 게 조금은 부러운 경향이라고 할 수 있습니다.

우리 영화계야 원로급 감독하면 얼마 전 자신이 감독한 100번째 영화 〈천년학〉을 극장에 올렸지만 흥행참패를 기록한 임권택 감독 정도만 '현역 명함'을 내밀고 있는 형편 아닙니까!

일본에선 원로급 감독들이 우리처럼 빈약하지 않고 꽤 많은 것 같더군요. 게다가 40대 후반, 50대의 중견감독들이 우리보다 훨씬 다양하게 현역으로 왕성한 작품 활동을 하고 있는 현실 또한 일본영화 수준을 세계적으로 끌어올리는 데 일조를 하고 있다고 봅니다.

〈내일의 기억〉도 일상성을 소재로 했지만 상영 시간 두 시간이 언제 지나갔는지 모를 만큼 영화에 몰입할 수 있게 만든 '웰 메이드 무비' 였습니다.

이 영화를 만든 츠츠미 유키히코 감독도 1955년생으로 우리 나이로는 53세입니다만 일본에선 '츠츠미 월드'라는 신조어를 만들 정도로 다방면의 문화 활동을 활발히 하고 있는 감독이라고 합니다.

국내에 개봉된 〈박치기〉나 〈클럽 진주만〉〈셸 위 댄스〉 등의 감독들도 50대 중견감독이라는 점이 일본영화를 돋보이게 하는 것 같습니다. 언젠가도 말씀드린 적이 있지만 영화감독의 전성기는 아무래도 50대인 것 같습니다. 50대 정도가 되면 어느 정도 인생의 '제반 상황'을 한눈에 조망할 수 있는 '인생의 눈'이 밝아지는 나이여서 그런 것 같습니다.

영화팬의 한 사람으로 어떤 영화를 보러 갔을 때 전혀 사전 정보 없이도 대충 그 영화를 만든 감독의 연령대를 알아맞히곤 합니다. 비단 일본영화뿐 아니라 미국이나 유럽영화들을 볼 때도 저의 '감독 나이 알아맞히기'는 유효합니다. 특히 '50대 감독'의 영화들은 금세 느낌이 옵니다. 그들의 영화를 만드는 '솜씨'에서 '연륜'을 느낄 수 있다는 이야기입니다.

그런 의미에서 우리나라에서는 영화감독들의 '조로현상'이 좀 심한 것 같더군요. 지금 충무로에서 50대로 명함 내밀고 활동하는 감독이 금세 떠오르지 않습니다. 그만큼 한국영화의 감독층은 얇다고 할 수 있습니다.

아니 이런 '조로현상'은 비단 영화뿐이 아니라 사회 각 분야에서 진행되고 있는 듯해 걱정스럽기도 합니다. 무슨 '사오정' 이니 '오륙도' 니 하는 단어가 그런 '조로현상' 을 대변해주는 말 아닙니까.

기업체에서야 조직의 활성화를 이유로 40대 중반만 되면 '명예퇴직' 을 강요하고 있다지만 '예술계' 에서까지 그런 '명예퇴직' 현상이 일어난다는 건 바람직한 일은 아니라고 봅니다.

영화 이야기를 하려다가 느닷없이 '조기·명예퇴직' 이야기부터 하게 되었습니다만 이런 사회현상이 〈내일의 기억〉이라는 영화 자체와도 맥락이 닿습니다.

인생의 한창때라고 할 수 있는 49세의 엘리트 회사원이 알츠하이머라는 노인성 질환으로 알려진 끔찍한 병마의 공격으로 어쩔 수 없이 무너져 간다는 이야기를 그린 〈내일의 기억〉을 보고 나면 인생의 여러 가지를 생각하지 않을 수가 없습니다.

〈내일의 기억〉의 주연을 맡은 배우 와타나베 켄은 영화에서는 1954년생으로 광고회사 부장입니다. 거의 절정기에 도달한 광고맨으로 주인공은 어려운 프로젝트 하나를 따내고 부하직원들과 환호합니다.

'광고' 라는 직종이 상징하듯 굉장히 활기차고 바쁜 일상을 보내는 주인공 사에키는 그 나이의 거의 모든 회사원들이 그렇듯 회사 일에 인생을 걸고 앞만 보며 달려왔습니다. 그런 그가 어느 날부터 서서히 '이상 증후군' 에 시달리기 시작합니다. 사소한 일상의 일들을 기억해내기 어려워집니다. 사람의 이름·날짜·늘 다니던 길목에서 길을 헤매기 시작합니다. 면도 크림을 사고 또 사와서 아내에게 지적을 받기도 합니다.

'회사에 목숨 걸고 살아온 회사인간' 으로선 있을 수 없는 '회의시간' 을 잊어버리는 일대실수를 저지른 끝에 아내의 손에 이끌려 병원에 갑니다.

자신보다 한참 어린 의사로부터 아주 시시한 질문—오늘은 몇월 며칠 무슨 요일이냐 등—들을 받고 정밀 검사를 거친 끝에 사에키는 '알 츠하이머' 초기라는 청천벽력의 진단을 듣고야 맙니다.

사에키는 처음 그 진단명을 듣는 순간 버럭 화를 냅니다. "당신 몇 살 먹었어. 의사생활한 지 몇 년 되었냐"라며 '애송이' 의사에 대해 강한 불신감을 나타냅니다. 냉철한 스타일의 그 젊은 의사는 자신이 10년차 의사이며 이 병원뿐 아니라 그 분야에선 알려진 전문의라고 말합니다.

그 젊은 의사는 말합니다. "늙어가고 병들고 죽는 건 피할 수 없는 인간의 숙명 아닙니까? 인간은 태어나서 십수년 간을 제외하곤 점차 쇠퇴해가지만 그렇다고 아무 일도 못하는 건 아닙니다."

의사에게 병명을 진단받고 나온 이 중년부부는 병원 복도의 계단에서 서로의 눈물을 닦아주면서 한참 울고 맙니다. '부부의 의미'를 암시해주는 한 장면이라고도 할 수 있겠지요.

주인공 사에키는 당분간 병명을 숨기고 회사에 다니려고 합니다. 그러나 자신의 '자리'를 탐내는 부하직원의 '밀고'로 국장에게 불려가 '희망퇴직'을 권고받습니다.

그 때 주인공은 말합니다. "딸아이가 결혼하는 10월 27일까지는 현직에 있고 싶습니다." 이 심정은 아마도 '일본 아빠'나 '한국 아빠'나 비슷한 것 같습니다. 될수록 '현직'에 있을 때 자식들을 결혼시키려는 부모의 심정! 사에키는 자신의 상사에게 이런 사정을 부탁하면서 등을 구부려 '새우등'으로 만들며 95도 각도의 절을 합니다.

이 '새우등 인사법'은 일본인들에겐 거의 일상화된 예법 같더군요.

사에키는 거래처 사람들에게 인사할 때도 '새우등'이 되도록 등을 굽혀 5초 정도를 '스톱 모션'으로 있습니다. 바로 그런 모습이야말로 일본을 미국과 쌍벽을 이루는 세계 최고의 경제 대국으로 만든 원동력이 아닐까 생각합니다. 그 '새우등' 을 보이는 것 자체가 맡은 일에 최선을 다하겠다는 하나의 '충성서약' 표시라고나 할까요.

외동딸을 위하여 병구를 이끌고 회사에 나가는 사에키는 비로소 지난날을 돌아보는 여유를 갖습니다. 오로지 회사에 열정을 바치느라 가정은 돌보지 않았던 자신을 돌아보면서 마음 아파하기도 합니다.

제작 일선에서 밀려나 한직에서 하루하루를 보내는 주인공의 모습을 보면서 아마도 중년의 한국 샐러리맨들도 남의 일 같지 않다는 진한 공감대를 느낄 수 있을 것 같습니다.

드디어 딸의 결혼식! 미리 써놓은 인사말 원고를 잃어버린 사데키는 혼신의 힘을 다해 가족 대표로 더듬더듬 인사말을 해나갑니다. 옆에 선 아내의 손을 꼭 잡은 채……

그러고 난 다음날 사에키는 드디어 퇴직을 합니다. 26년간 청춘을 바쳐왔던 회사문을 나오는 그의 모습은 오늘 우리 사회에서도 흔히 볼 수 있는 장면이겠지요.

이제 그 앞에는 자신의 기억을 망각해가는 일만 남은 '무서운 투병생활' 만이 기다립니다…… 그의 천사표 아내는 "당신은 혼자가 아니에요. 언제까지나, 언제까지나 당신 곁에 내가 있고 우리 가족이 있습니다."라며 한없이 착한 웃음 속에 눈물을 보입니다.

젊고 유능했던 시절의 남편은 가족과 가정은 두 번째이고 오로지 회사에만 열정을 바쳤지만 이제 '병든 몸' 이 되어서야 아내 곁으로 돌아왔으니 그 아내의 심정은 어땠을까요. 딸도 출가하고 이제 덩그마니 둘만 남겨진 부부! 더구나 아직 한창때였다고 알았던 남편은 알츠하이머라는 불치병으로 점차 '폐인' 이 되어가고……

아내는 '생활 전선' 에 뛰어들고 남편은 '외로운 투병생활' 을 허나가야 합니다. 어쩌면 '이것이 인생!' 인지도 모르겠습니다.

영화는 이제부터 시작입니다. 남편과 아내의 눈물겨운 일상생활을 감독은 섬세하고 따스한 시각으로 예리하게 잡아냅니다. 자세한 내용은 영화를 보시는 분들을 위해 여기까지만 말씀드리겠습니다.

주인공 사에키로 열연한 와타나베 켄은 얼마전 홍보차 방한했었지요. 올해 49세인 와타나베는 〈라스트 사무라이〉나 〈게이샤의 추억〉에서 중후한 연기로 할리우드에서 유명해진 일본인 배우지만 그의 모친과 부인은 한국인이랍니다.

그는 실제로 17년 전 백혈병에 걸려 사경을 헤매다 치유된 경험이 있어서 이 〈내일의 기억〉에 남다른 애정을 갖고 연기에 혼신을 기울였다고 합니다. 아무래도 그런 실생활의 배경이 그에게 절박한 표정연기를 가능하게 한 원동력 같군요.

이 영화를 보면 일본 영화팬들에겐 익숙한 얼굴들이 조연으로 꽤 많이 나옵니다. 그들을 만나는 재미도 괜찮습니다. 반갑다고나 할까요.

국내에서도 개봉한 〈셸 위 댄스〉 〈스윙 걸스〉 등에서 나온 와타나베 에리코는 이번 영화에서 천사표 아내의 친구로 나옵니다.

〈우테루〉 〈혐오스런 마츠코의 일생〉 등에서 고지식한 역으로 나온 도쿄대학 출신의 카가와 데루유키는 사에키를 격려해주는 직장상사로 나와 그에게 "빨리 쾌유해 복직하라, 당신만한 인재가 없다"라고 덕담을 해줍니다. 그밖에 사에키가 요양소에 갔을 때 안내를 맡았던 안경 낀 여직원도 〈셸 위 댄스〉에서 얼굴을 비쳤었지요.

우리나라 영화에서도 그렇듯 이런 '조연' 들의 받침대가 튼튼해야 영화가 더 감칠맛 나는 것 같습니다.

이 영화를 본 적지 않은 관객들이 '가슴이 메어지는 듯했다' 는 소감을 말하고 있습니다. '눈물' 을 강요하는 멜로드라마가 아니라 '그것이 바로 우리 인생' 이라는 공감대가 자연스레 형성되는 주제이기에 가슴

깊은 곳으로부터 솟아오르는 '뜨거운 눈물' 을 흘리는 것 같더군요.

　라스트 신을 말하면 좀 곤란하지만 숲속에서 부부가 해후하는 장면은 사람의 마음을 에이는 듯합니다. '아나타' 라고 남편을 부르는 아내의 간절한 외침을 낯설어 하는 '이방인' 남편의 그 무심한 눈길이라니…… 이제 저 두 사람은 어떡하란 말입니까!

　10여 년 전인가요, 미국의 대통령을 지낸 레이건이 가족을 통해 발표한 「국민에게 드리는 편지」가 떠올랐습니다.

　"나는 지금 인생의 황혼기로 향하는 여로에 발을 내디뎠습니다. 미국의 앞날에는 항상 밝은 아침이 있을 것임을 믿습니다."

　자신이 알츠하이머병에 걸린 것을 국민 앞에 고백하고 '공개 투병생활' 에 들어갔던 레이건 대통령은 아내 낸시의 얼굴마저 기억해내지 못할 자신의 병세를 두려워하며 10년 투병생활 끝에 세상을 떠났습니다. 자신이 걱정한 대로 끝내 아내의 얼굴조차 알아보지 못했다는군요.

　〈내일의 기억〉에서도 주인공 사에키는 말합니다.

　"미안합니다. 당신을 기억할 수 없어서……"

　'인생비극' 이 아닐 수 없습니다. 하지만 어떡합니까. 그래도 살아내야 하는 것을!

　〈내일의 기억〉이 가슴 아프지만 그래도 따스하게 여겨지는 것도 아마 우리들이 '받아들일 수밖에 없는 이런 참담한 현실' 에 대해 그저 성실한 자세로 최후까지 열심히 살아나가는 모습을 보여주어서인 것 같습니다.

　모처럼 '눈물의 의미' 를 음미해 볼 수 있는 시간이었습니다.

〈다마모에!(魂萌え!)〉

장마가 시작된 초여름 우중충한 날씨 탓인지 혹은 나이 탓인지 마음자리가 영 편하지 않았습니다. 이럴 땐 어떤 친구보다도 '좋은 영화'가 저를 크게 위로해주곤 합니다.

잠시 비가 그친 새에 자주 들르는 명동의 일본영화 전용관 CQN을 향했습니다.

요 근래 웬만한 극장에서 상영하고 있는 영화들은 영 신통치 않아서 기대도 하지 않고 갔다가 간만에 월척을 건졌습니다!

〈다마모에!〉라는 생소한 제목의 영화가 걸려 있었습니다. 내용은 차치하고 우선 감독이 누군지를 봤습니다. 사카모토 준지 감독이더군요. 갑자기 오랜 옛 친구를 만난 듯 반가웠습니다. 올 봄 CQN에서 상영했던 〈클럽 진주군〉의 바로 그 감독입니다.

이 영화는 제가 괜찮게 여기는 미남배우 오다기리 조가 나온다는 이유 하나로 무작정 들어가서 본 영화였지만 울면서 나왔던 수작이었습니다

이 일 저 일에 치여 미처 블로그에 올리진 못했지만 사카모토 준지라는 감독의 이름을 그 때 기억에 새겼습니다.

〈클럽 진주군〉은 2차대전 직후 경제적으로 어렵고 혼란스러웠던 일

본을 배경으로 밴드를 결성해 〈클럽 진주군〉이라는 미군부대 클럽에서 밴드 활동하던 4인조 일본 청년들의 천신만고한 음악활동을 그린 영화입니다.

6·25전쟁이 터져 일본에 주둔해 있던 미군들이 국가의 명을 받고 다시 전쟁터로 나가는 장면이 라스트 신이었습니다. 성조기 앞에서 엄숙하게 거수경례를 하는 미군들의 모습이 그렇게 찡할 수 없었습니다.

저 청춘들이 조국의 부름을 받고 목숨 걸고 남의 나라 전쟁터로 달려 나가기 직전의 모습이 고결하고 아름다워 보였습니다. 사카모토 준지 감독은 그 영화에서도 별 이렇다 할 사건이 없는 평범한 일상의 이야기를 지루하지 않게 엮어내는 솜씨를 보여주었습니다.

그 영화를 보고 사카모토가 '재능 있는 감독'이라고 인정했습니다.

나중에 검색해보니 사카모토 감독은 데뷔작으로 신인상을 타면서 두각을 나타내기 시작해, 그 이후 발표하는 작품마다 상을 도맡아 탄 '상쟁이 감독'이라는군요. 1958년생이니까 우리 나이로 이제 그도 쉰 고개에 들어선 셈이지만 여전히 왕성한 작품 활동을 하고 있는 유명감독입니다.

영화 〈박치기〉의 이즈츠 카즈유키 감독 밑에서 조감독 생활을 한 덕분인지 역시 '생활영화'에 강한 면모를 보여주고 있습니다. '생활영화'라는 장르가 따로 있는 건 아닙니다. 편의상 제가 그렇게 명명했을 뿐입니다. 아마 영화학도들은 웃을지도 모르겠습니다만, 개인적으론 이런 생활영화에 강한 감독이 재능 있는 감독이라고 생각합니다.

일본의 유명 영화감독들은 '일상생활'을 소재로 아무것도 아닐 수도 있는 이야기를 솜씨 좋게 엮어내는 재주가 있는 것 같다고 언젠가도 말씀드렸습니다만, 이 '아무것도 아닌 이야기'로 영화를 자연스럽고 설득력 있게 만들어내는 것이야말로 감독의 재주이자 재능이라고 보거든요.

한국 감독들은 이 '일상성'을 재현해내는 데 좀 약한 것 같다는 아쉬움을 줍니다. 그렇다고 우리 감독들이 못한다는 이야기는 아니구요. 대체로 우리나라 영화들은 아직까지는 일본 영화에 비해 일상을 소재로 '가슴 찡한' 이야기들을 만들어내는 데 다소 처지지 않느냐라는 생각을 혼자 해 봅니다. 어쨌거나 그렇게 재주 있는 감독으로 생각하는 사카모토의 2007년 '신작'이라니 당연히 구미가 당길 수밖에요.

게다가 원작은 '키리노 나쓰오(桐野夏生)'라는 여류 작가였습니다. 더더욱 반갑더군요. 그야말로 친한 친구를 우연히 만난 것처럼 무척 반가웠습니다. 조금 전까지 축 처졌던 저의 컨디션은 거의 의기양양해졌습니다. 당장 배우로 나서도 될 정도로 수려한 미모의 이 여류 작가는 현재 일본에서 제일 잘나가는 여성 추리작가로 이름을 떨치고 있는 중입니다. 그녀가 쓴 『부드러운 볼』이라는 나오키 상 수상작품을 꽤 오래전 아주 재미있게 읽었습니다.

그 후 얼마 있다가 아사히신문사에서 발행하는 주간지 《아에라》에서 그녀에 대한 장문의 인터뷰 기사를 읽고 그녀가 그렇게 잘 쓸 수밖에 없는 배경을 알게 되었고, 그녀를 다시 보게 된 기억도 납니다.

10년 이상을 무명작가로 하이틴을 상대로 하는 로맨스 소설, 청소년 소설 만화 시나리오 분야의 작가로 활동하면서 로맨스 한 분야의 소설만 300권 이상을 읽고 일일이 분석해 분류 카드까지 만들었다는 겁니다. 그러니 그 '들인 공'이 문장에 그대로 나타날 수밖에 없겠지요. 그녀의 노력하는 자세에 잠시 숙연한 기분이 들 정도였습니다.

1951년생인 그녀는 1998년에는 『아웃』으로 일본 추리작가협회상을 수상했고, 1999년 『부드러운 볼』로 나오키 상까지 탔습니다. 그 이후로도 그녀는 발표하는 작품마다 큰 상을 받아 역량을 과시하고 있는 여류작가입니다.

이렇게 최고로 대우받는 여류 추리작가의 원작으로 재주꾼 감독이 만든 영화라니 평점을 '절반은 따고 들어간 작품' 이라고나 할까요.

게다가 영화 팸플릿에 '다마모에(魂萌え!)' 의 뜻이 소개되었는데 그걸 보자마자 그 자리에서 티켓을 끊었습니다.

다마모에(魂萌え!)는 일본에서 유행한 신조어로서, '육체는 점점 쇠약해져 가지만 영혼은 갈수록 더욱 불타오른다' 는 뜻! 혼을 뜻하는 '타마' 와 움트다라는 뜻인 '모에루' 의 명령형을 결합시킨 것 같습니다. 아무래도 일본도 초고령 사회에 접어들다 보니 이런 '다마모에' 정신이 먹혀들고 있는 상황인가 봅니다.

이 '다마모에' 는 키리노 나쓰오가 2004년 《마이니치》 신문어 1년간 썼던 연재소설의 제목으로 굉장히 인기를 끌었고, 이듬해 단행본으로도 나왔다고 합니다. 문학평론가들은 "키리노의 작품 중 최고 수준이다"라는 호평을 했다는군요.

처졌던 저의 컨디션은 멋쟁이 감독과 친구 같은 원작자 그리고 영화 제목의 뜻풀이를 보는 순간 반짝하고 불이 들어오는 것 같았습니다.

자! 이렇게 해서 〈다마모에〉는 영화 시작 전 어느 정도 '재미' 를 보장받고 들어간 셈인데, 감독과 원작자의 '역량' 만큼 역시 제게 감동을 주었습니다.

영화제목이 암시하듯, 영화는 59세 여주인공을 비롯 그녀의 여고 때부터의 단짝 친구, 등 어느 정도 인생을 살아낸 '중후한 연배' 의 사람들 이야기입니다.

일본판 〈내 남자의 여자〉라고나 할까요. 그렇지만 며칠 전 닥을 내린 그 연속극처럼 사람을 피곤하게 만들지 않고 부드럽게 물흐르듯 진행하면서도 영화에 몰입하게 만드는 솜씨가 보통이 아닌 작품입니다.

어찌 보면 통속적이면서 전혀 새로울 게 하나 없는 이야기이지만 그래도 여주인공의 행로를 바라보며 우리 모두의 '인생' 을 생각하게 하는 그런 영화입니다.

59세 여주인공 세키구치 토시코는 우리나라에서도 흔히 만날 수 있는 전형적인 전업주부입니다. 남편이 벌어다주는 돈으로 알뜰하게 살림해왔고, 자식들 살뜰하게 키워낸 그야말로 현모양처입니다.

남편은 일밖에 모르는 일본의 전형적인 회사원으로 60세에 드디어 정년을 맞아 가족들과 함께 조촐한 '정년퇴임 파티' 를 자기 집의 식탁에서 치릅니다.

그리고는 한 3년 만에 홀연 세상을 떠나고 맙니다. 요즘 같은 고령사회에서 너무 허망하게 일찍 가버린 겁니다.

그런데 이제부터 드라마가 시작됩니다. 남편의 장례를 무사히 치르고 집에 온 토시코는 아직 정지시키지 않은 남편의 휴대전화로 걸려온 한 여성의 전화를 받고 경악합니다. 소위 '내 남자의 여자' 입니다.

지금 막 장례를 마치고 돌아오는 길이라는 토시코의 설명에 전화기를 통해 들려오는 '그녀' 의 경악은 이쪽을 압도할 정도여서 여자의 '직감' 으로 토시코는 상대의 존재가 범상치 않다는 걸 직감합니다.

자, 이제 얌전하고 조신했던 우리의 토시코 여사는 어떻게 대처해나갈까요?

일단 남편의 영전에 분향하러 오라고 그녀를 초대합니다. 이렇게 해서 토시코는 모범남편이 이토 아키코라는 입사동기 직장동료와 10년 넘게 사귀어온 기막힌 사연을 알게 됩니다. 게다가 생전 남편이 취미활동으로 해오던 '메밀국수 동호회' 회장을 통해 매주 목요일 남편이 동호회에 간다는 핑계로 나가서는 꼬박꼬박 '그녀와의 밀회' 를 즐겼다는 사실에 분노합니다.

이렇게 토시코가 엄청난 배신에 괴로워하는데 미국 유학 보냈던 아들은 아버지의 유산을 어떻게 하면 자신이 더 많이 차지할까만을 궁리합니다. 애인과 동거 중인 딸도 더 이상 토시코에겐 위로의 상대가 아닙니다.

세상에 홀로 남겨졌다는 것에 사무치도록 외로워진 토시코는 아들과 한바탕하고는 늦은 밤, 무작정 가출했지만 정작 갈 데가 없다 보니 캡슐 호텔에서 숙박을 해야 할 처지가 되었습니다.

'인생막장'의 사람들이 머무는 숙박 시설엔 다양한 인간군이 모여 있습니다.

남편의 그늘 아래 안락한 중류층 삶에 익숙해져 있던 토시코로선 기상천외한 인물들과 만납니다.

캡슐 호텔의 상주자인 미야사토 할머니는 처음 본 토시코에게 자신의 파란만장한 인생역정을 미주알고주알 털어놓습니다. 심약한 토시코는 마지못해 들어주었는데 할머니는 다 들었으면 1만 엔을 내놓으라고 합니다. 맨입으로 남의 쓰라린 경험을 들을 순 없다는 게 자신의 지론이라면서.

참 어처구니없지요.

여기에 한술 더 떠 할머니는 세상물정 모르게 생긴 천생 여염집 주부 스타일인 토시코가 야밤에 캡슐 호텔에 숙박한 데는 필시 곡절이 있을 거라면서 그 사연을 들어주겠다고 자청합니다. 그러면서 한다는 말, 들어주는 값 1만 엔을 더 내라는군요.(그 캡슐 호텔 1박 숙박료는 3천5백 엔!)

아무튼 이틀 동안 거기서 시달리던 토시코는 자신의 집으로 돌아와 자식들에게 '독립선언'을 합니다. 자신은 아직 젊다며 너희들의 보살 핌이 없어도 살아갈 나이니까 너희는 너희대로 나가 살라고 단호하게 말합니다.

자식들은 한국이나 일본이나 세계 어디서나 부모에게서 무언가를 빼앗아가는 존재인 것 같습니다. 아직 젊기만 한 엄마가 홀로 된 사실을 위로해주기 앞서 유산을 어떻게 분배하는지에 더 관심이 많은 듯했고, 엄마는 그런 자식이라면 필요 없다고 다부지게 말합니다.

참 기막힌 일이지요. 그렇게나 믿었던 남편은 그런 식으로 배신을 때리고 장성한 아들은 제 처자식 건사할 궁리나 하고……. 그러니 토시코가 느낄 배신감이나 허탈감은 굳이 말로 하지 않아도 아실 겁니다. 그 와중에 토시코는 남편의 동호회 멤버 중 한 명과 잠시 '로맨스'를 꿈꾸기도 하지만 그야말로 '일장춘몽'! 남자란 존재는 나이가 젊거나 많거나 어쩌면 그렇게도 똑같은 행태를 보이는지. 겨우 두 번째 만남인데 바로 싸구려 러브호텔로 직행하려 하는군요.

몹시 실망한 토시코는 혼자 생맥주를 마시고 돌아오는 길에 전철 안에서 더듬이 깔린 창밖을 내다보면서 어금니를 뽀드득 갈며 요노나카(세상)라고 혼잣말로 중얼거립니다.

거의 진저리를 치는 듯한 그녀의 발성법에는 한없이 순진했던 사람이 세상을 향해 외치는 피맺힌 절규가 묻어 있는 듯하더군요. 그만큼 여배우의 연기력이 탁월했겠지요.

그렇다고 토시코는 안방에 틀어박혀 끙끙 앓고만 있지 않습니다. 영화를 동경했던 그녀는 하얀 장갑을 끼고 영사기를 돌리는 영사실 아가씨를 찾아갑니다. 당신 같은 일을 해보고 싶다고, 영화를 무지무지 좋아한다고…… 아주 절실하게 부탁하는 토시크를 향해 그 아가씨 하는 말이 걸작이네요.

그럼 극장 안 청소부나 도우미나 하시라고, 아줌마 연세에 이 일은 어렵다고……

하지만 우리의 토시코 여사는 기어코 ‘시네마 천국’에 나오던 영사실 할아버지 같은 사범을 찾아가 ‘한수’ 가르침을 요청합니다.

쉰아홉 세키구치 토시코는 남편도 떠나고, 자식도 다 필요 없다는 걸 알고 헛헛해하면서도 우울증에 빠져버리는 걸 거부합니다. 그녀는 거실 벽을 꽃무늬 벽지로 새로 바꾸고, 영사기 돌리는 훈련을 스스로 합니다. 그녀는 이제 무엇이 그녀를 구원해줄지를 알고 있습니다.

하얀 장갑! 하얀 장갑으로 상징되는 단 하나의 ‘로망’, 그것은 그녀가 몰입해서 할 수 있는 ‘일’입니다. 결국 ‘하고 싶은 일’이 그녀를 구원해 주는 겁니다. 아마도 ‘빈 둥지 증후군’에 시달리고 있다는 수많은 중년 여성들에게 크게 어필할 테마인 듯합니다.

어느 연인이 있어 ‘하얀 장갑’처럼 영원한 열정으로 변치 않고 그녀를 돌보겠습니까! 어느 자식이 엄마를 위해 그 ‘하얀 장갑’ 역할을 대신해주겠습니까!

이 영화는 나이 들어가는 중년의 불안한 심리를 수채화처럼 담백하고 맑게 그리고 있습니다. 〈내 남자의 여자〉처럼 통속적인 기폭제로 시작했지만 결국 그런 건 다 부질없는 ‘한때’이고 우리가 끝까지 붙잡고 가야 하는 건 ‘자기만의 세계’, ‘자기만의 일’이라는 걸 아주 유연하고 세련된 필치로 보여주고 있습니다.

주연을 맡은 후부키 준이라는 여배우의 연기가 일품입니다. 55세인 이 여배우는 일본 최고 인기 연예인 중 한 명으로 꼽힌답니다.

영화에 나오는 배우들 모두가 일본에선 명함깨나 내밀고 있다는군요. 그리고 보니 캡슐 호텔의 지배인으로 나오던 노다역의 토요카와 에츠시는 지난 번 〈훌라 걸스〉에서 아오이 유우의 오빠로 나왔었지요.

연기력들이 모두 발군이었습니다. 직접 보셔야 압니다.

여주인공이 여고 때 친구들과 함께 보트놀이를 즐기다가 애송이 연인들르부터 봉변을 당하자 그녀들은 벌떼들처럼 그들을 향해 일갈합니다.

"청춘이면 다야! 우리도 인생이 있어!"

60세가 되는 게 두렵다고 친구에게 한탄하는 59세 토시코에게 이렇게 말해주고 싶네요.

"육십을 두려워 마세요, 아직 갈 길은 멉니다. 당신에겐 하얀 장갑이 있잖아요."

그 영화관에 관객은 7명뿐인 게 참 안타까웠습니다. 더구나 중년에게 맞춤한 영화인데 저를 제외한 다른 관객들은 모두 20대처럼 보이더군요. (많아야 30대 초반?)

사카모토 준지 감독은 이전 작품들에서는 '남성다운 연출력' 을 보여준다는 평도 들었지만 〈다마모에〉를 기점으로 섬세한 단편 작가적 시선을 갖춘 감독이라는 평을 들었다그 합니다.

이 영화, 아마도 '육체는 점점 점점 쇠약해져 가지만 영혼은 갈수록 더욱 불타오르는' 이 세상의 모든 중년들에게 바치는 송가頌歌인 듯합니다.

이제 막 50대에 들어선 사카모토 감독!

그리고 50대 중반인 키리노 나쓰오 상!

영화 잘 봤어요. 아리가토 고자이마스!

〈훌라 걸스〉

탄광 하면 제일 먼저 떠오르는 장면이 하나 있습니다.

80년대 초반인가요, 대한민국의 정세가 극도로 어지러웠던 시절 조간신문 1면에 한 여인이 기둥에 묶인 채 일그러진 얼굴로 울부짖는 모습의 사진이 실렸던 적이 있습니다.

강원도의 '사북 탄광촌'에서 일어난 사건이었습니다. 그 여인은 아마 노조위원장의 부인으로 그런 수모를 겪었던 것으로 기억합니다. 아무튼 그 '린치사진'은 당시 큰 센세이션을 일으켰었지요. 자세한 사건 내막은 다 잊어버렸지만 아무튼 공포에 가득 찬 그 여인의 얼굴이 지금도 잊혀지지 않습니다.

'탄광' 하면 인생 막장에 내몰린 사람들이 살기 위해 마지못해 다다른 마지막 생업의 현장으로 알려져 있습니다. 그나마 요즘은 거의 다 '폐광'이 된 구시대의 산업이 되었지요. 그러기에 그곳에서는 꿈이라든지 희망이라는 단어는 좀처럼 찾기 어렵지요.

일본 영화 〈훌라 걸스〉는 그런 폐광 직전의 '불모지 탄광촌'에 피어나는 희망과 감동의 이야기를 실화를 바탕으로 탁월하게 그려넸습니다. 영화의 엔딩 크레딧이 올라오는 것을 보면서 '참 좋은 영화'라는 느낌이 벅차게 밀려왔습니다. 가슴에 통증이 느껴질 정도로 뻐근해지더군요.

영화를 보는 내내 워낙 강한 최루탄을 뿜어대는 화면 덕분에 이미 가슴은 여러 차례 뻑적지근해졌습니다. (평소 별로 눈물이 없는 분이라도 손수건을 지참하셔야 할 영화입니다.)

어린 사람들이 무언가를 이루어가는 영화의 과정은 왜 그렇게 언제 봐도 눈물이 나오는지 모르겠습니다. 거기에 완강한 사고방식에 젖어 있던 기성세대들이 뒤늦게 자신들의 미욱함을 깨우치고 '젊은 그들'을 돕기 위해 앞장서는 '협찬 장면'이 더해지면 눈물샘은 최고조로 뜨거워지지요.

이른바 '성장 영화'라는 카테고리어 들어가는 영화들이 다 그렇듯이 〈훌라 걸스〉 역시 시대의 변화에 민감하게 적응해 나가는 젊은이들을 그립니다.

그들이 순수한 열정으로 '1백 년 역사와 전통'의 허상만 믿고, 거기에 기고 싶어하는 굼뜬 기성세대들을 감화시켜 나가는 그 과정이 참 눈물겹습니다. 갓난쟁이를 비롯한 일가족 5명을 거느리고 구경 왔던 제 옆좌석의 젊은 아빠도, 뒷좌석에 앉았던 반백의 중년 남성도 훌쩍거릴 정도로 영화가 내뿜는 '최루성'은 강했습니다.

아마 그 남성들 아주 오랜만에 '순수한 눈물'이 주는 행복감에 가슴이 뻐근해졌을 겁니다. 영화 내내 곤히 잠자던 갓난쟁이가 영화가 끝나자나 깨어나 방긋 웃는 모습을 보면서 그 젊은 아빠가 그러더군요 "아가야, 아빠가 울었단다." 쿨적이던 자신의 모습이 좀 겸연쩍었나봅니다.

남자들도 눈물 나게 한 이 영화의 힘은 어디서 온 것일까요?

그것은 아마도 생존마저 위협받는 위기를 이겨내려는 젊은이들의 몸짓과 이를 지켜보면서 드디어 '멋대로 변해버린' 시대에 순응해가는 기성세대의 모습을 섬세하게 그려낸 감독의 연출력에서 비롯된 것이라고 봅니다. 거기에 '꿈'이라는 삶의 버팀목을 발판으로 기어코 그 꿈을 현실로 이뤄내는 소녀들의 열정이 보는 사람들 저마다에게 삶을 되돌아보게 하는 활력소 역할을 했던 것 같습니다.

몇 해 전 본 영국영화 〈빌리 엘리어트〉도 〈홀라 걸스〉와 아주 비슷한 구조의 탄광촌을 배경으로 한 '성장 영화'였습니다.

'빌리'가 한 소년이 '꿈'을 이뤄나가는 이야기였던 데 비해 〈홀라 걸스〉는 한 마을이라는 공동체 구성원들이 힘을 합해 생존을 위한 발판을 마련해 나가는 이야기입니다.

〈홀라 걸스〉는 살아남아야 한다는 인생의 대명제가 주는 절박한 존엄성에 저절로 숙연해질 수밖에 없는 그런 영화지요.

우리가 알고 있는 '단결력 강한' 일본적 힘을 느낄 수 있다는 점에서 '감동의 세기'가 훨씬 더 강렬한 영화입니다. 감동을 무게로 재기는 어렵겠지만 아무래도 한 사람의 감동보다는 여러 사람의 감동이 합해질 때 그 강도는 세지게 마련이지요.

〈홀라 걸스〉의 무대는 1965년 일본에서도 아주 시골인 후쿠시마의 이와키시라는 곳입니다. 1백 년 역사를 자랑하는 탄광촌이지만 '멋대로 변하는 시대'에 '석유'라는 신종 자원에 떠밀려 폐광 위기에 휩싸이고 있는 동네입니다.

얼굴에 숯검댕이 자국이 가득한 한 소녀가 '홀라 댄서'를 모집한다는 벽에 붙은 광고지를 떼어내 가슴속에 소중히 간직하는 장면에서 영화는 시작합니다. 한 소녀의 소중한 '꿈'이 잉태되는 순간이지요.

사나에라는 이 소녀는 '홀라 댄서'라는 신세계를 향해 한껏 부푼 가슴으로 둘도 없는 친구 기미코에게 '비밀 엄수'를 몇 번이고 다짐한 끝에 '홀라 댄서'로 함께 나서자고 말합니다.

사나에는 비록 엄마 대신 어린 동생 셋을 건사하느라 학교에도 못 가는 신세지만 "아무리 비누로 씻어도 지워지지 않는 손톱 밑의 석탄 가루"가 걱정인 꿈 많은 소녀입니다. 그런 소녀에게 '훌라 댄서'는 인생을 바꿔줄 구원의 세계인 것입니다. 그 소녀는 외칩니다. "이렇게 살고 싶진 않아!"

사나에의 간곡한 권유에 세라복을 입고 학교에 가던 기미코도 엄마 몰래 훌라 춤을 배우러 나섭니다.

탄광측은 문 닫을 탄광 자리에 '하와이안 센터'라는 휴양지를 세우겠다는 야심찬 계획 아래 '훌라 춤' 선생님을 도쿄로부터 모셔옵니다.

수줍은 탄광 소녀들이 배꼽을 보여주며 엉덩이를 흔들어대는 훌라 춤은 못 추겠다고 돌아서는 바람에 '훌라 춤' 수강생은 사나에와 기미코를 포함해 고작 4명뿐입니다.

도쿄에서 내려와 콧대 높은 히라야마 마도카라는 춤 선생은 첫날 이 탄광촌을 바라보며 '뭐야 이게'라고 절규합니다. 온통 검은 색의 옹색한 산골에 떨어진 자신이 한심했겠지요. 게다가 화려한 도회풍의 춤 선생을 바라보는 마을 사람들의 차가운 시선 역시 견디기 어려운 듯 마도카 선생은 시큰둥한 모습으로 소녀들을 바라봅니다.

탄광이 문을 닫고 수천 명이 해고된다는 흉흉한 소문이 돌지만 남편을 탄광에 바치고 꿋꿋이 살아온 기미코의 엄마는 "턱도 없는 소리"라고 일축합니다. "천황폐하가 32분간이나 다녀가셨던 1백 년 역사와 전통의 탄광이 왜 없어지겠냐"며 큰소리칩니다.

천황폐하가 32분 동안! 시찰한 것을 힘주어 말하는 엄마에게 기미코는 "오빠는 매일 8시간씩이나 그곳에서 일하잖아"라며 대듭니다. 그러자 오빠는 "폐하와 내가 같냐"라며 철부지 동생을 야단칩니다.

엄마 몰래 학교 대신 무용교실로 달려간 기미코는 들통이 나자 오히려 엄마에게 대듭니다. "난 엄마처럼 안 살 거야! 내 인생은 내가 살아가는 것이야"라구요.

거의 모든 세상의 딸들은 아마 이 같은 생각을 하면서 세상을 살아갈 겁니다. 좀 거창하게 말하자면 이렇게 '어머니 세대'를 향해 반항하면서 인류는 발전을 해온 거라고 할 수 있겠지요.

당찬 성격의 기미코는 처음엔 무용 선생님과도 트러블을 일으킵니다. 어리버리한 시골 소녀들에게 '한번 춤을 춰봐'라고 말하는 무용 선생님을 향해 기미코는 '우리들은 선생님한테 춤을 배우러 온 것'이라면서 오히려 먼저 시범을 보여줄 것을 당당히 요구합니다.

당찬 모습의 기미코 역을 맡은 올해 22세 된 아오이 유우는 현재 일본의 모든 감독들이 함께 작업하고 싶어한다는 촉망받는 신세대 여배우라죠.

아직 젖살이 빠지지 않은 오동통한 볼과 촉촉한 눈빛이 앞으로 대성할 재목이라는 느낌을 줍니다.

'훌라 교실'에 차츰 활기가 돌아갈 무렵 탄광촌엔 대량 해고 사태가 현실로 나타나고 사나에의 아버지도 30년간 일해 온 탄광에서 밀려납니다. 아버지의 해고 사실도 모르고 동생들에게 '훌라 춤' 시범을 보이던 사나에는 아버지에게 흠씬 두들겨 맞습니다.

이런 사실이 알려지자 히라야마 무용 선생은 사나에 아버지가 목욕하고 있던 남자 목욕탕에 돌진해, 그 아버지를 때려줍니다. 아주 보기 드문 장면이지요. 여자 무용 선생님이 남탕으로 뛰어들어가 학부형을 난타하는 장면! 객석에선 여기저기서 웃음이 터져 나왔습니다.

결국 사나에는 아버지를 따라 유바리라는 다른 탄광촌으로 이사를 떠나게 됩니다. 기미코가 "이곳에 남아 훌라 댄서로 돈을 벌어 집에 송금해주면 안되겠니?"라고 말하자 사나에는 "어린 동생들을 돌봐줘야

해"라고 말합니다.

친구를 배웅하러 나온 소녀들이 일제히 훌쩍거리는 모습을 보면서 사나에는 히라야마 무용 선생님을 향해 이렇게 외칩니다.

"이제까지 살아오는 동안 가장 즐거웠던 시간들이었습니다!" 눈물을 흘리며 부르짖는 그 장면부터 영화는 관객들에게 '눈물'을 요구합니다. 인생에서 가장 즐거웠던 시간이었다고 외치는 어린 소녀의 절규! 손톱 밑의 석탄 가루가 지워지지 않는 게 고민이었던 철부지 소녀였지만 자신이 어떤 일을 하면서 살아나가야 좋은지를 이미 알고 있었던 겁니다.

사나에가 그렇게 떠나고 한층 더 연습에 박차를 가한 '훌라 걸'들은 이제 대행연습삼아 동네 순회공연도 나설 정도가 됩니다.

그 와중에 탄광에 집착하던 기미코의 엄마도 "평생 어두운 탄광에서 일하는 게 전부인줄 알았는데 저렇게 춤을 추면서 남을 기쁘게 해주는 일도 있다는 걸 알게 되었어요. 저 아이들이 웃으면서 일하는 새 시대를 만들어 줍시다."라면서 '훌라 걸'들의 막강한 지원세력이 되어갑니다. '자식 이기는 부모 없다'는 말처럼 엄마는 이제 소녀들의 든든한 백으로 나섭니다.

엄마는 외칩니다. "남편은 나라를 위해 석탄을 캐다가 탄광에서 목숨을 잃었습니다. 탄광에서 일하는 게 전부인 줄 알았어요. 하지만 이제 시대는 변하고, 저 아이들이 우리보다 한 발 앞서 새 시대를 열어가고 있습니다."

자, 이제 영화를 보실 분들을 위해 영화 스토리는 여기까지만 소개하겠습니다. 나머지는 꼭! 극장에 가서서 감상하시기를 간곡히 권합니다. 저는 〈훌라 걸스〉의 홍보요원은 아닙니다만 마치 제가 제작한 영화처럼 입소문을 내고 싶은 참 좋은 영화입니다. 그런데 이렇게 좋은 영화가 상영관을 많이 확보하지 못한 것은 조금 이해하기 어렵더군요.

우리 동네 롯데 시네마 영화관에서도 매회마다 상영하지 않고 하루에 4차례만 상영하고 있습니다. 나머지 두 차례는 다른 영화를 상영하더군요.

물론 〈훌라 걸스〉는 일본 영화이긴 하지만 감독도 한국계이고 제작도 일본에선 유명한 재일동포인 '시네 콰논' 대표 이봉우 씨가 제작을 맡은 작품이니까 엄밀히 말하자면 '한국 영화' 라고도 할 수 있습니다.

이봉우 씨는 지난해 우리 블로그에서 소개했던 일본영화 〈박치기!〉도 제작해 이미 일본 영화계에선 내로라하는 존재라고 합니다.

〈훌라 걸스〉는 요 근래 제가 본 영화 중엔 '최고의 수작' 이라고 감히 말하고 싶은 영화인데 이렇게 '변칙 상영' 을 하고 있는 게 좀 이해하기 어려웠습니다.

〈훌라 걸스〉는 2007년 일본 아카데미 영화상에서 작품상, 감독상 등 '노른자위' 상을 비롯해 11개 부문을 수상해 '최다 수상작' 으로 뽑힌 영화입니다.

더구나 감독상을 수상한 이상일李相日이라는 감독은 재일동포 3세로 1974년생인 '청년 감독' 입니다.

얼마 전 텔레비전 뉴스에 나온 이상일 감독은 "아버지가 일본 사람들보다 더 좋은 영화를 만들라고 말씀하셨습니다" 라고 다소 서툰 우리말로 말하더군요. 이 장면이 영화 못지않게 사람을 뭉클하게 만들었습니다.

33세밖에 안 된 소장파 재일동포 감독이 보수적 성향이 강한 일본 아카데미 영화상에서 일본인들을 제치고 작품상과 감독상을 동시에 거머쥔 건 이번이 처음이라고 합니다.

'수재형' 으로 보이는 이상일 감독은 대학에서 경제학을 전공했지만 영화학교에 다시 입학해 영화공부를 했다고 합니다. 2000년 영화학교 졸업 작품인 〈청〉으로 일본 영화계에 '혜성'이 나타났다는 평을 들었답니다.

그 이후 〈스크랩 헤븐〉 〈69식스티나인〉 등의 작품으로 계속 역량을 발휘했고 이번 〈훌라 걸스〉로 차세대 일본 영화계를 대표할 청년 감독으로 인정받았다고 합니다. 이 감독은 〈훌라 걸스〉의 시나리오도 직접 쓸 정도로 재능이 뛰어난 한국계 감독이라는 점에서 높은 점수를 주고 싶었습니다. 확실히 한국인들은 머리가 좋은 것 같습니다.

일본에서 아주 좋은 평을 받고 관객도 많이 몰렸다는 이렇게 좋은 영화를 한국에서도 최소한 100만 명 정도는 봐줘야 하지 않을까요!

여러분 〈훌라 걸스〉 한번 꼭 보세요. 제가 자신 있게 권해드립니다.

전 벌써 두 번이나 봤답니다. 단돈 7천 원으로 이렇게 뿌듯한 문화체험을 할 수 있다는 건 꽤 근사한 일인 것 같습니다.

〈카모메(かもめ) 식당〉

저는 오늘 핀란드 헬싱키에 있는 '카모메 식당'에 다녀왔습니다.

북유럽의 매력적인 항구도시 한 모퉁이에 자리잡은 이 식당의 주인은 아주 단아한 현모양처형의 사치에라는 일본인 여성이었습니다. 평균적인 일본인 여성보다 뛰어난 미모여서 그녀가 만들어 내놓는 음식은 더욱더 맛있어 보였습니다. 미인은 요리솜씨도 뛰어난가 봅니다.

102분 동안 그녀의 인생철학과 요리솜씨, 그리고 따스한 휴머니즘과 함께 하고 나니 그녀와 헤어지는 순간엔 눈가가 뜨거워지더군요.

그래선지 '카모메 식당'은 다시 또 가보고 싶은, 아니 단골로 삼고 싶은 아담하고 정이 가는 일본 식당이었습니다. 벌써 핀란드인 단골들로 식당은 북적댄다고 합니다. 어쩌면 웬만한 여성들의 로망은 바로 저 '카모메 식당' 같은 깨끗하고 기품 있는 식당을 운영하는 여주인이 되고 싶은 것인지도 모르겠다는 생각이 들었습니다. 말하자면 여성으로선 좀처럼 되기 어려운 '오너'로서 자신의 사회적 존재감을 확인하면서 자신의 '일'이 있다는 것! 이것이 요즘 대부분 우리나라 여성들의 꿈이자 희망사항이라고 하더군요.

그런데 그런 '우아한 식당'에 대한 로망은 한국 여성에게만 해당하는 건 아닌가봅니다. 그러니 그렇게 자그마하고 여리게만 보이는 사치에 같은 일본 여성도 그 머나먼 핀란드까지 진출해 '일본 여성의 솜씨'를 오바란 듯이 보여주는 것이겠지요.

'카모메 식당' 에서 사치에는 음식만 파는 것이 아닙니다. 핀란드 사람들에게 일본인의 '소울 푸드' 를 공급해 준다는 무한한 자부심을 갖고 일하더군요. 어쩌면 '카모메 식당' 이라는 좁은 공간은 고향을 상실한 현대인의 마음의 고향 같은 역할도 단단히 해내고 있는 것처럼 보였습니다.

영혼이 쉬어갈 수 있는 '안식처' 로서의 '카모메 식당' 은 그러기에 현대인의 마지막 쉼터 같은 곳이기도 하지요.

동서양을 막론하고 상처받은 영혼들이 한 곳에 모여 서로를 보듬어 주고, 말은 통하지 않아도 따스한 눈빛만으로 상대방의 아픈 상처를 위로해줄 수 있는 그런 공간! 아마도 여성뿐 아니라 남성들에게도 절실한 공간일 겁니다.

며칠 전부터 서울 종로의 스폰지하우스라는 영화관에선 '제2회 일본 인디필름페스티벌' 이 열리고 있습니다. 이번 영화제에는 모두 12편의 일본 최신 영화가 소개되고 있는데요, 제가 오늘 본 〈카모메 식당〉도 바로 그 중 하나입니다.

요 근래 계속 일본영화만을 잇달아 올리는 바람에 자칫하면 우리 스카이뷰의 블로그는 '친일파' 적이라는 오해를 받을 소지가 있어 글을 올리는 게 조금은 부담스러웠습니다.

하지만 '작품' 으로 평가한다는 '엄정한 심사 방침' 에 따라 오늘 다녀온 〈카모메 식당〉을 일본 영화지만 올렸습니다.

〈카모메 식당〉에 앉아 있는 동안 내내 행복했습니다. 관객에게 '행복감' 을 선사하는 것이야말로 영화가 해야 할 '지상 최대의 과제' 라는 게 저의 개인적 생각입니다. 어쩌면 영화뿐만 아니라 무릇 지상에 존재하는 모든 예술의 궁극적 목표는 바로 그것을 향유하는 인간에게 안식과 행복을 제공하는 것이어야 한다고 봅니다. 너무 실용주의적인 생각인지 모르겠지만.

〈카모메 식당〉은 그곳에 가기 전부터 저를 행복한 기운으로 감싸주었습니다. 우선 이 영화의 여러 이미지만으로도 사람을 기분 좋게 해줍니다.

일단 '요리'에 큰 관심을 갖고 있는 저로서는 '식당'이 무대인 영화니 제대로 만난 호재인 셈이지요. 게다가 무대는 북유럽 핀란드의 헬싱키!

'음식'을 '유럽'이라는 무대에서 다룬다는 건 완전 환상의 복식조라고나 할까요! 더구나 '일상日常'에 강한 일본인 감독이 만들어낸 '성찬'이니 오죽하겠습니까! 거기에 '2007키네마 준보(旬報) 일본 영화 베스트 텐'에 선정되었다니 금상첨화 아닙니까.

영화는 핀란드 헬싱키 해변의 뚱보 갈매기를 소개하는 것으로 시작합니다. 옥호인 '카모메 식당'의 카모메가 바로 갈매기죠. 얼마나 잘 먹었으면 저리도 뚱보가 되었을까요.

이 '카모메'라는 존재는 잘은 모르지만 일본의 엔카에도 수시로 등장하는 일본적 정서에 부합하는 새인 것 같습니다.

'갈매기' 하면 우리나라 사람들에게도 익숙한 정서로 다가오지요. 우선 일본인들도 퍽 좋아한다는 조용필의 〈돌아와요 부산항에〉도 "갈매기만 슬피우네"라는 대목이 나옵니다. 그밖에도 적지 않은 유행가에 등장하는 새가 바로 갈매기죠.

70, 80년대 청소년기를 모범적으로 보낸 분들에겐 에릭 시갈이 쓴 『갈매기의 꿈』이라는 소설에 등장하는 갈매기 조나단의 존재가 떠오를 겁니다. 거기에 그 유명한 "높이 나는 갈매기가 멀리 본다"라는 구

절이 등장하지요. 이 문장은 거의 Boys, be ambitious!와 동급의 명언으로 두고두고 인용되는 문구이기도 합니다.

아무튼 이 갈매기라는 새의 존재감은 동서양을 막론하고 이렇게 인간의 정서적 공감대와 밀접하게 연결되어 있습니다.

카모메 식당의 여주인 사치에는 여자 혼자 몸으로 머나먼 핀란드 헬싱키에서 핀란드 사람들에게 인정받을 것 같은 막연한 생각으로 '일본 식당'을 개업합니다. 식당에 테이블이라고는 예닐곱 개 정도. 하지만 척 보기만 해도 깨끗하고 상당히 '클래스 있어 보이는' 그런 단아한 기품의 식당입니다. 거기에 독신의 여주인공이지만 알뜰 주부의 표준 모델처럼 생긴 사치에는 종업원도 두지 않고 카모메 식당이라는 자신의 무대를 반짝반짝 윤이 나게 닦고 또 닦습니다.

하지만 아직 손님은 한 사람도 오지 않는군요. 이국풍 식당이 신기한 듯 둘보 헬싱키 아줌마 셋이 매일 식당의 쇼윈도를 통해 사치에를 바라보다 갈 뿐입니다.

그러던 어느 날 드디어 첫 손님! 그것도 일본어를 구사하는 꽃미남 헬싱키 청년이 식당 문을 열고 들어옵니다. 자! 이제 드디어 개시 손님을 맞은 거죠.

이 청년 일본말만 할 줄 아는 게 아니라 일류日流에 푹 빠져 있네요. 대뜸 모든 일본 어린이들의 우상이라는 만화영화 〈독수리 오형제〉의 주제가를 정확히 써줄 것을 요구합니다. 그러니까 식당에 밥 먹으러 온 게 아니고 '일본 문화'를 배우러 온 겁니다. '다레다~ 다레다~' 까진 기억해내는 데 성공하지만 전체를 기억 못하는 사치에는 좀 당황하지요.

이 첫 손님은 '손님 1호'라는 공로로 영원히 커피는 공짜라는 대접을 받습니다. 그 이후 토미라는 이 청년은 식당을 자신의 회사로 여기는지 매일 아침 '출근 커피'를 마십니다. 공짜로!

자! 이제 사치에게는 중차대한 '미션'이 생겼습니다. 이 벽안의 첫 손님의 청을 들어주어야 합니다. 서점으로 향한 사치에 앞에 한 일본인 여성 관광객이 홀로 책을 읽고 있네요. 대뜸 〈독수리 오형제〉의 주제가를 아느냐고 묻자, 이 여성은 댓바람에 연필로 꾸욱꾸욱 눌러서 써줍니다. '지구를 마지막까지 지켜내겠다!' 는 비장한 각오가 담긴 가사더군요…….

이렇게 해서 미도리라는 일본인 관광객은 사치에의 '카모메 식당'의 멤버로 뛰게 됩니다. 그녀가 핀란드로 여행 온 계기도 참 코딕합니다. 문득 어느 날 떠나고 싶은 바람이 들자, 미도리는 눈을 감고 세계지도의 한 곳을 짚었는데 바로 그곳이 핀란드였답니다……

이 장면을 보면서 저는 미국인 여류작가 앤 타일러의 우연한 여행자라는 소설이 떠올랐습니다. 어쩌면 우리 모두는 이 지구라는 행성에 도착한 '우연한 여행자' 일는지도 모르지요…

'일' 을 함께 할 뿐만 아니라 한 집에서 살게 된 두 여성은 이런저런 인생 이야기를 나눕니다. 여기에서 사치에는 어린 시절부터 배워온 '합기도의 무릎 걷기 동작' 을 밤마다 하고 잡니다.

매일 매일 무얼 한다는 것! 이것도 보통일은 아니지요. 어쩌면 이렇게 매일 매일 무엇을 해나가는 삶이야말로 우리네 일상에서 아주 중요한 모멘트를 제공하는 것인지도 모르겠습니다.

사치에의 일상은 아주 건강합니다. 수영과 합기도 그리고 낮엔 식당 여주인으로 손님들에게 정성이 깃든 일본 요리를 식탁에 내놓는 것! 이것이 사치에의 인생이자 일상입니다.

사치에의 식당에 종업원으로 뛰는 관광객 미도리 역시 무언가 '기여' 하는 삶이고 싶어합니다. 식당 메뉴를 나름대로 현지화해서 내놓자

고도 하고, 손님을 끌기 위해 '헬싱키 관광안내 책자'에 '일본인 식당' 광고를 내자는 아이디어도 냅니다.

하지만 오너인 사치에는 그냥 자연스럽게 '동네 장사'를 하겠다고 합니다. '입소문' 전략이 주효해 식당엔 점점 손님들이 북적대기 시작합니다. 무슨 특별한 기교를 부리는 게 아니라 '가장 일본적인 것이 가장 세계적'이라는 모토를 세운 것이지요.(우리도 이런 소리 가끔 잘 하지요.)

우리의 일상이 매일 '그 날이 그 날'인 것처럼 헬싱키 카모메 식당도 '그 날이 그 날'인 세월을 보냅니다.

그러면서도 '세상 어딜 가도 슬픈 것은 슬픈 것이고, 외로운 사람은 외로운 법'이라는 '물은 물이요 산은 산'이라는 식의 선문답이 생활 곳곳에서 삐져나옵니다. 그러니까 우리 모두는 '생활 철학자'들인지도 모르지요.

자, 이렇게 영화는 무한정 흘러갑니다.

이젠 영화를 보시는 분들을 위해 너무 자세한 이야기는 자제하겠습니다.

단지 가슴에 다가오는 대사 몇 마디만 더 소개하고 싶군요.

카모메 식당의 주요 메뉴는 '오니기리' 곧 주먹밥입니다. 사치에가 그러지요, "오니기리는 소울 푸드예요."

일찍 모친을 여읜 사치에는 어렸을 때부터 집안 살림을 도맡았답니다. 그런데 1년에 두 번 운동회날과 소풍날엔 아빠가 만들어주시는 '오니기리'를 먹었는데 그게 그렇게 꿀맛이었답니다. "주먹밥은 누가 만들어 주는 게 맛있죠"라고 사치에는 회상조로 말합니다.

누구는 또 그럽니다. "커피는 누가 타 주는 게 맛있는 법"이라구요.

요는 누가 해주는 밥이나 음식이 맛있다는 소리인데요…….

그래서 이런 명언도 나왔나봅니다. '만들기는 어려워도 먹기는 쉽다!

'일벌레'로 알려진 일본인들도 '슬로우 라이프'에 대한 무한한 동경을 갖고 있는 듯합니다. 그래서 그들은 '느림의 미학'이 있어 보이는 핀란드로 간 겁니다. 그러고는 거기서 또 '소울 푸드'를 만드는 일에 전념합니다. 그것이 그들 일본인들의 인생인 겁니다.

단아하면서도 굳건한 심지를 갖고 있는 식당 주인 사치에에게 마사코라는 중년여인이 "하고 싶은 일을 해서 좋겠어요"라고 말하자 그녀는 이렇게 말합니다. "단지 하기 싫은 일을 하지 않을 뿐이죠"라구요.

〈카모메 식당〉에 앉아 있는 동안 저는 헬싱키 부둣가와 풍요로운 분위기가 가득한 노천 시장, 녹색 천지인 핀란드의 숲을 둘러보면서 오랜만에 가슴이 따스해졌습니다.

영화 한 편이 사람을 이렇게 편안하고 여유 있게 해준다는 것에 무한한 감사의 마음이 들더군요.

오래 전 읽었던 일본의 여류작가 요시모토 바나나의 『키친』이라는 소설의 이미지도 〈카모메 식당〉에 오버랩되었습니다. 또 오래 전 보았던 〈달콤쌉싸름한 초콜릿〉이나 〈음식남녀〉〈안토니아스 라인〉같이 좋았던 영화들도 떠올라 모처럼 흐뭇한 마음이었습니다.

영화를 만든 오기가미 나오코 감독은 1972년 일본 치바현 태생으로, 미국 USC대학원에서 영화를 전공한 신예입니다. 데뷔작인 〈요시노 이발관〉으로 베를린 국제영화제 아동영화부문 특별상을 수상했다고 합니다. 재간이 있는 거죠.

〈카모메 식당〉은 이 감독이 각본도 직접 썼다는데요, '입소문'이 크게 나는 바람에 일본에서도 2006년 '일본 미니시어터' 최고 흥행작으로 7억 엔의 순수입을 올렸다는군요.

여주인공 사치에로 나온 코바야시 사토미는 1965년생이니까 40대 초반의 한창 물오른 여배우죠. 그녀의 '존재감'이 없었다면 이 영화는 살아나지 못했을 겁니다. '음식 영화' 혹은 '생활 영화'에 꼭 어울리는 캐릭터의 여배우입니다.

아무런 사건 사고 없이, 그냥 심드렁한 일상을 이렇게 멋진 '성찬'으로 차려낸 일본인 감독의 솜씨가 한없이 부러운 영화였습니다.

얼마나 부러운지 영화가 끝나고 마지막 자각을 보고 일어서려는데 눈물이 핑 돌더군요. 약간의 시샘성 눈물도 섞여 있었겠지요. 쟤네들은 왜 저렇게 시시한 이야기로도 저렇게 근사하게 영화를 만들어내는 거지!

뭐 그런 좀 심술궂은 놀부 심보라고나 할까요. 아니면 자괴감이라고나 할게. 꽤 복잡한 감정이 교차하게 만든 영화였습니다.

아무튼 꼭 한번 관람하시길 강추합니다! (물론 취향에 따라서는 시시하게 보실 수도 있다는 걸 미리 말해둡니다.)

◆ 영국 영화
　〈오만과 편견〉

'영국 영화' 하면 일단 안심하고 볼 수 있다는 선입견을 갖고 있다.

'전통의 명가'가 빚어내는 솜씨는 대대로 전승되어 거창하게 말하자면 '문화적 DNA'에 자리잡게 된다고 생각한다.

영국 영화가 바로 그런 범주에 속한다고 할 수 있다. 굳이 셰익스피어까지 거슬러 올라가지 않더라도 영국인의 문화예술적 전통은 세계의 종주국으로서 그 자리를 확고히 하고 있다.

영국 국민의 65%가 '휴가 선용법'으로 소설읽기를 꼽고 있으며 현재 세계 뮤지컬계를 장악하고 있는 'BIG 4의 뮤지컬'들이 모두 '메이드 인 잉글랜드'라는 것만으로도 그들이 제작하는 '문화예술품'은 일단 기본은 보장한다고 본다.

조앤 롤링이라는 평범한 가정주부가 쓴 '해리포터 시리즈'가 세계 독서시장을 장악하고 있는 것도 공연한 일이 아닌 것이다. 그만큼 영국은 문화예술분야에서는 여전히 '해가 지지 않는 나라'로서의 위상을 확인해 주고 있다.

〈오만과 편견〉이라는 영국 영화를 오랜만에 보고 나서 이런 생각을 해 봤다. 예나 지금이나 영국영화는 역시 '영국스러운' 고급의 우아함을 바탕으로 만들어지고 있다는 것을 새삼 느낄 수 있었다.

결고적으로 언제나 영국 영화를 보고 나면 왠지 풍요로워지는 감수성, 문화적인 충족감에 행복해지는 마음까지, 분명 다른 영화를 봤지만 보고 난 소감은 비슷해지는 그런 경험을 또 다시 했다.

꽤 오래 전에 봤던 〈전망 좋은 방〉이나 〈하워즈 앤드〉와 요 근래의 〈노팅힐〉 〈브리짓 존스의 일기〉 〈러브 액추어리〉 등도 '행복감'을 선사하는 영국 영화다.

〈오만과 편견〉의 원작은 거의 200년 전의 여성작가 제인 오스틴이 쓴 소설이다. 19세기에 쓴 소설을 21세기에 영화로 만들었지만 '오래된 이야기'가 아니라 바로 오늘 지금 시대의 이야기 같은 친숙함이 느껴진다. 역시 고전 명작의 파워를 실감할 수 있는 작품이다. 19세기 이야기라 따분할 것 같다고 생각한다면 큰 오산이다. 지금 서울에서 바로 일어나고 있는 듯한 착각이 들 정도로 영화는 시공을 초월한 '동시성'을 과시한다. 감독의 솜씨이자 '빛나는 원작자'의 재능이라고 할 수 있을 것이다.

먹고살기 힘든 시골에서 다섯 딸을 키워낸 엄마는 이제 장성한 딸들을 부잣집으로 시집보내는 것이 '지상 최고의 과제'이다. 앉으나 서나 그저 딸들 시집보낼 걱정으로 노심초사하는 폼이 21세기의 대한민국 엄마들과 영락없이 닮은꼴이다. 딸들도 '부자와 결혼하는 게 최대의 꿈'이어서 '멋진 백마 탄 왕자님' 이야기에 목을 맨다. 그런 다섯 자매 중에 둘째딸 엘리자베스만은 '돌연변이'로 자아가 강하고 '조건'보다 '사랑'을 중시하는 당찬 '신여성(?)'이다.

그 날이 그 날인 조용한 시골 마을에 어느 날 명문대가집 아들들이 나타나 다섯 자매의 마음을 흔들어 놓는다.

지금은 다소 약해졌겠지만 19세기 영국은 철저한 계급사회로 '신분'을 뛰어넘은 사랑은 이루어지기가 쉽지 않았다.

하기야 21세기 한국에서도 여전히 '신분'이나 '재산상태'에 따라 혼인이 이루어지는 것을 감안해 볼 때 그 당시에는 얼마나 그러한 '제약'이 심했을지를 짐작할 수 있다.

영화는 비록 19세기 영국의 시골 마을을 배경으로 하고 있지만 당시의 처녀들이 지향하는 꿈과 사랑을 보여주면서 관객들의 시선을 집중시키는 힘을 보여준다. 화려한 무도회 장면들이나 시종일관 흐르는 풍성한 클래식 선율 속에 19세기와 21세기를 구분하는 장벽을 뛰어넘어 영화에 몰입하다 보면 두 시간이 언제 지나가는지 모를 정도로 빠르게 진행된다.

그렇다고 무슨 엄청난 사건이나 스토리가 있는 것도 아니다. 그저 다섯 자매와 극성쟁이 엄마, '가정의 중심'을 잡아주는 고목나무 같은 아버지가 보여주는 '일상의 힘'이 전혀 지루하지 않게 펼쳐진다. 늘 하는 얘기지만 '잘 만든 영화'는 이렇듯 '아무렇지도 않은 이야기'에서 실타래를 술술 풀어내놓는다.

마을에 들른 부잣집 도련님 두 명과 사랑의 줄다리기를 벌이는 자매, 그 중에 이 영화의 여주인공인 둘째딸 엘리자베스(키이라 나이틀리)와 남주인공 다아시(매튜 맥파든)의 '사랑 싸움'은 그 결말이 훤히 보이지만 그래도 재미있다. 엘리자베스는 '오만하게' 보이는 다아시로 인해 언니의 혼사가 깨졌다는 맹신(편견) 속에 그를 '평생 미워하기로' 한다.

"당신같이 오만한 남자와는 죽어도 결혼 안 해요"라고 절규하던 엘리자베스는 다아시의 '진심'을 알아내고 "난 바보가 됐어요"라고 고백하기에 이른다. 결국 '무뚝뚝하고 오만한' 다아시도 "난 마법에 걸렸소"라며 그녀 앞에 무릎을 꿇는다.

결국 영화는 그렇고 그런 '연애와 결혼의 지침서'인 셈이다. 그런데도 자 있다. 전혀 지루하지 않다. 특히 극성쟁이 엄마가 딸들을 '훈육하는' 대목이나 자존심을 앞세운 처녀들의 속 보이는 튕기기 작전을 보면 절로 웃음이 나온다.

'일상의 시시한 일들'을 소재로 이 정도의 솜씨를 보여준다는 것, 그것이 아마도 영국영화의 파워인 것 같다.

따뜻한 봄날, 되는 일 없어 우울한 당신들에게 권하고 싶은 영화다. 영화로부터 특별한 것을 기대하는 분들에겐 다소 미흡할 것 같지만 인생 자체가 뭐 특별한 게 없는 것이라는 점에 동의하시고, 소소하게 지나가버리는 순간들을 아쉬워하는 분들에겐 안성맞춤인 영화다.

〈더 퀸(The Queen)〉
—— 대단한 배우·대단한 영화

어제 저는 '영국 여왕 엘리자베스 2세'를 알현했습니다. 여왕께서는 친히 제가 사는 동네까지 납시었습니다. 누추한 저의 동네까지 으셨는데 어떻게 인사를 안 드리겠습니까.

여왕은 제게 100분에 가까운 엄청난 시간을 할애하셨기에 평소 궁금했던 그분의 시시콜콜한 일상에 대해 소상히 알 수 있었습니다. 그리고 그분이 여왕직을 50여 년 간 수행해 오시면서 가장 힘들었던 '그 1주일' 간의 번뇌와 고민 그리고 자신의 국민(My people)을 사랑하는 그분의 한없이 인자하고 사려 깊은 마음에 존경과 경배를 보내지 않을 수 없었습니다.

여왕에게는 국민에 의해 선출된 세상 어느 나라의 대통령이나 수상보다 훨씬 더 진정으로 국민의 마음을 헤아리는 총명함이 있어 보였습니다.

그 '여왕'께서 오늘 조금 전 끝난 '제79회 아카데미 영화제'에서 여우주연상의 오스카 트로피를 받았습니다.

'헬렌 미렌의 헬렌 미렌에 의한 헬렌 미렌을 위한' 영화라는 평가를 받은 영국 영화 〈더 퀸〉은 오랜만에 영화가 주는 즐거움을 만끽할 수 있었던 작품이었습니다. 역시 영국 영화다운 관록을 보여주었습니다.

우리 블로그에서 이미 말씀드린 적이 있습니다만 저는 영국 영화 하면 일단 안심하고 볼 수 있다는 선입견을 갖고 있습니다. 영국 영화라면 장르를 불문하고 '무조건 본다'는 것을 '개인의 불문율'로 삼고 있습니다.

지금까지 제가 보아온 영국 영화는 그야말로 '명품 브랜드'로서 손색이 없었습니다. 거의 99% '정서적 단족'과 함께 행복감을 선사해 왔다고 할 수 있습니다.

이번 〈더 퀸〉도 영화를 보는 100분 내내 영화에 온전히 몰입해, 관객 자신이 출연배우들과 감정의 혼연일체를 느낄 수 있었던 대단한 영화였습니다.

영화의 엔딩 크레디트가 나오자 저도 모르게 '잘 봤습니다. 감사합니다.'라는 인사말을 속으로 중얼거렸습니다.

영국 감독들은 대부분 고른 수준의 작품들을 우리에게 선사해왔습니다. 할리우드 영화들보다는 거의 언제나 한수 위의 예술적 기품과 센스가 있어 보입니다. 감독들도 한결같이 인생에 대한 나름대로의 철학과 통찰력이 깊은 예술가들이 대부분인 것 같습니다.

그들의 풍채 또한 할리우드 감독들보다 훨씬 돋보입니다. 오늘 아카데미 시상식장에 헬렌 미렌과 함께 참석한 〈더 퀸〉의 감독 역시 지성미 넘치는 '로맨스그레이' 풍의 호남형이더군요.

〈더 퀸〉이 높은 점수를 받을 수 있었던 데는 전적으로 올해 67세인 캠브리지 대학 출신 거장 감독 스티븐 프리어스의 공이 컸습니다. 여왕에 대한 그의 '헌신적 사랑의 시각'이 빚어낸 최고의 예술품이라고 할 수 있겠지요.

그렇습니다. 이 연세 지긋한 감독의 영국왕실에 대한 애정 어린 시선이 없었다면 대한민국의 한 소시민 관객이 그토록 〈더 퀸〉에 빠져들

수가 없었겠지요. 그만큼 감독의 시선은 섬세하고 탁월했습니다.

감독은 여왕과 그 주변 인물을 극사실 정밀화를 보듯 그대로 재현해 내는 데 성공했다고 볼 수 있습니다. 실존인물들을 영화로 만든 만큼 출연배우들의 인상이나 이미지가 실존인물과 거의 비슷했습니다.

여왕으로 나온 헬렌 미렌은 물론이고 여왕의 부군 필립공이나 찰스 황태자, 블레어 총리와 그 부인으로 나오는 배우들 역시 실제 인물과 너무나 닮은꼴이어서 웃음이 나올 정도였습니다.

〈더 퀸〉은 현존하는 최장수 군주인 영국 여왕 엘리자베스 2세를 과 감하게 주인공으로 내세웠고, 헬렌 미렌이라는 '여왕보다 더 여왕스러 운 불세출의 여배우'에게 오스카 여우주연상의 '왕관'을 씌워 주었습 니다. 헬렌 미렌! 대단한 여배우입니다. 아니 대단한 예술가입니다.

작년 11월 〈악마는 프라다를 입는다〉라는 미국 영화를 보고 저는 2007년 아카데미 여우주연상은 이 영화의 '카리스마적 여주인공'인 메릴 스트립이 받을 것으로 예상했습니다.

그러나 어제 '여왕'을 뵙고 나서 저의 '식견'이 얼마나 빈약한 것이 었는지 인정하지 않을 수 없었습니다. 그야말로 '이것이 품위다'를 보 여주는 영국 영화의 전형이라고나 할까요.

〈더 퀸〉의 헬렌 미렌은 영국과 미국의 문화적 수준 차이를 고스란히 느끼게 해주었습니다. 메릴 스트립이 들으면 속상하겠지만 영국과 미 국은 '역사와 전통'에서 엄연히 차원이 다른 나라인 것 같습니다. 그러 니 제아무리 뛰어난 연기력의 메릴 스트립이라도 '영화계 선배이자 인 생 선배'인 헬렌 미렌에게는 그냥 고개를 숙여야만 했습니다.

오늘 아카데미 시상식장에서도 두 여배우는 활기에 차 있었지간 아 무래도 '여왕'인 헬렌 미렌이 '잡지사 편집장'인 메릴 스트립보다는 기품 있고 당당한 카리스마가 있어 보였습니다. 물론 영화의 비경이

왕실과 잡지사라는 데서 현격한 차이가 나기 시작하지만 그렇다고 해서 '높은 왕실·낮은 잡지사'라는 그런 단순비교 차원에서 말하는 것은 아닙니다.

호화로운 배경으로 따진다면야 뉴욕의 최크 패션잡지사를 배경으로 하는 〈악마는 프라다를 입는다〉가 영국 여왕이 등장하는 〈더 퀸〉의 버킹엄 궁전만 못하지 않습니다.

영화 화면만 봐도 그 물질적 수준은 오히려 〈악마~〉쪽이 더 화려하고 윤기나 보입니다. 하지만 우리에게 보여주는 그런 물량적 공세가 곧 영화의 '품위'를 판가름하는 것은 아니겠지요.

〈더 퀸〉은 왜 '역사와 전통'이 예술에서도 주도권을 잡고 있는지를 알게 한 영화였습니다.

〈더 퀸〉은 1997년 영국 노동당의 신예 블레어가 총리에 당선되는 시점에서 출발합니다.

여왕은 자신의 초상화를 그리고 있는 흑인화가에게 어느 당을 찍었느냐고 물으면서 "나도 투표를 한번 해 보고 싶다"는 농 반 진 반의 소감을 얘기하는 데서 영화는 시작합니다. 여왕에게는 투표권이 없다는 것을 거제 처음 알았습니다.

총리에 당선된 젊은 블레어(실제의 블레어와 아주 비슷한 얼굴의 배우)는 부인과 함께 버킹엄 궁전의 여왕을 알현하러 갑니다. 총명한 여변호사인 총리의 부인은 남편이 떨린다고 말하자 당신은 국민이 직접 선출한 사람이라며 기를 북돋워줍니다.

여왕을 알현하기 직전 '오리엔테이션' 장면이 아주 재밌습니다. 왕실 시종은 총리에게 인사법을 소상히 가르쳐줍니다. 나올 때도 절대로 여왕에게 등을 보여서는 안 된다는 말을 강조하는 부분이 인상적이었습니다. 말하자면 '궁중법도'를 전수해주는 것이지요.

배우인데도 관운이 좋아 보이는 여왕의 비서실장은 여왕에게 노동당이 된 것이 걱정스럽다면서 '천박한 사람들'이라고 소곤댑니다. 그가 자신의 아랫사람들에게 '총리 각하'라고 부르지 말고 그냥 '토니'라고 부르라고 전하자 여왕은 잠시 놀라는 표정을 짓습니다. 궁중법도에는 한참 어긋나는 일이겠지요.

'젊은 총리'를 맞는 순간의 여왕의 그 위풍당당한 모습은 참 인상적입니다. 여왕은 블레어 총리에게 "당신이 열 번째 총리"라고 말해줍니다. 윈스턴 처칠이 첫 총리였다고 말하면서 여왕은 "당시 총리는 어린 여왕을 가르치려 들더군요"라고 말합니다. 아, 여왕의 그 관록어린 모습이란!

엘리자베스 2세 여왕은 1926년생으로 26세에 부왕이 갑자기 서거하는 바람에 여왕에 올랐다고 합니다. 그러니 이제 팔순이 넘은 그녀의 관록은 대단한 것이지요. 여왕은 블레어 총리에게 충성서약의 자세를 요구합니다. 그러자 총리는 한 무릎을 꿇고 여왕의 손등에 입을 맞추면서 충성맹세를 하더군요.

저는 그 장면에서 문득 일본의 고이즈미 총리가 떠올랐습니다. 총리가 된 직후 '천황'을 알현하러 간 자리에서 그가 천황에게 '95도 각도'로 허리를 굽혀 신임장을 받는 사진을 신문에서 본 적이 있거든요. 그때 '입헌군주제 국가'인 일본에서의 천황의 위상을 실감할 수 있었습니다. '천하의 고이즈미'가 과연 어떤 사람에게 그와 같이 허리 굽혀 인사하겠습니까. 일본에서 '황실의 권위'는 우리가 상상을 못할 정도로 대단하다지요.

가끔 NHK 같은 데서 일본 황실 가족의 동정을 소개하는 뉴스를 보면 보는 사람이 미안해질 정도로 그들은 '황실 사람'들 앞에 절절 매는 모습입니다. 그것이 꼭 나쁘다 좋다로 평가 내리기는 어려운 문제처럼 보입니다. 국가의 한 상징적 존재로 군림하는 황실에 대한 '애정 어린 시선'으로 봐 주어야겠지요.

영국도 일본과 마찬가지인 것 같습니다. 아무리 개혁적인 노동당 출신 총리라지만 당선되자마자 처음 인사하러 간 곳이 '여왕폐하'가 계신 궁궐이었다는 건 우리에게 시사하는 바가 큽니다.

충성서약 이후 곧이어 블레어의 부인이 들어오는데 그녀 역시 여왕 앞에서 설설 기는 모습이었습니다. 물론 궁 밖으로 나가자마자 다시 '운동권'처럼 활달한 평상시 그녀로 돌아가지만요. 아무튼 '여왕'의 존재는 그 정도로 권위있는 것 같습니다.

〈더 퀸〉에서 우리는 아주 흥미로운 사실을 알게 됩니다. 그토록 '권위의 화신'처럼 보이는 여왕이지만 실생활은 대한민국 중산층보다 별 나을 것이 없어 보이는 수수하기 이를 데 없는 수준이라는 대목입니다. 그러니 오히려 웬만한 강남의 중대형 아파트에 사시는 분들보다 여왕이 사시는 '생활의 모습'은 한수 아래로 보일 정도로 검소했습니다. '생각은 높게, 생활은 낮게'라는 영국 속담이 떠올랐습니다.

〈더 퀸〉의 시나리오 작가 피터 모르간은 '사실에 입각한 시나리오 작업'을 위해 왕실의 개인 비서와 요리사, 가정부 등 측근들을 집중 인터뷰해 '극사실 세밀화' 기법으로 왕실을 재현해내는 데 성공했다고 하니 여왕의 수수한 모습이 '위선'은 아닌 것 같습니다.

여왕의 침실도 그리 넓지 않았습니다. 텔레비전도 요즘 웬만한 한국의 중산층집에서 흔히 볼 수 있는 50인치 정도의 대형이 아니라 29인치 정도로 작아 보이는 '고물'이 자리잡고 있더군요. 재미있는 것은 그 텔레비전이 대한민국 제품이었다는 점입니다! (아마 대우 텔레비전이었을 겁니다.)

자, 이렇게 소박한 왕실 살림살이는 곳곳에서 그 진면목을 유감없이 보여줍니다. 그래도 블레어 총리의 부인은 남편에게 여왕 얘기를 하면서 '호의호식하면서 놀고먹는 할머니'라고 혹평하더군요. 변호사로서 활달한 전문직 여성인 총리 부인의 눈에 여왕은 '불로소득'으로 여생을 호화롭게 보내는 부르주아 할머니로밖에 안 보였는지도 모르겠군요. 하지만 "왕관을 쓴 자 누구도 편할 날이 없다"라는 경구로 첫 화면을 시작한 이 영화는 여왕의 자리가 그리 편한 곳이 아니라는 것을 보여줍니다.

감독은 여왕의 일상생활 자세와 국민을 대하는 마음자세 같은 것에 대해 퍽이나 애정 어린 시선으로 그려내고 있습니다. 낡은 지프차를 혼자 몰고 다니는 여왕의 모습을 상상이나 할 수 있겠습니까!

지프가 고장나자 그녀는 '정비 솜씨'를 보여줘 시종들은 물론이고 우리네 일반관객들도 놀라게 합니다.

2차대전 당시 여왕은 왕위계승 1순위의 공주 신분이었지만 근수품 트럭 운전 정비사로 군업무에 종사했던 '경력'이 있습니다. 그러고 보니 영국 왕실 남자들은 꼭 군대에 간다고 합니다. 10여 년 전인가요, 걸프전에 영국의 왕자가 참전했다는 뉴스가 가물가물 떠오릅니다.

얼마 전에도 왕위 계승 서열 3위인 해리 왕자를 이라크전에 투입하느냐 마느냐가 영국에선 화제였답니다. 본인과 왕실에선 참전하겠다고 했지만 테러리스트들의 표적이 되는 걸 우려해 하지 말아야 한다는 여론에 따랐다고 합니다.

한때 대한민국의 내각에서 장관으로 활약했거나 군 수뇌부로 일했던 사람들이 자신들의 아들이나 손자를 군에 안 보내기 위해 부정한 방법을 썼다는 뉴스가 떠올랐습니다. 그들은 그 사실이 드러나 망신살이 뻗쳤었지요.

그만큼 영국 왕실 사람들은 '노블리스 오블리제'를 준수한다는 애집니다.

〈더 퀸〉의 하이라이트는 다이애나 왕세자빈이 교통사고로 급사하고 그에 대한 여왕과 왕실 사람들의 냉정한 반응이 '민중의 힘'에 의해 백기를 드는 대목인 것 같습니다. 단명할 인상인 다이애나의 생전 모습도 다큐멘터리 형식으로 눈길을 끕니다.

다이애나는 "위선에 저항하다 보니까, 고통이 따르더군요"라고 힘겹게 달합니다. 궁 안의 아웃사이더로서 외로운 그녀 모습이 애처롭게 보이더군요.

이혼한 전 며느리인 다이애나에 대해 여왕은 물론이고 시아버지인 필립공과 여왕의 어머니인 시할머니마저 냉랭한 감정을 보이는 것을 보면 다이애나와 왕실의 갈등이 얼마나 대단했었는지를 짐작할 수 있습니다.

블레어 총리가 왕실 차원에서 애도의 성명서를 발표하고 조기를 게양할 것을 건의하자 여왕은 한마디로 거절합니다. 어디까지나 '개인적인 문제'라는 거지요. 말하자면 이미 왕실을 떠난 여성에겐 국가의 '은전'을 베풀 수 없다는 말일 겁니다. 더 이상 '공인'이 아니라는 얘기겠지요.

여기서부터 여왕과 총리의 줄다리기가 시작되는데요, 영화의 대부분은 여왕이 '심경변화'를 일으키기까지의 과정을 보여주는 데 할애됩니다. 자세한 내용은 영화를 보시는 분들을 위해 여기까지만 말하겠습니다.

이 영화로 금년도 오스카 여우주연상 트로피를 거머쥔 헬렌 미렌은 아무리 칭찬을 해도 모자랄 것 같습니다.

2003년 엘리자베스 2세로부터 기사(knight)에 해당하는 '데임'의 작위를 받은 헬렌 미렌은 그 위풍당당한 카리스마가 실존하는 여왕보다 못하지 않아 보였습니다. 인생 앞에 그녀처럼 당당해지기는 쉽지 않은 일일 텐데요. 할아버지가 러시아 귀족이었다는 그녀는 고작 6세 때 이미 '배우'를 업으로 삼겠다고 결심했다네요. 굉장히 조숙한 꼬마 숙녀였죠. 19세 때 로열 셰익스피어 컴퍼니에 입단, 연극배우로 시작한 그녀의 연기경력은 올해로 43년째를 맞는다고 합니다.

칸 영화제에서도 여우주연상을 두 차례나 받은 그녀는 단순한 배우로서만 살아온 게 아니라 '사회적 발언'을 끊임없이 해온 '지성파 행동하는 여배우'로서도 유명합니다. 국제무기거래나 미얀마의 군부독재에 반대 목소리를 분명히 냈고, 우간다의 전쟁고아들을 위한 모금에도 적극적으로 활동해왔다고 합니다. '영국의 제인 폰다'라고나 할까요. 생전의 다이애나 빈도 연상됩니다.

'여왕'보다 더 '여왕'스러운 그녀의 연기에 베니스 영화제의 심사위원들이 5분 동안 기립박수를 보냈다고 하는군요.

〈더 퀸〉에게 LA 비평가협회를 비롯, 뉴욕 비평가협회, 전미 비평가협회, 보스턴 비평가협회와 토론토, 밴쿠버, 워싱턴, 라스베가스, 세인트루이스 등 미국과 캐나다 거의 전역에서 활동하는 까다로운 '영화비평가'들이 앞다투어 '최우수 여우주연상'을 '조공'으로 바쳤다고 합니다.

워낙 이변이 속출하는 아카데미 영화제라서 이번에도 만약 그녀가 오스카 여우주연상을 받지 못한다면 그것이 바로 대단한 이변일 것이라는 말이 돌아다닐 정도로 헬렌 미렌의 '여왕 연기'는 압권 중의 압권이었습니다.

실제 아카데미 시상식장에 나온 그녀는 영화 '여왕' 모습과는 전혀 다른 얼굴이었습니다. 그런데도 그런 놀라운 변신을 했다는 것은 그녀의 연기 내공이 어느 정도인가를 말해주는 것이라고 할 수 있습니다.

현재 〈사관과 신사〉의 감독 테일러 헥포드와 살고 있는 올해 62세의 이 대단한 여배우는 지난 1월 미국의 한 영화 사이트가 조사한 할리우드에서 가장 섹시한 중년 스타에 잭 니콜슨과 함께 당당히 1위에 뽑혔다고 합니다.

한창때 그녀는 숱한 남성들을 '거느릴 정도'로 남성편력 또한 대단했다는데요, "인생에서 내가 배운 모든 것은 남자들에게서 얻은 것이다"라고 당당히 말한 적도 있다는군요.

연기에 몰두하기 위해 아이를 갖지 않은 그녀는 지금도 그 결정에 후회는 전혀 없다고 말한답니다.

헬린 미렌은 엘리자베스 2세 연기만 한 게 아니라 얼마 전 TV 드라마로 제작된 〈엘리자베스 1세〉에서도 여왕역을 맡은 '여왕 단골 배우'입니다. 물론 이 배역으로도 여우주연상을 받았습니다. 맡은 역의 덕을 봐선지 그녀는 현존하는 여배우 중에 가장 카리스마가 강한 연기자인 것 같습니다. 누구도 그녀의 '여왕 연기'를 넘볼 수 없을 것처럼 보입니다.

여왕이여 영원하소서!

◆ 미국 영화
　　〈악마는 프라다를 입는다〉

사람 사는 데는 어디나 다 마찬가지라고 하지요. 인간에게 유토피아는 없다는 말이 될 수도 있고 그 반대로 어디서 살거나 거기서 거기니까 그냥 살고 있는 곳에서 국으로 살아가라는 말이 될 수도 있겠지요.

미국 영화 〈악마는 프라다를 입는다〉를 보고 나서 이런 생각들이 떠올랐습니다. 거기에 하나 더 없는다면 '살아가기 어렵기는 미국이 한국보다 몇 수 위다' 라는 것이었습니다.

원래 후진국에서보다 선진국에서 살아가기가 몇 배 어렵다는 건 진작부터 알고 있었지만 이 영화를 보면서 그야말로 '선진국에 대허' 주눅이 잔뜩 들어버렸습니다. '서울 쥐 시골 쥐' 의 이솝 우화도 오버랩되더군요.

어디서 살거나 자기가 처한 상황이 제일 괴롭고 어렵다고 생각하는 경향이 있는 인간들에게 영화는 '이래도 그런 소릴 할래' 라고 외치는 것 같았습니다.

화려한 명품 패션의 볼거리와 세계적인 유명 여배우 메릴 스트립이 나온다기에 개봉 전부터 '꼭 봐야 할 영화 리스트 1순위' 로 올려놨던 영화답게 〈악마는~〉은 아주 재밌게 잘 만든 영화였습니다.

세계 문화의 1번지라는 뉴욕에서, 세계의 패션을 좌지우지하는 최고 일류 패션잡지사가 영화의 주요무대입니다.

취직이 안 되기는 서울보다 뉴욕이 한수 위여서 미국에서는 좀 변두리랄 수 있는 일리노이주의 노스웨스턴 대학에서 이름깨나 날리던 앤드리아 삭스는 '청운의 꿈을 품고' 뉴욕으로 '상경' 해 수십 군데에 이력서를 내밀었지만 아무래도 취업난 시대에 지방대 출신이라는 악재가 겹쳐선지 번번이 고배를 마십니다.

'글쓰는 기자' 가 되고 싶었지만 앤드리아를 받아준 곳은 《런웨이(RUNWAY)》라는 패션잡지사 편집장의 '새끼 비서' 자리였습니다. 그나마 그 '자리' 도 '수백만 명의 여성' 들이 줄서서 기다린다니 한국의 '이태백(20대 태반이 백수)' 저리 가랄 정도로 미국의 20대 여성들도 '바늘구멍 취업난' 에 고통을 겪고 있는 듯했습니다.

아무튼 유행 지난 헐렁한 스웨터에 두꺼운 모직 스커트에, 뭉툭한 구두를 신고 면접 보러 온 이 '시골뜨기 아가씨' 는 눈치도 없게 '패션계의 전설' 로 불리는 그 잡지 편집장이 자신의 이름을 들어본 적이 있냐는 시시한 질문을 하자 그냥 'No!' 라고 답해 점수를 깎이고 맙니다.

하다못해 이 잡지를 아느냐라는 물음에도 다른 데서 안 받아줘서 여기까지 온 거라고 너무나 정직한 답변을 합니다.

아무튼 면접점수는 거의 '빵점' 에 가까웠는데 무슨 곡절인지(영화가 되게 하기 위해서였겠죠) 앤드리아는 면접 다음날부터 출근을 하게 됩니다. 나중에 왜 그녀를 뽑았는지를 '마녀 보스' 가 독백형식으로 말합니다.

출근 첫날부터 그녀는 '직속상관' 인 수석비서로부터 호된 꾸지람을 듣습니다. 그녀는 수시로 "네가 잘못하면 나까지 짤린단 말이야"라면서 그냥 말로 해도 될 얘기도 윽박지르고 '시골에서 왔다' 고 눈을 내리깔고 상대합니다.

워낙 눈치 없는 아가씨였던 앤드리아는 '패션계의 마녀' '패션계의 살아 있는 전설' '일중독자' 등으로 그 바닥에서 명성과 악명이 자자한 편집장 미란다 프리슬리의 온갖 궂은일을 수발하는 비서 보조로서 하루하루를 힘겹게 지냅니다.

커피광인 편집장의 까다로운 입맛을 맞추기 위해 스타벅스 커피가 행여 식을세라 그걸 들고 그 사람 많은 뉴욕 거리를 정신없이 질주하는 앤드리아를 보면 '뉴욕이 서울보다 무섭다'는 걸 새삼 느끼게 됩니다. 서울에서야 아무리 '못된 상관'이라도 메릴 스트립처럼 그렇게 대놓고 '유세 떨지는' 않을 테니까요.

과년한 딸이 뉴욕에서 직장생활하는 걸 보러 시골에서 올라온 아버지는 폭우로 비행기가 전부 결항된 상황인데도 비행기표를 구해오라는 '상관의 명령'에 이리저리 뛰어다니는 딸을 보면서 한없이 가슴 아파합니다. 이 경우엔 미국 아버지나 한국 아버지나 그 심경은 똑같더군요.

아무튼 여황제 부럽지 않게 떵떵거리며 권력을 행사하는 편집장 역을 맡은 메릴 스트립의 연기가 어찌나 현란한지 '오 메릴 스트립!'을 저도 모르게 뇌까렸답니다. 그녀가 수시로 아주 싸늘하게 'That's All(됐거든, 나가봐!)' 하면 제 등골마저 서늘해졌습니다.

이 여배우는 젊을 때부터 예쁜 것하고는 좀 거리가 있는 외모였지만 그런 불리한 '외적 조건'은 전혀 아랑곳하지 않고 오로지 '연기'로 승부해온 실력있는 배우였죠. 그녀의 출연 작품 중 제 기억에 가장 남는 건 한 20여 년 전인가요, 〈소피의 선택〉이라는 영화였습니다.

그 때 눈물나게 섬세한 연기를 하는 그녀를 보면서 정말 엄청 감동했었지요. 그녀는 아마 그 영화로 아카데미 여우주연상을 받았을 겁니다. 하도 오래된 영화라서 기억이 너무 가물가물하지만 그 영화를 보고 대학노트에 감상을 더듬거리며 적었던 기억이 납니다. 그 이후 그녀가 나오는 영화는 거의 빼놓지 않고 봐왔습니다. 우리로 치면 '안성기' 같다고나 할까요. 이번 영화에서도 어찌나 연기가 탁월한지 세월 앞에 초라해진 목주름 따위도 그녀를 초라하게 만들지는 못한 것 같더군요. 어쩌면 그런 그녀의 존재 자체가 미국 영화의 수준을 보여주는 것이라고 말할 수 있을 것 같습니다.

이번 영화에서 '못된' 상사의 비서르 살아남기 위해 혼신의 힘을 다 바치는 앤 해서웨이의 연기도 괜찮아 보였습니다. 왠지 영화의 전체적인 분위기나 흐름이 미국 인기 드라마였던 〈섹스 앤 더 시티〉와 비슷했습니다. 나중에 보니까 바로 그 드라마의 감독이 이 영화를 감독했다는군요. 글에도 그 사람 고유의 '문체'가 있듯이 영화에도 감독의 '스타일'이 있나 봅니다.

패션의 '파' 자도 몰랐던 앤드리아가 패션잡지사에 다니면서 '명품'으로 휘감은 '패션 레이디'로 변신하는 과정은 마치 〈마이 페어 레이디〉 같은 분위기를 느낄 수 있게 했습니다.

혹실히 '노는 물'이 얼마나 중요한가를 보여주는 얘기겠죠. 뭉툭한 굽의 볼품없는 구두에서 지미 추의 하이힐을 신으면서 그녀는 '영혼을 팔아버린 거'라는 비난도 듣죠. 하이힐의 세계!로 진입한다는 건 멋쟁이가 된다는 얘기일 겁니다.

'비위 맞추기'가 너무 어려운 특이한 상사였지만 앤드리아는 나중에 자기도 모르는 새에 그녀에게 '주지 말아야 할 애틋한 정'까지 주게 될 정도였죠. 하지만 '피도 눈물도 없는 패션계의 여황제' 답게 그녀는 철두철미하게 '일'에만 올인하는 강인하그 냉정한 모습을 보여줍니다 역시 '프로다운' 모습이라고나 할까요.

그래도 자신의 두 번째 이혼에 대해 언론에 대서특필되는 걸 막아달라고 말하면서 "난 괜찮아, 하지만 우리 이쁜 딸들이 상처받을 걸 생각하면 너무 가슴 아파"라고 말하는 대목에선 '미국 엄마' 나 '한국 엄마' 나 모성애만큼은 비슷한 것 같더군요.

저는 이 영화에서 최고의 압권 장면으로 편집장(메릴 스트립)이 앤드리아에게 자신의 딸들이 보고 싶어한다면서 해리 포터의 미출판본을 입수하라는 도저히 명령 같지 않은 명령을 내리는 장면을 꼽고 싶습니다.

자세한 얘기는 영화를 보실 분들을 위해 생략하겠습니다만 하여튼 그 어처구니없는 수준이 그 정도라면 '뉴욕에서 비서로 살아남기' 가 얼마나 어렵다는 걸 아실 겁니다. 좀 과장된 만화 같으면서도 그 정도로 '살벌한 분위기' 라는 걸 말해주는 대목인 듯합니다.

미국에선 '핑크 레터' 에 샐러리맨들이 부들부들 떤다는 소릴 들은 적이 있습니다. 해고장을 분홍 봉투에 넣어 보내는 것에서 유래되었다고 하죠.

요샌 뭐 '전화 한 통' 아니면 '문자 메시지' 로 해고를 '전격 통보' 한다니 정말 샐러리맨들은 미국이나 한국이나 파리만 못한 목숨들 같습니다.

영화를 다 보고 나니까 이상하게 전혀 비교할 수 없는 상이한 종류인데도 꼭 얼마 전 봤던 〈라디오 스타〉를 두 번 보는 듯한 느낌이 들었습니다. "꼭 라디오 스타 같네"라고 함께 간 가족에게 말했더니 흔쾌히 동의하더군요.

세계 최고의 명품 브랜드가 총집합하는 요 근래 볼 수 없었던 '패션 영화' 였지만 한 꺼풀 벗기고 보면 '일' 에 목숨 거는 '사람 이야기' 라는 점에서 그런 감상이 들었는지도 모르겠습니다.

그 놈의 '일' 이 뭔지 동서양을 막론하고 '전력투구' 하지 않으면 살아남지 못하니 우린 어쩔 수 없이 그렇게 살아가게끔 운명 지어진 존재들인지도 모른다는 비감스러운 기분마저 들더군요. 그래도 그 '일' 이 없으면 살아나가기 재미없을지도 모르지요.

언젠가 인권변호사라는 사람이 텔레비전에 나와서 "삼성 같은 대기업에 다니는 사람들이 불쌍해 보인다"는 철없는 말을 해서 제가 분노한 적이 있습니다. 느닷없이 그 철부지 변호사의 말이 떠오른 건 이 영화를 보면서 '살아간다는 게 녹록치 않다' 는 것과, 그걸 견디고 이겨내야 하는 삶 자체가 엄숙하다는 생각이 겹쳐서였습니다.

우리에게 주어진 어떠한 일도 성실히 소화해나가는 그 과정은 우리의 인생 그 자체라고 할 수 있기에 함부로 '불쌍하네, 어쩌네' 하는 얘기를 하면 안 된다는 거죠. 그만큼 우리에게 '일' 이라는 건 살아 있다는 것의 한 '증명' 이기도 하니까요.

어떤 일이든 '생업' 으로 맡게 된 이상 거기에 모든 걸 바친다는 자세! 그게 진정한 인간의 도리가 아닐까요. 이 영화에선 '일' 로 자칫 어그러질 수 있는 '인간관계' 의 위기도 보여줍니다.

앤드리아가 상관에게 실컷 닦달당하고 간신히 퇴근해 들어간 집에서 남친은 자신의 생일을 함께 해주지 않았다고 뿌루퉁해합니다. 전 그 장면에서 하마터면 그 남친을 향해 소리를 지를 뻔했습니다. "이 녀석아, 지금 생일이 문제냐! 응? 남은 죽기 살기로 전쟁터 같은 일터에서 살아남느라 젖 먹던 힘까지 쏟아붓고 왔는데 따스하게 안아주진 못하고, 이놈아 지금 네 생일이 문제냐!" 라구요.

우리 현실에서 이런 일은 많이 일어나고 있지요. 오죽하면 영화에서도 풋내기 비서를 위로해주려고 중간 보스가 이런 말을 하겠습니까. "한 쪽이 잘 나가면 꼭 한 쪽은 틀어지게 마련이지. 인생에서 두 마리 토끼를 다 잡을 수는 없지" 라구요.

여황제 편집장도 결국 '일' 때문에 두 번째 이혼당하고 망연자실하고 있잖습니까. 그게 아마 '여자'여서 더 그런 일이 일어나는 것 같기도 하구요.

아무튼 요즘같이 경기 어렵고 살기 힘든 세상에 〈악마는~〉 영화는 여러 가지를 말해주는 것 같았습니다. 오랜만에 그 화려한 '명품 브랜드'를 눈부시게 보는 재미도 괜찮았습니다.

〈크래쉬〉와 〈브로크백 마운틴〉

미국영화 〈크래쉬〉를 봤습니다. 지난해 3월 미국 아카데미상 시상식장에서 최고의 영예인 최우수작품상을 비롯해 각본상과 편집상 등 알짜배기 3개 부문의 상을 받았던 영화라서 개봉하면 꼭 봐야겠다고 마음먹었던 영화입니다.

시상식을 생중계한 텔레비전을 통해 감독 폴 해기스와 여배우 샌드라 블록과 출연배우들이 손뼉을 치며 환호하던 장면이 생생히 기억납니다.

할리우드의 유명 여배우인 샌드라 블록은 이 영화의 시나리오를 보고 출연료를 받지 않고 '무조건' 출연하겠다고 했고, 덩달아 다른 유명 배우들도 출연하는 것만으로 '영광' 으로 알겠노라는 말을 했을 정도로 〈크래쉬〉는 제작단계에서부터 화제를 모았던 작품이라고 합니다.

근년 아카데미 영화제에선 이 〈크래쉬〉와 〈브로크백 마운틴〉, 〈뮌헨〉 등이 최고작품상 후보로 경합을 벌이다가 결국 〈크래쉬〉가 상복賞福이 있었는지 영예의 트로피를 거머쥐었죠.

서울에서는 〈브로크백 마운틴〉이 먼저 개봉되어, 저도 지난 달 이 영화를 먼저 보고 블로그에 글을 올려서 〈크래쉬〉를 보러 가면서는 거의 '아카데미 심사위원급 관객' 의 심정이었습니다. 두 영화를 모두 보고 '평점'을 매겨본다는 건 꽤 재미있는 일 같았습니다.

스스로 '심사위원'의 입장이 되어 영화를 보자니 긴장감마저 느껴졌습니다. 하지만 공평한 심사를 위해 사전에 자세한 영화 줄거리나 영화평 같은 것은 일절 보지 않고 영화관에 갔습니다.

관객이 많은 줄 알고 전날 예매까지 했지만 예상보다 빈 자리가 더 많았습니다. 관객이 많이 든다고 꼭 좋은 영화는 아니지요. 베스트셀러가 꼭 양서良書의 보증수표가 아니듯.

하지만 소위 '재미있는 영화'에는 관객이 '귀신같이' 알고 몰려든다는 걸 감안할 때 그렇게 '깨가 쏟아지듯 재미있는 영화'는 아니라는 감感을 영화 시작하기 전에 받았습니다.

역시 그 감感대로 〈크래쉬〉는 일반적으로 말하는 '재미있는 영화'는 아니었습니다. 그 대신 '의미 있는 영화' '아카데미 작품상 수상작용用' 영화라는 느낌을 받았습니다.

매년 정초에 대한민국의 각 신문사에서 '백만 문학청년'들이 '꿈의 등용문'으로 여기는 신춘문예 당선작들을 발표하면서 싣는 심사위원들의 평들을 보면 '신춘문예용 모범답안 스타일' 같다는 지적이 나옵니다. 그런 평은 종종 당선작에도 해당되지만 대부분은 아깝게 낙선된 작품들을 아쉬워하면서 앞으로 좀더 '힘'을 내라는 '격려용' 멘트로 많이 쓰이는 말입니다.

신인다운 창의력이나 실험정신이 약하고, 너무 '깎아 놓은 밤톨같이' 뺀질뺀질한 작품들을 평하면서 나오는 말이기도 합니다. 뭐랄까요, 상투적이거나 작위적인 냄새가 너무 많이 날 때 지적받는 말이기도 하지요.

〈크래쉬〉를 보면서 '자칭 심사위원'인 저는 '아카데미 작품상용用 영화'라는 평을 달아보았습니다. '도덕 교과서적'이면서 '작위적'인 그런 기운을 감지했거든요. 좀 심하게 말하자면 '단순한 미국인들의 정서'에 기를 쓰고 어필해 따낸 전형적인 '영화제용 수상작'이라는 평을 내놓고 싶군요.

그렇다고 〈크래쉬〉가 형편없는 영화라는 이야기는 아닙니다. 나름대로 수작秀作입니다. 아니 각본을 직접 쓴 폴 해기스 감독의 탁월함에 경의를 표하고 싶습니다. 그 정도의 영화를 내놓는다는 것은 감독의 역량이 어지간하지 않고서는 할 수 없는 일이거든요.

재능 있는 영화 각본가로 작년에 이어 올해 연속해 아카데미 각본상을 수상한 각본가답게 해기스 감독의 솜씨는 거의 '숙수熟手'의 경지에 올라 있더군요. 게다가 이 영화는 20여 년 간 각본만 써온 그가 직접 메가폰을 든 감독 데뷔작이죠. 그야말로 '신인'의 패기마저 느껴지는 그런 작품이어서 비판보다 칭찬할 대목이 더 많은 영화였다는 걸 먼저 말하고 싶습니다.

〈크래쉬〉는 알려진 대로 다인종 국가인 미국의 가장 골치 아픈 문제인 '인종차별과 갈등'을 다룬 작품입니다. 말 그대로 복잡합니다.

영화의 구성도 '정신 똑바로 차리고' 봐야 눈에 들어옵니다. 전 '아카데미 심사위원' 자격으로 본다는 '사명감'을 가지고 영화를 봤기에 영화의 전모를 어느 정도 파악할 수 있었습니다만 같이 간 친구는 다소 복잡하고 어려운 영화 같다고 하더군요. 그러니까 그렇게 관객이 적었는지도 모릅니다. 그야말로 '신춘문예 단편소설 당선작' 같은 그런 분위기의 영화였습니다.

폴 해기스 감독의 치밀한 각본 솜씨는 대단했습니다. 얼기설기 복잡하게 짜여진 영화의 플롯을 제대로 따라가려면 '사전 지식'이 어느 정도는 있어야 할 것 같더군요.

영화의 간략한 스토리는 이렇습니다.

미국 LA 교외의 한 도로에서 시신이 발견되면서 현장에 도착한 흑인 수사관 그레이엄의 얼굴이 슬픔으로 일그러지는 순간, 이야기는 36시간 전으로 돌아가 10여 명의 등장인물들의 일상日常을 보여주기 시작합니다. 거기서 이 영화의 주제인 '인종 차별과 갈등' 이 아주 세밀하게 그려집니다.

흔히 미국 하면, 자유가 넘치고 민주주의의 최고 선진국이자 세계 최강대국으로 '억울한 인권침해' 는 거의 없을 것으로 여기기 쉽지요.

영화에서는 '민중의 지팡이' 인 경찰들이 어떻게 선량한 시민을 마구잡이로 괴롭히는지를 적나라하게 보여줍니다. 물론 여기서 횡포를 부리는 경찰은 대개 백인이고 당하는 자는 대개 흑인입니다.

트레일러에 살면서 부친을 간병하느라 삶에 지쳐 늘 분노에 찬 하층 계급의 백인 경찰이 텔레비전 감독으로 부유한 중산층의 삶을 누리고 있는 흑인부부에게 성적性的 모욕을 가하는 장면은 '저게 미국 맞아?' 라는 의구심을 일게 할 정도입니다. 만약 한국에서 저런 일이 일어났다면 난리가 났을 텐데. 흑인 감독은 자기 아내가 거의 성희롱 수준의 모욕을 당하는 걸 목격하면서도 꾹 참고 맙니다.

그뿐 아닙니다. 영화에 나오는 백인 경찰 혹은 백인들은 드러내놓고 흑인을 경멸하고 조롱합니다. 심지어는 '수틀리면' 쏴 죽여 버리겠다는 '총구의 권력' 을 가진 자의 횡포를 공공연하게 보여줍니다.

백인의 흑인에 대한 차별만 있는 게 아닙니다. 흑인은 또 '자유의 나라' 에 어렵사리 도착해 '천신만고' 살아가는 아시아인들을 경멸합니다. '흉보고 미워하면서 닮는다' 는 말이 떠오릅니다. 그러니까 '먹이사슬' 구조의 최하층엔 아시아계인 한국인 중국인, 베트남인이 웅크리고 있습니다.

감독의 눈에 비친 한국인의 이미지 역시 모멸스럽습니다. 흑인이 모는 차에 친 '인신매매업자' 한국인은 응급실로 허겁지겁 달려온 한국인 아내에게 "그 수표 빨리 캐시로 바꿔와"라고 소리칩니다. 일각에서는 감독이 한국인을 너무 멸시한다는 지적도 있었습니다만 저는 그렇게 생각하지 않습니다.

그 감독이 그렇게 그린 건 우리 한국 사람들이 미국 사회에서 어떻게 생존해 나가고 있는지를 거의 정확하게 보여준 것이라고 봅니다.

백인 경찰에게 '성희롱 수준'의 검문을 당한 흑인 여성은 두고두고 흑인 남편에게 화풀이를 합니다. 결국 '운명의 장난'으로 그 흑인 여성은 교통사고를 당해 거의 죽기 일보 직전 바로 그 백인 경찰의 목숨을 건 구조 활동으로 '구사일생' 합니다. 이 대목에선 '순수하게' 눈물이 나왔습니다.

조건 없이 '순수한 인류애'가 느껴졌던 겁니다. 하지만 그 다음에 나온 멕시칸 열쇠수리공의 여섯 살배기 딸아이가 인종이 다른 어른들끼리의 '충돌'에서 '기적적'으로 살아나는 장면에선 슬그머니 화가 났습니다.

뭐랄까요, 감독이 '재기가 승하다 보니까' 너무 기교를 부려 '모범답안'을 작성하고 있는 것 같다는 느낌이 들었거든요. 그냥 '순수하게 자연스럽게' 호소하는 것하고 '재주를 부려' 눈물을 짜내려 하는 것쯤은 웬만한 관객들이라면 다 가려낼 줄 알거든요.

감독의 '재주'는 인정하지만 '영할' 하려는 자세는 그렇게 점수를 줄 만한 것은 아니라고 봅니다. 이쯤 되면 '엄정한 심사위원' 스럽죠?

이 영화에는 그렇게 '작위적'으로 '화해'를 시도해 나가려는 장면들이 좀 많이 눈에 띄었던 것 같습니다. 상투적이라는 평가를 들을 수밖에 없었던 것도 바로 이런 대목들 탓이라고 봅니다.

어쨌거나 미국이라는 거대한 나라에서 현재까지 진행되고 있는 인종간의 차별과 갈등을 이런 식으로나마 다루려 했던 '감독의 노력' 은 칭찬할 만하다고 봅니다. 그래서 아카데미 심사위원들도 폴 해기스 감독에게 '작품상' 이라는 최고의 영예와 함께 '각본상' 도 수여한 것이 겠죠.

〈브로크백 마운틴〉의 이안 감독이 이번 아카데미에서 감독상만 수상하고 작품상을 놓친 게 '몹시 아쉽다' 는 소감을 어느 인터뷰에서 밝혔더군요.

〈브로크백 마운틴〉도 대단한 영화입니다. 보고 나서 금방은 잘 못 느꼈는데 날이 갈수록 문득문득 '두려울 정도로 대단하다' 는 느낌이 들었습니다.

정확히 말하자면 〈브로크백 마운틴〉이라는 영화 자체가 대단하다는 게 아니구요, 영화 속 두 '남자 연인' 의 죽음이 갈라놓을 때까지의 '사랑' 이 대단하다는 겁니다.

사랑! 소중한 거죠. 우리가 자고 깨면 들려오는 게 바로 이 '사랑' 아닙니까. 사랑에 울고 웃고 살다가 죽어가는 게 우리네 인생살이라 해도 과언이 아니지 않습니까? 그걸 '캐치한' 이안 감독도 대단한 감독입니다.

이번 아카데미에서 〈크래쉬〉가 작품상을 수상한 걸 두고 미국내에서도 말이 많았다고 합니다. 말하자면 〈브로크백 마운틴〉이 받았어야 했다고 주장하는 사람들과 〈크래쉬〉가 작품상으로는 제격이었다고 주장하는 사람들의 설전이 끊이지 않았다고 합니다.

심지어는 이런 이야기들도 나온답니다. 만약 아카데미 시상식이 LA가 아니라 뉴욕에서 열렸다면 〈브로크백 마운틴〉이 당연히 작품상을 받았다는 거죠. 〈크래쉬〉의 무대가 LA였고, 영화제 역시 LA에서 거최

돼, 글하자면 '지역정서'라는 점수를 따고 들어갔다는 얘기지요. 게다가 미국 사회에서도 아직까지 '동성애 코드'에 대해선 거부감들을 갖고 있다는 겁니다.

하지만 대한민국의 '자칭 아카데미 심사위원'인 제가 볼 때 이번 아카데미 상패는 제대로 '임자'를 찾아갔다고 봅니다. 우선 〈브로크백 마운틴〉은 누가 뭐래도 대단한 영화임은 확실합니다. 곱씹어볼수록 '묘미'가 느껴지는 그런 영화입니다. 이안 감독의 철학이 분명하게 전달된 영화죠. 52세인 이안 감독의 '인생을 바라보는 깊어진 안목'은 그야말로 당연히 감독상을 받아 마땅합니다. 그런데 작품 전체로 봤을 때는 사회를 그려내는 스케일면에서 다소 처지는 감이 듭니다.

〈크래쉬〉역시 대단한 수작입니다. '작위적'이네 '상투적'이네 비판은 했지만 그래도 그만한 역량의 작품을 만들어 냈다는 건 일단 대단한 일이지요. 게다가 미국인들이 좋아할 만한 '사회문제'에 카메라를 들이댔고, 적나라하게 '미국 사회의 치부'를 보여주었다는 점에서 작품상을 받아 손색이 없는 것 같습니다.

〈크래쉬〉를 제작한 폴 해기스 감독도 이 영화 만드느라 고생 많이 했던 것 같습니다. 그의 인터뷰를 보니 이 영화 만드는 데 제작비 문제로 애를 많이 태웠더라구요. 주제가 주제인 만큼 '자금줄'들이 손사래를 쳤답니다. 말하자면 '장사 안 될 게 뻔한 스토리'에 왜 돈을 대냐 이거였죠. 간신히 제작사를 붙잡아 미국 영화로서는 저렴한 축인 650만 달러를 들여 만들었답니다.

하지만 유명배우들이 무료로 출연한 호화캐스팅에다, '선한 것'에 약한 미국인들의 단순한 정서를 파고든 전략이 먹혀들어 5500만 달러의 수익을 뽑아낸 대박을 터뜨렸다는군요. 블루 오션을 개척한 셈이었죠.

결국 세상살이는 '운'이 좋아야 한다는 게 여기서도 그대로 먹혀들어간 셈이죠. 아무튼 '한국 주재 아카데미 심사위원'으로 주말을 보낸 것은 유쾌한 일이었습니다. 물론 자비를 들여서 참가했지만요.

◆ 독일 영화

〈타인의 삶〉

— 당신이 도청당하고 있다면

마음이 무거울 때 '무거운 영화'를 보면 마음은 더 무거워질까요? 아니면 오히려 더 가벼워질까요?

지난 3월의 마지막날 그 정답을 말해주는 영화 한 편을 보았습니다.

영화는 러닝타임이 140분이나 되고, 자유가 없던 동독 시절의 도청 사건을 다뤘다는 점에서 볼까말까 망설였습니다. 아무래도 심각하고 복잡한 주제를 다룬 듯한 영화 같아서 심정적으로 복잡한 요즘 저의 마음의 용량이 받아들이기 어려울 듯싶었거든요. 하지만 영화를 보고 난 뒤 의외로 '마음의 샤워'를 한 듯, 청결한 기분마저 느꼈습니다. 그만큼 영혼을 정화시켜주는 영화였습니다. 오랜만에 저와 어울리는 영화를 보았다고나 할까요. 마치 제 자신이 그 영화 제작팀의 일원으로 제작 일선에 관여한 듯한 착각마저 들었으니까요.

〈타인의 삶(Das Leben der Anderen, The Lives of others)〉

제목에서부터 왠지 문학적이고 므언가 인간의 근본적인 문제를 다루었을 듯한 무거운 분위기가 감지됩니다. 게다가 독일 영화!

개인적으로 영국 영화를 많이 봐왔고 무척 좋아합니다. 우리 블로그에서도 몇 차례 영국 영화들을 소개한 적이 있었지요. 고전적이면서도 윤택하고 풍성한 느낌의 영국 영화에 비해 독일 영화는 그들의 언어처럼 조금은 딱딱하고 굳어 있는 듯하면서도 인생의 '기본법칙'에 대해 정직하게 말하는 아주 독특한 연출력을 보여주곤 합니다.

많은 것을 생각하게 해주는 제목답게 〈타인의 삶〉은 인간에게 무엇이 가장 중요한지를 여러 각도에서 보여주고 있습니다.

영화는 동독의 유능한 비밀경찰 비즐러가 도청을 맡게 된 동독 최고의 극작가 드라이만과 그의 애인인 크리스타의 삶을 축으로 '자유'가 없는 사회에서 게다가 '도청'까지 당하며 살아가는 예술가들의 삶을 다루고 있습니다.

1989년 11월 베를린 장벽이 무너지기 전까지 동독 예술가들은 기본적 자유마저 억압당한 채 은유적인 저항을 무대에 올리면서 간신히 예술가로서의 자존심을 지켜나가려 하지만 권력을 장악한 독재자들은 그들의 그런 작은 저항의 몸짓마저 용서하려 들지 않습니다.

평범한 사람들도 참아내기 어려운 '자유 없는 세상'은 사회의 '공기청정기'라고도 할 수 있는 예술가들에겐 말할 수 없이 참아내기 어려운 시련일 겁니다.

동독 정권은 도청을 통한 철저한 감시 속에 조금이라도 정부에 반항하는 예술가들을 그들의 설 자리인 '무대', 곧 일터에서 무자비하게 제외시켜버립니다.

정부 당국자에게 협력하는 것은 영혼을 팔아버리는 것 같아 예술가의 양심이 허락하지 않지만 그렇다고 섣불리 저항했다가는 생존 자체가 위협당하게 되는 극한 상황이어서 그들은 비밀스럽게 서로의 고통을 얘기하면서 하루하루를 버텨나갑니다.

도청! 우리에게도 낯설지 않은 단어입니다. 불과 작년 여름에도 DJ 정부 시절 국가정보원장을 지냈던 임동원, 신건, 이런 떵떵거렸던 고위관료 출신들이 '도청 지시'라는 죄목으로 푸른 수의를 입고 영어의 몸이 되는 걸 우리는 목격했습니다. 당시 함께 구속된 국정원 2차장은 결혼한 지 한 달도 안 된 딸이 자살하는 비극도 겪었지요.

그 때 《중앙일보》 회장 하다가 주미대사로 발령받았던 홍석현 씨도 물론 '도청의 피해자' 였지만 그의 '언행' 이 공개돼 결국은 그 좋다는 주미대사직을 내놓게 되었지요. 홍씨는 주미대사를 시작할 무렵 "장차 유엔 총장에 도전하겠다" 는 당찬 포부를 밝혀 독자의 눈을 의심하게 만든 사람입니다.

지금 기억은 가물가물하지만 그런 그의 인터뷰를 보면서 저도 좀 민망했거든요. '내일 일을 말하면 귀신이 웃는다' 는 일본 속담이 생각났습니다.

결국 유엔 총장 자리는 온화하고 겸손해 보이는 반기문 씨에게 돌아갔지요.

아무튼 도청의 불똥은 이곳저곳으로 튀어 그 때 스타일 구긴 분들이 좀 있었던 걸로 기억합니다. '도청실무자' 중의 한 사람은 "내가 입을 열면 여러 사람이 다친다" 는 웃지 못할 고전적 협박 멘트를 날려 국민을 웃기기도 했습니다.

'도청' 은 비단 DJ정부 시절에만 있었던 건 아닙니다. YS 때는 무슨 '미림사건' 인가 하는 제목부터 요상한 도청사건이 터졌었지요.

그 이전엔 지금 한나라당 국회의원인 김기춘 씨가 부산 초원복집에서 "우리가 남이가, 장관이 얼매나 좋은 자리인데……"라는 말들을 한 것이 도청돼 세상을 뒤집어 놓았었죠.

그밖에 박정희 정부 시절이나 기타 전·노 정권에서야 말할 것도 없이 수많은 도청이 있었던 걸로 기억합니다. 물론 세월과 함께 국민들의 뇌리 속에서 사라졌지만 지금이라도 인터넷 검색창에 '도청' 을 쳐 보면 이루 말할 수 없이 수많은 사건들이 우르르 쏟아져 나올 겁니다.

그만큼 흔하디흔한 '정치사건 용어' 입니다. '도청, 투옥, 고문' 이런 단어들은 한때 대한민국에서 굉장히 횡행했었지요.

미국에서도 '워터게이트 사건' 으로 대통령마저 물러났고, 세계 어느 나라나 이 '도청' 으로부터 자유로운 나라는 없을 겁니다.

범세계적인 현상이라고도 할 수 있는 이 '도청문제' 는 공산주의 국가에서는 체제유지를 위한 최선의 방책으로 악용되기도 했습니다.

〈타인의 삶〉은 바로 이런 낯익은 정치 용어인 '도청' 을 주제로 140분이라는 짧지 않은 시간 내내 관객에게 잠시의 '자유' 도 허락하지 않고 굉장한 '집중력' 을 요구합니다. 하지만 즐거운 몰입의 시간이어서 전혀 괴롭지 않지요. 영화를 보시는 분들은 '동시대를 살아온 인간' 으로서 영화에 등장하는 배우들의 삶에서 아련한 정서적 공감대를 느끼게 될 것입니다.

감수성과 자존심이 침해당하는 걸 제일 괴로워하는 예술가들의 세세한 삶을 자연스럽게 보여주는 한편 그들을 '도청' 하는 냉혹한 비밀경찰의 의식변화도 아주 예리하게 보여주는 감독의 연출 솜씨가 대단합니다.

1973년생인 플로리안 헨켈 본 도너스마르크(이름이 엄청 길지요) 감독은 데뷔작인 이 작품으로 금년도 아카데미 최우수 외국어 영화상을 수상했습니다.

이에 앞서 2006년 벤쿠버 영화제, 로카르노 영화제, 런던 영화상, LA 비평가협회상, 유럽 영화상, 골든 글로브 상에서 각본상, 감독상, 남우주연상, 촬영상 등등 아주 많은 상을 타는 상복도 누렸습니다.

독일 태생이지만 뉴욕, 브뤼셀, 런던 등에서 성장기를 보냈고, 러시아 생페테르부르크 대학에서 러시아어를, 런던 옥스퍼드 대학에서 정치, 경제학을 전공한 학구파 신인 감독이라고 합니다. 그런 젊고 파기

만만한 감독의 데뷔작이 이렇게 세계적인 상을 골고루 받은 예는 그리 흔치 않은 것 같습니다.

신인 감독의 작품이어선지 신선미가 화면 곳곳에서 감지됩니다. 80년대 동독의 풍경을 완벽하게 재현했다는 평도 받았다고 하는군요.

이 영화에서 무엇보다 주목하고 싶은 것은 배우들의 탁월한 연기력과 그들의 역할에 맞는 뛰어난 외모입니다.

두 명의 남자 주인공인 비밀경찰 버즐러역의 울리쉬 뮤흐와 극작가역을 같은 세바스티안 코치, 그리고 영화 초반부에 잠시 등장했다가 사라지는 자살한 연극연출가 알버트역의 폴크마르 클라이네르트라는 배우의 생김새는 실존 인물들보다 훨씬 더 생생해 보였습니다.

울리쉬 뮤흐는 '독일의 안성기' 라고 하는군요. 피도 눈물도 없는 냉혹한 비밀경찰로서 당대 최고의 극작가를 도청하면서 극작가의 삶에 동화되어 가는 과정을 차분하고 태연한 눈빛으로 연기하는 모습이 일품입니다.

극작가의 집에서 브레히트의 시집을 훔쳐와 소파에 누워 찬찬히 읽어 내려가는 장면과 극작가가 자신의 집에서 애인에게 들려주는 열정의 소나타를 도청관리실에서 '함께 들으면서' 주르르 눈물을 흘리는 장면은 이 영화의 '압권' 으로 꼽을 만합니다.

세바스티안 코치는 뮤흐와 함께 독일을 대표하는 연기파 배우라고 하는데요. 지성미로 잘 포장된 그 수려한 외모는 역시 '유럽 출신 배우' 답게 당당하고 아름다웠습니다.

원만한 유럽 출신 배우들에게서는 남녀 모두 자존감으로 충만한 기품과 자신감이 느껴지는 듯합니다. 유럽의 오랜 문화예술적인 전통이 백그라운드로 작용하고 있어서일 겁니다.

피아노 치는 솜씨가 일품인 세바스티안 코치의 표정 연기는 어쩌면 중년 여성들의 마음을 흔들어 놓을 것 같습니다.

베를린 장벽이 무너지고 나서, 공산정권 시절 예술가들을 괴롭혔던 문화부장관을 만나자 극작가는 이렇게 묻습니다. "왜 나는 도청을 안 했지요?"

그러자 능글맞은 표정으로 장관은 이렇게 말합니다. "당신에 대한 도청자료가 제일 많을걸, 당신 집안의 벽면을 자세히 살펴보시오."

그런 말을 듣고 극작가는 장관에게 "당신 같은 쓰레기가 어떻게 장관을 했지?"라고 소리칩니다. 상당히 의미 있는 발언 같지요?

영화를 보시는 분들을 위해 자세한 스토리는 더 말하지 않겠습니다. 모든 영화가 다 그렇지만 이 영화 역시 영화관에서 직접 보셔야 그 '진수'를 느낄 수 있을 것 같군요.

인간은 누구나 공기와도 같은 '자유'를 누리고 살 천부적 권리를 타고났다는 당연한 명제를 다시 한 번 떠올리게 한 영화입니다.

오랜만에 제게 문화적 충족감을 선사한 〈타인의 삶〉이었습니다.